浪蕩子美學
與跨文化現代性

一九三〇年代上海、東京及巴黎的
浪蕩子、漫遊者與譯者

彭小妍

To Nathan, 父親的長曾孫

目錄

第五章

緣起

本書起始於二〇〇四至二〇〇七年的國科會研究計畫,使筆者得以陸續前往巴黎、東京及美國作研究。二〇〇七年的傅爾布萊特獎助金,支助筆者前往哈佛大學半年,哈燕社圖書館及外德那圖書館豐富的日文及法文藏書,是本書研究不可或缺的資源。

本書的緣起,事實上早於二〇〇四年之前。若非行政院文建會一九九七年至二〇〇一年所支助的《楊逵全集》計畫,逼得筆者不得不從頭學習日文,本書不可能完成。由於掌握了日文,筆者才可能連結中國──日本──歐洲的三角關係;日文的學習,成為筆者二十年研究生涯中一個重要的轉折點。若非中研院專注的學術環境,不可能允許筆者在繁忙公務中學習一種全新的語文,而在日以繼夜的研究工作中,筆者也始終自認為是不斷學習的學生。

本書的構思、寫作及完成,必須感謝許多師長朋友。美國方面,韓南 (Patrick Hanan)、王德威、劉禾、史書美、阮斐娜、Emily Apter、白露 (Tani Barlow)、陳小眉、顏海平、韓伊薇 (Larissa Heinrich)、白安卓 (Andrea Bachner) 等教授,或曾閱讀過本書的部份或全書,或曾在研討會上聆聽過筆者發表本書的構想。他們多年來不吝花費時間精力,持續提供批評及建議,筆者銘感五內。香港方面,感謝李歐梵及梁秉鈞教授對本書的鼓勵及關心。李教授的《上海摩登》,劉禾的翻譯現代性及跨語際實踐概念,書美的現代主義研究,均給予筆者無限啟發。本書基本上是延續他們的努力,同時嘗試更進一步探討某些關鍵議題。尤其感謝 Andrea 就理論架構與筆者討論再三,本書才有今天的面貌。法國方面,感謝何碧玉 (Isabelle Rabut) 及安皮諾 (Angel Pino) 教授的新感覺派研究,及他們多年來的支持。英國方面,感謝沈安德 (James St. André) 在

混種性及跨文化方面的洞見。日本方面，感謝稻賀繁美、鈴木貞美教授對本書第四章的建議。中國大陸方面，王中忱、董炳月、王成、王志松教授邀請筆者參與東亞人文講座，同時仔細閱讀本書各章中文版的初稿。在台灣，感謝吳佩珍教授仔細閱讀本書各章，並提供意見。

本書的理論架構得力於文哲所文哲理論平台研究群的同仁何乏筆 (Fabian Heubel)、楊小濱、黃冠閔及陳相因。文哲所同仁廖肇亨組織的東亞研究系列座談，更令筆者獲益良多。英文版及中文版的校對工作繁瑣無比，感謝我多年來的助理朋友們：許仁豪、Olivier Bialais、彭盈真、黃意倫、黨可菁、王尹均、李怡賢。筆者十分珍惜與他們共同學習及成長的機會。感謝好友胡茱莉 (Julie Hu)，多年來興趣盎然地閱讀本書英文版各章初稿。最後要感謝生物人類學家王道還，與他的朝夕相處，無論在個人修養及學術上都是一個學習成長的過程。猶記得二〇〇五年秋，從書房遠眺窗外綠蔭盎然的紫竹湖，我喃喃自語：這篇小說，為什麼對昆蟲這麼著迷？昆蟲那麼重要嗎？他正匆匆經過房門，頭也不回地丟下一句話：查查魯迅的昆蟲記文章。從此本書的研究展開了連結文學與科學之旅。

本書英文版於二〇一〇年由 Routledge 出版，收入中研院東亞研究系列中，感謝兩位匿名審查人的批評及建議。本書共分五章，在英文版出書前，其中四章初稿曾以中文或英文單篇發表，後經數次大幅修改，才於英文版定稿。在翻譯為中文版的過程中，為了中文的語境，必要時也作了某種程度的改寫或增補。第一章部份初稿首刊於 Ping-Hui Liao and David Wang (eds) *Taiwan Under Japanese Colonial Rule, 1885-1945: History, Culture, and Memory*,

New York: Columbia University Press (2006)。第二章部份初稿首刊為〈浪蕩子美學與越界：新感覺派作品中的性別、語言與漫遊〉，《中央研究院中國文哲研究集刊》第 28 期（2006 年 3 月）。第四章英文初稿首刊為 "A Traveling Text: Souvenirs entomologiques, Japanese Anarchism, and Shanghai Neo-Sensationism." *NTU Studies in Language and Literature*, no. 17 (June 2007)；中文初稿首刊為〈一個旅行的文本：《昆蟲記》與上海新感覺派〉，《東亞人文》第一輯，北京三聯書店（2008 年 10 月）。第五章初稿首刊為〈一個旅行的疾病：「心的疾病」、科學術語與新感覺派〉，《中國文哲研究集刊》34 期（2009 年 3 月）。

本書所收錄圖像來源如下：

1) Hyacinthe Rigaud 作：太陽王路易十四畫像，十八世紀油畫，289.6×159.1cm。感謝 The J. Paul Getty Museum。
2) 田中比左良作：モガ子とモボ郎。感謝田中るりこ。
3) 張文元、郭建英、上半魚漫畫。感謝上海市文學藝術家權益維護中心。
4) 黑色維納斯喬瑟芬・貝克。感謝 AKG-Images London。
5) 西周手跡：感謝佐藤達哉。

本書的外文引文，除非另外註明譯者，均由筆者譯成中文。

序：跨文化現代性

本書視新感覺派文風為一種跨越歐亞旅行的文類或風格，探討其源自法國、進而移置日本、最後進入中國的歷程。日人推崇保羅‧穆航 (Paul Morand) 為此流派的宗師，但他從未自稱為新感覺派。研究一九三〇年代上海新感覺派作家與其日、法同行間的淵源，筆者關注的議題遠超越傳統的影響或平行研究，更遠非新感覺派書寫中的「異國情調」(exoticism)；現代日本及中國文學中，異國情調俯拾皆是。相對的，筆者嘗試在跨歐亞脈絡中，探討人物、文類、觀念、語彙及文本流動的鏈結關係，亦即探究它們從西方的「原點」(points of origin) 旅行至日本及中國的過程，並在此過程中如何產生蛻變，同時改變了接受方的文化。因此，本書各章節講述的，是人物、文類、觀念、語彙及文本旅行的故事。旅行的發生，絕非「強勢文化的單向宰制」(one-way imposition of the dominant culture)，而是「雙向的施與受」(two-way give and take)，如同拉丁美洲的跨文化 (transculturation) 概念所示[1]。

以新感覺派文風為起點，筆者提出「跨文化現代性」(transcultural modernity) 的概念，來重新思索現代性的本質。筆者認為，現代性僅可能發生於「跨文化場域」(the transcultural site)中——所謂跨文化，並非僅跨越語際及國界，還包括種種二元對立的瓦解，例如過去／現代、菁英／通俗、國家／區域、男性／女性、文學／非文學、圈內／圈外[2]。「跨文化」的概念也許更具有包容性。簡言之，跨文化現代性的概念，既挑戰語言界限，也挑戰學科分際。就筆者的理念而言，現代性並非指涉歷史上任何特定時期。無論古今中外，任何人只要以突破傳統、追求創新為己任，都在從事跨文化實踐；他們是現代性的推手。文化創造者時時處於現代性

的門檻，生活、行動於文化前沿，在持續的越界行為中汲取靈感。跨文化場域是文化接觸、重疊的所在，是藝術家、文學家、譯者、思想家等，尋求表述模式來抒發創造能量的場所。本書主旨是探究跨文化場域中創造性轉化的可能性，主要是討論語言、文學及文化的創造力，而非外來文化的影響、摹仿、同化。筆者感興趣的是，創造性轉化過程中語言的流動及蛻變，而非固定及僵化——固定僵化是語言文化滅亡的前兆。

跨文化場域正是文化翻譯的場所。在全球化及多元族裔的當代社會，就某種層次而言，每人每天都在從事文化翻譯。無論我們是否意識到，我們的日常生活中可見或不可見的「外來」事物充斥，使我們不得不時時進行文化翻譯：從古典辭彙到科學話語，從翻譯文本到外來語彙，從外語到方言，從專業術語到俚語。雖說如此，本書的研究主體是以文化翻譯為志業的人。他們是現代主義者，自視為領導時代新氣象的人物，透過文化翻譯，在跨文化場域中施展創造性轉化。

比較文化研究者常以「接觸地帶」(the contact zone) 或「翻譯地帶」(the translation zone) 的概念，來探索文化的接觸；兩者皆難免「交戰地帶」(the war zone) 的意味[3]。藉由跨文化場域一詞，筆者希望消解其中的軍事意味。我感興趣的是不同文化如何彼此連結及相互轉化，而非它們之間的衝突或「撞擊」(clash)[4]。除此之外，與其探索文化接觸地帶所銘刻的文化記憶[5]，本書著重的是身為文化翻譯者的知識分子，如何在跨文化場域中引領潮流。如果以舞台為譬喻，他們是跨文化場域中具有自覺的演員，而非劇中的角色——角色的身體可比擬為跨文化場域本身[6]。對於自身所處的跨

文化網絡的運作邏輯，劇中角色可能渾然不覺；相對的，演員雖與角色共同經歷跨文化的過程，卻對自身的表演有高度自覺。當然，演員並非總是能完全掌控自己所扮演的角色，而且往往深陷其中不能自拔。如同劇中角色一般，他們對從其身心流進流出的資訊也可能只是半知半覺。茱蒂斯・巴特勒 (Judith Butler) 所謂的「心理過剩」(psychic excess) ──心理能量總是超越意識主體的範疇 (the psychic that exceeds the domain of the conscious subject) ──當然可以幫助我們進一步將這個問題複雜化[7]。然而筆者要強調的是，文化翻譯者不僅是被動的角色；他們是在跨文化場域中行動的藝術家，透過個人的能動性來轉化分水嶺兩邊的文化元素。

或有人認為，在跨文化關係上東西方並不平等，因而難免因中心／邊緣位階而憂心忡忡[8]。也有論者指出，在面對體制時，個人能動性 (personal agency) 及自由選擇 (free choice) 是不可能的[9]。但是對後結構主義學者，諸如福柯 (Michel Foucault)、霍米・巴巴 (Homi Bhabha) 及茱蒂斯・巴特勒等而言，個人能動性總是在各種體制錯綜複雜的權力關係中運作；在不均等的位階上，個人能動性才有發揮的可能性。權力關係並非單純的宰制與順從。福柯在談論權力關係時，從未倡議「平等」。相對的，他主張以個人的自由實踐來測試體制的界限，藉此開拓創造性轉化的空間。平等是理想。無論我們如何致力追求保障平等的制度，任何規範性的常規均無法確保公平社會的一切必要細節；法律只能提供規則。不論常規為何，總是有空間來挑戰界限並進一步協商。人總是在限制下行動，但絕非僅是服從常規，也會打破常規[10]。透過自由實踐，我們得以重組權力關係。諺語有云：有了平等便沒有自由[11]。所有關於未來社會

的想像都指出，齊頭化的平等最後終會導致絕對的鉗制。

另一點要強調的是，在翻譯時，語言能力不僅重要，更是關鍵所在，原因是語言代表了譯者及其翻譯的文本所傳承的文化傳統。在本書中，筆者指出翻譯活動是種種外來及本地體制權力協商的過程；在近現代日本及中國（甚至持續至今），譯者必須作為橋梁，連結外來的達爾文主義、無政府主義、心理學等，以及本地的古典及白話傳統、古典醫學概念、儒家思想、佛教語彙等等。在翻譯過程中，譯者創造的新語彙如最終成為本地的日常或學術語言，意味他們在挑戰外來及本地體制的局限時，其個人選擇及能動性帶來了創造性轉化。底線是，要擁有自由，必須清楚局限何在。

為了說明何謂跨文化現代性，本書凸顯跨文化場域上的三種人物形象：浪蕩子 (the dandy)、漫遊者 (the flâneur) 及文化翻譯者 (the cultural translator)。 浪蕩子／漫遊者及文化翻譯者，是跨文化場域中的現代性推手；相對的，在形形色色思潮資訊交匯的跨文化場域中，漫遊男女（如新感覺派小說中的角色）充其量只是隨波逐流、鸚鵡學舌。就某種意義來說，我們都是生命的過客。在時間洪流裡，多數大眾累積記憶，未經思考就人云亦云；惟獨少數菁英能運用創造力來改造、創新記憶。他們的表現是跨文化現代性的精髓：對自己在分水嶺或門檻上 (on the threshold) 的工作具有高度自覺，總是不斷測試界限，嘗試踰越。在歷史的進程中，他們的創造轉化環環相扣、連綿不絕，以致外來元素融入我們的日常現實中，不可或缺，其異質性幾乎難以察覺。本書嘗試探討外來元素如何蛻變為本土成份，更進一步顯示持續不墜的跨文化實踐（主要是旅行及翻譯，但不僅止於此），如何將來自不同文化的個人及概念聯繫起來。

本書的導言鋪陳全書的理論架構，以浪蕩子美學為跨文化現代性的核心概念，進而區分身為藝術家的浪蕩子／漫遊者，以及不以藝術為職志的城市漫遊者。第一章討論上海新感覺派作家劉吶鷗，將他定義為浪蕩子／漫遊者及文化翻譯者。第二章透過浪蕩子美學的概念，探討梳理上海及日本新感覺派作家間的關連，及其與法國第一浪蕩子保羅・穆航的淵源。第三章聚焦於橫光利一的小說《上海》，分析他與他所創造的小說中角色的差異：他作為一個高度自覺的藝術家，實踐跨文化現代性；而小說裡的漫遊男女，不過載浮載沈、隨波逐流而已。第四章探討譯者如何實踐跨文化現代性，以及他們在文化聯繫中所扮演的關鍵角色。以一篇將人類愛情與昆蟲行為類比的上海新感覺派小說為起點，連結提倡法布耳 (Fabre) 的魯迅及翻譯法布耳的日本無政府主義者，並探討法布耳的自然神學與達爾文主義的爭論。第五章以另一篇上海新感覺派故事起始，展現神經衰弱症 (neurasthenia) 如何透過譯者的引介進入中國及日本，成為一種現代疾病。結論闡釋本書主要目標之一：跨文化現代性的實踐如何將異文化聯繫起來。相對於目前後殖民文化研究盛行的對抗式取徑，本書的核心慨念是「相互依存」。

註解

1 見 Silvia Spitta, *Between Two Waters: Narratives of Transculturation in Latin America* (Houston, TX: Rice University Press, 1995), pp.3-4. 書中詳盡討論拉丁美洲「跨文化進程」（雙向的施與受，transculturation）如何從「同化」（單向的宰制，acculturation）的概念演變而來，請見 pp.1-28.

2 「跨語際實踐」為劉禾發展出來的概念，請見 Lydia Liu, *Translingual Practice: Literature, National Culture, and Translated Modernity—China, 1900-1937* (Stanford, Calif.: Stanford University Press, 1995).

3 Mary Louise Pratt, *Imperial Eyes: Travel writing and Transculturation* (London and New York: Routledge, 2000), pp.4-11. First published in 1992; Emily Aptor, *The Translation Zone: A New Comparative Literature* (Princeton: Princeton University Press, 2006). Pratt 的「接觸地帶」(contact zone) 強調「殖民前沿」(colonial frontier) 的概念——原本因地理區隔及歷史差異而相互隔絕的不同國民，因殖民而產生關連、衝突。此概念與 Emily Apter 的「翻譯地帶」(translation zone) 概念異曲同工。

4 Lydia Liu, *The Clash of Empires: The Invention of China in Modern World Making* (Cambridge, Mass.: Harvard University Press, 2004). 史書美亦把中西關係看成是衝突的模式。請見下列註 8。

5 Mary Louise Pratt, *Imperial Eyes: Travel writing and Transculturation*, pp.4-11.

6 Diana Taylor, The Archive and the Repertoire: Performing Cultural Memory in the Americas (Durham, NC and London: Duke University Press, 2003), pp.79-86. Taylor 以混種女人 (mestiza) 的身體作為跨文化場域的隱喻。她說：「Intermediary（女主角名字）把自己的身體當成接受、儲存、傳播知識的容器，這些知識或來自於檔案（我知道文本、頁數及典故），或來自於代代相傳的身體記憶（我祖母、母親和朋友的記憶）」。(pp.81-82)

7 Judith Butler, "Imitation and Gender Insubordination," in Aiana Fuss, ed., *Inside/Out: Lesbian Theories, Gay Theories* (New York: Routledge, 1990), pp.13-31.

8 Shu-mei Shih, *The Lure of the Modern: Writing Modernism in Semicolonial China, 1917-1937* (Berkeley: University of California Press, 2001), pp.3-5. 史書美提議討論非西方現代主義作品時，應比較其與西方現代主義的「異同」。她說：「強調同質性時，我們感受到一種跨國及去疆域的現代主義，提供了大都會文化政治的可能性，即使當中不得不掩蓋了中心／邊緣的基本權力位階概念。然而，將文化宰制的問題帶進同質性的思考時，非西方現代主義便成為焦慮與偏執的領域。此種種看待非西方現代主義的模式，均承認與西方之間<u>必然</u>的衝突。我們也必須透過這種必然性看待中國的現代主義」（下底線為原文所

加）。她進一步主張：「因此，揭發現代主義中的歐洲中心迷思以及文化衝突的二元模式，是討論中國現代主義中的核心任務」。

9 請見本書第四及第五章。

10 Diana Taylor, *The Archive and the Repertoire: Performing Cultural Memory in the Americas*, p.7. Taylor 說：「一般被稱為『戲劇學』專家的人類學者，例如 Turner，Milton Singer，Erving Goffman 及 Clifford Geertz 等人，開始把個人描寫成是他們自身戲劇中的能動者 (agents)。他們認為常規不只被套用，還被挑戰。要建立文化能動性的說法，行動模式 (enactment) 的分析是關鍵。人不只適應制度，而且形塑改變它。我們何討論選擇、時機及自我展演等要素，除非是分析個人與群體面對這些問題時如何行動？」

11 Alexis de Tocqueville, *De la démocratie en Amerique* (Paris: Librarie Philosophique, 1990), an annotated and revised edition, 2 volumes. 原著的兩冊分別於一八三五和一八四〇年出版。本書是對美國民主體制的批判。對 Tocqueville 而言，平等與自由是彼此矛盾的。他認為對平等盲目的信仰，導致美國的「民主的獨裁」。Joseph Epstein 指出 Tocqueville 體悟到，民主體制下的現代社會，首要的議題是「平等與自由間永恆的競爭」。見 Joseph Epstein, *Alexis de Tocqueville: Democracy's guide* (New York: HarperCollins/Atlas Books, 2006), p.119.

插圖

導言

浪蕩子美學：
跨文化現代性的真髓

■ 前言：路易十四，浪蕩子的完美典型

　　為說明何謂浪蕩子，姑且先談洛杉磯的保羅蓋提博物館 (Paul Getty Museum) 所收藏的一幅油畫：一七〇一年法國畫家亞森特・里戈 (Hyacinthe Rigaud) 的路易十四畫像。二〇〇七年筆者正擔任傅爾布萊特訪問學者，在美國哈佛大學進行研究。三月間，受邀至加州大學的三個分校演講。在戴維思和柏克萊分校之後，前往此行的最後一站：加州大學洛杉磯分校。參觀鄰近該校的博物館並非預計的活動，卻是此次西岸之行收穫最豐富的經驗。肖像中的路易十四完美展現了我心目中的浪蕩子形象。多年來筆者反覆思索，為了本書的整體理論架構，再三推敲浪蕩子美學的概念。千言萬語卻不如一幅畫！

　　肖像中，人稱太陽王的路易十四貂袍加身，頭頂假髮，手握權杖，身繫寶劍：典型的皇家尊榮造型，一派王者風範。但卻有一處相當惹眼：貂袍斜披左肩向後垂墜，特意敞露出短蓬裙，看似裸露的雙腿裹著緊身襪，膝蓋下方飾有米黃色針織束帶，足蹬米黃高跟鞋，鞋背上方飾有風車結扣。高跟鞋的後跟及風車結扣均為豔紅色。米黃加豔紅的高跟鞋襪在淡灰、蒼白的腿下，與暗藍襯白斑點的貂袍呈現強烈反差。更引人注目的，是路易十四俏生生的芭蕾舞站姿：左足虛點前方，與實踏的右足呈九十度角，左肩及左側邊偏向前方，斜睨觀者。姿態之撩人，有如伸展台上搔首弄姿的模特兒。簡直是完美的雙性一身，男體女相。這不是浪蕩子／藝術家在創造及定義何謂女性嗎？正徹底體現了我心目中的浪蕩子真髓。太陽王曾有一句經典名言：「我就是國家」。在此肖像中，他似乎在

太陽王路易十四

宣稱：「我即流行」，更是宣告；「我就是女人」。

　　肖像的展示說明中，有一點頗耐人尋味。由於此巨幅肖像 (114 x 62 5/8 in) 懸掛離地約四英呎高，首先映入觀者眼簾的，是看似裸露的雙腿及高跟鞋。然而說明中只強調路易十四的王者風範及豪誇姿態，卻絲毫未提及他刻意展現的雌雄同體特質，令人訝異[1]。他裸露的雙腿與高跟鞋何其鮮明，即便是孩童也不可能不注意到。事實上，正當我納悶之時，一個孩子擦身而過，正在嘻笑品評那雙豔紅色高跟鞋。為何說明中刻意遺漏這雄風裡的女相？

　　翌日返回哈佛後，筆者立即展讀史學家彼得・柏克 (Peter Burke) 的《建構路易十四》(*The Fabrication of Louis XIV*) ，探討他對太陽王的公眾形象的研究。沒想到此書收錄的第一個圖像，竟是同幅肖像的黑白摹本。然而同樣令人驚異的是，柏克雖然反覆闡釋此圖，卻也對圖中的雌雄同體特質，隻字未提。他對此圖描述如下：此圖呈現國王「年高而尊榮不減」(the dignified old age) [2]，並成功顯現「儀式與隨性間的平衡」(a certain equilibrium between formality and informality)，因為「他手持的權杖頂端朝下，有如他平常在公共場合所撐的一隻拐杖般；姿態雖是精心設計，卻顯得隨性」[3]。柏克提及，某歷史學家曾指出：「國王優雅的小腿及芭蕾站姿，令人緬懷他過去跳舞的歲月」[4]。於〈再現的危機〉一章中，我期待柏克對此幅畫作會有不同的說法，但此處他僅說道：「假髮及高跟鞋使路易顯得更宏偉」。其後又提到同幅畫作時，他的說明與我的想法總算勉強呼應：「路易身著皇袍，但開敞的貂袍下，摩登服飾鮮明可見」[5]。

　　我認為皇袍下顯現的不只是「摩登服飾」(modern clothes) 而

已，雖然它的確是某種「摩登服飾」。就十七世紀的流行而言，短蓬裙及緊身襪是男人的時尚，高跟鞋更是不分性別，在男女間都大行其道[6]。眾所皆知，路易十四熱衷各種時尚。單就皮鞋而言，他前所未有地指派來自波爾多的鞋匠尼可拉斯・列斯塔吉 (Nicolas Lestage)，作為他的御用「製鞋師」，並將他晉升至貴族之列。據稱路易十四還延請畫師替製鞋師造像，並展示於他的畫廊之中，以「尼可拉斯・列斯塔吉大師，時代的奇蹟」為標題[7]。然而我所關注的不是流行時尚本身，而是跨性別扮演在當時法國舞台上的普遍現象[8]。當時服飾對於性別的規範，或許不像今天一樣的涇渭分明。里戈的路易十四肖象中雌雄同體的形象，也許當時的觀者司空見慣，不至於大驚小怪。

雖然今天我們以自由為傲，但我們對性別化分的定義可能更為僵化，對性別表演的規範更趨斷然。我們的時代要求個人遵從更嚴格的衣著符碼，以服飾規範、定義個人的性別立場，來區分非同志、同志、或女同志的身份認同。也許比較起來，反倒是今天的我們較缺乏彈性，無法容忍模糊性別界限的服飾風格，因而出現了所謂的易裝癖、性倒錯的說法。在路易的時代，男人足蹬高跟鞋或臉敷白粉，並非宣示他們是同志，別人也不見得如此認定；他們不過是追求時尚而已。從另一方面來說，這正是為何我會認為，肖像中的路易十四正大方揶揄地展現著雄體中的女相，引以為傲：他這樣的舉止，不至於被貼上同性戀的標籤[9]。為何今天只要男人展現其「女性」或是「陰柔」的一面，便被認為是「不像男人」或「娘娘腔」？我們是否可以假定：每個男人裡面都有一個女人？反之亦然？

古人的智慧頗值得玩味。柏拉圖的《會飲篇》(Symposium) 從

第一百八十九小節開始，亞理士多分尼 (Aristophanes) 聲稱，遠古的過去不是兩性的世界，而是三性：男人，女人，及雌雄同體。柏拉圖的對話錄對同性戀與異性戀傾向的描述，栩栩如生；這些段落當然富含象徵意義。據說上天把所有的男女及雌雄同體均劈成兩半，失去了半個自己之後，從此每個剩下的一半便尋尋覓覓，找尋契合自己的另一半[10]。這個文學譬喻我們都耳熟能詳，但是此處我想用一個誇張的說法，進一步衍申雌雄同體的概念：男中有女，女中有男。路易的肖像正是人類性象模稜兩可的最佳圖示，這種男體女相（或女體男相）的概念，正是本書所闡釋的浪蕩子美學最重要的面向之一。人無論生物性別屬男或屬女，都可能嚮往或擁有異性特質。曾幾何時我們的社會變得無法接受雌雄同體的展演，使得性別區分走向僵化？

肖象中的路易，不只展現了人的雌雄同體天性，更展現了藝術家／浪蕩子的重要特質之一：創造並定義女性特質，如同二十世紀初期的梅蘭芳等京劇乾旦，在舞台上創造出永垂不朽的女性形象一樣[11]。因循十六世紀以來的宮廷芭蕾傳統，路易十四與他的男侍臣經常以男扮女裝進行演出。雖然男扮女裝的傳統仍在，路易的宮廷芭蕾表演已開始容納越來越多的女性侍臣及女性專業演員[12]。此現象與路易統治期間女性的解放並駕齊驅；女性此時享有史無前例的社會生活自由及求學機會[13]。我們甚至可以說，在女性解放這個詞彙尚未出現之前，路易便已經開風氣之先了。

路易也不遺餘力地將芭蕾舞專業化成為一種藝術形式。在一六六一年登基之後，他便立即成立皇家舞蹈學院，並簽定「國王專利書」，賦予該學院訓練專業舞者的專利，並責成其提升芭蕾

舞的藝術境界。路易當時年僅二十三,在國家多事之秋理應專心於國政,卻熱衷於「各種藝術的中央化,將其掌控於個人之下」。其後,雕刻與文學院 (1663)、科學院 (1666)、歌劇學院 (1669)、建築學院 (1671) 紛紛接連成立[14]。當路易的政治及軍事版圖擴充至奧地利、德國、英國、荷蘭共和國、南尼德蘭、阿爾薩斯、西班牙諸國之時,他的文化影響力也日漸橫行歐洲。

路易十四是筆者心目中的浪蕩子典型:一個以展現女性特質為傲的統治者,以藝術的完美為生命的職志;他的影響力更跨越國家疆界、無遠弗屆。以之為典範,我認為典型的浪蕩子包含了下列三個要件:(1) 以異性為自我的投射;(2) 致力於藝術的追求及自我的創造;(3) 持續不墜的跨文化實踐。

話說回來,每一位在跨文化場域中致力於創造自我、追求完美的人,無論男女,在骨子裡不都具有浪蕩子的本色?

■ 浪蕩子/漫遊者及跨文化現代性

筆者對浪蕩子/漫遊者的看法,來自波特萊爾 (Charles Baudelaire, 1821-1867),大正時期的日本翻譯他為「ボウドレル」。在中國及日本現代文學作品中,不計其數的歐洲思想家及文學家如影隨形、深入個別作家的潛意識中;波特萊爾是其中之一[15]。本書第一章所探討的上海新感覺派旗手劉吶鷗,亦深受他的影響。關於波特萊爾在中國及日本的傳播研究,目前已為數不少[16]。筆者的重點是波特萊爾作品《現代生活的畫家》如何將浪蕩子定義為現代主義者。此書曾啟發眾多西方思想家及文學評家[17],其中最重要的是

班雅明及福柯。他們兩位觀點上的差異，對本書的研究而言，十分
重要。

班雅明的波特萊爾研究寫作於一九三○年代，以漫遊者為核心
概念。對他而言，波特萊爾及《現代生活的畫家》中的畫家康士坦
丁‧基 (Constantin Guys) 兩人，均具有漫遊者的特質。在他的馬克
思主義思考模式的詮釋下，漫遊者不僅對商品及女人有無可救藥的
戀物癖，而且甚至本身有如娼妓，是待價而沽的商品。根據班雅明
的說法，漫遊者在街道及拱廊商場四處晃蕩，

> 於群眾中渾然忘我，因此他的狀態有如商品。雖然他對自
> 身的特殊狀態渾然不覺，卻絲毫不減此狀態對他的影響；
> 這種狀態幸福地滲透他的身心，就像是麻醉藥般彌補了他
> 的羞恥感。漫遊者沈迷於這種陶醉感 (intoxication) 中，有
> 如商品沈浸於一波波顧客中的陶醉感。[18]

班雅明進一步指出，身為漫遊者的現代藝術家，將文學生產商
品化，儘管他對文學作品的資本主義化過程毫無知覺。他說：「漫
遊者是涉足市場的知識分子，表面上四處觀看，事實上是在尋找買
主。」[19]

我們要特別注意班雅明所使用的辭彙：「於群眾中渾然忘我」
(abandoned in the crowd)，「對自身的特殊狀態渾然不覺」(unaware
of this special situation)，「漫遊者陶醉於其中」(the intoxication to
which the flâneur surrenders)，在在均強調漫遊者在現代資本主義世
界中，對自身的商品化毫無所覺。他也把漫遊者類比為偵探，但是

同樣地強調他的被動性：他化身為「心不甘情不願的偵探」(turned into an unwilling detective)，對他而言，隱姓埋名的偵探姿態「使他的閒散合理化」(legitimates his idleness)；但是在表面懶散的背後，他其實「是一個精明的觀察家，眼睛不會放過任何一個無賴漢(miscreant)。」[20] 班雅明說的是，這位「心不甘情不願」的偵探有如「面相學家」般，鉅細靡遺地觀察研究社會底層的「無賴漢」，以誇張滑稽的方式將他們描繪出來。拿破崙三世時代的巴黎，暴徒肆虐。班雅明將其中一個群體譬喻為波西米亞人 (bohème)，成員都是隨歷史變遷巨浪漂蕩的知識份子，個個儼然專業或非專業的陰謀家，每天幻想如何推翻政權。[21] 他說道：「在此歷史過渡期間，雖然他們 [知識份子] 還是有贊助人，但是也已經開始熟悉市場法則了。他們成了波西米亞人。」[22] 此外，班雅明定義的漫遊者，與拾荒者 [ragpicker] 有氣息相通之處：

> 當然，拾荒者不能算是波西米亞人。但是從文人到專業的陰謀家，每個隸屬於波西米亞群體的人，都體認到自己與拾荒者類似之處。每個人或多或少都與社會對立，也都面對岌岌可危的未來。[23]

班雅明透過波西米亞人及拾荒者的形象，指出波特萊爾與「反社會份子氣息相通」(sides with the asocial)[24]；漫遊者面臨的是無產階級革命的曙光。班雅明暗示，漫遊者正身處現代文明史變遷的門檻，卻渾然不覺：當舊的贊助體系還在運作之時，他體驗了資本主義的衝擊；他置身於中產專權時代與無產階級革命時代的交界[25]。

班雅明並不區分現代主義者及漫遊者。對他而言，現代主義者／漫遊者是群眾的一部份，他們身經歷史變革卻毫無意識。他說：「波特萊爾藝術涵養深厚，面對時代巨變卻相對地缺乏應變策略。」[26] 相對地，福柯對波特萊爾心態的詮釋則大相徑庭，他明顯區分兩種漫遊者：一是波特萊爾式的現代主義者／漫遊者，一是在群眾中隨波逐流的汎汎之輩。對他而言，現代主義者是有意識的行動家，既代表時代，又超越時代。由此觀之，福柯的浪蕩子美學是對班雅明漫遊者理論的批判和修正。下文將詳述之。

　　首先從一九八三年福柯在法蘭西學院的演講〈何謂啟蒙〉(Qu'est-ce que les lumières) 開始。在此演講中，他闡釋一七八四年康德的同名文章 (Was ist Aufklärung) [27]，並援引波特萊爾《現代生活的畫家》中名聞遐邇的浪蕩子理論，來定義浪蕩子美學及現代性。以下引文中，請注意福柯如何對照兩種漫遊者，一是身處於時代流變中卻毫不自知，一則在歷史變遷時刻充分自覺地面對自己的任務：

> 身為現代主義者，不是接受自己在時間流逝中隨波逐流，而是把自己看成是必須苦心經營的對象：這也就是波特萊爾時代所稱的浪蕩子美學。[28]
>
> (Être moderne, ce n'est pas s'accepter soi-même tel qu'on est dans le flux de moments qui passent ; c'est se prendre comme objet d'une élaboration complexe et dure : ce que Baudelaire appelle, selon le vocabulaire de l'époque, le « dandysme ».) 。[29]

福柯此處是說，對波特萊爾而言，身為浪蕩子或現代主義者，需要一種「修道性的自我苦心經營」(élaboration ascétique de soi; an ascetic elaboration of the self)；浪蕩子美學實為現代性的精髓[30]。福柯透過閱讀康德，發展出這個概念。從康德的文章中，他發現現代性不只是個人與當下的一種關係模式，更是在面對當下時，個人應當與自己建立的一種關係模式。

在福柯的詮釋中，康德認為現代性與時代無關；現代性不限於某個時代，亦非「某個時代的特徵」，更非「意識到時間的不連續：與傳統斷裂，在時間流逝過程中的一種新奇感及暈眩感 [vertigo, 法文為 vertige]」[31]（請注意，「暈眩感」一字與班雅明所用的「陶醉感 [intoxication] 相通，即德文的 Rausch[32]」。相對的，福柯認為現代性是一種態度 (attitude)，或是一種風骨 (ethos)。現代性是：

> 與當下現實連接的模式，是某些人的自覺性選擇，更是一種思考及感覺的方式，也是一種行事及行為的方式，凸顯了個人的歸屬。現代性本身就是一種任務 [une tâche; a task]。[33]

簡而言之，這種風骨是是現代主義者自覺性的選擇 (un choix volontaire)，使他自己與當下現實 (actualité) 產生連結。諸如「自覺性的選擇」、「自我的苦心經營」(the elaboration of the self)、及「自我技藝」 (technologies of the self) 等表述方式，是一九七〇、八〇年代福柯的法蘭西學院講座所反覆演繹的概念，也是理解他的權力關係理論的關鍵。

人要如何與當下現實產生連結呢？福柯以波特萊爾《現代生活的畫家》中的藝術家康士坦丁・基為例，來闡明其論點。在福柯心目中，對於康士坦丁・基這種現代主義者而言，要與當下現實產生連結時，面臨了三個任務：(1) 現代性是當下的諧擬英雄化 (cette ironique héroïsation du present) [34]；(2) 現代主義者透過現實與自由實踐之間的艱難遊戲 (jeu difficile entre la vérité du réel et l'exercice de la liberté) 來轉化現實世界 (il le transfigure) [35]；(3) 現代性迫使藝術家面對自我經營的課題 (elle [modernity] l'astreint à la tâche de s'élaborer lui-même)[36]。對福柯而言，這些任務不可能在社會中或政治實體中完成。能完成這些任務的唯一領域是藝術：「它們只能產生於一個另類場域中，也就是波特萊爾所謂的藝術」(Ils ne peuvent se produire que dans un lieu autre que Baudelaire appelle l'art)。[37]

　　根據福柯的說法，現代主義者波特萊爾不是個單純的漫遊者，他不僅是「捕捉住稍縱即逝、處處驚奇的當下」，也不僅是「滿足於睜眼觀看，儲藏記憶」。[38] 反之，現代主義者

> 總是孜孜矻矻尋尋覓覓；比起單純的漫遊者，他有一個更崇高的目的……他尋覓的是一種特質，姑且稱之為「現代性」。他一心一意在流行中尋找歷史的詩意。
>
> (Il cherche ce quelque chose qu'on nous permettra d'appeler la modernité. Il s'agit pour lui de dégager de la mode ce qu'elle peut contenir de poétique dans l'historique.)。[39]

　　福柯認為現代主義者的要務是從流行中提煉出詩意,也就是將流行轉化為詩。這便是他所謂的「當下的諧擬英雄化」:當下的創造性轉化。

　　此處值得注意的是,福柯所謂的英雄化是「諧擬」的,因為「現代性的態度不把當下視為神聖,也無意讓它永垂不朽。」[40] 他認為現代主義者以諧擬的態度面對當下,轉化當下,而非僅僅捕捉那稍縱即逝的片刻:「康士坦丁‧基不是單純的漫遊者,當全世界沈睡時,他開始工作,並且改造了世界。」[41] 然而,轉化當下並非否定當下。對福柯而言,現代主義者賦予當下高度的價值,他被一種「迫切的飢渴感」所驅使,時時刻刻想像當下並轉化之:波特萊爾式的現代性是一種演練;藝術家一方面對現實 (le réel) 高度關注,一方面從事自由實踐,既尊重又挑戰現實。在福柯的系統中,如同法國結構主義,現實往往是想像、或虛構的對立面。對福柯而言,現實也影射既有秩序或威權 (institutional power)。我們身為知識行動的主體,總是在現實的侷限下作為。一個藝術家如何可能同時既尊重又挑戰現實?根據福柯的說法,透過自由實踐,人可察覺限制所在,並得知可僭越的程度。他用「界限態度」(une attitude limite, or "a limit attitute") 一詞,來進一步闡釋他所謂的「現代性的態度」:

> 這種哲學的風骨,可視為一種界限態度……我們必須超越內／外之分,我們必須時時處於尖端……簡而言之,重點在於將批判理論中必要的限制性,轉化為一種可能進行踰越的批判實踐。[42]

因此對福柯而言，現代性的態度不是把自我的立場預設在既存秩序之內或之外，而是同時在內又在外：現代主義者總是處身於尖端，不斷測試體制權力的界線，藉此尋找踰越的可能。對他來說，這是一場遊戲，是自由實踐與現實秩序之間的遊戲。在面對體制權力時，唯有透過自由實踐，個人能動性 (agency) 才有可能發揮。

　　綜上所述，班雅明定義下的漫遊者，受商品化所擺佈，與群眾合流，對自己處於現代史分水嶺的處境，豪無所知；反之，福柯心目中的浪蕩子／現代主義者，雖被限制所束縛，但卻迫不及待地追尋自由[43]；他自知身處於尖端，隨時準備踰越界限。福柯視現代性為一種風骨 (ethos)，視現代主義者為具有高度自覺的行動家，一心一意從事自我創造，企圖改變現狀。因此在探究現代性態度時，福柯將之視為一種倫理學及哲學的命題：這是我們對自我的一種本體論批判，透過「歷史實踐測試越界的可能性」，是「身為自由個體的我們，對自我所從事的自發性工作」(travail de nous-même sur nous-même en tant qu'êtres libres)[44]。再者，這種歷史批判的態度，必須是一種實驗性態度[45]。簡而言之，對福柯而言，現代性態度是我們自發性的選擇：是面對時代時，我們的思想、文字、及行動針對體制限制所作的測試；目的是超越其侷限，以尋求創造性轉化。試問：如果在面對權力體制時，毫無個人自由及個人能動性，革命及創造如何可能？

　　此即貫穿本書的主題：文化翻譯者發揮個人能動性在跨文化場域中進行干預，以尋求創造性轉化。第一、二章將連結浪蕩子美學概念及上海新感覺派作家，並詳細闡釋此概念。

■ 浪蕩子、摩登女郎及摩登青年

為了解浪蕩子美學的概念，讓我們先觀察新感覺派文學中的性別三角關係：浪蕩子、摩登女郎及摩登青年。在詳細闡述之前，首先稍事說明新感覺派的緣起。

如本書〈序〉所述，本書以上海新感覺派為起點，發展跨文化現代性的概念。新感覺派興盛於一九二〇年代末至一九三〇年代末，成員是一小群開始展露頭角的作家，包括劉吶鷗，穆時英、施蟄存、郭建英、葉靈鳳、黑嬰等人[46]。事實上，早期他們從未以新感覺派自稱。新感覺派的說法，是當代評論家對他們的貶抑之詞，影射他們蓄意模仿日木新感覺派作家，包括橫光利一及諾貝爾獎得主川端康成。日本新感覺派作家經常為文著述，為自己的新感覺派立場及綱領辯護。相對的，上海這群作家卻從未對外宣稱自己成立了什麼派別。施蟄存晚年時甚至否認自己是所謂的「新感覺派作家」。但第一章將指出，至少到了一九三四年，漫畫家郭建英就已經稱呼自己的團體為新感覺派。

日本新感覺派崛起於一九二三年東京大地震之後，持續至一九三〇年代初。即使這個流派在日本及中國都為時不久，其文學實踐均充分展現了跨歐亞文化交流的持續不墜。跨文化現象絕非新感覺派作家的專利，當時中日兩國的作家，不分派別，都在進行某種跨文化實踐。此處暫不贅言，僅就新感覺派作家進行討論。對我而言，新感覺派最重要的特徵是浪蕩子、摩登女郎及摩登青年的性別三角關係。在對此進一步說明前，首先說明「新感覺」一詞。

這個辭彙立刻會讓人聯想到浪漫主義的「感性」(sensibility) 一

詞。但是「新感覺」與「感性」有本質上的差異。簡而言之,浪漫主義強調的是詩人的主體性,以及他們如何將外在現實轉化為超驗的經驗;而新感覺一詞則強調作家的半客體立場,他們吸納外在刺激,透過自身感受及語言的篩選再現出來,而不企求超驗的表述。五官感受的和諧融合 (synesthesia),在浪漫主義中象徵的是靈魂的超驗。反之,新感覺派作家對所謂靈魂毫不關心。浪漫主義崇尚自然追求超驗經驗,新感覺派作家則尋求新的表述模式——姑且稱之為新感覺模式——藉此汲取大都會瞬息萬變世界所帶來的新感官刺激,特色是膚淺的商業化及現代科技帶來的速度。對橫光利一而言,他們的語言中所捕捉到的「新感覺」,再現了肉眼無從得見的「物自體」。他的〈新感覺論〉一文,透過對康德的回應及批判,將「新感覺」論述帶入認識論的範疇。第三章將詳述之。

目前關於中、日新感覺派的研究,多半聚焦於故事中的摩登女郎形象,例如史書美二〇〇一年出版的《現代的誘惑:書寫半殖民地中國的現代主義,1917~1937》(*The Lure of the Modern: Writing Modernism in Semicolonial China, 1917-1937*)[47],或美麗安・席維柏格 (Miriam Silverberg) 於二〇〇六年出版的《肉感、怪異、無內容:日本現代通俗文化》(*Erotic Grotesque Nonsense: The Mass Culture of Japanese Modern Times*)。此書把日本的摩登女郎視為「大眾媒體的產物」[48],其實中國摩登女郎亦如是。相對的,我想從另一個角度來切入討論——我認為,近年來已成為跨文化研究及跨國研究核心議題的摩登女郎,根本是浪蕩子的凝視所創造出來的產物。中、日新感覺派作家都深受保羅・穆航 (Paul Morand) 影響,與他一樣,在某個程度上都是自命風流的浪蕩子,無論生活、書寫,均以浪蕩

子風格自許。若非從浪蕩子美學的角度探討摩登女郎，就無法理解：摩登女郎作為現代性所建構出來的產物，如何同時既體現又批判了現代性的追求。如果借用福柯的話語，摩登女郎身為「現代」的化身，正象徵浪蕩子對「現代」嘲諷挪揄的態度。換言之，摩登女郎體現了浪蕩子「對當下的英雄化」。

在此，有必要先釐清摩登女郎與其先行者——新女性——之間的差異。新女性的出現早了一、二十年，但兩者當然曾經同時共存，也具有類似的特徵。法國十九世紀末的新女性，由於家庭財富的窮盡或虛耗，必須「獨立於家庭之外生活及工作」，體現的是全球的共同現象[49]。日本青鞜社的女作家是新女性的著名代表，她們作風前衛，過著放蕩不羈的波西米亞式生活[50]。在中國，新女性可能是北京、上海、東京甚至巴黎之類的大都會中，追求　蒙及自由戀愛的中產階級婦女，靠著寫作或打工，自立更生完成大學教育。因此她們是知識分子，享有某種程度的經濟自主及性愛自由。例如白薇及廬隱，在男性主導的上海及北京的五四文壇中展露頭角，我們都耳熟能詳[51]。在中國新女性形象中，最令人印象深刻的是一九三四年的電影《新女性》中的頹廢女作家，與進步的左派女工形成對比。

新女性與摩登女郎雖皆因離經叛道、精神頹廢而飽受批判，但新女性追求自主及知識的努力，多少還贏得贊許；相對的，摩登女郎則因荒唐無知、放浪形骸（日本人說是「毫無貞操觀念」[貞操観念がない]），而被毫不留情地批評。在法國，她也是受人恥笑的對象。一九一六年路易‧伊卡爾 (Louis Icart, 1888-1950) 在戰時雜誌《刺刀尖端》(A coups de Baïonnette) 上發表的一幅漫畫，充分表達了這種社會觀感。在這幅漫畫中，一名摩登女郎正在一家高級

「戰爭拖了那麼久……」

服飾店中試穿新衣，她的男伴身著軍裝，在更衣室角落裡等候。女郎在鏡子裡反覆端詳自己，漫不經心地說：「戰爭拖了那麼久……」軍官邊打哈欠邊說道：「但絕對不像你試裝那麼久……」[52]。即使戰爭連年、眾生苦難，摩登女郎依舊不改其奢侈頹廢，此主題已成跨國研究焦點。無論身在何處——la femme moderne 所在的法國，モダン・ガール所在的在日本，摩登女郎所在的中國——摩登女郎都代表「肉感、怪異、無內容」（エロ・グロ・ナンセンス，或 érotique grotesque nonsense）。這個套語充滿法文、英文和日文的聯想，於一九三〇年代傳入上海後，不僅是摩登女郎，連覬覦她的浪蕩子也成為笑柄。第二章分析一幅上海的漫畫時，將詳述之。

如同新女性，一九二、三〇年代的摩登女郎不只是男性凝視下的產物，也是歷史上真實的人物。真實的摩登女郎與被建構出來的摩登女郎形象之間的相互影響及重疊，是個值得探究的題目。然而本書中，我所關心的是作為文化建構的摩登女郎形象。有別於目前英、法及日文摩登女郎研究，本書從浪蕩子美學——創造了摩登女郎文化形象的心態——的概念來解讀她的形象。對我而言，浪蕩子美學是跨文化現代性的精髓。

在筆者的浪蕩子美學概念中，浪蕩子的定義，首先必須靠他與摩登女郎的關係來界定。浪蕩子與摩登女郎是一體的兩面；她是浪蕩子的自我投射——浪蕩子對摩登女郎的迷戀，是自戀的展現。更有甚者，摩登女郎是浪蕩子存在的合法理由：摩登女郎是他維持浪蕩子形象的必要條件。但摩登女郎是低他一等的她我。身為品味及風雅的把關者，浪蕩子以教導摩登女郎的行為舉止及穿著品味為己任。他一方面執迷於她的風華容貌，一方面不信任她的智力及貞

操，透露出根深蒂固的女性嫌惡症 (misogyny)。有趣的是浪蕩子的自我矛盾；他一方面鄙視摩登女郎智性低下、水性楊花，同時卻對她的魅力毫無招架之力，徹底臣服在其美色之下。我們或許可說，他半自願地容忍她的無知、善變及無理，這其中當然有被虐情結。事實上，這是浪蕩子與摩登女郎的相互折磨。

我們大可以說，對浪蕩子而言，摩登女郎充其量不過是個臉蛋和身體。如果浪蕩子把摩登女郎當成人體模型，他自己就是設計師。或者，更精確地說，他是人體模型與設計師的合而為一。他時時創新自我，但摩登女郎卻無法自我創造。然而當保羅・穆航遇見香奈兒 (Coco Chanel) 時，立即認可她是身為設計師、懂得如何自我創新的摩登女郎，視她為女性浪蕩子。他以香奈兒為完美的她我，並在他的書中賦予她敘事者的聲音，讓她述說自己的故事。第二章對此將有充分討論。

本書中顯示浪蕩子對摩登女郎愛恨交織的辭彙——「女性嫌惡症」——實際上出自一個上海新感覺派故事，其中摩登女郎與摩登青年幽默地以此辭彙彼此嘲弄。第五章將詳細討論。摩登青年足堪比美摩登女郎，是浪蕩子低等的他我。在日本他出現於大正末年昭和初期，一派浪蕩子作風，被稱作モダン・ボイ (modern boy) 或モボ (mobo)，是與モガ (moga)、亦即 モダン・ガール (modern girl) 相對應的人物。文化批評家及記者新居格，首先創造了摩登青年（モボ）、摩登女郎（モガ）、馬克思青年（マルクス・ボイ）及恩格斯女郎（エングルス・ガール）[53] 等新詞彙。如果要一窺當時摩登女郎與摩登青年成雙成對的形象，可看田中比左良一九二九年所發表的四十八格連環漫畫〈摩登姑娘與摩登少爺〉（モガ子と

モボ郎）。第十九格中，摩登女郎與摩登青年皆一身西式衣著、打扮入時，卻無奈地看著一名鄉下女孩，臉上表情極端挫折。女孩頭繫印花方巾，身上背著嬰兒，小小年紀，卻顯然早已投身勞動市場。她唱歌似的，揶揄嘲諷兩人的無所事事、一無是處：「摩登女郎算是人的話，連電線杆都會開花！」女孩腳邊蹲著一隻青蛙，呱呱呼應著：「摩登女郎！蠢蛋！摩登青年！蠢蛋！」[54] 整整四十八格漫畫都在描繪摩登女郎對流行時尚的熱切追求；她喜愛海水浴甚於傳統的溫泉；她扭捏作態，存心折磨摩登青年，總是挑戰他參與網球及溜冰之類的時興現代運動。

摩登女郎的研究已成為跨國、跨學科的顯學，相對的，中、日摩登青年的研究，卻仍乏人問津。如同摩登女郎，他也是商業廣告的寵兒，例如帽子、香菸、美髮、服飾等廣告；人們對他多是語帶貶義。摩登男女皆被貶為頹廢的象徵，都是「肉感、怪異、無內容」

摩登姑娘與摩登少爺

的體現。我們可以說，摩登青年是浪蕩子低一等的同性他我。

　　每個摩登男女身上都有浪蕩子的影子，反之亦然。在年紀上，浪蕩子與摩登男女有差異：摩登男女相對年輕，大約從十來歲到三十出頭歲；浪蕩子卻沒有年齡的限制。然而，兩者之間最大的差異不在年紀，而在於浪蕩子的藝術執著。摩登男女的職業經常是舞女、售貨員、記者、甚至是律師——當然，還可能身兼情婦或牛郎；而藝術是浪蕩子主要的、甚至是唯一的工作。他表面上看似無所事事，實際上是從事創意工作。與摩登男女一樣，浪蕩子鍾愛時尚衣著及品味生活，但卻致力於美學實踐。浪蕩子美學除了意味時尚生活品味，更是一種美學宣言，第一、二章將詳述之。第一章以劉吶鷗作為典型的浪蕩子。他生於殖民時期的台灣，在日本受教育，以上海新感覺派的領袖奠定文名。他的一九二七年日記及其他作品，充分顯示出他的浪蕩子本色；他的浪蕩子美學就是一種美學實踐。第二章以浪蕩子美學的概念，連結保羅・穆航及其中、日追隨者。本書中摩登女郎與摩登青年反覆出現，與浪蕩子／文化翻譯者形成對比。

　　浪蕩子美學的深層理論意義尚待開展，第一、二章將詳盡討論。就本書所謂跨文化現代性的角度而言，浪蕩子是一個自覺自發的行動家，他身處跨文化場域，在藝術、語言及文化領域從事創造轉化；他是帶領潮流的人物。反之，摩登男女就是跨文化場域本身，他們隨波逐流，對潮流的歷史意義毫無所知。浪蕩子扮演著文化翻譯者的角色，轉化了跨文化場域中流入流出的形形色色訊息；摩登男女則像容器一般，接收了外來的訊息，又原封不動地輸出訊息。上述討論的田中比左良的連環漫畫，可充分說明摩登女郎這種

特質。

　漫畫的第一格裡，摩登女郎正在讀報，嘴裡複誦著：「什麼……你瞧瞧……日本式清薄透明的衣物都嚴禁……東京都警務局規定……贊成！」在第二格中，她對街上身著清薄羅衫的女子說道：「穿這種羅衫真是可恥，別再穿了。這是日本女性之恥！」被指控的傳統婦女大為震驚，反問：「那你自己身上穿的薄衫呢？」在第三格中，身著香奈兒式雪紡連衣裙、敞露雙膝的摩登女郎，回應了一連串以「的」為字尾的形容詞，來區分兩人衣著的差異：「我的是審美的、藝術的、獨創的、文化的、發揮處女美的。無論如何，就是不同。你的是輕佻的、頹廢的。」[55]

　此處摩登女郎的舉止，表現出她是典型的知識接收者／傳遞者。首先，她從報章雜誌上汲取資訊，然後遵守東京都警務局禁止傳統服飾的命令，開始自動自發在大街上替警察管教路人。其次，她身穿最流行的巴黎服飾，髮上卻插著小小的日本國旗；這種不諧調的搭配，其實展現的是明治時期愛國主義的教條：「脫亞入歐」，想像日本強大西化後、可以與歐洲帝國主義國家平起平坐（詳細討論請見第三章）。其三，她的語言裡使用大量的「的」字，反映了明治時期歐化的日本語言。根據《明治大正昭和世相史》所述：

> 明治十年［1877］後，哲學家開始使用「積極的」、「傍系的」、「抽象的」之類辭彙，因而導致其他新造辭彙的使用，都是在複合辭後面加上「的」字：例如「文學的」、「野蠻的」、「婦女的」。在明治二十二［1889］年左右，這種用法開始普及。[56]

羅物<ruby>征伐<rt>うすもの</rt></ruby>の巻

連續漫畫
モが子とモボ郎
佐左良作

「なに……いかがわしき羅物嚴禁……警
視庁……だ……大贊成！」

「そういう羅物の着方はみっともないからお
止しなさい、日本女子の恥です」
「あなただって羅物？」

「あたしのは審美的で芸術的で独創的で文化
的で処女美発揮の、的はのでも的が違う。
あなたの的は挑発的で頽廃的です」

摩登姑娘與摩登少爺

　　無論在語言上或意識形態上，摩登男女只是鸚鵡學舌般地複製資訊；相對的，語言的創新正是新感覺派書寫的特徵之一。筆者以「混語書寫」（隨意混用不同語系的辭彙）的概念，來討論新感覺派語言中的跨文化混種現象。對筆者而言，混語書寫正是跨文化現代性的精神所在，因為它凸顯了文化翻譯者折衝周旋於外來／本土、國家／地方、古典／白話、菁英／通俗的語言符碼之間。透過混語書寫的分析，我們可看出翻譯者在不同的權力體制間進行創造性轉化；在引介新概念的同時，也創造了新的表達模式。

　　第三章聚焦於橫光利一小說裡的摩登男女形象。他們被革命及帝國主義戰爭的浪潮襲捲到上海，但卻絲毫不知自身的經歷有何重大歷史意義。他們是福柯定義下的城市漫遊男女，是群體大眾的一部份，沈迷於時間洪流中的「暈眩感」。反之，浪蕩子／作家／文化翻譯者在小說及漫畫中創造了摩登男女的形象，以冷嘲熱諷的態度面對自己的時代，以全新的表達模式完成了創造性轉化。第四、第五章均由摩登男女起首，他們挪用專業術語及科學用語時，故意扭曲嘲弄，凸顯了作家蓄意嘲諷時人對「現代」的趨之若鶩。新感覺派作家創造可笑的摩登男女形像，並藉此自嘲，對自己身為跨文化場域中的現代性推手有高度自覺。這兩章主要討論文本的旅行、及文化翻譯者在跨文化場域中與這些文本的邂逅，分析他們進行創造轉化的能動性。相對於文化翻譯者，摩登男女充其量只是覆誦從小說及媒體上所學來的資訊。

　　為了說明浪蕩子／文化翻譯者的自我嘲諷及自我意識，筆者從一九三六年《時代漫畫》上的一幅連環漫畫入手：〈未來的上海風光的狂測〉。漫畫總共十二格，描繪一群雄赳赳氣昂昂的摩登女郎，

幾近全裸，一派大都會未來領袖的姿態。第一格描繪的未來世界
中，丁字褲是唯一允許的衣著。摩登女郎在路上巡邏，查緝穿著外
褲的男人，因為外褲是「封建的餘孽」[57]。所有工作都被女性佔了，
包括拉人力車在內；男人則失業，賦閒在家。雇用美男子當服務生
轟動一時，一女多夫也成為時尚，因此而造成性病的浮濫流傳，結
果是「性病醫院多於香菸店」。如第七格顯示，男性雜誌成為暢銷
書，色情書刊更是當街販售，包括《性史》，是傳奇人物「性博
士」張競生編撰的，為一本藹理斯式的個人性經驗個案研究[58]。這
個由摩登女郎主導的未來社會，顯然是蓄意挪揄張競生一九二五年
的《美的人生觀》及《美的社會組織法》中所想像的女性中心社會。
在他想像的未來世界中，女人以其性權力進行統治，以審美直覺轉
化社會種種，包括服裝改革、鼓吹清涼衣著，還推行前衛的全裸海
浴[59]。上海浪蕩子想像出來的荒謬未來世界中，女人宰制一切，男
人成了不折不扣的性奴隸。這無疑是浪蕩子的自嘲，諷刺自己對摩
登女郎無可救藥的迷戀，受制於她的性魅力而不可自拔。

其次，如第八格所示，摩登女郎時興的休閒娛樂是帶烏龜與蛇
在街上散步[60]。在中文脈絡裡，烏龜有戴綠帽子的意涵，妻子與人
私通的男人被稱作龜公。蛇是傳統禍水紅顏的象徵，此處可指涉牛
郎，也就是未來女性中心社會中的禍水美男。對本書而言，更有趣
的是烏龜與漫遊者的關連。如熟悉班雅明〈波特萊爾筆下的第二帝
國〉一文，立即會聯想到班雅明這段話：

> 他〔漫遊者〕生性遊手好閒，以此姿態抗議現代勞務分工
> 的專業化。對孜孜矻矻勞碌終日的人，他當然也嗤之以鼻。

未來的上海風光的狂測

> 一八四〇年左右，一度流行在拱廊商場裡帶烏龜散步。漫遊者喜歡讓烏龜替他們設定散步的速度。如果讓他們隨心所欲的話，時代進步的速度也不得不跟隨他們的步伐而調整。[61]

對班雅明而言，拱廊商場裡溜烏龜表面上似乎顯示浪蕩子的百無聊賴，以及他夢遊終日對逝去時光的鄉愁[62]，但事實上卻象徵了波特萊爾式漫遊者面對工業化的姿態，也就是對工業化、現代化分工、勤勉及進步的抗拒。但是此處上海浪蕩子的未來上海狂想曲，卻轉化了班雅明的漫遊者原型，將漫遊青年變成了漫遊女郎。未來上海世界中的摩登女郎，腳下溜的不僅是烏龜，還有浪蕩子和摩登青年，更包括浪蕩子祖師爺波特萊爾——他們一個個都心甘情願地拜倒在她魅力之下。上海浪蕩子的戲仿，一方面將歐洲現代主義帶進中國，一方面對摩登女郎、浪蕩子的原型（即波特萊爾）、及自己都大肆嘲弄一番。這一切無他，端賴他的創造性轉化。

註解

1 此畫的展示説明如下：「里戈是太陽王路易十四最喜愛的宮廷畫家。路易一向熱中於透
過莊嚴肖像來展現權力及地位，非常喜歡這個構圖，因此委任里戈的工作坊一連畫了好
幾幅。這是一七〇一年構圖的第三版畫作，畫中國王姿態優雅，表情高傲，他的緞料貂
皮皇袍顯得奢華無比，完整襯托出皇家尊榮。」

2 Peter Burke, *The Fabrication of Louis XIV* (New Haven and London: Yale University Press,
1992), p.16.

3 *Ibid.*, p.184. 此處所謂的「儀式」，意指西班牙皇家肖像中典型「僵化的西班牙儀態」；
所謂隨性，意指「屈尊降貴姿態，見於十七世紀的其他國王，尤其是丹麥的克里斯丁四
世 (Christian IV) 以及瑞典的居士塔福・阿朵夫 (Gustav Adolf)；他們性喜微服出行，與
民閒話於市。」

4 *Ibid.*, p.33.

5 *Ibid.*, p.192.

6 Joan DeJean, *The Essence of Style: How the French Invented High Fashion, Fine Food, Chic
Cafés, Style, Sophistication, and Glamour* (New York: Free Press, 2005), pp.83-103. DeJean 指
出，男女的鞋款一直到十七世紀前都幾乎無分軒輊，女鞋由於常被長裙覆蓋，反而不如
男鞋花俏。

7 英文關於 Lestage 的故事，請見 DeJean, pp.86-90。DeJean 並未提到一六六九年的一本
詩集，該詩集對 Lestage 的成就大肆讚揚。Nicolas Lestage, *Poésies nouvelles sur le sujet
des bottes sans couture présentées au Roy par le sieur Nicolas Lestage, maître Cordonnier de
Sa Majesté* (新詩集：紀念國王陛下的製鞋師尼可拉斯・列斯塔吉獻給國王的無縫馬
靴；Bordeaux: Editeur Bordeaux, 1669). 從 Lestage 將詩集獻給羅克洛爾公爵 (Duke of
Roquelaure) 來看，這本詩集可能是製鞋師自己委託別人收集編撰而成。獻詞中有一段提
及國王的畫廊裡展示了他的畫像，標題為「他是時代的奇蹟」。法文關於此事件，請見
Paul Lacroix, Alphonse Duchesne, and Ferdinand Seré, *Histoire des cordonniers et de artisans
dont la profession se rattache à la cordonnerie* (鞋業史話：製鞋師及製鞋業的藝匠；Paris:
Librairies Historique, Archéologique et Scientifique de Seré, 1852.) 作者暗示這幅畫像及標
題可能是製鞋師自己虛構的。

8 Julia Prest, *Theatre Under Louis XIV: Cross-Casting and the Performance of Gender in Drama,
Ballet and Opera* (New York: Palgrave MacMillan, 2006).

9 同性戀在路易的皇宮中司空見慣，雖然由於來自教會的壓力，他必須立法禁止。路易的
父親 (Louis XIII)、叔父 (César de Vendôme)、弟弟 (Philippe d'Orléons)、一個兒子 (Comte

de Vermandois)、及諸多頂尖將領 (Duke de Luxembourg, Duke de Vendôme, Charles Louis Hector de Villars) 都是知名的同志；礙於壓力，他們或多或少都隱藏了性傾向。請見 Louis Crompton, *Homosexuality & Civilization* (Cambridge, Mass.: Harvard University Press, 2003), pp.339-360.

10 Plato, *The Symposium*, trans. Christopher Gill and Desmond Lee (New York: Penguin, 1999), pp.26-31.

11 Joshua Goldstein, *Drama Kings: Players and Publics in the Re-creation of Peiking Opera, 1870-1937* (Berkeley: University of California Press, 2007).

12 *Ibid.*, pp.77-101.

13 如眾所週知，路易的宮廷及當時的沙龍文化，提供了女人社會空間，使她們享有行動自由，幾乎可與男人比擬；相對的，同時代的西班牙及義大利女人在社交生活上仍舊與男人隔離。在路易執政的時期，國家才介入教會所主導的普及教育，立法規定女子同男子一樣，有接受宗教教育及基本教育的權力。請見 Roger Duchêne, *Être femme au temps de Louis XIV* (Being Woman at the Time of Louis XIV; Paris: Perrin, 2004).

14 Maureen Needham, "Louis XIV and the Académie Royale de Danse, 1661: A Commentary and Translation," *Dance Chronicle* 20.2 (1997): 173-190.

15 日本翻譯法國文學先驅之一是詩人堀口大學，他的選集《月下の一群》(1925)，包括六十六個法國現代詩人的三百四十篇詩作。根據此版本的前言，他十年來所譯詩作一半以上都是法文詩，收錄於此選集中。收錄的法文詩人包括 Charles Baudelaire, Paul Verlaine, Guillaume Apollinaire, Stéphane Malarmé 等。請見堀口大學：〈序〉，《堀口大學全集》第 2 卷（東京：小澤書店，1981 年），頁 7。

16 請見例如 Yiu-man Ma 馬耀民 , "Baudelaire in China" (Ph. D. dissertation, National Taiwan University, 1997)；澀澤孝輔：《詩の根源を求めて─ボードレール・ランボー・萩原朔太郎その他》（尋找詩的根源──波特萊爾、萩原朔太郎及其他；東京：思潮社，1970 年）；福田光治編：《歐米作家と日本近代文學》（歐美作家與日本近代文學；東京：教育出版センター，1974 年），共 5 卷。關於徐志摩翻譯的波特萊爾作品 "Le charogne"（死屍），請見 Haun Saussey, "Death and Translation," *Representations* 94.1 (Spring 2006): 112-130.

17 見 Rhonda K. Garelick, *Rising Star: Dandyism, Gender, and Performance in the Fin de Siècle* (Princeton, N. J.: Princeton University Press, 1998). Garelick 討論了四篇關於浪蕩子主義的重要作品：Balzac's "Traité de la vie élégante" (Treatise on the Elegant Life; 1830), Barbey

d'Aurevilly's "Du Dandysme et de George Brummell" (On Dandyism and George Brummell; 1843), Baudelaire's *The Painter of Modern Life* (1863), and Jean Lorrain's *Une Femme par jour* (A Woman during Daytime; 1890). Garelick 的浪蕩子美學定義，重心是浪蕩子對美學及對社會複製的渴求（原創作品如何開創出複製的風氣）；我的定義強調浪蕩子對於身處前沿的高度自覺，以及他隨時準備以跨文化實踐進行蛻變。巴爾札克把人化分為三種，並把浪蕩子歸類於「遊手好閒者」。我認為，浪蕩子看似優哉游哉、無所事事，卻應歸類為「從事思考」以及「從事工作」的人。

18 Walter Benjamin, "The Paris of the Second Empire in Baudelaire," in *The Writer of Modern Life: Essays on Charles Baudelaire*, ed. Michael W. Jennings (Cambridge, MA.: Harvard University Press, 2006), p.85. 此選輯收錄了所有班雅明研究波特萊爾的文章，編者在班雅明的原註後附上他自己的註解。此文寫於一九三八年，班雅明生前從未出版。引文的英文翻譯為 Harry Zohn 所譯。

19 *Ibid.*, p.40.

20 *Ibid.*, p.72.

21 *Ibid.*, p.10.

22 *Ibid.*, p.40.

23 *Ibid.*, p.54.

24 *Ibid.*, p.41.

25 *IIbid.*, p.89. 班雅明說：「就我們所處理的範圍而言，此階級（意指中產階級）正開始沒落，終有一天他們當中有許多人會意識到自己的勞務的商品化本質。」

26 *Ibid.*, p.139.

27 康德的〈何謂啟蒙〉(Was ist Aufklärung?) 一文刊登於一七八四年十二月的《柏林月刊》*Berlinischen Monatsschrift*。福柯在法蘭西學院講座中反覆闡釋此文。除了〈何謂啟蒙〉一文之外，亦可見 Michel Foucault, "Leçon du 5 Janvier 1983" (一九八三年一月五日演講), in *Le gouvernment de soi et des autres: Cours au Collège de France, 1982-1983*, ed. Frédéric Gros (The Government of Self and Others: Courses at Collège de France, 1982-1983; Paris: Le Seuil, 2008), pp.3-39. 在此演說的第一個小時裡，福柯指出，康德這篇文章是哲學史上，首度有哲學家提出有關其所處時代的關鍵問題：何謂當下？或，今天有什麼正在發生？(la question de l'actualité, c'est la question de : qu'est-ce qui se passe aujourd'hui?) 這也是〈何謂啟蒙〉的核心問題。在一月五日演講的第二個小時，福柯指出康德的文章闡明了公私領域的二分：人在公領域享有極致的言論自由（如公開批評國家的賦稅制度），

在私領域則遵從體制（例如依法繳税）；他指出，康德認為公私領域的二分正是啟蒙的精神所在，所謂啟蒙也就是人從幼稚狀態 (l'état de minorité) 進入成人狀態 (majeurs) 的時刻。感謝何乏筆提供這篇講稿，讓筆者得以在此文尚未出版前便使用此文。此演説的精簡版是〈何謂啟蒙〉一文，請見 "Qu'est-ce que les lumières?" (L'Art du dire vrai), in *Magazine Littéraire* 207 (May 1984): 34-39. 較短的版本收於 *Dits et écrits, 1976-1988* (Paris: Gallimard, 2001), vol. 2, pp.1498-1507.

28 Michel Foucault, "What Is Enlightenment?," trans. Catherine Porter, in *The Foucault Reader,* ed. Paul Rabinow (New York: Pantheon Books, 1984), pp.32-50. 引文見頁 41.

29 Michel Foucault, "Qu'est-ce que les lumières?," in *Dits et écrits, 1976-1988,* vol. 2, pp.1381-1397. This is originally a lecture at Collège de France around 1983. This quote is on p.1389.

30 Foucault, "Qu'est-ce que les lumières?," p.1390; Porter, "What Is Enlightenment," p.42.

31 Foucault, "Qu'est-ce que les lumières?," p.1388; Porter, "What Is Enlightenment," p.39.

32 Walter Benjamin, "Das Paris des Second Empire bei Baudelaire," in *Gesammelte Schriften,* eds. Rolf Tiedemann and Hermann Schweppenhäuser (Collected Works; Frankfurt am Main: Suhrkamp, 1980), vol. 1, p.558.

33 Foucault, "Qu'est-ce que les lumières?," p.1387; Porter, "What Is Enlightenment," p.39.

34 Foucault, "Qu'est-ce que les lumières?," p.1390.

35 *Ibid.*, p.1389.

36 *Ibid.*, p.1390.

37 Porter, "Qu'est-ce que les lumières?," p.42.

38 Foucault, "Qu'est-ce que les lumières?," p.1588; Porter, "What Is Enlightenment," p.40.

39 Foucault, "Qu'est-ce que les lumières?," p.1388-1389; Porter, "What Is Enlightenment," p.40.

40 Porter, "What Is Enlightenment," p.40.

41 *Ibid.*, p.41.

42 Foucault, "Qu'est-ce que les lumières?," p.1393; Porter, "What Is Enlightenment," p.45, with modificaitons.

43 演講最後，福柯總結：「此關鍵任務牽涉到對啟蒙的信心；我始終認為，此任務就是挑戰自我的種種限制；這是考驗耐力的任務，終將實現我們對自由的渴求」。(le travail sur nos limites, c'est-à-dire un labeur patient qui donne forme à l'impatience de la liberté). 請見 Porter, p.50, Foucault, p.1397.

44 Foucault, "Qu'est-ce que les lumières?," p.1394; Porter, "What Is Enlightenment," p.47.

45 Foucault, "Qu'est-ce que les lumières?," p.1393.

46 Donald Keene 以 neosensationalism 稱呼日本的新感覺派，並不恰當。今天的用法，sensationalism 多半與媒體譁眾取寵的現象相連。「新感覺」指的是新的感官知覺，對橫光利一來說，更有認識論的意義，詳見本書第二章。史書美在 *The Lure of the Modern: Writing Modernism in Semicolonial China, 1917-1937* 一書中，使用 new sensationism。Isabelle Rabut and Angel Pino 於 *Le fox-trot in Shanghai, et autres nouvelles chinoises* (The Fox-Trot in Shanghai, and Other Chinese Stories; Paris: Albin Michel, 1996) 一書中，則使用 Neo-Sensationnisme。

47 近年摩登女郎的研究進入跨國視野。請見跨國摩登女子計畫《東アジアにおける植民地的近代とモダンガール》2005 年度研究報告（東亞的現代殖民地與摩登女郎；東京：御茶水女子大學）。報告中研究的國家包括日本、琉球、台灣、中國、韓國、南非等等，而摩登女郎的形象與國際物質文化的流動連結起來。計畫成果為論文集 Alys Eve Weinbaum et al., eds, *The Modern Girl Around the World: Consumption, Modernity, and Globalization* (Durham: Duke University Press, 2008). 亦請參考 Jina Kim, "The Circulation of Urban Literary Modernity in Colonial Korea and Taiwan" (Ph. D. diss., University of Washington, 2006).

48 Miriam Silverberg, *Erotic Groteque Nonsense: the Mass Culture of Japanese Modern Times* (Berkeley: University of California Press, 2006), p.51.

49 Mary Louise Roberts, *Civilization without Sexes: Reconstructing Gender in Postwar France, 1917-1927* (Chicago & London: The University of Chicago Press, 1994), p.11. Roberts 把摩登女郎看成一次世界大戰的產物，她探索「道德與性別的創傷在戰爭期間如何被混淆」(p.215). Jina Kim 在論文的引言中，區分韓國的摩登女郎與新女性形象。請見 "The Circulation of Urban Literary Modernity in Colonial Korea and Taiwan," pp.1-50.

50 吳佩珍：〈一九一〇年代の日本におけるレズビアニズム：「青鞜」同人を中心に〉（一九一〇年代日本的女同志現象：以「青鞜」同人為中心），《稿本近代文學》第 26 集（2001 年 12 月），頁 51-65；Dina Lowy, *The Japanese "New Woman": Images of Gender and Modernity* (New Brunswisk, N. J.: Rutgers University Press, 2007).

51 Peng Hsiao-yen, "The New Woman: May Fourth Women's Struggle for Self-Liberation," *Bulletin of Chinese Literature and Philosophy, Academia Sinica* 6 (March 1995): 259-337; Sarah E. Stevens, "Figuring Modernity: The New Woman and the Modern Girl in Republican China," *NWSA Journal* 15.3 (Fall 2003): 82-103.

52 Louis Icart, "Dessin de Icart" (Icart 漫畫), *A coups de Baïonnete*（刺刀尖端）4.40 (6 April 1916): 252.

53 大宅壯一：〈百パーセント・モガ〉(百分之百摩登女郎；1929),《大宅壯一全集》第 2 卷（東京：蒼洋社，1980 年），頁 10-17：「A 夫人是日本第一位摩登女郎，也就是 摩登女郎的原型。至少應該說，我的朋友 N 君發明了摩登女郎這個辭彙來形容她」（頁 11）。此處所說的 N 君是新居格。請見鈴木貞美編：《モダン都市文学 II：モダンガー ルの誘惑》（摩登都市文學 II：摩登女郎的誘惑；東京：平凡社，1989 年），頁 397：「『我 的友人 N 君』指的是新居格。」請見嘉治隆一：〈新居格と岡上守道—— 創的文化記 者，コスモポリタン記者〉（新居格與岡上守道——獨特的文化記者，國際記者），收 入朝日新聞社編：《折り折りの人》（當代人）第 2 卷（東京：朝日新聞社，1967 年）， 頁 190-194。根據這篇文章，新居格發明了摩登女郎（モガ）、摩登青年（モボ）、馬 克思青年（マルクスボイ）、恩格斯青年（エングルスボイ）等新辭彙。

54 田中比左良：〈モガ子とモボ郎〉（摩登姑娘與摩登少爺），《田中比左良画集》（東 京：講談社，1978 年），頁 129-144。原發表於田中比左良：《涙の値打》（眼淚的價值） （東京：現代ユウモア全集刊行會，1929 年）。

55 同前註，頁 129。

56 加藤秀俊等著：《明治大正昭和世相史》（東京：社會思想社，1967 年），頁 107。

57 張文元：〈未來的上海風光的狂測〉，收入沈建中編：《時代漫畫 *1934-1937*》下冊（上 海：上海社會科學院出版社，2004 年），頁 404-407。原發表於《時代漫畫》雜誌，30 號（1936 年 9 月 20 日）。

58 同前註，頁 406。

59 Peng Hsiao-yen, "Sex Histories: Zhang Jingsheng's Sexual Revolution," in *Critical Studies: Feminism/Femininity in Chinese Literature,* eds. Peng-hsiang Chen & Whitney Crothers Dilley (Amsterdam: Editions Rodopi B.V., 2002), pp.159-177; 彭小妍：〈性啟蒙與自我的解放：「性 博士」張競生與五四的色慾小說〉，收入《超越寫實》（台北：聯經出版公司，1994 年）， 頁 117-137。

60 張文元：〈未來的上海風光的狂測〉，頁 406。

61 Walter Benjamin, *The Writer of Modern Life: Essays on Charles Baudelaire,* p.84.

62 Walter Benjamin, *The Arcades Project,* 4th ed. trans. Howard Eiland and Kevin McLaughlin (Cambridge, Mass.: Harvard University Press, 2003), p.106. 班雅明說道：「圓拱廊空間裡 的生命無聲流動，如同夢境一般。漫遊是這個夢境的韻律。一八三九年，烏龜熱橫掃巴 黎。我們可以想像，比起林蔭大道，優雅的人們更容易在圓拱廊裡模仿烏龜的步伐。」

一

浪蕩子、旅人、女性鑑賞家：
台灣人劉吶鷗

人生的結果是孤獨，離別尤其使我們覺得孤
獨，是和懷鄉——懷那永遠之鄉，白雲？——
同一的感情，Bon voyage! O! frère!

——劉吶鷗

■ 永恆的旅人：跨文化實踐

一九二七年五月五日，劉吶鷗 (1905～1940) 在家鄉台南送別了啟程返回東京求學的弟弟，在日記中以法文寫下："Bon Voyage! O! frère!"（祝一路順風！噢！兄弟）[1]。雖然他一心渴望返回上海，但是由於祖母的喪事，他必須留在台南。受波特萊爾詩句 "Hypocrite lecteur, mon semblable, mon frère!"（偽善的讀者，我的同類，我的兄弟！）的啟發[2]，劉的遠航詩興聽來像是跨文化囈語，語言及情感均難免矯揉做作。劉的日記年份記載大正十六年，由東京新潮社出版。事實上大正天皇只在位十五年，他於一九二六年十二月二十五日崩殂，事出突然，顯然連出版社都來不及改正出版年份。劉吶鷗很有可能於那年末返回東京時，購得此日記，也可能是在上海居留時購得。

劉吶鷗出身地主家庭，十二歲時喪父。他與母親長久以來相處不甚融洽。對他而言，母親代表「封建制度」的餘孽。值得慶幸的是，如同當時台灣大部份的富裕人家，母親供他和弟妹到中國、日本求學。年僅二十二的劉吶鷗早已雲遊四海，時時在台灣、日本和中國穿梭遊歷。他日記裡拗口的白話中文，混雜了英文、法文、日文、德文及台語等辭彙。人如其文，他本人事實上是個不折不扣的「世界人」——這是一九四〇年他因不明因素被謀害後，一名友人給他的封號[3]。此稱謂充分點出劉吶鷗身為跨文化文人，為了追求藝術的自由完美，跨越了國家、語言及文化的界限。

事實上，劉吶鷗的日常生活處處受限。出生於一九〇五年的殖民台灣，國籍雖是日本人，在殖民地受教育的機會卻有限，因此

他一九二〇年從台南的長榮中學轉學至東京青山學院的中學部[4]。一九二三年他繼續於青山學院的高等學部深造，並於一九二六年三月以優異成績取得英國文學學位[5]。一九二六年他進入上海震旦大學的法文班就讀，成為戴望舒的同學。次年，施蟄存與杜衡也進入該學程就讀[6]。劉吶鷗在一九二七年一月的日記中記載：這批日後成為新感覺派作家的青年才俊，當年夢想共同創立一本名為《近代心》的期刊，結合圖畫及輕鬆小品，藉此溝通菁英與通俗品味間的鴻溝[7]。這個夢想要等到一九三四年一月，漫畫家也是新感覺派同人郭建英在劉吶鷗一夥人支持下，就任《婦人畫報》主編後，才得以實現。這方面本書第二章將進一步論及。

　　日據時期的台灣，感懷離散漂泊、寄情文藝抵抗認同危機的，非僅劉吶鷗一人。此類知識份子為數眾多，例如楊逵 (1902 ～ 1955)，一九二四至二七年間於日本留學，日後成為台灣無產階級作家的前鋒；張我軍 (1902 ～ 1955) 是台灣白話文學運動的領袖之一，他在一九二一至四六年間在北京斷斷續續地就讀中國文學，教授日文；張深切 (1904 ～ 1965) 於一九一七至二一年間在日本留學，一九二三至二四年間於上海就讀，日後成為作家、劇作家、電影劇作家、及電影工作者，活躍於台日之間。中日戰爭之際，台灣人在殖民地台灣或中國工作謀生不容易。一個簡單的例子即可充分說明台灣人在各國衝突間的掙扎困境。一九三〇年代張我軍替北京政府工作，擔任日文翻譯。然而，一九三七年七月日軍進城占領的前夜，北京政府祕密隨軍隊撤守，卻沒有通知張我軍；他們深怕身為台灣人的張我軍，會通風報信讓日本政府知道他們的撤守計畫。結果張我軍及家人被棄留於日本占領的北京。戰爭結束後直到一九五五年

張我軍過世，他背負的漢奸罪名一直無法洗清[8]。

在上海期間，劉吶鷗一直對外宣稱他是福建人，因為他心知在半殖民地的中國大都會中，台灣人很容易被懷疑是日本間諜[9]。同時代人，例如葉靈鳳，多認為他是半個日本人[10]。然而，即便劉吶鷗體悟到在戰時中國保有台灣人身份的不便，他還是不夠警覺，終至大禍臨頭。或許正因為作為一個台灣人身處於半殖民地的上海，他缺乏對「國家」的忠誠意識，無論文學或電影事業，均毫不猶豫地參與各種跨文化／跨國家的合作實踐，與當時各政權合作，包括左翼人士、國民政府、汪精衛偽政權、及日本人。

另一方面來說，也可能因身為藝術家，他唯一的忠誠對象就是藝術：為了發展電影事業，他不惜擁抱任何機會。為此目的，他必須不斷測試體制權力的界線，尋求突破的可能。他曾任職南京國民政府經營的中央電影攝影廠，擔任電影編導委員會的主任[11]。在此任上，他於一九三七年製作了一部反日電影《密電碼》。他也為左翼電影公司拍攝了好幾部電影，例如一九三六年他為明星公司拍攝了《永遠的微笑》，由當時的巨星胡蝶擔綱演出；同年為藝華影片公司，他編劇並執導《初戀》。為日本東寶映畫出資的光明影業公司，他於一九三七年改編了賽珍珠 (Pearl Bucks) 的小說《母親》(*Mother*)，拍成電影《大地的女兒》。在中日戰爭期間，日本人的興亞院文化部於一九三九年成立中華電影公司，他受聘為經理[12]。涉足於詭譎多變的半殖民政治風雲中，劉吶鷗實應如履薄冰。但是他從事跨文化實踐，挑戰國家疆界義無反顧，終至惹禍上身。

一九四〇年九月三日，劉吶鷗被一不知名槍手暗殺。出事前他正與友人在餐廳用餐，槍手埋伏於樓梯口，待賓客散盡，劉下樓預

備回家時，槍手疾步而出，朝他連開三槍[13]，暗殺原因至今仍是文學史的謎團。案發當時中日友人十餘人的聚會，是為了慶祝他繼新感覺派作家及電影工作者穆時英之後，繼任偽政府籌辦的國民新聞社社長。事發之後，劉吶鷗馬上由日本友人驅車送至鄰近的仁濟醫院，但在抵達醫院不久後便與世長辭了。

「國民新聞社」是汪精衛偽政府的新聞機構。就在兩個多月前，於六月二十八日，穆時英在「國民新聞社」社長任上被人槍殺，也是在送往仁濟醫院途中斃命[14]。沒有人知道這兩起謀殺是否有所關連，又是否為同一機構所為。有謠言傳說，劉吶鷗是被日本的祕密機構所謀殺，因日本政府認為他替國民黨擔任雙重間諜的工作。另一方面，卻有人認為是國民政府的祕密單位所策畫，因為他與日本人合作[15]。施蟄存甚至認為是杜月笙所為，因為劉吶鷗欠下大筆賭債[16]。不管謀殺原因為何，劉吶鷗的死亡指出了一個事實：半殖民地上海人命的脆弱不堪。由於沒有一個單一政府可以徹底執法，任何國籍之人，其人身安全均無完全保障。劉吶鷗的跨文化實踐及曖昧的身份認同，無異雪上加霜。

面對多重身份認同，劉吶鷗最後選擇自命為現代主義者，此身份正符合他浪蕩子的性格及生活方式。如同眾多的當代中國作家，劉吶鷗以幾篇乏善可陳的短篇普羅小說，展開文學事業。一九二九年他自資創立一家書店，成為當時左翼知識份子聚會的場所，直至國民政府強行關閉為止[17]。由於厭倦於普羅文學的內容重於形式，他旋即轉向現代主義[18]。當時《文藝新聞》的主編樓適夷，曾批判劉及其小團體的現代主義小說。他於一九三一年分析施蟄存的作品時，說道：「比較涉獵了些日本文學的我，在這兒很清晰地窺見了

新感覺主義文學的面影」[19]。事實上，劉及其同夥從未以新感覺派自稱。一九三四年四月，《婦人畫報》的主編郭建英首度承認這個標籤，並在〈編輯餘談〉中寫道：「黑嬰先生是現代中國新感覺派小說家中之新人」[20]。

　　劉吶鷗的現代主義美學，是透過一連串複雜的文化內化過程 (acculturation) 而形成，這是「文化間轉介挪用的過程，其特色為各民族的特質與成份持續跨越流動，結果產生新型的混合模式」[21]。就拉丁美洲文化融合的脈絡來說，「文化內化過程」強調的是「強勢文化的單向強制接受」。相對的，古巴人類學家費爾南多・奧爾蒂斯 (Fernando Ortiz, 1881-1969) 創造了「跨文化」(transculturation) 一詞，說明文化間的動態其實是「雙向的施與受」[22]。雖然表面上第三世界的作家及藝術家似乎只是模仿強勢文化，這種「雙向的施與受」基本上是一個創造轉化的過程。劉吶鷗一方面必須仿效並忠於通行國際的現代主義美學，但其作品中呈現的現代主義特質及元素，卻必然與其原生文化傳統及個人歷史結合。偽裝成福建人的劉吶鷗，以波特萊爾為師，以日本的新感覺派為楷模，但內心深處仍是不折不扣的台灣人，即便歷經了一定的轉化。劉吶鷗的現代主義美學中的「新型的混合模式」絕非僅只是波特萊爾或日本新感覺派的仿造。漂泊離散的生命經驗讓劉吶鷗內化了這些國際趨勢，就某種程度而言，他也從島民狹窄的視野中解放出來。他的生命及作品展現了跨文化的精髓。

　　我們即使譴責殖民政策的不公不義及放逐（無論自發或被迫）的失落感，也不應忽略殖民主義帶來的現代化──現代化不僅有利於殖民者，也同樣有利於被殖民者。漂泊離散經驗，更可能帶

來自由解放。問題在於，對劉吶鷗這樣的作家而言，如果具有普世 (universal) 價值的文學典律可能開創個人的自我解放，他們如何面對自己作品中的特殊性 (the particular)？伊格頓 (Terry Eagleton) 曾討論愛爾蘭作家的類似問題。他指出，這種矛盾並非無法解決，不必擔心「特殊性 (particularity) 被普世理性 (universal Reason) 壓抑，具體的愛爾蘭人被世界公民的概念勾銷、或被頌揚為獨特不可化約的生命，以至於無法接納任何外來的啟蒙理性」[23]。的確，即使遵從普世的美學典律，每個藝術家的作品都印記了個人的情緒、感性、衝動，以及地方、區域、國族的特殊性。

在一九二〇年代的台灣，激進的個人啟蒙觀及台灣國族意識的區域特殊性，實難以化約整合，尤其是台灣的國族意識因為日本殖民主權、祖國中國、及台灣本土而分裂。丁尼 (Seamus Deane) 在談論愛爾蘭時曾指出，這不是必須消除的對立狀態，亦非必須解決的理論矛盾，而是「激情的生存狀態」(it is a condition to be passionately lived)[24]。

劉吶鷗及其同代台灣作家在日本殖民統治下，面對藝術生命的矛盾時，的確精彩激情地度過了一生。無論是在上海縱情聲色的劉吶鷗，在台灣為無產階級發聲的楊逵，或是在北京倡議台灣文學改革的張我軍，均將個人品味及生命融入其文學理念當中。他們都是跨文化藝術家，時時挑戰國家的界線。他們的文學實踐與各自的社會活動難分難解，皆與上海、北京的半殖民政治或是台灣的殖民政治密切關聯，最終也都引禍上身。劉吶鷗的被暗殺或是楊逵在日據前後的反覆監禁，都說明半殖民或殖民政治律法的無法超越；個人的認同及命運糾葛其中，而普世的美學典律亦無力招架。

■ 典型浪蕩子及女性嫌惡症

劉吶鷗的現代主義在他的浪蕩子美學中表現得淋漓盡致。在筆者的概念中，浪蕩子美學不僅是一種文學模式，也是一種生活風格。就生活風格而言，浪蕩子有錢有閒，十分重視儀容及服飾的細節。從劉吶鷗一九二七年日記可看出，他對衣著有獨特的品味。依據他的習慣，總是到特定的店家去裁製不同風格的衣服，例如四月五日記：「在王慶昌做了一套春服，兩套夏天的白服」；又例如十二月八日：「去王順昌做套 Tuxedo [大禮服]」；十二月十二日：「去王順昌試衣」[25]。在一九三〇年代中期的上海，他自製了一部影片，以英文命名為 *The Man who has the Camera*（手持攝影機的人）。影片中他身著白色西服及禮帽，在不同場合反覆出現，這顯然是他最喜愛的服飾[26]。除此之外，他熱衷於跳舞，並以「舞王」的名號縱橫舞廳。他與友人經常切磋舞技，甚至研究舞蹈手冊，以精進舞藝。在二月三日，他寫道：「回到他家中，教他 Foxtrot [狐步舞]」[27]。此處「他」指的是劉吶鷗的台南同鄉好友林澄水，當時在上海工作。劉吶鷗七月的閱讀書單中，有兩本舞蹈手冊，皆是法文書名：*Apprenons à danser*（讓我們來跳舞）及 *Danses modernes*（現代舞蹈）。八月的閱讀書單又有另一本舞蹈手冊：*Dancing Do's and Don'ts*（舞蹈竅門與禁忌）[28]。值得注意的是，浪蕩子的表現必經反覆演練，才能臻至完美。

表面上，劉吶鷗的浪蕩子美學不過是生活風格及品味的呈現，是上海都會的富裕階級——即民主中國的新興貴族階層——才能享受的品味。但是對浪蕩子而言，追求完美的境界，不僅是生活風格

或品味，而是一種態度，是自我創造的動力。他日記中紀錄的舞蹈
手冊告訴我們，劉吶鷗並不滿足於自己的舞藝優良；他總是鑽研
舞藝的完美，不遺餘力。為了說明劉吶鷗自我創造的強烈慾望，
此處應提到他的歐洲心靈導師──波特萊爾。劉吶鷗是一九三〇年
代典型的上海浪蕩子，然而我們卻不該忘記，浪蕩子的系譜可上
溯至十九世紀下半葉，直至巴黎的波特萊爾或倫敦的王爾德 (Oscar
Wild)。波特萊爾不僅是著名的浪蕩子，更寫了一篇專論，將浪蕩
子定義為一個族類。浪蕩子這個族類，跨越了國家及時間的界限。

　　如果我們仔細閱讀波特萊爾《現代生活的畫家》(*The Painter
of Modern Life*) 中，〈現代性〉(La Modernité) 及〈浪蕩子〉(Le
Dandy) 二文的某些段落，可明顯看出，福柯對現代性的詮釋（如
本書導言所述），多半來自波特萊爾；而福柯《性史》的核心概
念──「修道性的自我苦心經營」(ascetic elaboration of the self) ──
意義也就更加清晰了。

　　在〈浪蕩子〉一文中，浪蕩子被定義為「有錢有閒的人」(
L'homme rich, oisif)，其唯一要務為「優雅」 (l'élégance)，自幼即
養尊處優，慣於他人的服從。他總是「容貌出眾」，熱中「出類拔
萃」(distinction)。除此之外，浪蕩子美學是一種「不成文體制」(une
institution vague)，意指此道並無金科玉律。根據波特萊爾，浪蕩子
美學是在「律法之外」(en dehors des lois) 的體制，但自律嚴謹，所
有此道中人，即使個性火浪獨立自主，均嚴格服從。對熟悉此不成
文法的此道中人而言，最大的動力是「成為獨一無二的熱望」(le
besoin ardant de se faire une originalité)[29]。

　　除了將浪蕩子美學視為「體制」，波特萊爾還指出，浪蕩子

美學近乎「精神主義及堅忍克己」(spiritualisme et ... stoicisme)。
在他心目中，浪蕩子的奢華品味及優雅的物質生活，充其量只象
徵浪蕩子精神的「貴族優越感」(supériorité aristocratique de son
esprit)。波特萊爾認為浪蕩子美學是一種宗教，以優雅及原創性為
教義，其教義比任何宗教都要嚴格。他認為浪蕩子美學多半出現於
過渡時期——貴族體制搖搖欲墜、民主體制尚未完全成立的交接時
期——目的是「打造新的貴族階級」(le project de fonder une espece
d'aristocratie)。因此，浪蕩子美學以優雅及原創為其不成文法則，
以品味出眾為階級標竿，不屑與平庸瑣碎為伍（對波特萊爾而言，
瑣碎是萬劫不復的屈辱）。此處可以輕易看出，布爾迪厄 (Bourdieu)
的品味區格概念，與波特萊爾類似。

　　除此之外，浪蕩子美學對女人也有獨特看法，從《現代生活
的畫家》中的〈女人〉(La femme) 一文便可見。浪蕩子有如劉吶
鷗，既愛女人的肉體，又患有無可救藥的女性嫌惡症。他認為只有
男性才有智性思考及表現的能力，而女性則只能縱情色欲，利用男
人來滿足其性需求，毫無智性發展的可能。諷刺的是，像劉吶鷗這
樣的浪蕩子，鎮日流連舞廳妓院，總是與各式各樣的女子發展性關
係。波特萊爾如此定義：「有關浪蕩子美學，如果我談到愛，這是
因為戀愛是遊手好閒的人的天職，但浪蕩子卻並不特別以愛情為
目的」(Si je parle de l'amour à propos du dandysme, c'est que l'amour
est l'occupation naturelle des oisifs. Mais le dandy ne vise pas à l'amour
comme but special)[30]。

　　從劉吶鷗一九二七年的日記可見，在他心目中，女人既迷人又
具毀滅性的「致命女性」(femme fatale) 形象，是根深蒂固的。例

如，日記中他把妻子視為吸取其精血的吸血鬼。他妻子比他年長一
歲，是他的表姊，兩人的母親是親姊妹。一九二二年結縭時，呐鷗
年僅十七。結婚頭幾年呐鷗一直不滿意，因為這種媒妁的婚姻對他而
言是封建餘孽，更因兩人在個性及教育程度上無法匹配。如同當年
有錢人家的女兒，他的妻子是請老師在家授課的。兩人相處不快的
事實，可從劉呐鷗日記中妻子很少出現而看出端倪。當年一月，劉
呐鷗結束了上海震旦大學 (l'université L'Aurore) 的法文課程，正過
著遊手好閒的浪蕩子生活，鎮日尋花問柳，無所事事。妻子首先出
現在一月十七日的日記中，呐鷗抱怨她的日文信寫得太糟，不知所
云。二月一日，他提到寫了幾封信，分別給母親、祖母、妻子及朋
友。四月十七日，他自上海返回台南家中，奔祖母的喪，但卻遲至
五月十八日才提到妻子；這是她第三次出現在他的日記中。

在當天及次日的日記中，他逐漸把她看成是女性、甚至是「致
命女性」的代表。五月十八日，他寫道：

> 啊！結婚真是地獄的關門。我不知道女人竟然得笨呆到這
> 個地步……女人是傻呆的廢物……啊，我竟被她強姦，不
> 知滿足的人獸，妖精似的吸血鬼，那些東西除縱放性慾以
> 外那知什麼……[31]〔筆者刪減〕

次日又寫道：

> 女人，無論那種的，都可以說是性慾的權化。她們的生活
> 或者存在，完全是為性慾的滿足……的時候，她們所感覺

的快感比男人的是多麼大呵！她們的思想、行為、舉止的
重心是「性」。所以她們除「性」以外完全沒有智識，不
喜歡學識東西，並且沒有能力去學，你看女人不是大都呆
子傻子嗎！[32]

　　熟悉波特萊爾的人，都讀過《惡之華》中的〈吸血鬼〉(Le
vampire) 一詩，說話者因自己「被詛咒的奴隸狀態」(esclavage
maudit) 而飽受折磨；他仰女人鼻息，被綑綁在她的床上，猶如「罪
人身上綑綁的鎖鍊」，又如「肉蛆之於腐屍」。最後他詛咒她，稱
她為「吸血鬼」[33]。我們將上述劉吶鷗的引文，比較波特萊爾在〈巴
黎的憂鬱〉(Spleen et ideal) 第五首詩中的致命女性形象，便可見其
相似之處：

　　唉，女人！像蠟燭般慘白，

　　淫蕩啃蝕你們又撫育你們；少女呀，

　　從母體的邪惡繼承了

　　生殖的一切醜陋！

　　Et vous, femmes, helas! Pâles comme des cierges,

　　Que ronge et que nourrit la débauche, et vous, vierges,

　　Du vice maternel traînant l'hérédité

　　Et toutes les hideurs de la fécondité![34]

　　在吶鷗心目中，女人沒有真正的感覺或愛，只一味追求性愛，
而她的性慾往往導致男人的毀滅。就浪蕩子的語彙而言，男人是智

性的象徵也是精神的導師，而女人則是性象徵及純肉體的動物。對他來說，女人只有兩種功能，都與肉體相連：性愛及生孩子。他透過波特萊爾的詩句稱呼妻子為「吸血鬼」，但是若仔細閱讀，不難發現風流成性的吶鷗，傳染了梅毒給妻子，造成她流產。五月十一日，他發現自己可能感染了「毒疹」。五月十七日，他做了血清檢查，證明毒疹就是梅毒。次日他抱怨梅毒又犯了。五月二十日吶鷗「坐腳踏車去橋頭慶祥注射。母親問病因，我說不知道，恐怕是由上海的浴間」傳染的。接著又說：「她（素貞）卻自己說，真é前次生的孩子，醫生說都是瘡毒死的」。瘡毒（そうどく）在日文就是梅毒的意思。她還說，因為自己的「婦人病」[此為日文辭彙；素真不通中文]，已經自願作了兩次血清檢查。吶鷗的反應，表現出典型的男性沙文主義：「這樣看起來，我倒不知道毒由何而入的了」[35]。梅毒是造成波特萊爾之死的致命疾患，我們的上海浪蕩子也無法倖免。

　　儘管浪蕩子的女性嫌惡症根深蒂固，他對女性外貌及身影的觀察卻也不遺餘力；對他而言，女人的表象具有比身體更深層的意義。從吶鷗的日記看來，作為一個漫遊者，他終日在大街小巷遊蕩，穿梭咖啡廳、舞廳，流連忘返，尋覓符合其品味的美女。如同波特萊爾的詩〈給一位過路的女子〉(À une passante) 中所描寫的女性，這些女子與他在聲色場所萍水相逢、素昧平生，但均具備同一特質：她們是慾望的化身，挑起觀察者蠢蠢欲動的情慾。優哉遊哉地在路上或妓院中靜靜地鑑賞女性，他其實是在從事「漫遊白描藝術」(flânerie)——即白描顯象的藝術，專事捕捉出色的臉部特徵，呈現出來的，只不過是「新類型人物的成份」；這是班雅明對波特

萊爾藝術成就所下的註腳[36]。讓劉吶鷗及其小團體迷戀不已的「新類型人物」，就是摩登女郎。

他鑑賞摩登女郎這種新類型人物時，毫不關心她的思想或感情，因為對浪蕩子而言，女人是沒有感覺及思考能力的動物。相對的，他關心的是她外在的形象，包括使她更形嬌媚迷人的華服美飾——這正是現代性的精髓所在，或用福柯的話來說，是「當下的諧擬英雄化」[37]。十月二十四日，吶鷗在日記中記載他在路上看見的兩名女子。一個坐在路過的馬車上，說起話來，眼神似乎充滿「挑逗」（日記中插入英文 gesture）。癡癡看著她，他不禁渾然忘我。另一個乘著汽車而過，表情狐媚動人。街上的眾多女性形象對他而言，是波特萊爾在〈給一位過路的女子〉中所描述的「稍縱即逝的美人」(fugitive beauté) 樣本（日記中插入法文 fugitif）[38]。熟悉波特萊爾的人，馬上便會想起這些詩句：「稍縱即逝的美人，／你的目光一瞥突然使我復活，／難道我從此只能會你於來世？」(Fugitive beauté/Dont le regard m'a fait soudainement renaître,/Ne te verrai-je plus que dans l'éternité?)[39]。

從事漫遊白描藝術的劉吶鷗，不僅是一個漫遊者；他是漫遊藝術家，以現代性為要務。法文字 la modernité（現代）是波特萊爾美學的標誌，在吶鷗的日記中出現了兩次，都和妓女有關。有一次在妓院中，他在等待一名年輕妓女時，嘆道：「可是，餓著的心啊——，吃不下的澄碧的眼睛，modernité [日記中的法文] 的臉子！啊！」[40]十一月二十七日，他再度以 modernité 一字來形容一名陌生妓女的眼睛：「也是為了她眼裡的 modernité 挑的。」[41]在浪蕩子的凝視下，妓院中無足輕重的女孩轉瞬間搖身一變，成為現代性

的象徵。如同福柯所詮釋的波特萊爾式浪蕩子，劉吶鷗「擁有比漫遊者更崇高的目的」。漫遊者是「遊手好閒，四處晃蕩的觀察家……滿足於睜大雙眼，處處留心，建立記憶的儲藏室」。相對的，浪蕩子如劉吶鷗，「尋覓的是我們姑且稱為『現代性』的特質」(looking for that quality which [is called] "modernity")[42]。

　　如果比較福柯的詮釋，以及波特萊爾在〈現代性〉一文中對現代主義者所下的定義，會發現福柯幾乎逐字逐句地引用波特萊爾。波特萊爾將現代主義者比擬為一個孤獨的旅人：

> 這個孤獨的旅人天性想像力豐富，總是在人海沙漠中偶偶
> 獨行。他的目的崇高，不僅僅是一個單純的漫遊者，尋求
> 的是普世的價值，不只是當下稍縱即逝的樂趣。他所尋覓
> 的東西，姑且讓我們稱之為現代性。
>
> ([C]e solitaire doué d'une imagination active, toujours
> voyageant à travers *le grand désert d'hommes,* a un but plus
> élevé que celui d'un pur flâneur, un but plus gégéral, autre
> que le plaisir fugitif de la circonstance. Il cherche ce quelque
> chose qu'on nous permettra d'appeler *la modernité.*)[43]

　　在一般勞動大眾的眼中，漫遊者懶散晃蕩、不事生產，但事實上他的職志是漫遊白描藝術。他行走天涯，四處閒晃，紀錄所見所聞──他的閒散就是他的勞動[44]。他不只是漫遊者或是觀察家，而是藝術家。透過想像力，他將所邂逅的形體，轉化成精神的及永恆的。瞬間稍縱即逝的逸樂因此被轉化為現代性──「當下的諧擬英

雄化」。吸引他的不是現實生活中的女人，而是他想像中的女人，
從浪蕩子眼中看見的女人——他看見的其實是他自己的靈魂，他的
低等的她我 (inferior other self)。因此對浪蕩子而言，女人的複雜形
象令人既著迷又痛苦。波特萊爾在《現代生活的畫家》裡的〈女人〉
一文中清楚地闡述：「她是讓人崇拜的偶像，或許愚蠢，但是卻豔
光四射，令人目眩神迷；她的眼神中止了意志和命運」(C'est une
espèce d'idol, stupide peut-être, mais éblouissante, enchanteresse, qui
tient les destinées et les volontés suspendues à ses regards)[45]。很明顯地，
吶鷗從波特萊爾的浪蕩子美學承襲了對女性的崇拜及女性嫌惡症。
摩登女郎令人惶惶不安，因為浪蕩子色迷迷地注視她時，她總是大
膽地回眸凝視；男人只不過是她的「玩伴」(gigolo) 而已。本章稍
後及後面各章將進一步討論。

■ 新感覺派文風及摩登女郎

　　只要仔細完整地分析劉吶鷗一九二七年一則日記內容，便可理
解，浪蕩子美學如何以漫遊白描藝術轉化女人的形象。在引用此則
日記時，筆者將指出吶鷗「混語書寫」(the macaronic) 的特質，以
斜體及括弧來註明他的新白話文如何混用外文及古典文言。這也許
不利於閱讀的流暢，但是可以清楚說明筆者的論點。

　　從九月二十八日至十二月三日，吶鷗從上海前往北京參訪。
十一月十日，他去聽京戲名伶金友琴唱戲。日記開始時他寫道：

　　早上把 G. [Apollinaire] 的 Introd. [導論] 看完，下午去市

場明星劇園聽金友琴的戲。……唱還不錯，聲音那就真好
極了。人家說北京女人很會說話，但我想不見得吧！會說
不會那完全是教育的關係，他們或者把女人的饒舌當作會
說話。但北京女人的話卻人人願意聽的，因為她們的聲音
真好了。在缺自然美［しぜんび］的胡地裡，女人的聲音
真是男人唯一的慰樂［いらく］了。說是燕語鶯啼［古典
中文］未免太俗，但是對的。從前在詩中讀過這兩句時，
都以為一種美麗的形容形［けいようけい］，卻不知道它是
實感［じっかん］。[46]（筆者所刪除）

　　引文中括弧的部份，是筆者強調的混語書寫風格。混語書寫是
上海新感覺派文風的特質，自由混合外文詞彙、古典中文及白話中
文。Introd. 和 G. Apollinaire 在日記中即以法文原文呈現。而古典中
文「燕語鶯啼」是用來形容女性音調悅耳的成語。以括弧加註日文
發音的詞語，是現代日文的漢字辭彙，在吶鷗的書寫中出現頻率之
高，令人驚奇。其中有一些辭彙，例如「自然」，在現代中文中已
經很普及了，以中文為母語的人甚至可能不會意識到，這些辭彙竟
來自日本。有些是劉吶鷗個人借用的日文漢字，看起來像是彆扭的
中文，當然也不致於流行。這些轉借辭的嘗試，不論成功與否，都
顯示二十世紀初期，白話文在實驗階段的不穩定，及其無限創新的
可能。除此之外，如下述分析顯示，雖然新白話文運動標榜摒棄傳
統中文，在新感覺派的混語書寫實踐中，傳統中文還是如影隨形。
不論有意或無意地被存留在他們的混語書寫中，傳統是無法任意抹
滅的複雜問題。史書美在《現代的誘惑》(*The Lure of the Modern*)

一書中曾指出「五四時期全盤西化的意識形態」；事實上，儘管這些作家認同並內化了這種意識形態，他們自幼浸淫其中的傳統中文訓練卻難免時時刻刻自然流露，難以阻絕[47]。

透過混語書寫，劉吶鷗在上述引文呈現的，是新感覺派將女人視為集體名詞的傾向，與他專事描繪類型人物的漫遊白描藝術若合符節。他看的雖然是一個特定女性藝人（金友琴）的表演，卻把她看成是「北京女人」這個集體名詞的代表。換句話說，金友琴在他想像中不是一個具有特定思想、情緒、個人歷史的有主體性的女人，而是北京女人的樣板。他對北京女人的聲音、軀體的聯想，透露出他對整體女性的偏見：(1) 北京女人會說話的講法不見得對，因為會說話是智性，必須要受過良好教育才會說話。北京女人既然沒有受過什麼教育，不能說是會說話，只能說是饒舌；(2) 北京女人雖然饒舌，聲音卻美，因此人人愛聽——應該說是每個男人都愛聽，因為這樣美好的聲音，主要是「慰樂」男人用的；(3) 北京女人的聲音使他頓悟「鶯語燕啼」這個美麗的形容詞的「實感」，這句話明褒實貶——任何昇華的美感遇到北京女人就變成「實際」的感受；換句話來說，北京女人（或所有女人）在他心目中，是無法與昇華的美感做聯想的。吶鷗在描述金友琴這個女性藝人的時候，她的藝術造詣完全不在他的考慮之列；金友琴被化約為北京女人的代表。

然而，應該注意的是，事實上將這個個別女人轉化為北京女人樣板的，是他浪蕩子式的眼光；他關心的是類型人物，而非真實的女人。在下列引文中，我們會發現，在浪蕩子的凝視下，她充其量只是性的象徵：她的聲音及身體只為了滿足男性色慾而存在；她的

衣著只不過襯托出她的誘人魅力。從開始時描寫她的聲音，吶鷗接著對她的身體品頭論足：

> 聲雖好，身體，從現代人［げんだいじん］的眼光看起來卻不能說是漂亮。那腰以下太短少了，可是纖細可愛，真北方特有的大男［おおとこ］的掌上舞［古典中文］的。這樣 delicate［纖弱］的女人跟大男睡覺。對啦，他們是喜歡看她酸癢難當［傳統白話］，做出若垂死的愁容，啊好 cruel［殘酷］！唱時，那嘴真好看極了，唇、齒、舌的三調和［ちょうわ］，像過熟［かじゅく］的柘榴裂開了一樣。布白衣是露不出曲線［きょくせん］來的，大紅襪卻還有點 erotic［色慾］素。[48]

　　在此則日記的後半部，我們繼續見到混語書寫繁複的運作。在此段中，delicate、cruel 及 erotic 三字以英文出現。加註日文發音的是日文漢字辭彙。如同先前所引段落，此處傳統典故也俯拾皆是。吶鷗指出，從他這種「現代人」的眼光來看，長腿才是現代美的標準，因此金友琴的身體是有缺陷的。但此處暗示的是，從傳統眼光來看，她卻具有古典美。其次，以古典辭彙「掌上舞」一詞，吶鷗將她比擬為漢代美女趙飛燕。趙以身軀纖細、舞藝出眾而知名。據說成帝耽溺於她的美色而休妻，立她為后，還容忍她在宮中淫亂無度。結果漢室因她而滅亡，是一個傾國傾城禍水紅顏的典型故事。在吶鷗浪蕩子式的凝視下，北京女人作為「致命女性」的系譜，當然可上溯至古典時期。接著，「酸癢難當，做出若垂死的愁

容」，是傳統色情文學中典型的公式化描寫。雖然不同文本的用字遣詞可能略有差異，但基本概念一致：男人喜歡看到女人裝出被辣手摧殘的模樣。唱戲時唇齒舌的調和「像過熟的柘榴裂開了一樣」，當然有傳統春宮的色情影射。在吶鷗的混語書寫中，「傳統」與「現代」的確並置，並非相互排斥。敘事者對自己身為「現代人」具有高度自覺，以倡導新的美學標準為己任，但卻又情不自禁地以傳統套語來描述美女。在劉吶鷗的時代，傳統及現代的界線，並非如想像般壁壘分明。

在敘事者色迷迷的凝視下，這位北京女藝人的衣飾唯一的功能，是顯露其「色慾」特質 。如同吶鷗日記一貫的筆調，這則日記聚焦在女人的身形外貌上，所顯露的不是女人的真正特質，而是浪蕩子的心態。吶鷗對女人的偏見在他的浪蕩子美學中表露無疑，他作品中的摩登女郎形象皆出自此心態。上海新感覺派作家大抵上皆有此特質，穆時英短篇小說 "Craven A" 便是一例，其中女性的五官及身體，皆透過男性敘事者的凝視而轉化成一個觀光景點，專供男人短暫一遊。

穆時英是劉吶鷗的友人及追隨者。當時他素有「中國的橫光利一」之稱，以浪蕩子行徑及新感覺派文風聞名。生於富裕的上海人家，穆在光華大學就讀西洋文學。年僅十八，他就以一篇普羅小說展露頭角。小說題為〈咱們的世界〉，一九三〇年二月發表於施蟄存主編的《新文藝》。雖然施認為小說「在 Ideologie [意識形態] 上固然是欠正確」，卻對穆的藝術技巧讚譽有加，認為足令前輩作家自嘆不如[49]。穆是狐步舞的能手，他「頭髮燙過，一身燙得平平整整的西裝，頗有現代藝術家的風格」，一九三四年甚至娶了一個

舞女。據說 Craven A 是他最喜愛的香菸品牌[50]。故事中的女主角，抽著他最愛的香菸，分明就是浪蕩子的她我 (his female other) 化身。有關浪蕩子如何將摩登女郎視為低等的她我，第二章將有進一步詳論。

"Craven 'A'" 中，男性敘事者以「鄉村地圖」的隱喻，來描寫他所凝視的摩登女郎。他語言中的地理學術語不勝枚舉。她獨自坐著，在舞廳中吸著"Craven 'A'"。她的眼睛在他看來是「兩個湖泊」，有時結冰，有時沸騰。她的嘴是「火山」，吐著 "Craven 'A'" 的煙霧和氣味。火山中乳白色溶岩（牙齒）及中間的火焰（舌頭）清楚可見。敘事者說：「這一帶的民族還是很原始的，每年把男子當犧牲舉行著火山祭。對於旅行者，這國家也不是怎麼安全的地方。」接著他描寫黑白格子相間的「薄雲」之下的風景，很顯然是影射她半透明的上衣。「兩座孿生的小山（乳房）倔強的在平原上對峙著」，而「紫色的峰」（乳頭）似乎「要冒出到雲外來」。

地圖的下半部被女人前面的桌子擋住，被比擬為「南方」的風景，比「北方」的風景更迷人。敘事者想像桌子底下的「兩條海堤」（腿）如何匯集成「三角形的沖積平原」；那裡有個「重要的港口」，「大汽船入港時的雄姿」激起了「船頭上的浪花」。當敘事者從友人口中得知女人的姓名時，他說：

> 我知道許多她的故事的；差不多我的朋友全曾到這國家去
> 旅行過的，因為交通便利，差不多全只一兩天便走遍了全
> 國，……老練的還是了當地一去就從那港口登了岸，……
> 有的勾留了一兩天，有的勾留了一禮拜，回來後便向我誇

道著這國家的風景的明媚。大家都把那地方當一個短期旅行的佳地。[51]［筆者刪減］

　　這篇小說的語言也是混語書寫的最佳例證，展現作者如何大膽混用各種層次的語言，測試新白話文的界限，創造語言的可能性。小說的標題是英文 Craven A。許多辭彙是外文辭彙的直接音譯，例如：舞廳中的「爵士 [jazz] 樂」；女孩「巴黎 [Paris] 風」的臉蛋；她「維也勒 [velvet] 絨似的」灰色眼睛。此處「風」的用法，是借用自日文，意指外貌、風俗、傾向、或是風格。「似的」是傳統白話用法，加在名詞後面，即可作複合形容詞使用。這些語尾詞可以和任何名詞結合，創造出無限的新詞。直接從日文漢字借來的辭彙也不計其數，包括有關現代知識的術語，例如：國家、民族、悲觀、秩序、國防。大多漢字辭彙與科學及科技相關，例如：氣候、雨量、冰點、沸點、熔岩、火山、黏土層、三角形的沖積平原、港口、汽船。要一一例舉幾乎不可能。

　　小說中的摩登女郎不僅被描述成一個行為放浪的女子，而且還任性善變。用來描寫她的額頭及眼睛的辭彙（平原及兩面湖），刻意凸顯她的個性陰晴不定：「這兒的居民有著雙重的民族性：典型的北方人的悲觀性和南方人的明朗味；氣候不定，有時在冰點以下，有時超越沸點；有猛烈的季節風，雨量極少。」「雨量極少」指的是她不流淚的眼睛，暗示她對男人的殘酷無情。新感覺派對科技及科學的著迷，在此處與他對摩登女郎的迷戀巧妙地結合起來。透過混語書寫，幽默及諷刺意味流露無遺。

　　在 " Craven 'A' " 中，透過新感覺派獨特的文風及語言，摩登

女郎對男性的態度昭然若揭：她把男人當成 gigolo（玩伴）。這個法文字在故事中出現了四次，例如，敘事者對女郎說「我愛你」時，她反問：「你也想做我的 Gigolo 嗎？」[52] 此處反映的是大都會上海的摩登男女關係，沒有真情摯愛，只是遊戲。主要是一夜情，對男女而言都是純粹享樂。郭建英的〈一九三三年的感觸〉包括三幅漫畫，其中〈愛之方式〉鼓吹俄國革命派女作家柯弄泰 (Kollontai, 1872-1953) 所描寫的性愛模式：

> 柯弄泰所著的《三代之愛》中有一個叫做「蓋尼亞」的女人，她屢次同她母親的情夫發生了肉體關係，她的理由是這樣：她雖然熱愛著母親，而沒有母親之愛是不能生存的，可是同時她要求著一個男子的愛撫。她同這個男子，即異父發生了關係是只不過偶然的型態。她所以相信著這件事實絕不致損害她母親任何的東西。[53]

根據郭的說法，現代愛情中不該有感傷、憂愁、及悲劇。他進一步提到現代的美國男女如何實驗 week-end-love（郭的英文），並說這「是一種靈與肉之貿易」、「好像購絲襪或吃冰淇淋那般輕易與無拘束」[54]。

換言之，在新感覺派小說中，心理壓力或道德譴責不是問題所在，與前輩作家創造社成員如郁達夫及張資平等的情慾小說大異其趣[55]。例如，郁達夫小說《迷羊》的男主角，因任性善變的女演員離他而去，飽受其苦，最後在精神療養院抑鬱而終。張資平小說中的新女性，雖然追求性解放，卻不斷抱怨，感慨在一個仍被「封建」

道德束縛的社會，性愛是不可能真正自由的。相對的，新感覺派則描寫無拘無束的性愛主題，充滿遊戲意味，「明亮而輕快」（郭建英〈愛之方式〉），彷彿隨著敘事者如攝影機般的浪蕩子眼光而輕佻舞動。在這些故事中，男人絕不會因摩登女郎而傷神，更不會為她一掬同情淚。透過作家的漫遊白描藝術，摩登女郎的描寫表面而類型化，難怪對讀者及敘事者而言，她的思想及內心總是一團謎。

　　郭的〈一九三三年的感觸〉中另一幅漫畫，題為〈機械的魅力〉。在敘事者的浪蕩子眼光下，一個女人被轉化成一個沒有心智的生物。漫畫的中間偏左，男子裸露的上半身正枕著左臂斜躺，頭髮下垂遮住前傾的臉部，僅以後腦示人。他的頭及軀幹朝下，默默凝視著一名仰臉沉睡的女子。兩人皆赤身裸體。男人僅在圖邊顯露小半身，相對的，女人的軀體橫陳，從圖的左下方跨越至右上方，雙腳甚至超越圖的範圍。女人巨大、頎長的身體占據圖中心，是整幅圖的焦點，使得男人狹小的上半身顯得微不足道。但仔細觀察，靜默合眼、且看似微笑的女人，顯然是個機器人，因為她上臂、手肘、雙手、雙膝、及頸部的連接點，清晰可見。貌似羅丹沉思者的男人，似乎因女人的訕笑表情而膽怯、受苦，即使她正沉睡著。圖的說明文字清楚地表露了浪蕩子對女人的態度：

　　　他是沈溺於機械［きかい］女體［じょたい］之魅力［みりょく］的一個男子。
　　　那金屬性［きんぞくせい］特有的異樣的感觸［かんしょく］和它冰冷而灰白的光耀抓住著他現在的情緒［じょうしょ］。

只因它是無生［ぶせい］的物體［ぶったい］，他從這裡能
感到它無厭之性慾［せいよく］。

這裡，因為無生物［ぶせいぶつ］的緣故，才能發現它
Grotesque 而奇異的嬌態、傲慢與屈從［くつじゅう］。

有時，在密閉了的幽暗的房室裡，他陶醉［とうすい］於
它新穎的感觸［かんしょく］。它的物質感［ぶしつかん］，
在感覺［かんかく］上能誘領他到詩的世界［せかい］裡。

有時，他陶醉於它不知疲乏的性慾中。這裡，沒有人類［じ
んるい］之怨恨、悲憤和嫉妒。

這裡也沒有人類特具的心理［しんり］與情感上的一切病態
［びょうたい］和醜惡。這裏才有亮快而無拘束［くうそく］
之愛，這裡才有 1933 年尖端的［せんたんてき］感觸！[56]

　　此處呈現的混語書寫，又是新白話文隨意雜揉了英文及日文漢
字。郭建英的新白話中所參雜的大量日文漢字，很可能被忽略，因
為它們已經是標準的中文辭彙。其中有些辭彙與感官及感覺相關：
魅力、感觸、性慾、屈從、陶醉、感覺、感觸等等；有些與科學相
關：機械、女體、金屬、無生物、物質感、世界、人類、心理、病
態、尖端的。有關中日現代知識分子對科學的念茲在茲，以及他們
如何透過翻譯西方文本來描述感覺及學習為五官命名，將於第四章
及第五章中討論。

　　有關這幅漫畫，筆者要強調的是浪蕩子的凝視如何將摩登女郎
的軀體轉化成無生命的機械，沒有任何感覺及心理反應。此幅漫畫
完美地捕捉到浪蕩子面對女性的複雜情結：一方面崇拜她的身體，

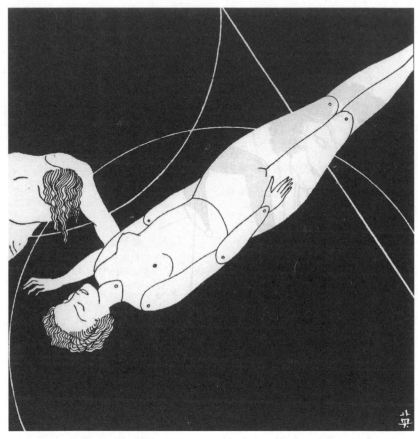

一九三三年的感觸：機械的魅力

一方面害怕她揶揄的眼光——唯有她緊閉雙眼之時，他才能輕鬆直
視她的容貌。在他迷戀機械女體的背後，隱藏的是男人對活生生的
摩登女郎的難言恐懼，因為她的任性善變往往讓他生不如死。變成
機器的她便失去了人的能動性 (agency)，對男人也沒有威脅了；她
此刻唯一的功能是無止盡的性慾，足以滿足他。或者我們該說，她

的性慾是為了因應他的需求而源源不絕——他應是掌控權力的一方。浪蕩子如此將女子物化成性機器，事實上正展現了他自身的心態：他害怕活生生的女人掌控他——他既鄙視她的低俗，卻又無可救藥地受制於她。只有當她變成機器，他才能完全掌握雙方關係。這幅漫畫透露出浪蕩子對女體的崇拜及女性嫌惡症，也同時揭露了浪蕩子耽溺於人工及物質——自然是醜陋、稍縱即逝、令人畏懼的；而人工及物質則美麗而永恆。因此，「它的物質感，在感覺上能誘領他到詩的世界」，也就是到達崇高昇華的境界。「機械」一詞指向科學現代性，賦予摩登女郎非人性的光輝，超越了日常的平庸。

引用波特萊爾可以幫助我們的理解。他在〈化妝頌〉(Éloge du maquillage) 中陳述，浪蕩子是相信人工勝於自然的族類：「自然什麼都不能教我們，幾乎一點都不能⋯⋯自然除了教導犯罪之外，乏善可陳⋯⋯相對的，美德是一種人工」(... la nature n'enseigne rien, ou presque rien ... la nature ne peut conseiller que le crime ... La vertu, au contraire, est *artificielle* ...)[57]。因此，浪蕩子強烈依賴物質。流行時尚是物質的集大成，當然增添了女性美。然而時尚本身絕非目的；它代表一種理想，企圖超越、轉化自然；自然是粗糙、庸俗及卑劣的集合。對波特萊爾而言，時尚是「自然的昇華變形」(une déformation sublime de la nature)。

如是觀之，新感覺派的文風與寫實主義相去甚遠。創造社成員的寫實小說經常訴諸心理敘事的技巧，使得人物的心理狀態昭然若揭[58]；相對的，新感覺派小說中的人物總是沒有心理深度。我們讀到人物的表情、行為模式、及語言，但是他們的心理狀態總是諱莫如深。結果他們幾乎成為故事中不知姓名的「行為者」(actant)；即

使有姓名，他們也可以任意互換。即使把一個故事的角色換到另一個故事中，也毫無差別，因為他們只有一種共同的特質：勾引人的魅力。因此在浪蕩子美學中，摩登女郎不是有血有肉的真實女人，而是具有象徵功能、超越真實女人的集合名詞。從另一個角度來看，這些沒有姓名的角色不過是芸芸大眾，正是當時左翼普羅文學的主題。主要的差異是，新感覺派小說中的人物是享受都會生活的中產階級，而普羅文學經常將低下階層的人描寫為社會不公不義的受害者，或是將中產階級視為攻擊的對象。

　　以外觀為主要描寫元素，流行時尚及物質奢華成為新感覺派故事的關注焦點，一點都不令人意外。此外，不應只考慮流行時尚本身；想像時尚時，應將展示時尚、活化時尚的女性併入考量[59]。新感覺派小說中的摩登女郎正是展示流行時尚的人體模特兒，使得時尚更光鮮亮麗。她們經常身著改良式旗袍、或一九三〇年代蔚為流行的西服。時尚在這些小說中絕非僅止於時尚而已，而是社會階級的象徵。穆時英一九三〇年的小說〈手指〉中的莽漢，便經常覬覦摩登女郎，大事清點她們的流行服飾：「今兒鬧洋貨，明兒鬧國貨；旗袍兒也有長的短的，什麼軟緞的，喬其緞的，美西緞的，印花綢的，……什麼時裝會呀，展覽會呀，……絲襪子，高跟緞鞋，茶舞服，飯舞服，結婚服，賣淫服，長服，短服」[60]。時尚是摩登女郎不可或缺的要素，讓她更亮麗迷人，也是她的階級特殊性的標誌，使莽漢嫉恨交加。此處的階級化分，不但隱含了高／低、中產／普羅品味的差別，還有土洋之分。國族主義及殖民主義的衝突也在此處起作用。

　　就上述討論，新感覺派文風可歸納出三個特徵：(1) 浪蕩子敘

事者無可救藥的男性沙文主義及女性嫌惡症;(2) 摩登女郎在浪蕩子的漫遊白描藝術描摹下,轉化成現代主義的人工造物;(3) 混語書寫凸顯了跨文化實踐的混種性。既然女人只不過是一個象徵或概念,新感覺派作家對她的內心情感毫無興趣,更遑論其思想。這在劉吶鷗一九二七年日記中表露無遺。他每日的閱讀都忠實紀錄下來,包括文學及非文學類。所有讀物都是男性作家作品,女性作家則付之闕如。這真是令人難以想像。從十九世紀起,不論中外,女性作家皆為數不少。以吶鷗廣博的文學涵養來說,他不可能不知道她們的存在。唯一的解釋是他對女性作家的作品毫無興趣。在十二月二日,他與戴望舒共訪北京,在日記中提及戴前去訪問女作家丁玲:「戴老去看二十號的女人和她的 amant [情人]?胡也頻。」對劉吶鷗而言,丁玲甚至沒有名字。當然當時丁玲尚未成名,但是她的共黨情人胡也頻亦沒沒無聞(胡在一九三一年被國民黨處決)。吶鷗對丁玲的興趣僅只於此而已:她是個女人,住在二十號,有一個情人。要不是他提到丁玲情人的名字,我們根本無從知道這個「女人」是誰。

■ 浪蕩子美學及海派

浪蕩子美學作為一種品味,也反映在劉吶鷗對朋友及交友圈的品味中。劉吶鷗現存的日記寫於一九二七年,該年也是國民政府開始北伐及清黨之時。一九二〇及三〇年代,大批騷人墨客遷居上海,或是為了避開北方的動亂,或是為了尋找機會。一九二〇年代早期,大量出版社從北京遷移到上海,上海逐漸成為中國新的文化

中心。知名文人紛紛南來，魯迅於一九二七年九月抵達；沈從文於一九二八年初遷入。他們在十里洋場聚合，為了生計而奔波。教書及寫作是他們謀生的主要方式，而寫作開始成為專業。

劉吶鷗於一九二六年來到上海，過著浪蕩子的浮華生活。他與魯迅及沈從文之類的文人鮮少往來，或者應該說他不屑與之交往。他與來自台灣的朋友保持密切來往，有些經常在他的上海公寓借住數日，與他抵足而眠。這些訪客包括台南長老教會學校的同學，還有著名的台灣白話文運動推手黃朝琴。黃曾於東京早稻田大學及美國伊利諾州立大學留學，於一九二三年發表文章鼓吹白話文運動，提倡學習「中國的國語」[61]。當時他到上海是為求職，順利於一九二八年起任職國民政府外交部僑務局。自一九二七年九月起，他便勤於與劉吶鷗通電話，聚首時不外閒談、上館子、逛舞廳、打麻將。十二月二十一日劉吶鷗搬遷到黃家隔壁，與黃朝琴夫婦做了鄰居。

訪客中還有來自青山學院的同學大脇。他當時居住於上海，經常在劉吶鷗的公寓中過夜。吶鷗的弟弟在四月來訪，也在他公寓中住了一個月。此外，劉吶鷗與震旦大學的同學也都交往甚密。吶鷗創辦的書店，他們是工作團隊，下班後總是結伴上舞廳、逛窯子，一起對女人品頭論足。在舞廳中吶鷗跳起探戈時，總是成為全場焦點。大家會停下舞步，讓開空間，讓他一人表演。他在工作娛樂之餘教震旦這些同學日文。甚至十月與戴望舒同往北京旅遊之時，日文課仍繼續[62]。北京之行有另外目的：他們在中法大學上法國老師授課的法國文學概要 (Précis de la littérature française) 以及法國詩 (La poêsie française)，還有馮沅君的中國文學史及馮尹默的詩詞[63]。吶

鷗的小團體因共同的興趣及品味而結合。從他們選修的課程看來，可知他們自我修養的課題中，中國古典文學及法國文學都是他們的優先選項。

在上海諸多文學流派領袖中，吶鷗的小團體選擇和知名的現代主義詩人邵洵美 (1906-1968) 交往。邵也是出身富貴之家，與吶鷗一樣是當時聲名赫赫的浪蕩子。邵在上海的住所，據說用大理石打造得像皇宮一樣，頗具傳奇性。邵家成為文人雅士聚集的文藝沙龍，經常飲食饗宴、談詩論藝[64]。其中常客除了吶鷗的小團體以外，包括詩人徐志摩、作家曾可今及張若谷、畫家徐悲鴻等[65]。相對的，魯迅及吶鷗的小團體一向不相往來。事實上雙方之間本來大有機會可以交往。一九二〇年代吶鷗實驗普羅文學時，他與戴望舒、施蟄存共同創辦的刊物《無軌列車》經常刊登馮雪峰的文章。馮屬於魯迅的交友圈，但是吶鷗的小團體與魯迅從未有直接的接觸。施蟄存曾因書店事務寫信給魯迅，但卻認為他是個「narrow-minded（心眼狹小）的人」[66]。事實上當時施與魯迅的住所僅隔兩條弄堂，但是他們卻從未往來，或者根本無意謀面；由於彼此生活方式大相逕庭，也就逐漸發展出截然不同的文學理念[67]。

一九三〇年代海派論爭爆發時，魯迅及沈從文雖素未謀面，兩人對海派的攻擊砲火猛烈，如出一轍。從他們使用的語言來看，其中爭端除了文學理念之外，還包括個人品味。今天的文學評家把雙方視為涇渭分明的兩個流派[68]。事實上，在論爭發生的年代，根本沒有所謂京派海派兩個文學流派；此二文學流派的形成，完全是後世評家的發明。如果用英文翻譯，所謂「京派海派」應該翻譯成 Beijing types 及 Shanghai types，意指文壇中的這兩種類型人物，而

非 Beijing Schools 及 Shanghai Schools 兩種文學流派。當年京派海派爭論的焦點主要在於：上海文學的通俗品味以及商業化，相對於北方「嚴肅的」五四文學傳統。沈從文當時避難上海，雖或多或少必須與通俗文學品味妥協，但內心卻仍奉五四文學傳統為圭臬[69]。

在一篇一九三四年的文章中，沈從文稱禮拜六派作家為「海派」，認為其追隨者如郁達夫、張資平等創造社作家、及穆時英等新感覺派作家，為「新海派」。沈說張資平和禮拜六派作家一樣，是「低俗品味」或「通俗品味」的大師。他說道：「張資平作品，最相宜的去處，是一面看《良友》上女校皇后一面談論電影接吻方法那種大學生的書桌上」[70]。關於穆時英，他則評論道：「作品近於傳奇（作品以都市男女為主題，可說是上海傳奇）適宜於寫畫報上作品，寫裝飾雜誌作品，寫婦女、電影、遊戲刊物作品。『都市』成就了作者，同時也就限制了作者」[71]。我們立刻會聯想到《良友》或是《婦人畫報》，劉吶鷗及其友人經常在上面發表文章。

沈從文對海派的嘲諷和鄙視，躍然紙上。相對的，魯迅對敵對雙方，則頗多微詞。他對雙方的批判，事實上是與地域相連的刻板印象：「『京派』是官的幫閒，『海派』則是商的幫忙而已」[72]。顯然魯迅從未自視為「京派」，雖然後來的學者總是把他列為京派作家。

沈從文針對創造社及新感覺派作家進行攻擊，嘲笑他們投大眾品味所好，事實上是不公平的。當年經常投稿至《良友》的，包括大量的「嚴肅」作家，例如茅盾、老舍、鄭伯奇、豐子愷、魯言、巴金、張天翼，甚至包括白話文運動領袖胡適、及當時中研院院長蔡元培。一九三一年十二月胡適以文言文翻譯了都德 (Alphonse

Daudet) 的〈柏林之圍〉(The Siege of Berlin)，發表在《良友》上。一九三二年九月，蔡替《良友》背書，讚美該刊「以圖畫之力，介紹我國的國情風俗於海內外」[73] 要知，《良友》的銷售量在一九三三年左右大約是四萬冊[74]。這種銷售量，在內戰外患交迫的兵荒馬亂時期，任何在上海鬻文營生的學者文人，都難輕易抗拒。

沈從文雖鄙視新感覺派的都會品味，卻也獨具慧眼，諷刺他們對「摩登女郎」頂禮膜拜；事實上新感覺派作品對摩登女郎的迷戀，的確不下於此。她代表了富裕社會的精神，充滿對商品美學、歐美日本風、通俗娛樂、以及中產階級低俗品味的膜拜。這些正是《良友》及《婦人畫報》所宣揚的通俗品味，是女大學生、應召女郎、舞女、以及仕紳富賈之妻妾女兒的品味。事實上，摩登女郎不僅在新感覺派的小說中、也在當代左翼作品中出現，例如茅盾的《子夜》(1933) 中，女主角徐曼麗化身為即時行樂 (carpe diem) 的時代精神，追求肉體的歡愉直到故事結束，儘管內戰及金融危機正將民眾生活摧毀殆盡。

在這類故事中，摩登女郎作為類型人物，成為普羅大眾公敵；她們的存在凸顯了無產階級革命的必要。一九三五年的左翼電影《新女性》，由知名女星阮玲玉扮演一個頹廢女作家，在故事結尾自殺而終。電影中眾多勤勞的女工總是在背景出現，襯托出女性知識份子追求感官逸樂、自取滅亡的頹廢及衰敗。電影上映後不久，阮玲玉便自殺身亡[75]，似乎證實了藝術的末世啟示，以及藝術與人生的密不可分。

一九二〇年代末、一九三〇年代初，劉吶鷗從普羅文學轉向至現代主義，他的小團體與左翼作家的衝突，最終在「硬性軟性電

「影」論爭中爆發。一九三三年，劉吶鷗夥同台灣友人黃嘉謨等，共同創辦了《現代電影》（英文名稱為 *Modern Screen*）雜誌。創刊號的宣言中，黃宣告，由於外國電影大量輸入中國市場，編者希望中國人可以「創作代表中國色彩的影片」，好讓中國電影可以外銷至世界各地，與外國電影競爭[76]。同一期的一篇文章指出，中國工業，尤其是電影工業，正面臨破產危機，因為「外資的侵入，帝國主義的文化的侵略……這正是說明半殖民地民族資本的破產」[77]。一九三三及一九三四年，中國普遍提倡愛用國貨，以抵制歐美產品，並防止農業人口的繼續流失，避免農村的耗損。

除了呼應愛用國貨運動之外，黃清楚地指出《現代電影》不受任何意識形態或宣傳口號影響，暗示當時被意識形態控制的革命文學及民族文學。他指出電影不僅是一種娛樂；它是「一種現代最高級的娛樂品」。在該期刊的第二期，劉吶鷗進一步聲明電影的娛樂功能。他說電影的功能

> 等於是逃避現實的催眠藥。……如果從現在的影片除掉了催眠藥性的感傷主義，非理智性，時髦性，智識階級的趣味性，浪漫和幻想等，這現代人的寵物可不是要變成了一個大戈壁嗎？[78]

劉吶鷗認為電影的成功與否不在於內容，在於素材被處理改編成電影的手法。換言之，電影的形式及藝術的自主，才是重點[79]。從第五期開始，他著手寫了一連串關於電影技術的文章，例如〈電影節奏論〉(1933) 及一九三四年的〈開麥拉的機構——位置角度機

能論〉(1934)[80]，闡釋電影的形式及技巧至上的觀點。值得我們注意的是他一九三二年在《電影周報》上發表的〈影片藝術論〉。

　　文中，他分析俄國導演普道甫金 (Vsevolod Pudovkine, 1893-1953) 及維爾托夫 (Dziga Vertov, 1896-1954) 發展出的蒙太奇 (montage) 及電影眼 (ciné-oeuil) 技巧。由於文中插入許多法文翻譯的專有名詞，可以推論劉吶鷗透過法文認識這些俄國電影及導演。一般經常將普道甫金及艾森斯坦 (Sergi Eisenstein, 1898-1948) 做對比。艾森斯坦以蒙太奇技巧讚美群眾的「不朽英雄性」(monumental heroics)，普道甫金則喜歡描寫「群眾運動歷史洪流中的個人」[81]。在文中，劉吶鷗區別了「影戲的」(cinématographique) 和「照相的」(photographique)。他認為，漫無目的的照相機所擷取的影像是照相的，它們是「死的」且「無目的的」；相對的，蒙太奇的技巧將殊異的影像有計畫性地並列排比、整合成為一個整體，才有影戲的「生命和價值」。在他心目中，蒙太奇「『創造』出一種新的與現實的時間和空間毫沒關係的影戲時間和空間」[82]。使用這些技巧，他進而分析普道甫金的兩部電影《聖彼得堡底最後》(1927) 及《母親》(1926)、圖爾楊司基 (Victor Tourjansky) 的《不明的歌者》(Le Chanteur inconnu, 1931)，以及兩部當代中國電影《啼笑姻緣》（1932，胡蝶主演）及《一夜豪華》（1932，阮玲玉主演）。劉吶鷗大為讚賞《不明的歌者》，認為是「自聲片產生以來的聲片中最好的一片」：

　　　　導演［圖爾楊司基］在這新的聲片裡卻能相反地利用沈默的畫面去強調了音樂的效果。描寫著「不明的歌者」底富

有魅力的肉聲由播音台播出，渡過雲山，一直穿入歐洲大陸各國，各家庭，直至到思春的女兒和相愛的男女的胸膛裡去的一段，實在是好的織接［蒙太奇］，很能夠幫助音樂給觀眾以美媚沈醉的 Rhythm 的概念。[83]

　　相對的，劉吶鷗批評《啼笑姻緣》是劣等的作品，認為導演在月下吹笛一幕中未使用蒙太奇技巧，以至於觀眾感受不到「視覺的享受」。他指出導演不能原諒的錯誤：在這個長鏡頭中，男人與女人在戶外面對月亮，但是他們的影子卻在跟前。劉吶鷗評論說：「人家是拿非實在的東西來創造（戲的）實在，這導演卻把現實都弄成非實在。」[84]。所謂「戲的實在」(kino-pravda) 或「電影真實」的概念，是維爾托夫所創的，法文翻譯為 cinéma vérité。此概念後來影響及好幾代電影人[85]。由此概念衍生出「電影眼」的技巧——在銀幕上透過「隨機攝影」（shooting life-unawares；趁影中人不注意時攝影）的方式，呈現「生命原貌」(Life-As-It-Is) 的一種技巧[86]。

　　在「電影眼」的部份，劉吶鷗討論維爾托夫在一九二九年拍攝的紀錄片《俄國生活，或手持攝影機的人》 (Living Russia, or the Man with a Movie Camera)。他說，「Vertov 是『Kinoglaz』（即影戲眼）一群的首領，和構成主義派的頭目紗步 (Esther Shub) 夫人站在同一線上。」[87]。圍繞著維爾托夫的一群藝術家被稱為 kinoks，相對於傳統的虛構影片，他們的理想是提倡普羅新聞紀錄片或者「未經編排的電影」。維爾托夫及其妻絲維羅瓦 (Elizabeth Svilova)、其弟考夫曼 (Mikhail Kaufman) 組成了三人評委 (the Council of Three)，負責審核合作社的製片政策[88]。一九二四年維爾

托夫和他的小團體製作了一系列的新聞記錄片，標題為 Kinoglaz，記錄蘇俄農村中被動員為「小尖兵」的孩子們，如何推動人民健康和工人教育。關於孩子們的部份稱為「年輕的列寧主義者」，特別令人動容，完美結合了意識形態及電影美學。孩子們愉悅地在大街小巷貼大字報，發送傳單宣揚「向合作社購物」，拒買私家貨，建立自己的訓練營等等。在他們「為工人國家而戰」的努力當中，我們看見他們大步進入市場，盤查食物的價格，提供為消費者免費理髮，替錫製器皿打光，幫寡婦收割作物。在「時光倒轉」的兩幕中，他幽默地呈現了市場中的食物和麵包製造生產的過程。例如，在販賣的肉製品，回溯至屠宰場中被剝了皮的牛，接著牛的內臟被塞回胃中，皮被貼回去，牛又回復活生生的樣態，走回牧場中。整個時光倒轉過程，展現了剪接技巧如何戲弄我們對時間的認知。這個系列的標誌，是被攝影機鏡頭框住的一個巨大的眼睛，成為《手持攝影機的人》中反覆出現的母題。維爾托夫的小團體的基本教條是「沒有劇本、沒有演員、在攝影棚外」，此教條出現於 Kino-Eye 系列的所有影片中，包括《手持攝影機的人》。

　　紗步夫人原本替梅爾侯德 (Meyerhold) 及馬亞寇夫司基 (Mayakovsky) 的構成主義劇場 (constructive theatre) 工作，在一九二二年成為組合影片 (compilation film) 的創作者，亦即把為其他目的而製作的影片，拼貼剪接成非虛構影片。她與維爾托夫是緊密的工作夥伴。據巴爾薩穆 (Richard Barsam) 指出，紗步相信「影像的本體真實性」，因此她的非虛構影片觀點與維爾托夫比較接近，與艾森斯坦的「歷史的戲劇性重演」[89] 相去甚遠。劉吶鷗把維爾托夫及紗步相連，顯然對維爾托夫電影理論及構成派運動間的關

聯，頗為熟悉。他對維爾托夫電影眼技巧的分析，切中重點：

> 他完全代表著一個機械主義者，所以他的論理多半傾向於
> 這方面。照他的意見「影戲眼」是具有快速度性，顯微鏡
> 性和其他一切科學的特性和能力的一個比人們的肉眼更完
> 全的眼的。它有一種形而上的性能，能夠鑽入殼裡透視一
> 切微隱。一切現象均得被它解體、分析、解釋，而重新組
> 成一個與主題有關係的作品，所以要表現一個「人生」並
> 用不到表演者，只用一只開麥拉把「人生」的斷片用適當
> 的方法拉來便夠了。[90]

　　由此可見，劉吶鷗十分清楚維爾托夫電影眼技巧的目的：比肉
眼更優越的攝影機鏡頭，可以創造「電影真實」，比肉眼可見的現
實更為「真實」的現實。上述引文也顯示他對此技巧基本概念的理
解：非表演性的電影，透過蒙太奇的創作而非職業演員的表演，把
生活中隨機捕捉到的片段呈現出來。他肯定電影眼技巧的「快速度
性，顯微鏡性，和其他一切科學的特性和能力」，顯然了解維爾托
夫和構成派一樣，都對機器充滿了迷戀。他指出維爾托夫的《手持
攝影機的人》以這些概念為創作原則時，使用的是影片的法文標題
L'homme à l'appareil de prises de vues。他認為電影有兩個主要元素：
都市中群眾的生活，以及帶著攝影機走入群眾、掌控如何再現群眾
生活的攝影師。值得注意的是，劉吶鷗將維爾托夫介紹給中國讀者
時，對他也有所批評。他雖然讚美他精湛的電影技巧，但是批評他
過度推崇機器，甚至懷疑他那種沒有演員的電影 (*film san acteurs*)

未來是否能長存[91]。

先前提過劉吶鷗於一九三〇年代中期製作的紀錄片，英文標題是 *The Man Who Has the Camera*（也有日文名稱：カメラを持つ男），顯然是向維爾托夫致敬。許多評家指出，維爾托夫紀錄片除了紀錄俄國生活之外，特色是電影的自我指射 (self-reflexivity)。它既記錄了群眾的生活，也凸顯電影製作的技術。電影中攝影師反覆出現：為了取得最精彩的鏡頭，他在群眾間漫步、爬上高塔、乘著高速而行的汽車、甚至躺在地上收鏡等等。也看見女性剪接師正進行電影膠捲的剪接，電影在電影院中放映等等畫面[92]。除此之外，整部電影是蒙太奇技巧的展覽，炫人耳目。相對的，劉吶鷗的紀錄片沒有電影自我指射的特質，也沒維爾托夫影片中特殊的蒙太奇技巧[93]。兩者間的差異值得思考。

劉吶鷗所拍的紀錄片，一九九七年由台灣電影資料庫復原館藏，片長三十一分鐘，包含五部份：人間、遊行、奉天、廣州、及東京。除了廟會遊街的段落之外，影片主要是關於劉吶鷗私人生活及旅行的家庭錄影，當然無法與維爾托夫記錄俄國生活全景的規模比擬。在「人間」中，我們看見劉吶鷗的弟弟、母親、妻子和孩子。群眾是維爾托夫影片中主要的形象，也在劉吶鷗的影片中短暫出現。在「廣東」中，群眾蜂擁至觀光景點的畫面，與維爾托夫影片中於大街小巷川流不息的群眾大相徑庭。劉吶鷗影片中遊艇上的女人，顯然為了影片而擺弄姿態，絕非隨機拍下的。唯一近似於「非演出性」原則的，是廟會遊行那一幕，展現了形形色色台灣廟會民俗，包括踩高蹺、舞獅、西遊記人物如豬八戒及孫悟空、還有七爺八爺等。影片中遊行的隊伍，出現穿和服跳舞的人，顯示影片應該

是在日據時期的台灣、南京或是滿州國所拍的。

電影自發明之始便是一種昂貴的工業，需要複雜科技及龐大的人力物力。劉吶鷗的影片是家庭攝影機所拍的，和維爾托夫《手持攝影機的人》的專業製作，當然不可同日而語。維爾托夫在不同的電影機構中奮鬥，只為爭取拍片的基金，如同後來劉吶鷗輾轉各製片廠一樣。由於與艾森斯坦以及其他同事的爭議，維爾托夫於一九二七年被迫離開 Sovkino，即一九二四年成立、專事補助電影製作的蘇聯中央製片機構。接著他受邀任職於 VUFKU (All-Ukranian Photo-Cinema Administration)，即烏克蘭在基輔的片場，製作了《手持攝影機的人》[94]。就劉吶鷗的情況而言，由於母親提供他充足的物質資源，他在上海接連自資創辦了兩家書店，出版書籍及雜誌。從一九三〇年代早期起，他甚至開始在上海投資房地產。在舉家從台灣遷居至上海後，他自資營建了橫跨整個區段的房屋，除了自家居住以外，還撥出兩個單位給戴望舒與穆時英借住，其餘的屋舍皆出租給日本人。此外，他還在商業區買了一整個區塊的房子[95]。拍攝電影所需的經費遠遠超過經營書店和出版，轉眼間即可耗盡他投資的房地產。這也解釋了，他為何必須任職於不同政治勢力控制的製片場；只要那裡有經費，那裡就有工作。但如前所述，他為了電影事業不得不與不同政治勢力周旋時，不慎跨越了安全界線，危及自身生命。如要確保個人自由，應知界線何在。

由於他外語能力流暢，特別是法語，劉吶鷗熟知俄國前衛派的電影理論，成為當時中國重要的電影理論家。他強烈的電影美學觀，最終導致他的小團體與左翼影人產生爭論，實不足為怪。左翼影人雖然從俄國習得電影的政治宣傳功能，卻在美學理論上大為落

後 [96]。從這點來說,劉吶鷗在當代的電影從業者中,可算是相當獨特。引發與左翼爭論的文章是黃嘉謨一九三三年十二月的〈硬性影片與軟性影片〉。文章中,他抱怨左翼的「革命電影」使得電影的「軟片被被漿成影片」,以至於無意義的口號及教條主義把原先蜂擁至戲院的觀眾都嚇跑了。他強調電影的娛樂功能,認為「電影是給眼睛喫的冰淇淋,是給心靈坐的沙發椅」[97]。

劉吶鷗及其小團體的電影理論受到左翼作家唐納的嚴厲抨擊。從一九三四年六月十九至二十七日,唐在《晨報》刊登一系列文章,反駁他們重形式甚於內容的觀點。六月十九日的〈清算軟性電影論──軟性論者的趣味主義〉一文中,唐納論稱:「藝術不只表現情感,同時也表現思想,『藝術是一個人在包圍著的現實世界的影響下,把他經驗了的感情與思想,再喚起於內部,給這些以一定的形象的表現時產生出來的。』」相對於劉吶鷗同夥的娛樂至上理論,唐強調藝術的社會功能及教化價值。唐認為,由於劉吶鷗及其小團體「不懂內容與形式的統一」,他們便批評左翼群體「內容偏重」,才會堅持作品的形式比內容更重要 [98]。

劉吶鷗及其小團體強調的是:藝術自主的現代主義立場、浪蕩子美學主導的文學實踐、及娛樂至上論,在在與左翼文學的政治化美學截然對立。在此情況下,類似的爭論自然不可避免。

■ 台灣人在上海、東京

現代主義似乎是對大都會生活的禮讚,也是對資本主義的反諷擁抱,而現代主義的浪蕩子則屬不知人間疾苦的優渥階級。雖然劉

吶鷗的美學主張鄙視中產階級的庸俗品味，浪蕩子當然是中產階級文化及資本主義擴張的產品。浪蕩子可以被視為中產階級文化、資本主義、及殖民主義結合下的結果。一九二〇年代以文學為志業的台灣青年不乏國際上的先例可模仿。劉吶鷗在文學創作上及生活品味上實踐波特萊爾的浪蕩子美學，在上海從事寫作及電影工作時，身陷危機。他雖盡力追求現代主義的普世美學價值，國族界限的律法最後還是限制了他。

對他同代的台灣人而言，寫作的語言是一個重要議題。在上海生活及寫作的劉吶鷗，則高度關切自己的台灣人出身及中文能力的不足。在一九二七年的日記中，我們看到他十分自覺自己的母語不是中文，為了改善中文而做出種種努力。例如一月三日記載「晚上練習國音會話」；一月五日閱讀日文翻譯的俄國小說家庫普林(Alexandre Kuprin, 1873-1938) 的作品《魔窟》(*Yama: The Pit*)，認為「作者的講故事的能力確實大的，……我很覺得自己講故事的能力小，也許是福建話的單語少，每每不能夠想出適當的話來表現心裏所想的。」吶鷗雖對自己的閩南語背景有高度自覺，在日記中卻不自覺地經常使用閩南語的詞彙，如四月六日「開往江甯的車裡，都是兵滿滿」。這裡使用閩南語「兵滿滿」，而非普通話的「滿載軍人」。[99]七月十四日「這張電竟瞬喚醒了我五、六年的迷夢」，此處用閩南語「迷夢」，而非普通話「夢幻」[100]；十二月九日寫道：「下午同小黃去看奧迪安。考友的壞片」，此處用閩南語「考友」，而非國語的「他媽的」。在劉吶鷗的混語書寫實踐中，閩南語是不可避免的元素之一。

劉吶鷗顯然把自己視為有別於中國人的台灣人。一月二十日

記錄，他決定向一個天津人租屋，用法文描述房東是一個 un bon chinois（善良的中國人）。吶鷗的語言自由組合各種語言，何時使用何語言沒有一定的規則。但是當他生病時，傾向於使用日文，有時整日的日記都以日文書寫。例如，一月十日起首為：「頭は痛む、鼻はつまる、胸は苦しい、又いやな風邪だ」（頭痛、鼻塞、胸口苦悶，又是惱人的感冒），直至結束都是日文。

在他遊歷東京時，也以日文記錄。八月一日至三日的紀錄完全以日文書寫。八月一日他去東京一家餐館吃飯，似乎不甚滿意。他寫道：「面白くもない傳統的な低級味さ、只涼しかった」（沒意思的傳統低俗口味，只是清爽而已）。八月二日記載東京員警臨檢娛樂區：「銀ぶらをした。昨夜の大檢舉で縮んだものかモボ、モガの影が曉の星の様っだった。始めて Mon Ami へ入った。ボーイがポアンチを知らない」[101]。（去逛銀座。或許是昨晚的大臨檢，大家都縮起來了，摩登青年、摩登女郎的身影猶如晨星般稀疏。第一次走進 Mon Ami [朋友咖啡廳]，男侍對水果調酒一無所知）。八月三日他反省自己的遊手好閒，順便批評東京落後的現代生活：「よくもあんな無智なモボ、モガを相手にして遊んだものだ。これも淋しいから [だ] ろう。あゝ、上海のワルツが恋しい」（終日和那群無知的摩登青年、摩登女郎泡在一起。或許是因為寂寞吧！啊⋯⋯上海的華爾滋令人留戀！）。

很明顯地，劉吶鷗喜歡上海勝於東京，因為上海除了無知的摩登青年及摩登女郎，還有他的文學夥伴吧。半殖民地上海的租界，處處可感受到外國人的入侵。從一九二七年日記可看出，英軍、日軍設立路障，盤查身份，使得上海市民生活不便。二月十九日他寫

道：「杭州失守，孫軍退到松江！」、「南軍已到上海」及「上海
總罷業起來了」；三月二十一日「阿瑞里邊便衣隊和外國兵起了衝
突」；三月二十七日「租界內也交通斷絕」；四月三日「在西藏路
被嗅英兵搜身軀」；四月六日：「由甘蕭路，走過英兵的把守去北
車站」；四月九日「狄思威路通過時，被日本水兵查了好幾次」等
等[102]。

　　在多國兵燹和戰爭威脅的動亂之間，吶鷗還是可以一派悠閒
地在一九二七年的上海維持他的浪蕩子生活（有時他整晚都聽見槍
聲）。他對自己糜爛頹廢的生活相當自覺，經常自我批判，但往往
又墮入自我耽溺的生活。例如，在二月五日記載：

> 這幾禮拜，都是白相，一點工夫也不用，錢費了再借，現
> 在在上海的我所知道的朋友差不多都有負他們的［債］，健
> 康又漸漸不好，差不多每天睡一天，學問嗎？已經是霧裡
> 的仙鄉，明天也有約，後天也有，啊呀！

　　「白相」是上海方言，意指無所事事的頹廢生活。如同他日
記所記錄，吶鷗的母親經常寄錢供他花用，通常金額龐大，但是顯
然他常入不敷出。一九二七年的上海，就他這種社會階級而言，及
時行樂似乎是普遍心態。日記中咖啡廳、舞廳、和電影院的名字
充斥。所提及的電影院包括 Odean（奧迪安）、Carlton、中央大戲
院、阿波羅（阿波羅）、大西洋、上海大戲院。他看過的電影包括
Variété (1925)，由 Emil Jannings 和 Lya de Putti 主演（五月二十八
日）；*The French Doll* (1923)，由 Mae Murray 主演（九月二十一

日）；*The Law of the Lawless* (1923)，由 Dorothy Dalton 主演（九月二十三日）；卓別林 (Charlie Chaplin) 一九一八年的電影 *Shoulder Arms*（九月二十三日）；*Paris* (1926)，由 Joan Crawford 及 Charles Ray 主演（九月二十五日）等等。他特別喜歡女星 Lya de Putti，認為她擁有魔女（まじょ；狐媚的女子）一般的眉毛、眼睛、臉部特徵、身形、腰身和腳。他聽京劇、崑曲和觀賞民間娛樂，亦喜好足球和籃球之類的運動。他去過的咖啡店及舞廳無數：Bluebird（ブリューバード或簡寫為 B.B.）、桃山、獅王咖啡店（ライオン・カフェー）、Golden Star、Madame Café、Park Pavillion、三民宮、Nora、Eastern、Lodge、Eden Café、黑貓（クロネコ），The Little Cherub、Del Monte，林林總總，不可勝數。但是他並非不事生產。他經常光顧的書店有內山書店、中華書店、商務印書館、光華書店。從日記中可見，除了尋歡作樂，讀書、文學評論是他的要務。

　　每個月底他的日記都有讀書清單，由此可知他的日常閱讀書目包含日文、法文、英文、古典及白話中文的作品，展現徹底的跨文化實踐。其中當然包括保羅・穆航及日本新感覺派作品，如橫光利一及片岡鐵兵等。在十二月書單中，他批評橫光利一小說〈皮膚〉，說道：「只可看 style [風格]，內容是 nonsense [無聊]」[103]。此批評雖簡短，卻相當中肯。上海及日本新感覺派小說大多著重形式的實驗。除了形式之外，其內容多半乏善可陳——多半是浪蕩子凝視摩登女郎的故事。"nonsense" 一詞與日文「エロ・グロ・ナンセンス」(ero-guro-nansensu) 的相互對應，本書導言已談及，下一章討論郭建英一九三四年漫畫時，將詳細分析。這個辭彙不僅指涉戰前日本摩登女郎的頹廢生活，也可適用於一九三〇年代上海[104]。第

二章將詳細分析保羅・穆航及其與日本、上海新感覺派作家間的關聯，此處不贅，僅指出吶鷗十月二十三日的簡短評論：「晚上把モーラン［穆航］詩集念完，難字多，粗而不滑，雖然現代色很濃，可是並不深，只多了幾個新感覺的字。」[105]

　　吶鷗對當代日本文學的興趣當然不僅止於新感覺派。一九二七年前三個月的閱讀清單包括堀口大學的詩集《月下の一群》，菊池的《藤十郎の戀》，《谷崎潤一郎の近代情癡集》，武者小路實篤的戲劇《愛慾》，佐藤春夫的《惡魔の玩具》，伊藤介春的詩集《眼と眼》等等。還有從同年的日文雜誌《婦人公論》、《新潮》及《中央公論》等選出來的書籍或文章。吶鷗與日本文學圈的潮流顯然同步。其餘幾個月的閱讀清單就不再贅言。

　　吶鷗對古典中文的興趣也很廣泛。他的閱讀清單中包括：《樂府古辭考》、《全唐詩》、《大宋宣和遺事》、《浮生六記》等。有趣的是吶鷗對當代中國文學及作家的批評。他遍讀所有流派，但顯然偏好創造社的作品。關於郁達夫的小說〈過去〉，他在五月九日寫道：「寫兩個中國的新女子，表現雖有澀處，文卻有潤濕，他是饒富有詩人質的小說家。」他在五月十日評論張資平的小說：「是寫實家，描寫心理的精細的地方有是有，可是多太殺風景，日本文的影響很大。」他喜歡張資平的小說《苔莉》，苔莉身為人妾，卻和丈夫的表弟相戀，兩人因社會壓力而自殺。五月十五日，他在日記寫道：「中國的社會──尤其是中國人的性慾寫得很暢快，雖是處處露表現不穩巧的地方。這人的缺點是表現手段的不至和，日本文的影響的過多，除了這兩層，卻是個好的作家。」相對的，吶鷗對文學研究會的評價極低。他認為該會的機關雜誌《小說月報》，

根本不足為道。他在七月一日的日記中評論：「《小說月報》二號來，壞得很，中國文人差不多要絕種了。……比較起來還創作月刊裏頭的東西好得多。」

雖然吶鷗對美國電影的喜好不亞於歐洲電影，但是他卻極端嫌惡美國的文學品味。他的日記中完全沒有記載美國文學作品。五月一日他對一本美國人編輯的《一九二六年法國最好短篇小說》進行評論：

> 「米人和文藝」這個題目從前有好幾個人論過，現在沒有人否定米國也有文藝，但在我看起來米國人完全不懂文藝。這本書的撰者是今年住在巴黎的新聞記者，編這種也曾編過好幾次，但看他所謂的 the Best［最好］的東西，卻並不覺得有甚好處，我信一九二六年中法國的可以稱 the Best 的小說必定不是這樣的東西——米國二字，看著也不快。[106]

他所評選的選集是由波士頓的 Small, Maryland & Co. 在一九二四到一九二七間選印的一系列法國短篇小說集[107]。對法國事務迷戀的吶鷗似乎也繼承了法國人對美國的蔑視。他有時透過法文翻譯閱讀英文作品，例如 John Cleland 的 *Mémoirs de Fanny Hill, femme de plaisir*（名妓芳妮西爾回憶錄；1748-1749）。

閱讀、放蕩、漫遊及鑑賞女性，是劉吶鷗上海生活的大要。他日記中記載的人物，無論知名或不知名，涵蓋眾多國籍：菲律賓、丹麥、法國、印度、日本、英國、美國、德國等等。風塵女子的姓名遍布他的日記：ユリ子（百合子），一枝，千代子，キミ子（喜

美子），リリ（莉莉），綠霞等等。有幾則日記透露出他對半殖民
地跨文化混種性的迷戀，例如一月十二日記載了他對上海的歌頌，
欣喜若狂：

> 上海啊！魔力［まりょうく］的上海！
> ……
> 你是黃金窟［おうごんくつ］哪！看這把閃光光的東西！
> 你是美人邦哪！紅的，白的，黃的，黑的，夜光［やこう］
> 的一極，從細腰［さいよう］的手裏！
> 橫波的一笑，是斷髮［だんぱつ］露膝的混種［こんしゅ］。[108]

　　此處「橫波的一笑」是古典用語，描寫摩登女郎回眸一笑的
媚態。有許多日文漢字辭彙：魔力、黃金窟、夜光、細腰、斷髮、
混種等。「斷髮露膝」指的是她流行的短髮和露出膝蓋的摩登穿
著。「細腰」描寫她美麗的體態。「混種」一方面指這些摩登女郎
外貌中西合璧，一方面指上海到處是外國租界，呈現次殖民地的色
彩。我們再次見證新白話文如何混合古典中文和外來文字，是上海
新感覺派混語書寫的文風展現，與上海街頭看見的多元各色人種呼
應。相對於對大都會的禮讚，吶鷗日記的某些段落卻顯現出對外國
人的嫌惡。一月十九日他在電車上和西洋女人發生不快的過節，憤
怒莫名，寫道：「眼睛和眼睛，憎恨的火，洋鬼婆們啊，站得穩吧，
不然，無名火在燒的東洋男兒就要把你們衝到電車底去了」[109]。從
劉吶鷗的日記中我們讀到他矛盾的情緒。一方面，他對外國入侵和
殖民擴張極度憎恨，另一方面，卻毫無疑問地享受大都會的氣氛及

舶來品的奢華。

　　吶鷗不喜歡西洋人，但也並不認同東洋。參加祖母喪禮後，劉吶鷗五月二十六日前往東京，停留至九月八日為止。當時他的妹妹與妹夫住在東京，妹妹到火車站來接他。她在日本的女子大學就讀，有一次吶鷗拜訪她時，她正在彈鋼琴 [110]。其間吶鷗在東京的雅典娜語文學校 [アテネ] 學習法文和拉丁文，但很快地便感到煩悶，而想念起上海。六月六日他抱怨語言學校的教學法無趣，對法語學習毫無助益。在六月十七日記載：「這幾天心都是緊閉，沒有什麼，只是我不好那 "Japanese way" [日本風]」[111]。在七月十二日，他收到母親的來信，允許他前往上海，他滿心歡喜，稱上海是他「將來的地」。後來於一九三四年，他果真把妻子和三個孩子從台灣接到上海，另有兩個孩子於此出生 [112]。但是，雖性喜雲遊四海，吶鷗還是不免自問，何處是家鄉？「啊！越南的山水，南國的果園，東瀛的長袖，那個是我的親暱哪？」。在五月三日的日記中他感歎，過世的祖母猶如所有世人，都只不過是旅人過客而已，最終均將被召喚入土：「人生是旅行，我們都是出外的客了。」「世界人」也是無家可歸的人，難以抗拒離鄉的衝動，終究四處飄泊。第二章將進一步詳述。

　　身為日據時代台灣人，在上海成名，也被暗殺於上海，劉吶鷗的文名要待超過半個世紀之久後，才得以在台灣學術界確立。一九九七年的夏天，劉吶鷗的家屬將他一九二七年日記交付給筆者時，仍然相當遲疑，不知將日記內容公諸於世是否「安全」妥當。即便解嚴已經十年，他排行第四的二女兒，在談起父親被刺時仍坐立難安。慘劇發生後不久，她及兄弟姊妹隨著母親返臺，從此父親

的死也成為禁忌話題。當時她不過七歲，但是稚嫩的心靈已經驚嚇不已，一直持續數十年：從戰後國民政府接收台灣，一九四七年的二二八事件，直至從一九五〇年代延續至七〇年代的白色恐怖事件。一九九七年的夏天，她依稀記得母親的描述：一九三〇年代父親在上海的文學、電影圈中曾經非常活躍。但是要等到二〇〇一年《劉吶鷗全集》五冊出版後，她才會明白父親的文學家地位及重要性。

■ 混語書寫與跨文化現代性

　　一九八〇年代末葉，久被埋沒的新感覺派復甦，挑戰五四以來位居主流的寫實主義文學 [113]，劉吶鷗也從此被納入中國現代文學的正典。吶鷗及其新感覺派文友寫作的時代，正是中國面臨再現危機之時——傳統語言已無法有效表達追求自由戀愛、速度、及現代科技的現代世界的意義了。

　　評家例如耿德華 (Edward Gunn) 曾指出，通俗作家如蘇曼殊及徐枕亞所創作的文言散文，與大致一九〇〇年以降的「日化」時期及一九一八年以降的「歐化」時期並行 [114]。然而，與其機械式地劃分日化時期及歐化時期、或是將新白話文從通俗作家的文言散文及傳統白話文區隔出來，筆者要強調的是新感覺派的混語書寫文風。透過「混語書寫」這個辭彙，筆者企圖指出他們的新白話文的風格創新，在於古典辭彙、方言、歐日等外文的自由組合；這種混語書寫特質正是跨文化現代性的最佳寫照。與其劃分日本及歐洲影響的時期，筆者透過混語書寫的概念來展現新白話文在實驗階段，總是

海納百川且創意十足。它不僅跨越國家語言的界限,也跨越了傳統與現代、國家與地方、文學及科學的界限。其跨文化／跨語言的混種性,使得新白話文充滿流動性及不穩定性,特別令人著迷。

沒有一個國家的語言是封閉的系統;外國元素總是源源不絕地滲透進來。在中國白話文運動致力於創造一個全新的國家語言之時,所謂「國家的」更令人質疑。從現存的各種文獻可見,當時參與運動的人,無論作家或一般人,均鎮日強調傳統及現代的界限。然而,在高唱傳統及現代之分、普遍感時憂「國」的氛圍裏,我們看見的是文學實踐中各種有形無形界限的鬆動,以及各種權力機制的角力競逐。所謂「現代」,可能是古典的創造性轉化;所謂「本土」的,經常是外來元素在本土生根後形成的。所謂「國家的」,經常是各種方言所組成。已經沒有所謂「純粹」的中國語文,向來就沒有。

除了混語書寫的跨文化語言展演之外,新感覺派文風也跨越了菁英及通俗文化的界限。評家常指出新感覺派文風受到電影技巧的影響,而新感覺派與上海通俗雜誌之間的聯繫也不可忽略。我們比較熟悉的是他們的菁英品味雜誌,例如雙週刊《無軌列車》(一九二八年九月至十二月),以及雙月刊《新文藝》(1929-1930) 及《現代》(1932-1935) [115]。另一方面,我們不應忽視劉吶鷗、穆時英、施蟄存及黑嬰等人經常在《良友》之類的通俗雜誌上刊登文章。更值得注意的是,從一九三四年開始,於一九三三年創刊的《婦人畫報》由他們接手成為新感覺派機關刊物。透過這個刊物,他們的浪蕩子美學得以完整展現,本書第二章將詳論。此外,我們也將見證新感覺派文風如何從法國旅行到日本、繼而進入中國。

註解

1 劉吶鷗的孫子在台南家中衣櫃發現他的一九二七年日記，於一九九○年代中期交付給
筆者。此日記的日文部份譯為中文，並加上註釋後，於二○○一年出版，共兩冊。此
處法文引文參見劉吶鷗著，彭小妍、黃英哲編譯：《劉吶鷗全集・日記集》上冊（台
南縣：台南縣文化局，2001 年），頁 296。關於劉吶鷗的家世和教育背景，請見拙作〈浪
跡天涯：劉吶鷗一九二七年日記〉，《中國文哲研究所集刊》第 12 期（1998 年 3 月），
頁 1-40，收入《海上說情慾：從張資平到劉吶鷗》（臺北：中國文哲研究所，2001 年），
頁 105-144。

2 Charles Baudelaire, "Au lecteur"（給讀者）, in *Oeuvers completes* (Complete Works; Paris:
Gallimard, 1990), vol. 1, pp.5-6. 在波特萊爾的《惡之華》中，航海象徵精神的自由、心
靈的提升，與平庸的世界成對比，由〈給讀者〉這首詩即可見。亦請見 "l'homme et la
mer"（航海之人）, in *Oeivers completes,* vol. 1, p.18. 此詩讚頌人與海為相互鬥爭的永恆
鬥士，以 "O lutteurs eternels, o frères implacables!"（喔！永恆的鬥士，喔！難以和解的
兄弟！）作結。

3 黃天佐（隨初）：〈我所認識的劉吶鷗先生〉，《華文大阪每日》第 5 卷第 9 期（1940
年 11 月），頁 69。本章稍後將討論劉吶鷗的暗殺。

4 請見秦賢次：〈張我軍及其同時代的北京台灣留學生〉，收入彭小妍編：《漂泊與鄉
土──張我軍逝世四十周年紀念論文集》（臺北：文建會，1996 年），頁 57-81。

5 於一九二六年三月畢業於東京學校的台灣人名單，參見〈留京卒業生送別會〉，《台
灣民報》第 99 號（1926 年 4 月 4 日），頁 8。

6 施蟄存：〈震旦二年〉，收入陳子善編：《施蟄存七十年文選》（上海：文藝出版社，
1996 年），頁 289-290。

7 請見 1 月 18 日及 19 日兩天的日記。

8 關於張我軍的生平及著作，請見彭小妍編：《漂泊與鄉土──張我軍逝世四十周年紀念
論文集》。

9 黃天佐：〈我所認識的劉吶鷗先生〉。

10 Cf. Shu-mei Shih, "Gender, Race, and Semicolonialism: Liu Na'ou's Urban Shanghai
Landscape," in *The Lure of the Modern: Writing Modernism in Semicolonial China, 1917-
1937* (Berkeley: University of California Press, 2001), p.276.

11 〈福州路昨日血案／劉吶鷗被擊死〉，《申報》（1940 年 9 月 4 日），頁 9。

12 黃天佐：〈我所認識的劉吶鷗先生〉。「興亞院」是日本於一九三八年十二月十六日成
立的情報機構，用來管理並控制其迅速擴張的殖民地日常行政及企業發展。

13 黃天佐：〈我所認識的劉吶鷗先生〉。

14 同前註。關於穆時英及劉吶鷗暗殺新聞的報導，請見一九四〇年六月二十九日至九月底的《國民新聞》。亦可見〈福州路昨晚血案／穆時英遭槍殺〉，《申報》（1940 年 6 月 29 日），頁 9。史書美認為劉吶鷗死於一九三九年，這是從嚴家炎沿襲而來的錯誤。請見嚴家炎：《中國現代小說流派史》（北京：人民文學出版社，1989 年），頁 131-141；Shu-mei Shih, *The Lure of the Modern: Writing Modernism in Semicolonial China, 1917-1937,* p.276.

15 參見嚴家炎：《中國現代小說流派史》，頁 131-141。

16 一九九八年十月與施蟄存先生訪談過程中，由他所透露。

17 黃天佐：〈我所認識的劉吶鷗先生〉。

18 同前註。

19 樓適夷：〈作品與作家：施蟄存的新感覺主義——讀了〈在巴黎大戲院〉與〈魔道〉之後〉，《文藝新聞》第 33 號（1931 年 10 月 26 日），頁 4。樓是當時《文藝新聞》的主編。

20 郭建英：〈編輯餘談〉，《婦人畫報》第 17 期（1934 年 4 月），頁 32。

21 筆者此處引用 *Webster's Third International Dictionary* 中 acculturation 的定義。

22 參見 Silvia Spitta, *Between Two Waters: Narratives of Transculturation in Latin America* (Houston, TX: Rice University Press, 1995), pp.3-4. 關於拉丁美洲 transculturation 及 acculturation 定義的詳細討論，請見同書的 1-28 頁。

23 參見 Terry Eagleton, "Nationalism: Irony and Commitment," in *Nationalism, Colonialism and Literature,* ed. Seamus Deane (Minneapolis: University of Minnesota Press, 1990), pp.23-42.

24 Seamus Deane, "Introduction," in *Nationalism, Colonialism and Literature* (Minneapolis: University of Minnesota Press, 1990), pp.3-19.

25 參見劉吶鷗著，彭小妍、黃英哲編譯：《劉吶鷗全集·日記集》上冊，頁 232；《日記集》下冊，頁 762、770。

26 電影有另一個英文名稱 *The Man with a Hat*（戴帽子的人）。從電影中劉吶鷗孩子的年記推論，可推測電影拍攝於一九三〇年代中期。在一九三四年左右，劉吶鷗舉家遷居上海，包括妻子、兩個兒子和女兒。一九三六年另一個女兒、一九三八年另一個兒子於上海出生。劉吶鷗記錄片的標題，顯然是響應一九二九年上映的俄國記錄片 *Living Russia, or the Man with a Camera*。原片名為 *Cheloveks kino-apparatom*。詳細討論請見本章稍後。

27 參見劉吶鷗著，彭小妍、黃英哲編譯：《劉吶鷗全集・日記集》上冊，頁 102。

28 劉吶鷗一九二七年的日記，每個月後都附有閱讀書單。參見劉吶鷗著，彭小妍、黃英
哲編譯：《劉吶鷗全集・日記集》下冊，頁 486、553。

29 Charles Baudelaire, (1863) "Le Peintre de la vie modern" (現代生活的畫家), in *Oeuvres completes* (全集), vol. 2, p.710.

30 同前註。

31 參見劉吶鷗著，彭小妍、黃英哲編譯：《劉吶鷗全集・日記集》上冊，5 月 18 日，
頁 322。

32 同前註，5 月 19 日，頁 324。

33 Charles Baudelaire, "Le Vampire," in *Oeuvres completes,* vol. 1, p.33.

34 Baudelaire, "verse 5, Spleen et ideal," in *Oeuvres completes,* vol. 1, p.12.

35 參見劉吶鷗著，彭小妍、黃英哲編譯：《劉吶鷗全集・日記集》上冊，頁 308-327。

36 Walter Benjamin, *The Arcades Project,* 4th ed. trans. Howard Eiland and Kevin McLanghlin (Cambridge, Mass.: Harvard University Press, 2003), pp.21-22.

37 Michel Foucault, "What is Enlightenment?," in *The Foucault Reader,* trans. Catherine Porter, ed. Paul Rainbow (New York: Pantheon Books, 1984), p.40.

38 參見劉吶鷗著，彭小妍、黃英哲編譯：《劉吶鷗全集・日記集》下冊，頁 664-665。
此處法文字 fugitive 拼成 fugatif，顯然是筆誤。

39 英文翻譯參考 Charles Baudelaire, "To a Passer-by," in *The Flowers of Evil,* trans. William Aggeler, p.311。此處為說明 Fugitive beauté 的原意，譯為「稍縱即逝的美人」。郭宏安譯為「美人已去」，音律上較佳，第二章起首將完全引用郭譯。參考郭宏安譯：《惡之花》（桂林市：灕江出版社，1992 年），頁 130。

40 參見劉吶鷗著，彭小妍、黃英哲編譯：《劉吶鷗全集・日記集》下冊，11 月 17 日，
頁 716-717。

41 同前註，11 月 27 日，頁 736-737。

42 Michel Foucault, "What is Enlightenment?," p.40.

43 Charles Baudelaire, *The Painter of Modern Life,* pp.683-724. 引文出自 694 頁。

44 參見 Walter Benjamin, *Charles Baudelaire: A Lyric Poet in the Era of High Capitalism,* trans. Harry Zohn (London: Biddles Lts., Guildford and King's Lynn, 1989), pp.11-66.

45 Charles Baudelaire, *The Painter of Modern Life,* pp.713-714.

46 參見劉吶鷗著，彭小妍、黃英哲編譯：《劉吶鷗全集・日記集》下冊，頁 702。
Apollinaire 被拼錯成 Anapollinaire.

47 Shu-mei Shih: *The Lure of the Modern: Writing Modernism in Semicolonial China, 1917-1937*, p.370：「對於新感覺派作家而言，既無揚棄傳統的熱烈召喚，也無適度復興傳統的想法。我們大可辯稱，除了施蟄存現代主義時期之後的作品外，傳統向來就不構成問題，他們無須對傳統採取任何立場：他們只關心資本主義現代性的現實……事實上，我們目睹的是五四以來內化了全盤西化思想的人的身心狀態。」

48 參見劉吶鷗著，彭小妍、黃英哲編譯：《劉吶鷗全集·日記集》下冊，頁 702。

49 穆時英生平請見李今：〈穆時英年譜簡編〉，《中國現代文學研究叢刊》，2005 年第 6 期，頁 237-268。李今修訂了史書美有關穆時英生平的某些錯誤，例如史誤認為穆時英出生於浙江、專攻中國文學等。請見 Shu-mei Shih: *The Lure of the Modern: Writing Modernism in Semicolonial China, 1917-1937,* p.307.

50 Shu-mei Shih: *The Lure of the Modern: Writing Modernism in Semicolonial China, 1917-1937,* pp.305-306.

51 穆時英著：〈Craven "A"〉，收入樂齊編：《中國新感覺派聖手：穆時英小說全集》，頁 205-220。原出版於《公墓》，（上海：現代書局，1933 年）。

52 同前註，頁 211。

53 郭建英：〈一九三三年的感觸：愛之方式〉，收入陳子善編：《摩登上海》（桂林：廣西師範大學出版社，2001 年），頁 44。原收於《建英漫畫集》（上海：良友讀書公司，1934 年），此書收錄郭建英一九三一至一九三四年的漫畫作品。

54 同前註。

55 Heiner Frühauf 研究創造社成員於一九一九年代及一九二〇年代早期在東京求學的時代。他說：創造社成員沉迷於「法國象徵主義的異國氣氛、咖啡廳的氛圍、及末世紀的頹廢」。參見 Heiner Frühauf: "Urban Exoticism and its Sino-Japanese Scenery, 1910-1923," in *Asian and African Studies* 6.2 (1997): 126-169.

56 郭建英：〈一九三三年的感觸：機械之魅力〉，收入陳子善編：《摩登上海》（桂林：廣西師範大學出版社，2001 年），頁 42。

57 參見 Charles Baudelaire, "Éloge du maquillage," in *The Painter of Modern Life,* pp.714-718.

58 關於 psycho-narration 的理論，參見 Dorrit Cohn, *Transparent Minds: Narrative Modes for Presenting Consciousness in Fiction* (New Jersey: Princeton University Press, 1983).

59 參見 Charles Baudelaire, "Éloge du maqillage," in *The Painter of Modern Life,* p.716.

60 穆時英著：〈手指〉，收入樂齊編：《中國新感覺派聖手：穆時英小說全集》，頁 30-33。原出版於《青年界》第 1 卷第 3 期（1931 年）。

61 黃朝琴：〈漢文改革論〉，《台灣》1923 年 1 月號，頁 25-31；2 月號，頁 21-27。

62 參見劉吶鷗：《劉吶鷗全集‧日記集》9 至 12 月的部份。

63 參見劉吶鷗著，彭小妍、黃英哲編譯：《劉吶鷗全集‧日記集》下冊，頁 628。

64 Heiner Fruhauf, "Urban Exoticism in Modern and Contemporary Chinese Literature"; Leo Lee, *Shanghai Modern* (Cambridge, Mass.: Harvard University Press, 1999), pp.241-250. 雖然李歐梵並未使用浪蕩子美學一詞，他稱邵洵美為「浮誇耀眼的文學浪蕩子」，英俊瀟灑，公然與美國情婦同居，「對自己的希臘鼻子頗感自豪」，開著「加長的棕色納許名車」。

65 〈文壇消息〉，《新時代》第 1 卷第 1 期（1931 年 8 月），頁 7。.

66 一九九八年十月，施蟄存在訪談中所表達的意見。

67 彭小妍：《海上說情慾：從張資平到劉吶鷗》，頁 145-188。

68 例如史書美、嚴家炎及張英進等。筆者同意為了研究方便，不得不將作家分類為流派，但是一般認為海派重實驗、京派重傳統的分類標準，並不能讓人信服。我們必須理解，被貼上「海派」標籤的作家，從未完全摒棄中國傳統，如同本書討論的新感覺派混語書寫所顯示；而所謂「京派」作家歷來也不乏形式的實驗，例如魯迅的〈狂人日記〉實驗獨白體、沈從文的《阿麗思中國遊記》(1928) 諧擬遊記及童話、老舍的《貓城記》(1936) 諧擬科幻作品等。這方面請參考彭小妍：《超越寫實》（台北：聯經出版社，1993 年），頁 141-180。

69 彭小妍：《海上說情慾：從張資平到劉吶鷗》，頁 95-103。

70 沈從文（甲辰），〈郁達夫、張資平及其影響〉，《新月》第 3 卷第 1 期（1930 年 3 月），頁 1-8。

71 沈從文：〈論穆時英〉(1934)，《沈從文文集》第 11 卷（香港：三聯書店，1982-1983 年），頁 203-205。

72 Yingjin Zhang, *The City in Modern Chinese Literature and Film: Configurations of Space, Time & Gender* (Stanford, Calif.: Stanford University Press), pp.23-24；魯迅（欒廷石）：〈京派與海派〉，《申報》（1934 年 2 月 3 日），頁 17。有關海派論爭、「京派作家」的崛起、以及「海派作家」的重新定義，請見 Yingjin Zhang, pp.21-27.

73 胡適譯：〈柏林之圍〉(1914)，《良友》第 64 期 (1931 年 12 月)，頁 10。蔡元培：〈題良友攝影圖〉第 69 期 (1932 年 9 月)，內頁圖。

74 《良友》，第 73 期（1933 年 1 月）內頁廣告。

75 Katherine Huiling Chou, "Representing 'New Woman': Actresses& the Xin Nuxing Movement in Chinese Spoken Drama & Films, 1918-1949" (New York: New York University Ph.D. dissertation, 1996), pp.132-133.

76 黃嘉謨：〈現代電影與中國電影界——本刊的成立與今後的責任—預備給予讀者的幾點貢獻〉，《現代電影》創刊號，(1933 年 3 月 1 日)，頁 1。

77 沈西苓：〈一九三二年中國電影界的總結帳與一九三二年的新期望〉，《現代電影》創刊號 (1933 年 3 月 1 日)，頁 7-9。

78 劉吶鷗："Ecranesque"（關於電影；劉自己的法文標題），《現代電影》第 2 期 (1993 年 4 月 1 日)，頁 1。

79 劉吶鷗：〈論取材〉，《現代電影》第 4 期 (1993 年 7 月 1 日)，頁 2-3。

80 劉吶鷗：〈電影節奏簡論〉，《現代電影》第 6 期 (1933 年 12 月 1 日)，頁 1-2。〈開麥拉機構——位置角度機能論〉，《現代電影》第 7 期 (1934 年 6 月 1 日)，頁 1-5。

81 參見 David Bordwell, The Cinema of Eisenstein (Cambridge, Mass.: Harvard University Press, 1993), p.10.

82 劉吶鷗：〈影片藝術論〉(1932)，收入康來新、許秦蓁編：《劉吶鷗全集・電影集》（台南縣：台南縣文化局，2001 年 ），頁 256-280。此選集中，外文詞彙及名字經常拼錯，例如 cinématographique 被拼成 cinegraphique；ciné-oeuil 被拼成 cin'e-oeil 等等，此處無須一一列舉。原文刊於《電影周報》，第 2, 3, 6-10, 15 期 (1932 年 7 月 1 日~10 月 8 日)。

83 同前註，頁 264。

84 同前註，頁 264-265。

85 Richard M. Barsam, Nonfiction Film: A Critical History (Bloomington and Indianapolis: Indiana University Press, 1992 [1987]), p.68.

86 Vlada Petric, Constructivism in Film: "The Man with the Movie Camera," A Cinematic Analysis (Cambridge: Cambridge University Press, 1987), p.4.

87 劉吶鷗：〈影片藝術論〉，頁 267。

88 Vlada Petric, Constructivism in Film: "The Man with the Movie Camera," A Cinematic Analysis, pp.1-3.

89 Richard M. Barsam, Nonfiction Film: A Critical History, p.76.

90 劉吶鷗：〈影片藝術論〉，頁 267。

91 同前註，頁 269。

92 Richard M. Barsam, *Nonfiction Film: A Critical History,* p.73; Vlada Petric, *Constructivism in Film: "The Man with the Movie Camera," A Cinematic Analysis,* pp.82-84. Barsam 用 self-reflexivity 一詞，Petric 用 self-referentiality 一詞。

93 郭詩詠比較劉吶鷗的家庭影片及 Vertov 的《手持攝影機的人》。郭詩詠：〈持攝影機的人：試論劉吶鷗的紀錄片〉，《文學世紀》第 2 卷第 7 期 (2002 年 7 月)，頁 26-32。

94 Richard M. Barsam, Nonfiction Film: A Critical History, pp.71-72。

95 彭小妍：《海上說情慾：從張資平到劉吶鷗》，頁 121，176-177。

96 關於二十世紀中國電影理論文選，請見丁亞平編：《1897-2001 百年中國電影理論文選》（北京：文化藝術出版社，2002 年），兩冊。

97 黃嘉謨：〈硬性影片和軟性影片〉，《現代電影》第 6 期（1933 年 12 月），頁 3。

98 唐納：〈清算軟性電影論─軟性論者的趣味主義〉，《晨報》（1934 年 6 月 19 日），頁 10。

99 參見劉吶鷗著，彭小妍、黃英哲編譯：《劉吶鷗全集‧日記集》上冊，頁 234。

100 參見劉吶鷗著，彭小妍、黃英哲編譯：《劉吶鷗全集‧日記集》下冊，頁 450。

101 參見劉吶鷗著，彭小妍、黃英哲編譯：《劉吶鷗全集‧日記集》下冊，頁 492。

102 參見劉吶鷗著，彭小妍、黃英哲編譯：《劉吶鷗全集‧日記集》上冊，3 月 21 日，4 月 3 日，4 月 6 日，4 月 9 日，頁 198，228，234，240。

103 參見劉吶鷗著，彭小妍、黃英哲編譯：《劉吶鷗全集‧日記集》下冊，頁 744。

104 關於此日文詞彙的意涵，請見 Miriam Silverberg, *Erotic Grotesque Nonsense: The Mass Culture of Japanese Modern Times* (Berkeley: University of California Press, 2006)。

105 參見劉吶鷗著，彭小妍、黃英哲編譯：《劉吶鷗全集‧日記集》下冊，頁 662。

106 參見劉吶鷗著，彭小妍、黃英哲編譯：《劉吶鷗全集‧日記集》上冊，頁 288。

107 Richard Eaton, *The Best French Short Stories of…and the Yearbook of the French Short Story* (Boston; Small, Maynard & Co., 1924-1927).

108 請見劉吶鷗著，彭小妍、黃英哲編譯：《劉吶鷗全集‧日記集》上冊，1 月 12 日，頁 52。

109 同前註，1 月 19 日，頁 66。

110 參見劉吶鷗著，彭小妍、黃英哲編譯：《劉吶鷗全集‧日記集》上冊，6 月 25 日，頁 402。

111 同前註，6 月 17 日，頁 386。

112 彭小妍，《海上說情慾：從張資平到劉吶鷗》，頁 1-40。

113 嚴家炎：《中國現代小說流派史》，頁 131-141。

114 Edward Gunn, *Rewriting Chinese: Style and Innovation in Twentieth-Century Chinese Prose* (Stanford, CA.: Stanford University Press, 1991), pp.31-37。

115 關於上海新感覺派作家的菁英期刊表列，以及詳細說明，請參見 Shu-mei Shih, *The Lure of the Modern: Writing Modernism in Semicolonial China, 1917-1937,* pp.241-257。

二
一個旅行的次文類：
掌篇小說

電光一閃……復歸黑暗！——美人已去，
你的目光一瞥突然使我復活，
難道我從此只能會你於來世？

遠遠地走了！晚了！也許是永訣！
我不知你何往，你不知我何去，
啊我可能愛上你，啊你該知悉！
　　　——波特萊爾，〈給一位過路的女子〉
　　　　　　　　　　　　　　郭宏安譯

■ 回眸一瞥的摩登女郎

在波特萊爾〈給一位過路的女子〉一詩中，夜間猶如電光 (Un éclair)、一閃而逝的美女，將成為日後保羅·穆航及其中、日追隨者的作品中永恆的母題。詩中訴說的是浪蕩子／漫遊者與摩登女郎／漫遊女偶然的邂逅。摩登女郎是她者的象徵；浪蕩子在大都會永恆的漫遊中，一心渴望遇見她，只因她的一瞥目光 (le regard) 可使他復活 (renaître)。摩登女郎大膽回眸一瞥，比起傳統上矜持被動的女子更加逗人心弦。這種挑逗眼神，表白了男人只不過是她的玩伴 (gigolo)，如同第一章所述；摩登女郎玩弄男子的行徑，不但扮演、更是顛覆了浪蕩子女人玩家的角色。一九三四年十月的《婦人畫報》封面，是一位短髮摩登女郎，一身男人西裝、以絲巾為領帶，顯示當年摩登女郎的變裝如何引人側目[1]。一九三四年郭建英的兩幅漫畫也描寫身著男人西裝的摩登女郎。題為〈最時髦的男裝嚇死了公共廁所的姑娘〉，圖中身著男裝的摩登女郎柱著拐杖，大搖大擺走進女士洗手間，嚇壞了正在裡面的另一位摩登女郎[2]。題為〈老黃，讓我介紹吧，這位就是陳小姐〉，圖中一位摩登女郎畫家，穿著短袖襯衫，蝴蝶結下懸垂絲巾，下身是長褲，正神態自若地把她的裸體模特兒介紹給一位男士，倒是把對方嚇得全身僵硬、啞口無言[3]。摩登女郎一旦舉止有如男性，難免掀起性別倒錯的紛擾 (gender trouble)。

浪蕩子對摩登女郎無盡的迷戀，來自於他永恆的自戀情節。惶惶自苦、不由自主地追隨她，他可說為她而生、也為她而死；摩登女郎有如他攬鏡自照時，所窺見的她我，正如波特萊爾所說：生於

《婦人畫報》

最時髦的男裝嚇死了公共廁所的姑娘

鏡前，也死於鏡前 (vivre et mourir devant le mirror)。本章將顯示浪蕩子對摩登女郎永恆的追逐，既因她迷人的風采而目眩神搖，又因她的低等無知而嫌惡她，第一章已經談及。此處我們將看見浪蕩子展現無比耐力及高傲姿態，諄諄誘導摩登女郎如何舉止穿著──亦即如何成為他的完美她我。

本章繼續探討「浪蕩子美學」的概念，以一九二〇年代末在上海崛起的新感覺派為重心，特別著重這些作家與日本新感覺派、法國現代主義作家保羅‧穆航及摩里斯‧德哥派拉 (Maurice Dekobra, 1885-1973) 的淵源。我所謂浪蕩子美學，主要包含三個層面的意義：(1) 浪蕩子自詡展現品味和格調 (*préciosité*) 的混語書寫 (the macaronic)，象徵跨文化現代性的混雜性；(2) 浪蕩子與摩登女郎──他的劣等她我──之間愛恨交織的關係；(3) 浪蕩子身為永恆漫遊

「老黃，讓我介紹吧，這位就是陳小姐。」

者的姿態，以及他的「漫遊白描藝術」(flânerie) 如何將女性類型化。本章由掌篇小說談起，這是一個由巴黎旅行到日本的次文類，於一九二、三〇年代為上海新感覺派所挪用。此次文類的特色是覬覦女色的男性敘事者，一派浪蕩子姿態，正彰顯了浪蕩子美學的特質。

延續前一章的討論，本章將仔細分析混語書寫：它混合了古典辭彙、方言、外文辭彙、外文音譯、新造辭彙等等，代表新感覺派書寫模式的特色。對筆者而言，這種語言實驗象徵跨文化現代性的精髓：它創造了一個跨文化空間或接觸地帶，在此空間中，傳統／現代、菁英／通俗、本土／外來、國家／地方、文學／非文學等等成份重疊互動。此即跨文化場域，亦即創造性轉化可能發生的所在。上海新感覺派如何大膽從事這種語言改革的實踐？他們如何使用新的媒介——包括白話文及漫畫之類的視覺形象——來理解現代大都會中的兩性關係，同時徹底顛覆了傳統的性別表演？他們如何透過這些垂手可得的新媒介，來建構浪蕩子與摩登女郎之間的共生關係？這些是本章嘗試探討的議題。

相對於掌篇小說，本章將討論保羅・穆航的小說《香奈兒》，以說明筆者所思考的浪蕩子／摩登女郎的共生關係。有別於一般由男性敘事者所描寫的摩登女郎，身為設計師的摩登女郎香奈兒是自己故事的敘事者。我們將看見，穆航在創造香奈兒這個角色時，事實上是在構築他的完美她我，亦即在構築一位女浪蕩子。

■ 由法國旅行到日本及中國的次文類

本書用意之一，是顯示在研究中國現代文學時，不能不注意歐洲思想及概念傳入中國的過程中，日本作為中介者的角色。掌篇小說這個次文類的歐亞旅行過程尤其如此，毋庸置疑。

一九三四年一月漫畫家郭建英 (1907-1979) 接掌上海《婦人畫報》的編輯工作。該刊自一九三三年四月創刊以來，已經發行了九期，一直沒有引起上海文壇的注意。它的名稱源自日本的同名婦女刊物《婦人畫報》，是一九〇五年創刊的，發行直至戰後，許多知名的日本現代主義作家，如菊池寬、片岡鐵兵及川端康成等人，都經常在上面發表文章。上海的《婦人畫報》及《良友》畫報是姐妹刊物，同屬良友公司出版發行。剛上市時，《婦人畫報》看來不過是一九二、三〇年代如雨後春筍般的眾多上海婦女畫報之一，專以時尚、化妝、愛情及婚姻為議題。但是郭建英入主後，開闢了一個「掌篇小說集」的新專欄，並邀請新感覺派的文友寫稿，如劉吶鷗、穆時英及黑嬰等，大多以具有異國情調的摩登女郎為主題。這種迷你小說，在一九三〇年代的上海相當流行。它開創了一個中間地帶，讓新感覺派作家得以在菁英與通俗間越界游移，展現浪蕩子美學對女體的迷戀及女性嫌惡症，並將「摩登女郎」轉化為現代性塑造下的物化象徵。

從字面上來說，「掌」意指這類迷你小說可以在掌上書寫或把玩。事實上中文「掌篇小說」一詞乃直接挪用自大正時期的日文辭彙，也稱為「掌の小說」，一九二〇年代起因川端康成的實驗而聲名大噪[4]。日本大正末期，新感覺派的機關報《文藝時代》興起一

股書寫迷你小說的風潮，例如中河與一、岡田三郎、武野藤介等都
曾嘗試過，但皆維持不久。根據川端康成一九二六年的文章〈掌篇
小說の流行〉（掌篇小說的流行），「掌篇小說」一詞是中河與一
首創的，靈感來源就是《文藝春秋》上某作家所發表的「掌に書い
た小說」（掌上書寫的小說）。當時此文類還有兩、三種名稱，例
如，岡田三郎所稱的「二十行小說」，中河與一的「十行小說」，
武野藤介的「一枚小說」。由於岡田三郎所寫的〈コント論〉（conte
論），一般又以譯自法語 "conte" 的片假名「コント」（迷你故事）
名之[5]。若熟悉保羅‧穆航的作品，應知他所寫的迷你小說即稱為
contes。

　　川端對此文類的日文名稱的看法，透露出他對日文翻譯外來詞
彙的意見。他認為，直接使用假名「コント」，固然比夾雜怪里怪
氣的譯語顯得自然，但是他並不滿意。原因是，使用外語辭彙看起
來像是專門術語，使一般人有疏離感；況且，法國的「コント」並
不一定就是極短篇小說。他認為這種極短篇小說在日本有獨特的發
展歷史，因此情願使用日文的名稱「掌の小說」。他舉出日本傳統
敘事文體中的先例，說明這種文體是過去傳統在現代的復活，例如
井原西鶴的〈本朝二十不孝〉（戲仿中國的〈二十四孝〉，1686）
及〈枕草紙〉（十一世紀）[6]。

　　川端康成本人的掌篇小說則稱為「掌の小說」。他從一九二
〇年代開始實驗此文類，而且似乎有意藉之鍛鍊書寫技巧，持續不
墜，在四十年間總共創作了一百二十七篇。他的掌篇小說大多創
作於一九二三年到一九三〇年之間的新感覺派時期。其中三十五
篇收錄在一九二六年《感情裝飾》[7]一書中。第一本《掌の小說》

選輯於一九七一年由新潮社出版，一九八九年再版時，收錄了
一百一十一篇。究竟是什麼樣的美學特色，讓川端康成投入這個文
類的創作，長達四十年之久？二〇〇一年版的「解說」中，吉村貞
司說道：

> 所謂「掌篇小說」（掌の小說），是指可以在掌上書寫或
> 是把玩的迷你故事。故事雖短，但內容一點也不簡單。它
> 絕非長篇小說剩餘材料所寫成。如同俳句，雖是詩體中最
> 短之形式，但絕非長詩或短歌殘餘所作的劣等作品。一首
> 絕佳的俳句可以比美長詩，內容之豐富可以容納大千世界；
> 一篇「掌篇小說」亦可達到同樣境界。「掌篇小說」內容
> 豐富、人物心理幽微複雜且洞悉人性，絕不亞於一般的長
> 篇。就因其體制短小，它更具有言簡意賅、直指人心和去
> 蕪存菁等特質。[8]

　　如此處引文所示，掌篇小說經常被類比為俳句，點出了其實驗
性質和詩意風格。川端康成一九二七年的〈掌篇小說に就て〉（論
掌篇小說），即曾說明，掌篇小說作為極短篇小說，就像俳句作為
極短篇的詩歌一樣。他闡釋掌篇小說作為文學形式的四種優越性：
(1) 掌篇小說合乎日本傳統和日本人的獨特國民性，如幽默、諷刺、
率直的現實批判精神；(2) 現代生活中人們的感覺日益尖銳、細膩
及片斷化，掌篇小說正是這些感覺的火花；(3) 和長篇小說比較，
掌篇小說的寫作較不費時間和勞力，稿紙的費用較低（也就是說，
更合乎經濟效應），所需的專門技巧也較少，因此是一般市井小民

也能享受的創作形式；(4) 比起長篇小說，短篇小說是藝術的精粹，掌篇小說當然更是最精鍊的藝術。他的結論為：正如即興的詩歌，掌篇小說可以即刻捕捉那「一瞬間敏銳的心靈與純情」（鋭い心の一閃めき、束の間の純情）[9]。

川端康成於一九三八年出版的《川端康成選集》第一卷的〈後記〉（あとがき）中說道：

> 在我過去所有的創作中，我最想念也最珍愛的，莫過於「掌篇小說」。甚至時至今日，我還是願意把「掌篇小說」當成禮物贈予他人。這本集子裡的多數作品都創作於一九二〇年代。很多文人在年輕時從事詩的創作，但是我不寫詩，我創作「掌篇小說」。即使有些作品是勉力而為，其中不少是真情流露之作。雖然現在我會遲疑是否稱之為《僕の標本室》（我的標本室），我確信年少時的詩意仍栩栩如生。[10]

《僕の標本室》是川端康成第二本掌篇小說選輯的書名，出版於一九三〇年，總共收錄了四十七篇迷你小說。在一九四八年全集出版時，川端改口批評自己：「現在我覺得那些『掌篇小說』中呈現的自我，實在令人厭惡。……那些作品是我寫作生涯中錯誤的一步。」[11]即使如此，他並未否認對此文類曾投注過極大的創作精力。此文類是他新感覺派時期創作精神的完美展現，況且「掌篇小說」中諸多的場景和母題，在川端的許多長篇中，經常有更完整的表現。川端康成在一九七二年自殺前，最後出版的作品是篇名叫〈雪

國抄〉的迷你小說，以一九三五年的小說《雪國》為底本 [12]。由此可見他對掌篇小說此一文類的偏好及執著。值得一提的是，這篇迷你小說刊登於《每日星期天》（サンデー每日）時，排版方式宛如一首詩。

川端康成以言簡意賅的掌篇小說來描寫日本的傳統鄉間景色。其中有些具有自傳性質，像是〈拾骨〉（骨拾い）和〈向陽〉（日向），是對剛去世不久的祖父的記憶；有許多關於居住鄉間的女孩，例如〈處女的祈禱〉（處女の祈り）和〈髮〉；還有些是關於伊豆半島上迷人的藝妓，像是〈戒指〉（指輪）和〈舞女巡演的風俗〉（踊り子旅風俗）。這些小說擅長在瞬間捕捉少女（多半是十五歲以下的處女）令人心眩神迷的能量，書中的男性角色往往因此能量，在頃刻間頓悟日常瑣事背後的深刻道理。在〈向陽〉中，敘事者在海邊旅館邂逅了初戀情人。他下意識地盯著她看，使得她很難為情。女孩羞澀難當，以和服袖口掩面，他才恍然明白，心想，何時養成了這種盯人看的習慣？他墜入回憶中探索：會是童年時在老家養成的嗎？還是失掉老家後，在友人家避難時養成的？為了避開和女孩尷尬的眼神接觸，他移開眼神，看著沉浸在秋陽中的海灘。剎那間，朝著金陽開展而去的海灘喚醒了沉睡的記憶。他想起，在父母雙雙過世後，他搬到鄉下和祖父同住，在那十年間養成了這個習慣。那時，祖父幾乎每五分鐘就像自動人偶一樣，將頭面向南方，朝向太陽，但卻從不轉向北方。這個盲眼老人對陽光的敏銳度讓他感到十分驚訝，因此常常坐在他面前直瞪著他，心裡好奇地想，他會有把頭轉向北方的時候嗎？就是這個原因吧！這靈光乍現 (epiphany) 的一刻，使他感受到女孩更親近。她臉上一陣緋紅，為了吸引他的注

意，嗲聲嗲氣地說了些話，逗得他心滿意足地笑了[13]。

　　眾所皆知，川端康成終其一生迷戀年輕女子。他甚至在雜誌的專訪中宣稱，他寧願納一個無知的年輕女孩為妾（愈少文化薰陶愈好），也不願娶妻[14]。人人都知道秀子和他同居多年，但後來終於成為他的妻子；秀子就是這種類型的女孩。他的掌篇小說中的女孩多半是迷人但無知的類型。她們是日本鄉間的傳統女孩，或留短髮（斷髮），或梳著藝妓的髮型。無知如她們，卻是挑動男性情緒及行為的觸媒，激發男性角色對現實的本能捕捉。

　　相對之下，上海新感覺派掌篇小說中的摩登女郎，雖然同樣無知，卻表現出完全不同的樣態。這些女孩同樣供男人耳目之娛，但卻不具精神提升的功能。她們在故事中的主要功能是反映男性敘事者的浪蕩子心態。她們是大都會的同義詞，身著改良式的旗袍或洋服，生活洋化，是物質文明的象徵符號，毫無任何智性表現的可能。然而事實上，是男性的浪蕩子式凝視，只看見她們的身體和服飾，無法超越外表。這些浪蕩子敘事者，在覷覦淫窺女色時，流露的反而是他們自己的心態，反映出他們特殊的生活模式及上海半殖民地國際都會文化人的姿態。自我反諷是這類故事的重要成份；敘事者一方面嘲弄自己浪蕩子的立場，一方面嘲弄他所覷覦的摩登女郎，下文將詳述之。

■　浪蕩子美學作為天命事業

　　史炎的〈航線上的音樂〉中的敘事者，正是上海《婦人畫報》的「掌篇小說」專欄中典型的浪蕩子。由於故事場景是在江上航行

的遊艇，他又身著白色西服，可知他是個有錢有閒的人士。在遊艇上一個愉快的早晨，為了打發時間，敘事者自船首漫步至船尾，一一打量甲板上的女子。第一個引起他注目的是個大約十二、三歲的鄉下女孩。女孩意識到他的凝視，把目光停留在他的白襯衫上。不久女孩再也無法承受他的放肆癡望，驚慌地回過頭去。第二個引起他注意的是個十五、六歲姑娘，她發現自己被盯上，開始和身邊的中年婦女調笑起來，後來紅著臉避開他的凝視。第三個被看上的女孩是個十八、九歲的。敘事者描述她的方式如下：

> 臉部是擴大鏡中的雞卵型，心臟形的小型櫻口，林檎之色
> 的新鮮的面頰，一雙水色之光的 Feverish 的清白的眼睛，
> 春之柳之腰支，凡亞鈴型的背形，長型藕腿，豐滿的肌
> 體，……儀態是具有瑪利亞的純潔性。
> 我的目光在旅程的終點瀏覽著了。[15]

值得注意的，除了敘事者對女孩美色的覬覦，還有他的獨特的混語書寫風格。這段引文中，有外文的音譯，例如「凡亞鈴」(violin)、「瑪利亞」(Maria)；有現代日文翻譯科技物品的漢字辭彙，例如「擴大鏡」（かくだいきょう）。「林檎」（りんご）是從唐宋時期古典中文轉借的日文漢字，意思是蘋果。此外，也有許多在中文敘事中任意穿插的英文字彙。上引文「一雙水色之光的 Feverish 的清白的眼睛」一句中，Feverish 在原文中即是英文。故事稍前，第一個女孩羞赧離去後，他說道：「我的目光成了 artful 的單軌線」，此處 artful 也是英文。同樣的，第二個女孩移開眼神

時，他又說：「然而我是個安靜的夢遊者，用著 Spiritual 的精神行著我的專利事業（指觀察女人）。」這裡，Spiritual 也是英文。而在女孩和中年婦女調情時，他以英文評論道："A loving caress"（柔情的愛撫）。當他意識到第三個女孩終於對他的眼神有所回應時，他開始吹口哨，同時感受到他的口哨旋律與女孩眼波傳出的樂聲交響起來，「交互地交互地開始著辨味顫慄的 Kiss 味」（Kiss 為英文）。

引文中也包含古典中文辭彙。傳統讚美美女的臉蛋時，常用「鵝蛋臉」，意指橢圓形的臉蛋，是美女的第一要件。但是引文中的「雞卵型」則扭曲可笑，顯示出敘事者一方面努力嘗試與傳統區分，一方面卻無法完全擺脫傳統的掌控。「長型藕腿」則是另一個滑稽的例子：在傳統白話中，常用「嫩藕」來形容女人從長袖中裸露出來的臂膀，指其膚如凝脂，例如「兩隻胳膊，嫩如花下的蓮藕」[16]。但是引文中竟然用「長型藕腿」來形容女孩修長的雙腿，不免引人發笑。又如古典中文有「柳腰」之說，形容女子腰肢纖細婀娜多姿。沒想到古典中文的短短二字成語，在引文中加上了「春」字和兩個「之」字，「腰」字改成「腰支」，竟搖身一變，「翻譯」成了六個字的「新詞」──「春之柳之腰支」，讀來既彆扭又累贅。此處我們看到作者蓄意測試古典中文與白話文的極限，在兩者相遇的跨文化場域，可以產生無限創意──我們的確可按照這個例子，把古典中文的「柳腰」「翻譯」成無數辭彙。這類彆扭的實驗，顯示作者正陷入傳統與創新之間的拉鋸戰，難以自拔。我們如何能明確劃分舊之所終、新之所始？

無庸置疑，這種混語書寫呈現出三〇年代上海已頗為興盛的

混種文化。自一八四二年鴉片戰爭起，外國租借區已紛紛在上海成立。在這個半殖民的國際都會裡，異國語言文化與本土語言和生活方式的交融，已經司空見慣。一九三〇年代上海新感覺派小說的混語書寫風格，無疑是這類混種新文化及語言蛻變的標誌，在甫成立的白話中文中，隨意雜揉了不同體系的書寫模式，呈現出一種特異的情調。一九一七年胡適在北京推行白話文運動，進而推展至全中國；三〇年代距離當時並不久遠。胡適倡議揚棄古典中文的陳言套語，流風所及，新文學作家無不努力尋求新鮮的典故及表達方式。然而，胡適本人的新詩實驗乏善可陳，新感覺派的混語書寫也同樣尷尬幼稚。雖然如此，卻反映出一整代新文學作家正努力掙扎，嘗試將新白話錘鍊為一種新的文學語言。

上述引文還有一個重要成份，值得細細分析：科技與西方音樂意象的運用。文中形容女孩的臉，像是透過「擴大鏡」看見的雞卵石形狀，是一種徹底反傳統的比喻。雖然看似荒謬，但與擴大鏡的科技想像組合起來，卻巧妙地成為一個現代版的形上巧喻（metaphysical conceit），結合了美與科學。此外，文中以音譯的新詞彙「凡亞鈴」（小提琴）來形容女孩的背，乍看是個奇怪的比喻，但再仔細思考，小提琴的比喻應該和文中稍後的音樂意象相關。事實上，「女人像小提琴」是由一位法國現代主義作家的說法翻譯而來，在三〇年代是一個新潮的表達方式。這種說法，把女人定義成是一個等待知音樂師的樂器。稍後將詳加說明。

我們再看〈航線上的音樂〉中的另一段引文。在文中有許多如同下列引文的段落，乍讀起來唐突不協調，但多讀幾次後，也饒富興味：

岸邊是一列線的圖案花式的石岸，沿岸有著電線，電線
上的雀子，卻像是樂譜與音符。我向著姑娘，狂流般地
輸送著無線電，雖是那麼少量回信，可是那麼深味的。
我開始了幻想的序幕。[17]

　　這裡的「無線電」可以指電報或是收音機廣播。但是既然在文
中無線電指的是敘事者眼中發送出來的無聲訊息，說它是電報，應
該符合邏輯。至此，我們可以綜合出作者慣用的幾個書寫模式。他
除了是混語風格的實踐者，也喜歡使用兩組特定的意象和新語彙，
多半源自日文漢字辭彙：一是與現代科技相關的，例如汽船、放大
鏡、電線及無線電；二是與西方音樂相關的，如小提琴、序幕、樂
譜、音符、交響樂。這些都是傳統敘事罕見的。雖然兩組意象和語
彙乍看之下大相逕庭，組合起來卻讓敘事別有詩意。故事標題〈航
線上的音樂〉，可以意指「遊艇航線上的音樂」，或是「眼神航線
上的音樂」。我想大膽地說，作者是蓄意創造一種風格形式，雖然
從今天的角度看來，他的語言大多詰屈聱牙。但在不足兩頁的有限
版面中，他創造了一種都會風情的散文詩，見證了現代科技的進
步，也是浪蕩子品評女人的「專利事業」的饗宴。
　　「專利」此詞彙在敘事中出現了兩次。第一次是在敘事者震懾
於第一個女孩的純真美時所說。他說：「我想負起專利之責來了。
於是癡望起來，看個究竟。」這個新詞彙第一次出現時，粗心的讀
者或許無法讀出弦外之音，但第二次出現時，再大而化之的讀者都
無法忽略。敘事者試圖引起第二個女孩的注意時，說道：「然而我
是個安靜的夢遊者，用著 Spiritual 的精神行著我的專利事業。」「專

利事業」是保護智慧財產權的現代概念，此處使用這個辭彙，當然難免有引喻失義之嫌，但也正是這種挪用手法所洩露的誇大和仿諷，反映出在敘事者／浪蕩子的心目中，品評女人是他的合法特權，而浪蕩子美學正是他的天命事業。

■ 如何成為摩登女郎？

到目前為止，有關上海新感覺派的研究大多以摩登女郎為中心，但我想強調的是，這種現代女性形象事實上是小說中浪蕩子風的男性凝視所塑造的。我認為新感覺派作家是一群自命風流的浪蕩子。對他們而言，浪蕩子美學不僅是生活準則，也是書寫風格的原則。新感覺派的混語書寫風格，凸顯了他們跨文化實踐的菁英本質。然而，他們同時擁抱大眾媒體及通俗文化，輕易跨越游移於菁英與通俗的界限間。在《婦人畫報》中，新感覺派作家一方面化身為浪蕩子，自命為高尚品味的代言人；一方面以跨越語言、跨越國際及跨越文化的標誌，滲透入通俗文化的場域。他視摩登女郎為低等的她我 (alter ego)，使出渾身解數來教導她如何成為他的理想她我。他自詡是品味和格調 (préciosité) 的捍衛者，以教育理想女性為己任，教條式地羅列各式各樣女性的衣著和行為準則，寫下長篇大論，收入「中國女性美禮讚」[18] 特輯中。

「中國女性美禮讚」特輯於一九三四年四月出版，是由於法國現代主義作家及記者莫理斯‧德哥派拉 (Maurice Dekobra) 的刺激而作的專輯。德哥派拉在一九二七年以《熱帶的海妖》(*La sirène des tropiques*) 以及《臥鋪列車的聖母》(*La madone des sleepings*) 二書，

展開文學生涯。他的愛情故事及遊記在一九二〇年代末至一九三〇年代的法國及北非廣受歡迎，著作被翻譯成七十五種語言，銷售量高達九千多萬本。令人詫異的是，他卻被後世遺忘了。在他二〇〇二年的傳記中，作者菲利浦・可拉斯 (Philippe Collas) 把他列入浪蕩子作家的行列，和保羅・穆航及費滋傑羅 (Scott-Fitzgerald) [19] 並駕齊驅。德哥派拉酷愛旅行，因為身為記者，他在柏林與倫敦兩地工作了一段時間。他也是第一個拜訪尼泊爾的西方人士。一九三三年十一月，為了寫一個以東方女人為軸心的愛情故事，他啟程到遠東旅行了數個月。抵達中國後，他以東方主義式的想像，大肆評論中國女性美，使得中國女性大為光火。之後他到日本，最後在返回法國之前，順道再訪上海。在上海，他大嘆「中國男性不懂戀愛藝術」，又羞辱了中國的男性。

　　然而，中國男性的憤怒持續不久。一九三四年三月的《婦人畫報》登了一篇默然的文章，指點中國男性與女性應當耐心聆聽德哥派拉的意見：

　　　　德哥派拉真討厭，說起話來令人氣煞。但是，耐著性兒讀
　　　　這位西洋戀愛論專家的言論吧。他說的話也許是隔靴搔癢，
　　　　也許太沒有涵養，也許以巴黎式好萊塢的戀愛尺度來衡量
　　　　東方的戀愛藝術。可是，蜜絲，女士，夫人，小姐，密斯
　　　　忒少爺，先生們啊，如果你們要生氣，請你們暫時耐著性
　　　　兒，看完他的話再生氣吧。[20]

　　這位「西洋戀愛專家」的言論，究竟散發出什麼樣的智慧火花，

最後竟然折服了我們的上海浪蕩子呢？首先，德哥派拉說，中國男人必須改進他們的禮儀。他們不曉得在親吻女人之前，要先脫下帽子，這是向異性求愛時的基本禮貌。再者，因為中國男人對戀愛藝術一竅不通，而導致中國社會的婚姻問題。須知，日本女人在日常生活裡不斷地鞠躬、俯跪，展現她們是男人的奴隸，而中國女人卻像韃靼人、蒙古人一樣充滿鬥志，難以駕馭，總是要求平等。在宴席上或是交際場合中，她們言語便捷，辯論起來時絲毫不給男人留餘地。如果把她們激怒了，那可吃不了兜著走。她們是人形的豹，隨時可以跳起來扼住你的喉嚨。第三，中國女人不馴服，都是中國男人的錯，因為他們缺乏想像力，不懂戀愛的藝術，不願為女人多費功夫。他們不想了解他們的異性伴侶，也不想研究她們的厭惡或愛好、感受力與善變。第四，中國男人必須知道，女人又如一支放在桌上的凡亞鈴 (violin)，等著知音的人來調音彈奏。重要的問題不是凡亞鈴的好壞，而是有沒有一個藝術家可以拿它奏出真正的音樂來。樂器是否有反應，端看彈奏者的技巧與才能。第五，中國男人厭倦他們的妻子時，會娶才智不如原配的妾，又讓她們同住在一個屋頂下，因此導致源源不絕的家庭問題。中國男人理應和西洋男人學習偷情。西洋男人偷偷摸摸到情婦那裡尋找不一樣的刺激，但是總會回到家裡對妻子獻殷勤說好話。這是「最高等的虛偽」，中國男人在這方面的藝術還有待加強[21]。

我們的上海浪蕩子不但認同這位巴黎浪蕩子的意見，認為中國男人在愛情藝術上的確有缺失，甚至還模仿這位大師對中國女性的品味。在〈外人目中之中國女性美〉一文中，默然進一步整理了這位巴黎浪蕩子對中國女人的看法。對德哥派拉而言，標準的中國美

人必須具備「一對杏仁形的斜眼，一對淡紅色的貝殼形耳朵，『老虎』嘴，鷹嘴形的鼻，『湯匙形』的下頷，『半月形』的前額，『瓜子形』的臉孔；肩部，大腿，小腿，稍為豐滿而有曲線，身長五尺二寸。她的美是神秘的，迷人的。」這些都是對東方美的刻板看法。

默然清楚意識到中國美女相對於西方美女的缺點。如同德哥派拉，他一派美容導師的姿態，進一步教導中國婦女使用眼影來讓眼睛的輪廓看起來更鮮明；他認為這是她們應該向西方婦女學習的化妝術。他說：

> 中國女人在美容上又有一種缺點。她還沒有充分注意眼瞼（或曰眼皮）的著色；她該在眼瞼上染一點藍色，以增加她的美麗。如果她的眼睛是細小的，這尤其能使眼睛看來較大。[22]

不光是臉蛋，體型的美觀也是要務。德哥派拉聲稱平坦的胸部已是過去式了，在二十世紀，突出而豐滿的胸部不但是健康的標準，也是美的要素。他呼籲中國女性放棄束胸的陋習，讓她們的肩膀和臀部發展迷人的曲線[23]。

我們的上海浪蕩子幾乎成為德哥派拉觀點的傳聲筒，對中國女人容貌的「中國性」，也念茲在茲。在〈中國女性的稚拙美〉中，胡考說：中國傳統女性「櫻桃似的嘴唇帶着玫瑰色，細長的眼子架在柳葉似的眉腳下」，已是明日黃花，該被時代掩埋。反之，現代摩登女性該是長著「大的眼珠襯著不均恆的眼白（俗乎白眼），長的眉毛劃出了調和線條，薄的嘴唇白上彎個三十度，棕的膚色，帶

著南國的海沙情調，黑的秀髮染著黃色。」這樣的中國女性臉龐，完全變了樣，顯然是西方化妝術及審美觀的影響[24]。

尤有甚者，中國婦女也該模仿西方婦女，學習改進她們的臉部表情。香港詩人鷗外・鷗以《婦人畫報》上發表的掌篇小說而知名（詳見第四章）。他警告中國婦女不要板著一張 "poker-face"（撲克臉，原文為英文），並建議婦女從外國電影女明星的表演中，學習鮮明的臉部表情。對他而言，中國婦女學習西方女演員是一種「進化」的過程，也就是朝向一個更文明、更現代化的狀態：

> 以努力於表情的努力去挽救自己的不立體的甚且不情緒的面是有相當收效之處的。外來電映的繁興於我邦的何處的大都會之故：我邦的仕女的平面的臉已稍見有情緒的面目出來了。這是可喜的事……她們從迫近版（大寫）的電映的女面上學得，甚伶俐地改造了自己的不得天惠之面為有情緒美的面也。今日的我邦女兒之面相的美，是進化的了。亦可戲言之謂已日漸外傾了的，而最貼切言之則為 Hollywoodism 的 Screen-face（電映顏）了吧。……我邦的女兒的面上已超國粹的增加進哭笑二相之外的諸種相了呢：會顰面，蹙眉，悒悒不歡，訝異，嚇驚，輕薄人，傲慢人以至憧然的地之狀態等等了呢。說我邦的都會女面是超國家的國際的美起來之話不是無端的話。[25]

此段引文所透露的仿諷及揶揄十分微妙，而浪蕩子對摩登女郎的諄諄教導，昭然若揭。然而，鷗外・鷗一面盛讚摩登女性的「超

國家的國際的美」，一方面依然堅持她的「中國性」。對他而言，
黑髮黑眼是得天獨厚的自然美，把頭髮染成金色的人是不愛惜天
惠。但他同意中國女人應當畫眉，讓它看起來像西方女人的一樣
長。但他又說，和日本女人的「武士眉」（意指寬而短且沒眉梢）
比起來，中國女人實在是幸運多了。他還強烈建議中國女人應當穿
旗袍，好讓乳房、柳腰和豐臀的曲線畢露。對德哥派拉的意見，他
表示同感：「若干年前我們的女體是椎椎實沒有乳房的。把乳房長
期拘囚了的。但近頃我們的乳房生長起來倍發起來。大赦釋放出獄
了。……輔佐了我邦女體的乳房的美出來的旗袍，這款女服是立了
不朽的功業了。」由此看來，我們的浪蕩子一方面讚頌跨國文化的
多元混種性，一方面又高度意識到國家及國民性的差異。這種矛盾
的張力，造就了浪蕩子美學複雜的面向。

　　浪蕩子美學與女性嫌惡症是密不可分的。在〈中國女性的稚
拙美〉一文中，作者說道，中國的摩登女性，應以一種獨特的聲
調，「咬著不正確的字，表現了幼童時代的天真。呀！這理想中的
美人，真是『塞尚奴』[Cézanne] 的繪畫。真是現時代狂熱著的稚
拙美，真是吾心中的中國美人兒！」 浪蕩子一方面十分迷戀女性
的外在美，但另一面卻極度懷疑女性智能不足又水性楊花，顯現出
一種根深蒂固的女性嫌惡症。「女性嫌惡症」一辭，在一九三三年
穆時英的小說中曾用來嘲笑一個迷戀摩登女郎的摩登青年，第五章
將詳述之。以下將分析，對浪蕩子而言，摩登女郎的水性楊花是無
可救藥的，而新感覺派書寫也不斷嘲弄她的智能低下。

■ 摩登女郎的商品化

無獨有偶，東京的新感覺派作家橫光利一也經常描寫浪蕩子與摩登女郎的共生關係。一九二七年他在新感覺派的機關報《文藝時代》發表小說〈七樓的運動〉（七階の運動），迄今少有批評家討論。劉吶鷗曾翻譯這篇小說，收入一九二八年的《色情文化》，由他經營的書店出版，是一本日本普羅文學及新感覺派作品的翻譯集。

故事男主角久慈是一家百貨公司的小開。他天生是個浪蕩子及女人玩家，使得百貨公司的售貨女郎為了爭相討好他而大吃飛醋。他的日常工作——或專利——是上上下下百貨公司的樓梯，監管販賣琳琅滿目商品的售貨女郎。故事的第一段將每一個女郎對應一種商品，凸顯了商品崇拜及摩登女郎迷戀的類比：

> 今天是昨天的連續。電梯繼續著牠的吐瀉。飛入巧格力糖中的女人。潛進襪子中的女人。立襟女服和提袋。從陽傘的圍牆中露出臉子來的是能子。化妝匣中的懷中鏡。同肥皂的土牆相連的帽子柱。圍繞手杖林的鵝絨枕頭。競子從早晨就在香水山中放蕩了。人波一重重地流向錢袋和刀子的裡面去。罐頭的谿谷和靴子的斷崖。禮鳳和花邊登上花懷。[27]
>
> (今日は昨日の続きである。エレベーターは吐瀉を続けた。チヨコレートの中へ飛び込む女。靴下の中へ潜つた女。ロープモンタントにオペラパツク。パラソルの垣の

中から顔を出したのは能子である。コンパクトの中の懷
中鏡。石鹸の土手に続いた帽子の柱。ステツキの林をと
り巻いた羽根枕、香水の山の中で競子は朝から放蕩し
た。人波は財布とナイフの中を奧へ奧へと流れて行く。
鑵詰の谷と靴の崖。リボンとレースが花の中へ登つてゐ
る。）[28]

　　橫光利一的語言特色是句子簡短、詞語相稱，頗類似保羅・穆
航的語言實驗，本章稍候將詳述之。比起明治、大正時期，甚至昭
和時期及今天的日文，橫光利一的語言所表現的反傳統令人驚異。
他無疑是在測試日文的限度；日文慣用文法複雜、複句繁複的句子，
名詞前往往有冗長的修飾語，大量使用的語助詞對解讀文意有關鍵
作用。他及新感覺派同仁的文學語言實驗，顯示出大正時期作家受
到外國文字影響，大膽顛覆傳統的限制。

　　此處筆者擬仔細分析劉吶鷗的中文翻譯。他的翻譯使中文陌生
化，讀來感受新鮮，然而卻必須費力讀好幾遍，才能讀懂。由於許
多日文漢字與中文字意義相通，即使互換使用也不會傷文意，所以
他翻譯時可以盡量保留原文的漢字辭彙，例如：吐瀉（としゃ）、
懷中鏡（かいちゅうきょう）、帽子（ぼうし）、香水（こうすい）、
放蕩（ほうとう）等等。相對的，將外國辭彙音譯的日文片假名，
是翻譯成中文時的一大難題。此時劉吶鷗也仰賴中文的音譯，表現
出他在創造新辭彙方面的才氣，例如：リボン（ribbon；緞帶）變
成「禮鳳」，文采盎然。可惜，除非比對橫光的原文，無法看得
懂。這種自由的翻譯，多少保留了原文的發音，同時又諧擬原意，

即使難以讀懂。有時無論日文或中文的音譯，均完全無法表達原文的意思，例如：シクラメン・オー・デ・コロン（Cyclamen eau de cologne；西客拉曼古龍香水）變成「西客拉曼・奧迪可郎」[29]。

漢字及片假名翻成中文多少能傳達原意，但是日文的性別指標，翻譯成中文時可能完全無法會意。例如，競子對久慈說道：「あなた、いいわ」（親愛的，你好）。如果懂日語，立刻知道這是一個女人對情人或丈夫說話。在日語中「あなた」是女人對所愛之人的專屬稱呼，否則會顯得輕蔑、沒禮貌、甚至有意冒犯。此外，只有女性才會在句末用「わ」這個語助詞。這麼簡單的一句話，劉吶鷗的翻譯笨拙又令人困惑，根本弄不清到底是誰在跟誰說話：「好，你這個人！」在中文裡，「你這個人」可以表達說話者的嬌嗔、驚奇、甚至是對對方的不悅；說話者可以是男人或女人，對方可以是所愛之人、男性或女性朋友、或陌生人。假如只讀中文翻譯，完全無法判斷此處對話雙方的性別及關係，雖然小說起首的這個場景只牽涉到三個人物：競子、她的情人久慈、以及妒火中燒想將久慈據為己有的能子。

屬於外國語文本身內在結構的獨特部份，可能無法翻譯，例如句型及性別指標。跨文化翻譯中，比較容易傳遞的是內容或故事。劉吶鷗的譯文清楚無誤地傳遞了原文中摩登女郎的商品化主題，尤其是浪蕩子／女性玩家久慈心目中所建構的摩登女郎形象，如同前述引文所顯示。

敘事者稱呼他為百貨公司老闆的「浪蕩子兒子」或「花花公子兒子」（道樂息子），說道：「久慈每天周旋在櫃台間，不是為了討生活。這位百貨公司老闆的浪蕩子兒子，為的是要創造永恆的女

性」（永遠の女性を創るがためだ）。所謂「永恆的女性」，並非指某一特定的女人，而是眾多女性身體各部份的組合：「對他而言，永恆的女性是各形各色的部份組合後，創造出來的。」這個組合，包括競子的軀幹、能子的頭部、還有「在七樓的毛巾、桌子當中活動的肩膀、手足」。這些微不足道的部份，屬於容子、鳥子、丹子、桃子、鬱子等等。例如二樓的鬱子是永恆的女性的「右腳」[30]。久慈是個無可救藥的浪蕩子，心心念念收集各個售貨女郎最讓他迷戀的軀體部份，來創造他心目中的永恆的女性——沒有女人是完美的；唯有將各個女人最好的部位組合起來，才能創造一個完美的女性。

更有甚之者，久慈這位浪蕩子／女性玩家為了達到目的，每次視察各部門的售貨女郎時，都慷慨地散發十元鈔票給她們；這樣的舉動凸顯了摩登女郎的商品化意象。除了能子以外，所有女郎都樂意接受金錢。久慈打算拿錢給能子時，她總是伶牙俐齒地嘲笑他，所以錢在她身上從來不奏效——久慈還沒能把她弄上床。在他心目中，她是永恆的女性的頭部，就因為有別於其他售貨女郎，她算是個有腦筋的女人。敘事者明白地顯示，這是久慈和所有售貨女郎玩耍的遊戲，但是能子竟然能打敗他：「對他而言，能子是個強悍的對手。唯有在面對這個永恆的女性的頭部時，他的十元鈔票從來不奏效。因此他的心理學知識，至此完全崩潰了」[31]。她似乎能洞悉他的念頭，逗弄他：「你像是部機器，專門測試人們對金錢反應到什麼程度」[32]。她是個聰明的摩登女郎，知道如何表現得與眾不同，才會對他更具有吸引力。但是敘事者告訴我們，雖然到目前為止她仍然能阻擋他的誘惑，在內心深處她卻願意跟隨他到任何地方。

故事結束時，她真的跟他去了旅館。兩情繾綣，過程順利，

但是她不該犯一個致命的錯誤：提議結婚。久慈沈默不語，不做回應，於是她獨自離開旅館。久慈曾經當面批評她是唯一逆反百貨公司法則的人（百貨店の法則から逆に進行してゐて）[33]。所謂「百貨公司法則」簡單明瞭：以金錢交換摩登女郎的性服務——性服務就是商品。要求金錢以外的任何報酬，是違反商品原則的。第二天久慈又走上百貨公司的七層電梯，繼續視察售貨女郎時，敘事者說道：「每到休息時間，久慈就一步步地爬上七樓，為了看那失去了頭的『永恆的女性』的手足」（頭のとれた永遠の女性）[34]。故事至此結束。

久慈最後這句話涵義模棱兩可。可能意指：能子一旦答應和久慈上床，就失去了她的頭；她不再是有頭腦的摩登女郎。或者：既然她想要結婚，她就違反了百貨公司的商品原則，應該永遠排除在性交易的金錢遊戲之外。無疑的，敘事者是指出，對久慈這位浪蕩子／女人玩家而言，永恆的女性不需要腦袋——她需要的只是軀體和手足。

■ 浪蕩子美學與女性嫌惡症

一九三〇年代的中日文學及通俗雜誌，對摩登女郎的負面描寫俯拾皆是，摩登女郎無腦是跨越中日文學文化的普遍說法。一九三六年《時代漫畫》的一幅十二格漫畫，題為〈無靈魂的肉體〉，充分表達了這種心態。

第一格漫畫中，一名中年男子一身西裝、背心，打著領帶，頭戴帽子，正專注地凝視櫥窗中穿著貼身旗袍的人體模特兒。他一幅

紳士模樣，圓滾滾的肚皮，正是個典型的多金老色鬼。第二格中，他突然偷了人體模特兒，把它扛在肩上跑了。第三格中，他來到一個祕密所在，裡面有一個大箱子。他脫了西裝上衣和背心，開始測量人體模特兒的高度。第四格中，他站在一個小凳子上，開始用鋸子鋸著人體模特兒的脖子。第五格中，人體模特兒的頭已經鋸下，擱在一旁地上。他又測量人體模特兒的高度。第六格中他開始從膝蓋稍上方，鋸著人體模特兒的雙足。第七格中，人體模特兒的雙足已經鋸下，擱在一旁。他開始測量箱子的寬度。到了第八格，他開始鋸人體模特兒的手臂。第九格中，他終於可以把人體模特兒的軀幹放入箱子中。第十格中，箱子已經蓋上，人體模特兒在內。他把人體模特兒的頭及手足埋在地下。第十一格中，一名警察在黑夜中來到，亮著手電筒，發現了這個神祕的箱子。最後一格中，打開的箱子在右上方，一張當作祭壇的桌子上，供奉著人體模特兒有如維納斯的軀幹。警察虔誠地雙手合十，跪在地上，膜拜著人體模特兒的軀體[35]。

這幅漫畫的涵義躍然紙上：男人崇拜的是摩登女郎的軀體；她的頭及手腳毫無價值，因為她不思考，不用雙手勞動，也不必用腳行走──只要有錢，可以雇女傭做家事，汽車可以載著她到處跑。換句話說，男人崇拜她不是為了她的思想及勤勞節儉；男人要的只是她的軀體和性愛。

郭建英一九三四年六月的《建英漫畫集》中有兩幅漫畫，可以作為有趣的對照。有一幅名叫〈現代女性的模型〉(1930)，畫面中央站立一名短髮現代女性，身上僅著奶罩、小內褲和一雙高跟鞋，修長裸露的雙腿，呈倒 V 字形分叉而立。她左手搔首弄姿，滿臉

笑意狐媚。她的腦後面接了兩條電線，發出 "It"（原文為英文）熱波。電線的一端接到圖右下方的一臺發電機，由一個男人操控。這個男人渺小的形象，把圖中的女人襯托得像個巨人般。男人正把一個個錢袋（由 $ 符號象徵）塞進發電機，作為能源，讓發電機運轉。電線的另一端導向圖的左下方，接近女人右腳踝之處，連接到兩個男性人偶的身上，一個的身上寫著「生殖元素」，另一個則用英文寫著 "Hormone"。寫著 "Hormone" 的人偶，雙腳夾纏著女人的右腳踝[36]。

　　另外，在圖的左下角，就在兩個人偶的下方，有一首五行打油詩，為這幅畫的內容作註腳：

　　　　Nonsensical（無內容）的頭腦細胞，

　　　　Grotesque（怪異奪目）的上身，

　　　　Erotique（肉感）的下身──

　　　　原動力是金錢與 Hormone（生殖元素），

　　　　It（熱）是她的生活武器。[37]

　　詩中的五個外文字，原為英文或法文。五個括弧內的中文是用來解釋外文的意思。這首打油詩充分演繹了一九三〇年代的日文流行辭彙エログロナンセンス（ero guro nansensu 肉感、怪異、無內容），嘲諷摩登女郎所代表的色慾橫流、愚蠢可笑的通俗文化[38]。這幅圖像所表達的，遠非任何文字所能及，傳遞的訊息清晰無比：現代女性的腦袋，除了性愛（It，即「熱」），空空如也；她樂於展現她性感的身軀，而讓她的性感身軀發出性能力的，是男人的金

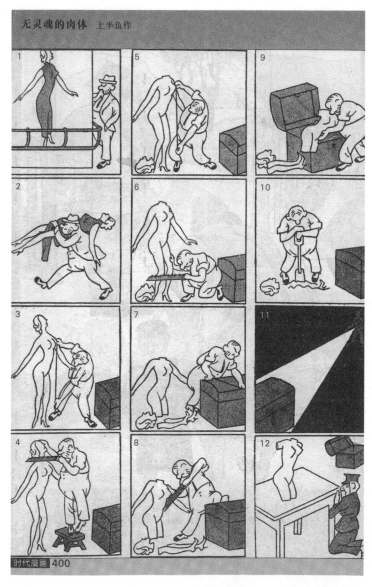

無靈魂的肉體

Nonsensical(无内容)的头脑细胞，
Grotesque(怪异夺目)的上身，
Erotique(肉感)的下身——
原动力是金钱与Hormone(生殖原素)，
It(热)是她的生活武器。

现代女性的模型

錢和荷爾蒙。

　　另外一幅漫畫題目是〈現代女子腦部細胞的一切〉，可說和上一幅畫相輔相成。畫中是一個女子赤裸的上半身，她背後的頭形光暈看起來像是她的側影，裡頭有各種文字及圖像，說明了她腦部的內容。這些文字及圖像包括一瓶酒、盛滿酒的高腳杯、一把薩克斯風、一支菸、錢袋和撲克牌。文字包括 HORMONE，EROTICISM 和大光明（上海電影院的名字）[39]。對照頁上的插圖有一排排的文字：

現代女子腦部細胞的一切

电影——鸡尾酒——"爵士"音乐——Garbo,Deitrieh——旗袍料子——冰淇淋——Saxphone——胭脂——大光明——接吻——拥抱——"华尔兹"舞——密司脱——介绍——Rendezvous（蜜会）——好莱坞——开房间——Eroticism——恋爱学——不结婚主义——御夫术——揩油政策——汽车——Revue——不着袜主义——跑狗——陶醉——刺激——Nonsense主义——A.B.C.——跳舞场——"异性热力"——速力——无感伤主义——Hormone，Hormone，Hormone,（生殖原素）——钱，钱，钱，钱，钱!

現代女子腦部細胞的一切

電影 —— 雞尾酒 —— "爵士"音樂 —Garbo, Deitrieh [Dietrich] —— 旗袍料子 —— 冰淇淋 —— Saxphone —— 胭脂 —— 大光明 —— 接吻 —— 擁抱 —— "華爾滋"舞 —— 密司脫 —— 介紹 —— Rendezvous（蜜會）—— 好萊塢 —— 開房間 —— Eroticism —— 戀愛學 —— 不結婚主義 —— 御夫術 —— 揩油政策 —— 汽車 —— Revue —— 不著襪主義 —— 跑狗 —— 陶醉 —— 刺激 —— Nonsense主義 —— A.B.C —— 跳舞場 —— "異性熱力" —— 速力 —— 無傷感主義 —— Hormone, Hormone, Hormone（生殖元素）—— 錢，錢，錢，錢，錢！[40]

　　在這兩幅漫畫中，作者強化了現代女性對娛樂事業的喜好，例如電影院、舞廳等等。她唯一的職志是尋求逸樂、追逐金錢及獵取

男人。她熱愛美酒、爵士樂、速度、和刺激。為了強化她性感尤物的象徵，漫畫還把她和好萊塢性感女星，像是葛莉泰・嘉寶 (Greta Garbo, 1905-1990) 以及瑪蓮・德黛 (Marlene Dietrich, 1901-1992) 做連結。瑪蓮・德黛在《藍天使》(*The Blue Angel*, 1930) 一劇中的致命女神 (femme fatale) 形象，實令人印象深刻。更具有指涉性的是克來拉・寶 (Clara Bow, 1906-1965) 的「魅力女郎」(The It Girl) 形象。一九二七年她在一部名為 *It* 的默片中擔綱演出，一炮而紅，成為電影所傳達的嶄新社會價值觀的代言人：性愛就是享樂。在影片中，"It" 意指女主角的性魅力：一種不知何以名之的力量；片中的售貨女郎魅力四射，吸引了許多有錢有閒的花花公子拜倒在她石榴裙下。

這兩幅漫畫與文字說明，赤裸裸地展現了浪蕩子的女性嫌惡症。對浪蕩子而言，摩登女郎就是令人神魂顛倒的淘金女郎，既時時找蜜糖老爹當冤大頭，又無知可悲。事實上，她外表光鮮亮麗，追求現代娛樂不餘遺力，正反映了浪蕩子自己的偏好；然而她智力低下、無力創新自我，充其量只是浪蕩子的低等她我。

對浪蕩子而言，摩登女郎有的只是迷人的臉蛋和身體，無論打扮舉止都需要他的指導。如果說他是服裝設計師和創造者，摩登女郎就是服裝模特兒，只能穿他設計的時裝。或者我們可以進一步說，浪蕩子同時兼具模特兒和設計師的角色；他創造自我，然而美麗無知的摩登女郎卻是無法自我創造的，因此只是他的低等她我。這正是德哥派拉傳授給上海浪蕩子的兩性關係密笈：女人是一把等待知音樂師的小提琴。

但是當摩登女郎變身為服裝設計師香奈兒時，自視傲人、不可

一世的浪蕩子保羅‧穆航，也不得不驚為天人，將她視為完美的她我——香奈兒堪稱女浪蕩子。 穆航近六十年寫作生涯的最後一部書，是一九七六年的《香奈兒的魅力》(*L'allure de Chanel*)，足使香奈兒永垂不朽。下節將詳述之。

■ 浪蕩子與女浪蕩子的邂逅：穆航與香奈兒

> 十九世紀服飾風格的終結天使
> L'ange exterminateur d'un style dix-neuvième siècle [41]
> ——保羅‧穆航：《香奈兒的魅力》

在《香奈兒的魅力》的序言中，穆航敘述一九二一年的除夕，他成為香奈兒的服裝店派對常客之一的經過。當時香奈兒在諾曼第的朵維樂 (Deauville) 經營一家服裝店，就在康邦街 (rue Combon) 上。朵維樂是國際知名的度假勝地，也是優雅生活品味的象徵。當時派對中名流雲集，許多是才氣洋溢、初露頭角的藝文界青年，包括外交家貝爾特羅 (Philippe Berthelot)、舞蹈家茱安朵 (Élisabeth Jouhandeau)、畫家畢卡索 (Pablo Picasso)、詩人兼小說家科克多 (Jean Cocteau)、小說家拉帝格 (Raymond Radiguet)、詩人瑞維帝 (Pierre Reverdy) 等等。那時香奈兒尚未開展在巴黎服裝界的事業，所有賓客包括穆航在內，無法想像有一天她竟然會成為「十九世紀服飾風格的終結天使」——這種說法，充分透露出香奈兒在他心目中是如何積極好強、充滿戰鬥力。對穆航而言，她正站在流行服飾新紀元的分水嶺上：她終結了舊時代的優雅沙龍風格，引領了二十世紀「走

入街頭」的現代流行服飾。

　　筆者提起穆航與香奈兒的關聯，所關注的並非歷史人物香奈兒，而是《香奈兒的魅力》中所塑造的故事人物。服飾企業歷來是男性設計師的天下，香奈兒是第一位足以與他們分庭抗禮的女性；她的創新具有劃時代意義，啟發了許多人為她寫傳或作研究。眾多相關作品中，穆航的小說代表浪蕩子對女浪蕩子的觀點，對本書主題而言，尤其貼切。有別於他一般有關摩登女郎的短篇或迷你小說，《香奈兒的魅力》是部長篇小說。最有意思的是，女主角香奈兒是自己故事的敘事者。摩登女郎香奈兒因何值得一部長篇小說的篇幅，為何又能擁有她自己的聲音？我的解讀是：透過自傳體，穆航掩飾了自己的浪蕩子立場，讓香奈兒——他的完美她我——來替他發聲。

　　穆航的小說中，一般總是從浪蕩子／摩登青年的眼光來審視摩登女郎；摩登女郎只是浪蕩子凝視及慾望的對象，沒有任何個人歷史或心理深度。然而，在《香奈兒的魅力》中，女主角不僅擁有自己的聲音，甚至擁有複雜的個性，與他筆下的其他摩登女郎大相徑庭。對摩登女郎，穆航一向是高人一等的浪蕩子姿態；在他心目中，香奈兒無疑也是摩登女郎之一。同時他卻也處處強調，她優越過人，是一般摩登女郎無法望其項背的。

　　首先，有關香奈兒一系列的情史[42]。這方面，穆航把她描寫為典型的摩登女郎，多情善變，隨意更換性伴侶。例如，故事中她一生的第一個情人是 M. B.，是她十六歲時在一家茶館中邂逅的。第二天他邀請她與他共享優游人生，她不假思索，立即隨他而去。不久後，她遇見英俊瀟灑的英國企業家卡佩爾 (Boy Capel)，便立刻和

新情人搭火車前往巴黎。

在穆航的筆下，又如典型的摩登女郎，她安於接受男人供養。卡佩爾情願在家中與她獨處，她便夜夜盛裝打扮取悅於他，從不要求外出。穆航的小說中讓她宣稱：「有如後宮佳麗，我安於深居簡出」(j'ai un côté femme de harem qui s'accommodait fort bien de cette reclusion) [43]。他的情人也對她寵愛有加，鑽石之類的禮物不斷。一度因為她的要求，每半小時就送她一束鮮花，連續了兩天，直至她覺得無聊。這種細節，目的是深化她任性善變的摩登女郎形象 [44]。另一位情人西敏寺公爵 (the Duke of Westminster)，她的要求只說了一半，就連聲不迭地答應。但是她最終還是離他而去，因為終日玩樂、享受財富實在單調乏味，讓她無聊得受不了 [45]。她拒絕嫁給他時，說道：「我不愛你。和一個不愛你的女人睡覺，不是毫無樂趣嗎？」，真是十足的無情妖女。她告訴讀者：「所有男人只要聽到這句殘酷的話，總是立刻變得逆來順受」(Les hommes avec qui j'ai été brutale sont tout de suite devenus très gentils) [46]。

然而，有別於一般摩登女郎，穆航筆下的香奈兒剝削男人，不只是為了一時的貪玩；她願意和男人交往，主要因為他們在許多方面不但足為她的導師，還能以財富為她買來獨立。例如在穆航筆下，香奈兒父母去世後照顧她的是幾位耿直嚴肅的姑姑；M. B. 提供的機會，讓她得以脫離姑姑們的刻板束縛。根據穆航，她的第二位情人卡佩爾，則提供她開一家女帽服飾店的千載難逢機會。但是此處穆航設計了一個場景，強調她的無知：由於她不知商業世界如何運作，她銀行每次兌現她的支票時，她總以為自己用的是女帽店賺來的錢。然而卡佩爾告訴她，由於他替她擔保，銀行才肯付錢給

她，事實上她是欠銀行債的；此時，香奈兒的自尊和傲氣受傷了。
她說道：「驕傲是好事，但是從那天起，我無知的青年時代結束
了」(L'orgueil est une bonne chose, mais ce jour-là, c'en fut fini de ma
jeunesse inconsciente)[47]。從那天起一直到她去世為止，她操勞得像
個工作狂；而且她一年之內就還清所有的債務。

　　她告訴讀者，對她而言工作就是金錢，而金錢就是自由：「我
必須買到我的自由，無論付出什麼代價」(il me fallait acheter ma
liberté, la payer n'importe quel prix)[48]。換句話說，男人為她買到她
需要的自由，讓她能追求理想，但是她的成功是工作的結果，而
非運氣。她在故事中說道：「我成功的祕訣是狂熱的工作」[49]。整
部小說強調她的傲氣，有趣的是，最後她將自己的傲氣比擬為路
易十四不可一世的高傲：「我一開始就說了，我這人傲氣過人……
真正的驕傲是路易十四的高傲，或是英國式的驕傲」(Ainsi que je
l'ai dit au début, je suis tout orgueil ... le vrai orgueil ... c'est l'orgueil de
Louis XIV, ou celui de la nature anglaise)[50]。我們應該清楚，是穆航
讓她自比為路易十四——法國文化史上最聲名顯赫的浪蕩子。

　　因此在穆航筆下，香奈兒與一般摩登女郎無異，任性善變、傲
氣逼人，既是虐待狂也是受虐狂，充滿毀滅性，是復仇女神奈美西
斯的化身 (Chanel, c'était Némésis)[51]。簡而言之，是個無情妖女 (belle
dame sans mercy)，穆航在小說的序言中已經說明了：

　　　　那是香奈兒的陰暗面，她的自虐自苦，虐待人的快感，懲
　　　　罰的衝動，高傲、嚴厲、嘲諷、毀滅狂、冷熱無常的極端
　　　　性格，謾罵的天才，掠奪家；無情妖女……

(C'est là le côté ombre de Chanel, sa souffrance, son goût de faire mal, son besoin de châtier, sa fierté, sa rigueur, ses sarcasmes, sa rage destructive, l'absolu d'un caractère soufflant le chaud et le froid, son génie invectif, saccageur; cette Belle dame sans mercy ...)[52]

　　然而，即使她也難免他筆下所有摩登女郎的負面性格，在他心目中，她並非尋常無知的摩登女郎。相對的，他尊她為創造者——這是浪蕩子不可或缺的品質。在他的描述中，香奈兒是服裝設計的革命家，以普羅旺斯的南方品味，嘲弄上層階級的虛榮：她為百萬富婆創造了儉樸風的假象（同時她們使用著黃金打造的餐具），將沙龍貴婦變身為女僕 (transformant les altesses en femmes de ménage)，以針織布料調和絲綢的華麗，等等。她喜歡用尋常寶石取代珍貴珠寶，獨創出一種「出色儉樸風」(paupérisme rageur)[53]。穆航的序言中使用了一連串矛盾修飾詞來讚美香奈兒的創意，正是本書浪蕩子美學定義的最佳寫照：跨越上層與下層、菁英與通俗的界線。香奈兒這位摩登女郎，既有藝術創意又擅長於跨文化實踐，正是穆航心目中的女浪蕩子。

　　穆航筆下的香奈兒，是個立志在巴黎上流社會闖蕩未來的孤兒，終於以普羅旺斯姑母們的「清教徒品味」(puritanisme) 征服了花都。今天我們已經知道，在真實生活中她母親亡故後，她事實上在一個修道院中住了七年，學習縫紉技巧，然後才與 M. B. 結伴離開[54]。穆航的錯誤，可能是因為資訊不詳；香奈兒本人談起童年，就給了好幾種不同的版本。無論如何，香奈兒的儉樸單純來自嚴肅

姑母的家教、她以清教徒之姿征服巴黎的形象，的確塑造得完美無缺。這樣的情節，與穆航的分析搭配得天衣無縫：香奈兒如何以特殊品味改革了沙龍品味的繁複累贅。

　　最吸引人的，是香奈兒分析自己的服飾品味──浪蕩子的要務之一──時，浪蕩子穆航事實上隱身在她身後。在〈康邦街〉(La rue Cambon) 與〈流行：稍縱即逝的創意〉(De la mode ou Une trouvaille est faite pour être perdue) 兩小節中，這種鏡象效應最為顯著。在前者中，香奈兒敘述她先在朵維樂、繼而在巴黎展露頭角的故事時，我們可以感覺到浪蕩子穆航正化身為敘事者香奈兒。故事中凝視著眾多婦女，鉅細靡遺地思考她們因何醜陋、應如何改進她們的容貌的，既是香奈兒的眼光，更是穆航的眼光。這種浪蕩子式的高高在上眼光，充滿曖昧，在下列引文中曝露無遺：

> 由於她們［婦女們］吃得太多，所以身材肥胖；由於她們身材肥胖又不願意顯得肥胖，所以她們拼命擠壓自己。緊身馬甲把肥肉擠到胸部，把它藏在衣服下。我發明了針織衫，解放了身體；我放棄了腰身（直到一九三〇年代我才重新拾起腰身），創造了全新的軀體線條。為了配合這種新的曲線，加上戰爭的緣故，我所有的顧客都變瘦了，「瘦得像香奈兒一樣」。婦女們來我店裡買瘦身。
>
> (Comme elles [les femmes] mangeaient trop, elles étaient fortes, et comme elles étaient fortes et ne voulaient pas l'être, elles se comprimaient. Le corset faisait remonter la graisse dans la poitrine, la cachait sous les robes. En inventant le

jersey, je libérai le corps, j'abandonnai la taille (que je ne repris qu'en 1930), je figurai une silhouette neuve ; pour s'y conformer, la guerre aidant, toutes mes clients devinrent maigres, "maigre comme Coco". Les femmes venaient chez moi acheter de la minceur.)[55]

此處浪蕩子的高高在上姿態，昭然若揭：嫌惡女人愚蠢無比、缺乏自律，讓自己長得肥胖奇醜；嘲笑緊身馬甲如何把肥油往上擠，使得碩大的胸部風行一時。這種描述毫不容情，使肥女人顯得醜陋難堪。在香奈兒背後的浪蕩子可能才是「無情妖男」(le Beau monsieur sans mercy)──難道不是浪蕩子穆航把自己的心態投射在香奈兒身上，卻稱呼她為「無情妖女」？在〈流行：稍縱即逝的創意〉中，難道不是患有女性嫌惡症的浪蕩子，透過香奈兒的口說出：「女人就像孩子；她們的功能就是飛速地厭倦、打破、毀壞舊的東西」？[56]

在〈康邦街〉及〈流行：稍縱即逝的創意〉中，穆航提到香奈兒的創意把女人的身體從緊身馬甲中解放出來時，明顯地把她塑造為女浪蕩子，對自身居於流行前沿的立場，具有高度自覺。她對讀者說道：「流行的革命應該是有意識的，改變則緩慢而難以察覺」(Les révolutions de la mode doivent être conscientes, les changements graduels et imperceptibles)[57]。像「我解放了身體」、「我放棄了腰身」、「我創造了全新的軀體線條」這樣的句子，一方面透露了女浪蕩子的高傲，一方面使讀者懷疑，恐怕是浪蕩子／沙文主義者穆航在做價值判斷，在贊許他的女性分身香奈兒吧？

穆航不斷強調香奈兒的浪蕩子天賦，使她能夠創造自我、複製
自我——無論她為自己創造了什麼自我形象，都會立刻流行開來，
像傳染病一樣，邀請了無數人摹仿。香奈兒是苗條的，每個女人都
想變苗條。香奈兒剪了短髮，每個女人都照做。故事中特別強調她
著名的「小男孩」(la garçonne) 髮型，在一九二〇年代大為風行。
然而，在真實生活中，究竟誰是這種髮型的創始者，尚有待商榷。
這個辭彙，原意是男性化的女孩，由於一九二二年維克多‧馬格
利特 (Victor Margueritte) 的小說 *La garçonne* 而家喻戶曉。此書於
一九二五年被禁，原因是書中描寫的男性化的女孩，違抗宗教及道
德教條[58]。另外一位可能首創這種髮型的名流，是美國黑人藝人喬
瑟芬‧貝克 (Josephine Baker, 1906-1975)，她於一九二五年來到巴
黎，不旋踵間征服了花都的綜藝圈[59]。當時的時尚批評家經常詫異，
香奈兒的人體模特兒的髮型，與貝克的髮型竟如此雷同[60]。但是在
穆航的小說中，香奈兒聲稱，她一九一七年就剪短了頭髮，引領了

電影《小男孩》中的 Marie Bell (1936)

法國 *Vogue* 雜誌中穿戴一九二六年
四月香奈兒服飾的模特兒畫像

黑色維納斯喬瑟芬‧貝克 (1926)

流行。在故事中她指出，由於她的新髮型，人人讚美她是個「小男孩，小天鵝」(un jeune garçon, un petit pâtre)；這種髮型也立刻風行，而比擬女人為小男孩成為一種恭維[61]。

〈流行：稍縱即逝的創意〉一節，也值得仔細研究。此處香奈兒宣稱，她是原創，別人只是複製而已：原創是唯一的，但是複製可以無盡。這正點明了波特萊爾的〈浪蕩子〉(Le dandy) 中所流露的對原創及複製的執迷。香奈兒說道：「創造的源頭是創意……接著概念成為形體，被千千萬萬認同的女人翻譯、傳播」[62]。在另一段中，她說道：「一旦創造出來，一個創意就結束了，迷失在無名小卒之間。我的創意從不枯竭，看見別人實現我的創意，是我最大的快樂……對我的同行而言，被複製抄襲是了不得的大問題，我卻毫不在意。」她奚落她的競爭者，每每「在深夜與工人祕密地孜孜矻矻工作。」她嘲笑「偽造的過程」，「失蹤的樣本」，想偷取她的創意的「奸細」(espions)，還有搶奪顧客的場面，「彷彿在爭取原子彈的配方一般」[63]。此處充分表露她的自信、浪蕩子式的高傲、對低等才智及表現的嘲弄。她提到一個名為「時尚藝術保護會」(Protection des Arts Saisonniers) 的高級俱樂部，由巴黎二十位左右時尚設計師組成，任務是防止非法複製。她質疑：為了二十個人的特權而阻礙了四萬五千人的活路，這種任務是必要的嗎？她自大地下了這個結論：「這些小人物能做些什麼呢？充其量只不過是詮釋大人物罷了」(Que peuvent-ils faire, ces petits,/sinon interpreter les grands?)[64]。

本研究重視的是，〈流行：稍縱即逝的創意〉整節實際上是浪蕩子在定義何謂時尚藝術。透過香奈兒，穆航在宣稱：時尚作為一

種現代藝術形式，是遵守大眾生產法則的；而事實上，生存的法則就是「流動交換」(movement et échange)。全球都唯法國的創意是從，而法國本身也受益於其他民族的創意，只是重新營造或轉化再現之[65]。更有甚者，此處暗示的不僅是時尚，更是有關藝術生產過程中原創與摹仿的永恆辯證。浪蕩子／文人穆航藉香奈兒之口，如此分析：

> 這些時尚設計師自詡為藝術家，若果真如此，他們應該理解，藝術是沒有專利的……東方人複製，美國人摹仿，法國人重新創造。他們讓古代數度變身：龍沙 (Pierre de Ronsard, 1524-1585) 的希臘，並非謝尼埃 (André Chénier, 1762-1794) 的希臘；貝韓 (Jean Bérain, 1638-1711) 的日本，並非龔顧爾 (Edmond de Goncourt, 1822-1896) 的日本，等等。(Si ces couturiers sont les artistes qu'ils prétendent être, ils sauront qu'il n'y a pas de brevets en art ... Les Orientaux copient, les Américains imitent, les Francais ré-inventent. Ils ont ré-inventé plusieurs fois l'Antiquité : la Grèce de Ronsard n'est pas celle de Chénier ; le Japon de Bérain n'est pas celui des Goncourt, etc.)[66]

這正是跨文化現代性的最佳寫照。藝術及文學生產中，如何確認那些成份是純法國的、德國的、美國的、日本的、中國的？一個藝術產品介紹、複製或轉化到另一個國家後，如何能聲稱它是原創國所獨有？香奈兒風格風行全球大都會；她的創意，無論在倫敦、

東京、紐約、上海，都可見到無數的摹仿版本。同樣的，希臘羅馬及基督教、中國的漢文、阿拉伯及穆斯林等傳統，是全球跨越國界的共同文化資源。如果檢驗東西方的跨文化過程，絕非單向的傳播。香奈兒，或穆航，雖然高度意識到國家民族的區分，卻充分體會到，所有國家的文化，無論法國、美國、日本或中國，都早已受到外來文化感染。

在〈流行：稍縱即逝的創意〉中，諺語俯首可拾，等於是香奈兒，或穆航，在宣告她（他）的浪蕩子美學理論。例如：「創意是一種藝術天份，是時尚設計師 (la couturière) 與時代的共謀」；「時尚應該表達地域與時代的精神」(La mode doit exprimer le lieu, le moment)[67]；「時尚，有如風景，是一種心態 (un état d'âme)；「時尚設計師 (le couturier) 才氣何在？在於他預測未來的能力。比起偉大的政治家，偉大的時尚設計師更能掌握未來的精神」[68]。這些諺語正體現了福柯所說的「當下的諧擬英雄化」，如本書導言所述。如同福柯一九八三年一月五日的演講所指出，現代性，或啟蒙的精神，在於深刻意識到當下所發生之事，同時視當下為某種過程的載體或指標 (porteur ou significatif d'un processus)，而在此過程中能夠扮演關鍵角色的人，即為現代主義者——思想家、知識份子、甚至藝術家。福柯說道：

> 他〔現代主義者〕應展現出：不僅他在何意義下屬於此過程，而且，既然屬於此過程，他究竟在此過程中扮演了什麼角色——知識份子、哲學家、或思想家——他既是此過程的成份，也是演員。

(Il faut qu'il [le moderniste] montre non seulement en quoi il fait partie de ce processus, mais comment, faisant partie de ce processus, il a, en tant que savant ou philosophe ou penseur, un certain rôle à jouer dans ce processus où il se trouvera donc à la fois élément et acteur.)[69]

　　在穆航的創造下，香奈兒的確是個女浪蕩子，深刻體會到自己在兩次世界大戰的時尚工業中所扮演的角色。眼見婦女進入職場，需要更多活動的自由，她拋棄了緊身馬甲，為她們創造了嶄新的軀體線條。注意到她們想要外出運動，她創造了婦女的運動裝。知道戰爭使得富有的顧客群縮減，她發明了通俗大眾能負擔得起的幻想飾品。穆航讓香奈兒驕傲地宣稱：「整個世紀的四分之一，我開創、帶領了時尚。原因而在？因為我知道如何表現我的時代……因為我是第一個過這個世紀生活的人」(J'ai crée la mode pendant un quart de siècle. Pourquoi? Parce que j'ai su exprimer mon temps. . . parrce que j'ai, la première, vécu de la vie du siècle)[70]。過著這個世紀的生活，她發明了走入街頭的服裝，革新了時尚服飾 (haute couture) 的概念——不再是少數沙龍貴婦的專利，而是通俗消費者的日常必須品。

　　《香奈兒的魅力》中，穆航充分界定了女浪蕩子的本質。香奈兒這位摩登女郎／漫遊女，浪漫多情，隨時願意追隨所愛到天涯海角；她同時也是叱吒風雲的時尚設計師，倘佯全球大都會展示她的服裝。香奈兒值得用一部小說來描寫，因為浪蕩子穆航透過她之口，來宣揚他的浪蕩子美學。不可一世的穆航，難道不是正在宣稱：香奈兒，就是我 (Chanel, c'est moi)？

■　由巴黎到東京到上海的新感覺派

對川端康成或橫光利一等日本新感覺派作家而言，保羅・穆航是他們心儀的文學導師。在日本首先指出新感覺派作為一個文學群體的獨特性的，是評論家千葉龜雄。他於一九二四年的〈新感覺派の誕生〉一文中寫道：

> 法國新進作家保羅・穆航的「新感覺派」藝術自被引進日本後，不旋踵便備受推崇。我國新感覺派的誕生不能不說多少是受到他的影響。[71]

事實上，穆航從未使用新感覺派這個詞彙來描述自己的作品。根據千葉的說法，當時日本已有保羅・穆航《夜開》(*Ouvert la nuit,* 1922) 的英譯本，書中的序是普魯斯特 (Marcel Proust) 作的[72]。首度將保羅・穆航作品翻譯為日文的，是與《明星》及《仮面》等雜誌交往密切的堀口大學。他所翻譯的〈北歐の夜〉(La nuit nordique)，原文收錄於穆航的《溫柔貨》(Tendres Stocks, 1921) 中。堀口將此文的日文翻譯發表於《明星》雜誌創刊號上，這是與謝野寬及與謝野晶子於一九二二年十一月創辦的刊物[73]。

至於日本新感覺派如何進行風格的創新，片岡鐵兵一九二四年的文章〈若き讀者に訴う〉（向青年讀者的呼籲），提供我們一個有趣的例子。一名新進作家的特殊文風飽受文壇前輩攻擊，為了捍衛風格的創新，片岡鐵兵以超過四頁的篇幅來解析這位作家的一個句子，彷彿鑑賞俳句一般，反覆推敲：

　　沿線の小駅は石のやうに黙殺された。[74]

　　（沿線的小站像石子似的被忽視了。）

　　這個句子描述火車急馳而過，穿越數個小車站的印象。急速進行中火車過小站不停，使得小站就像是猛然丟出視線之外的石子，從槍膛裡射出似的。雖然「黙殺」一詞是「越過」、「忽視」、或「漠視」的意思，如果把這個詞分開來讀，兩個漢字分別是「黙」和「殺」，因此充滿暴力感。片岡鐵兵認為，雖然這個句子寫的是物，例如急馳的火車，但是透過當下情感悸動的描寫，作者已經成功地把自己的生命轉換成語言的活力。可以說：「現實的生命力 [即電力] 來源就是感覺」（現実のな電源は感覚である）[75]。雖然文章裡不曾透露這位年輕作家的姓名，我們知道，這個句子乃出自橫光利一的《頭並びに腹》（頭與腹部）。橫光後來成為新感覺學派的理論旗手，本書第三章將詳細分析其理論代表作〈新感覺論〉。

　　並無證據顯示日本的新感覺派作家會閱讀法文、或曾對穆航的作品做過全面性的研究，上海的新感覺派作家則另當別論。劉吶鷗於一九二○年至一九二六年至東京求學期間，可能就接觸過保羅‧穆航的作品。如本書第一章所述，他自東京的青山學院畢業後，與後來的新感覺派友人戴望舒、施蟄存及杜衡，於一九二六年夏天在上海的震旦大學研習法文。後來，戴望舒甚至於一九三二年十月至一九三五年三月期間遠赴法國的里昂中法學院 (l'Institut Franco-Chinois de Lyon) 求學 [76]。他們嫻熟法文，因此可以直接閱讀及翻譯波特萊爾、魏倫 (Verlaine)、瓦樂里 (Valéry)、穆航等法國作家的作品。

劉吶鷗的文學生涯始於一九二八年，這年十月他在自己獨資創辦的《無軌列車》中，翻譯了班雅明‧克雷彌爾 (Benjamin Crémieux) 的文章 "Paul Morand" [77]，中文篇名是〈保爾‧穆航論〉。文章討論穆航早期的作品，範圍涵蓋兩本早期的詩選：《孤燈》(Lampes à arc, 1919) 以及《溫度表》(Feuilles de temperature, 1920)，還有三本短篇小說選：《溫柔貨》、《夜開》及《夜閉》(Fermé la nuit, 1923)，但特別著墨在小說的討論上。從譯文中括弧插入的法文書名以及術語，我們可以推測劉吶鷗是直接從法文翻譯過來的。

值得注意的是，克雷彌爾特別指出，穆航作品的特色之一，就是浪蕩子美學 (dandysme)：「穆航的文風中，冷酷多於同情，多半是惡意的嘲諷或浪蕩子美學 (Il y a plus encore de cruelle lucidité que de compassion, de narquoiserie ou de dandysme dans la manière de Morand) [78]。對克雷彌爾而言，嘲諷與浪蕩子美學是同義的。有趣的是，劉吶鷗的文章中，保留了法文原文 dandysme 這個字，後面特別以括弧用自創的中文詞彙「裝飾癖」來說明這個法文字的意思 [79]。把法文原文放在中文譯文中，顯示出他體會到他所用的中文詞彙和原文無法完全對應 (incommensurability)。此外，dandysme 這個法文字，文意曖昧而且含意豐富，劉吶鷗可能似懂非懂。由此可知，上海新感覺派對穆航的仿效，在某種程度上是潛意識的，摹仿成為一種下意識的內化行為，連摹仿者本身都可能渾然不覺。

一九二八年是上海新感覺派的法國和日本年。刊登〈保羅‧穆航論〉的同一期《無軌列車》中，刊登了〈懶惰病〉(Vague de pareses) 及〈新朋友們〉(Les amis nouveaux) 兩篇譯文，以及兩篇

翻譯自穆航《雄偉歐洲》(*L'Europe galante,* 1925) 一書中的兩篇迷你故事 (contes)。同年，劉吶鷗除了翻譯日本短篇小說選《色情文化》之外，還和他的新感覺派文友一起翻譯了幾本法文短篇小說選輯。《法蘭西短篇傑作集》第一冊收錄了戴望舒翻譯穆航的〈六日之夜〉（La nuit des six-jours），這是《夜開》一書中的六個短篇之一。故事主角是個名叫萊阿 (Léa) 的猶太女孩，性情善變，令人捉摸不定。敘事者尤金 (Eugène) 在巴黎的一家舞廳，色迷迷地默默瞪著萊阿三個晚上，最後在自行車大賽的第六夜，終於把她弄上床。美麗又叛逆的萊阿 (Léa était toujours belle, et rebelle)[80] 有一個父不詳的孩子。她的情人小馬修 (Petitmathieu) 是自行車大賽的選手之一。萊阿與敘事者糾纏不清，幾乎把小馬修逼瘋了，但她一點也不知羞愧。毋庸置疑，情人的嫉妒她早已習以為常；這種三人行 (*ménage-à-trois*) 的危險遊戲，她顯然樂此不疲。

〈六日之夜〉故事中的萊阿性情善變，是上海新感覺派文人所迷戀的摩登女郎典型。他們小說中的男女主角多以萊阿及尤金為範本，女子總是顛倒眾生，男子則一方面覷覦女色，又一方面指責女人水性楊花。舞廳、咖啡廳及自行車大賽，都是熟悉的場景。跨國性的元素也似曾相識，有義大利、瑞士、科西嘉、荷蘭及非洲來的自行車選手，巴黎來的敘事者以及猶太女孩。然而，最令人驚奇的相似之處，恐怕是語言風格的創新。〈六日之夜〉中有一段是這麼寫的：

> 落日。柘榴水。時間是像地瀝青一樣地平滑。縱使那苦酒的烈味，一個和平總降下來。我在「保爾特——馬役麥酒

店」裏等待著萊阿。她僱了馬車從蒙馬爾特爾，穿著件水
獺皮外套，向酒店前來。[81]

(Coucher de soleil. Grenadine. L'heure était facile comme
l'asphalte. Un apaisement tombait, malgré la brûlure des
amers. J'attendais Léa à la brasserie de la Porte-Maillot. Elle
descendit de Montmartre, en coupé de louage, vêtue d'un
manteau de loutre, vers les apéritifs à l'eau.)[82]

　　普魯斯特在穆航《溫柔貨》的前言說：「保羅・穆航的文風
確實有其獨到之處」[83]。上述引文中，名詞形成的疊句、將時間比
作柏油路的特殊譬喻，以及「一個和平總降下來」的用法，都印證
了普魯斯特的說法。班雅明・卡雷彌爾亦指出穆航在語言、表達方
式及風格上的創新。風格的創新也是中、日新感覺派共有的特點之
一。值得注意的是，戴望舒一九二八年的翻譯版中，犯了一個錯
誤，把上述引文最後一句 "vers les apéritifs à l'eau"，翻譯成「向酒
店前來」[84]。事實上何蘭 (Vyvyan Berestord Holland) 的英文翻譯已
於一九二三年出版於紐約，其中這一句翻譯為 "toward the watered
aperitif"，是正確的[85]。從戴望舒這個誤譯，我們可以確信，他是直
接從法文翻譯的，並未參考英文版。他一九二九年的翻譯版維持原
狀，至一九四五年香港出版的修訂版才改正錯誤，成為「來喝幾杯
淡酒」[86]。當時為了逃避中國的連年戰亂，他正客寓香港。

　　戴後來的翻譯版除了這類修訂以外，經常從事句型的實驗：也
就是改變中文字詞的次序，而不影響原文的意義。例如，故事原文
的第二句是：「除為了那她從來不缺的，但只和舞師或女伴舞著的

跳舞以外，她老是獨自個的」(Elle était seule, sauf pour les danses, qu'elle ne manquait pas, mais avec les professeurs ou des copines)[87]。在一九二八與二九的翻譯版中，主要子句「她老是獨自個的」置於整句的最後，但是到了一九四五年版，就置於整句的最前面，與原文的字詞次序相同；為了配合這樣的改動，句子的其他部份也稍作修改：「她老是自個兒，除非是為了她從來也不缺一次的跳舞，但她跳舞的時候，不是和那舞師，便是和那些女伴們」[88]。同一篇故事由同一位譯者翻譯成三個版本，顯示出戴最關心的，不僅是傳遞原文的意義，而是創新中文辭彙及句型的可能性。亦即在翻譯過程中，他對自己在跨文化場域中所扮演的角色有高度自覺：除了意識到自己是兩種語言、兩種文化及兩個世界的中介者，他更是在測試創造一種全新語言模式的可能性。

上海及日本新感覺派作家與穆航所共享的，除了語言風格的創新與對摩登女郎愛恨交集的迷戀之外，還有旅行的熱愛，如下文所述。

■ 我獨衷於遊盪……(Je n'aime que le movement)

> 男は女の影にすぎない[89]
> （男人只不過是女人的影子）
> ——西脇順三郎、《旅人かへらず》（旅人不歸）

本章起首已經指出，浪蕩子美學的特色之一，就是浪蕩子身為永恆漫遊者的姿態，以及他的「漫遊白描藝術」(*flânerie*) 與身為女

性觀察家的立場。第一章談到上海新感覺派作家劉吶鷗不由自主的行旅衝動；他恆常四處遊蕩，目的是鑑賞女人。在他的一九二七年日記中，感受到他與台灣友人們，經常旅行於台灣、日本與中國，幾至不知故鄉何處，不覺自問：「啊！越南的山水，南國的果園，東瀛的長袖，那個是我的親昵哪？」[90]。失去家鄉、流離失所，是新感覺派作品的主要母題之一。

西脇順三郎在一九四七年的詩集《旅人不歸》中，發展一個精彩的隱喻：男人是女人的影子，追隨她到天涯海角；於是他註定是個永恆的旅人（永劫の旅人），一心尋覓女性旅人（女の旅人）[91]。西脇於一九二六年在家中及白十字咖啡廳中，發起了日本的超現實主義運動[92]。這個隱喻，表徵了整個時代的日本文人，在兩次大戰期間日本與西方邂逅的關口，突然發現自己流離失所，不得不踟躕漂泊於行旅間。

川端康成《伊豆の踊り子》（伊豆舞孃，1926）一書中，男性敘事者是個年輕的學生，在伊豆半島尾隨當地的藝妓，跟著她們四處遊走演出。他與那些迷人的女孩一樣，令人好奇難解。似乎這些女孩的陪伴給予他的，不只是安慰；對他而言，目睹她們的純真及單純的生活喜悅，就是一種自我救贖。他模仿這些女孩，也把自己變成一個旅人；與她們的邂逅成為他心靈深處之旅。在實踐漫遊白描藝術的同時，追隨女人的足跡，是浪蕩子不可避免的宿命與「專利」。

無目的的遊蕩也是川端的傑作《淺草紅團》(1920-1930) 的主旨。他把這部作品描述成是「一本觀光客的筆記」。故事的敘事者扮演旁觀者的角色，從不和被觀察的人交往，只是記錄下他對人們

和街道的印象。一九二三年的東京大地震之後，他在東京街頭漫遊數週，目的是審視震災後的廢墟及種種令人怵目驚心的畫面。他說道：「我想去的地方，不是歐洲或是美國，而是東方廢墟般的國家。大體來說，我是個殘破國家的公民……或許因為我是無家可歸的孤兒，我從不厭倦這種具有悲涼意味的漫遊」[93]。流離失所的漂泊感也是橫光利一作品的重要主題。他幼年時，因為父親是建築鐵路的約聘工程師，所以必須經常搬家。根據 Donald Keene 的說法，這種「無家可歸」使得「橫光利一後來的尋根之旅，不是在日本某個特定地點尋根，而是在日本本身——愛戀西方，卻苦於無法將西方據為己有的日本人，最終的『家鄉』就是日本」[94]。

　　中、日新感覺派作家都深受保羅・穆航的影響。穆航是個有品味的人，也是風格獨特的作家及女性鑑賞家。一九〇八年起，他開始出國旅遊，那年他在牛津大學學習一年。接下來幾年直到他過世為止，他造訪了倫敦、羅馬、馬德里、布達佩斯、德國、斯堪地那維亞、希臘、土耳其、里斯本、比利時、荷蘭、墨西哥、古巴、美國、中東等地。由於身為外交官，他曾在倫敦、羅馬、馬德里及澳門居住。遍遊西方各國後，一九二五年他啟程赴遠東旅行，對巴爾札克 (Honoré de Balzac, 1799-1850) 的預言深信不疑：「世上只有兩個民族：西方與東方」[95]。這趟旅程包含了日本、中國、新加坡、暹邏、柬普寨及越南。

　　一九二五年七月他來到日本橫濱時，一九二三年大地震的餘悸猶存。接著他抵達「地球的中心」——北京。對他而言，中國是「一塊巨石，遺世而獨立」(un monolithe compact, indifférent)。到了上海，他認為「上海酒吧」是「世界上最大的酒吧」。他到處尋找近代以

來中西衝突的徵兆，描述道：「這些蒼白的中國人是喝茶的民族，卻以巨毒來報復我們這些白皮膚的敵人：在這場毒品的對決中，我們供應他們鴉片，他們回報以烈酒。」在法國租借區，他看見高樓林立與壯觀的空中花園，後來竟然發現：「上海最大的旅館及娼館的老闆是西班牙神父。從威海衛來的英國官員的妻子、跨國委員會的法官和俄國的難民，全都在豪華的舞池裡跳舞……與西方各式各樣的毒藥相形之下，亞洲瘟疫又何足驚怪？」[96]

　　穆航到中國，不只是為了滿足他的東方主義幻想。他似乎是來此替自己找尋救贖，也為百年來以鴉片、船堅砲利及西方宗教侵略中國的西方人尋找救贖。七月間到達橫濱下船時，他如此描述自己的心情：

> 我並不喜歡旅行，我喜愛的是游蕩……法國人真該學習如何欣然接受變化……佛陀曾說：居家如牢繫，出家為解縛，唯有棄其居室，人始得明心見性。
>
> (... je n'aime pas les voyages, que je n'aime que le mouvement. ...Il faut enseigner au Français à accepter joyeusement le changement. . C'est un étroit assujettissement que la vie dans la maison, dit le Bouddha, un état d'impureté : la liberté est dans l'abandon de la maison.)[97]

　　西方基督教拯救東方的理想，帶來的卻是鴉片及賣淫的擴散；或許未經帝國主義污染的佛陀之語，更透露著人生的智慧？自我的追尋是否必須在棄絕「家」之後，才能開展？對於穆航及中、日新

感覺派作家而言，旅行不只是上路的過程，也是透過文化想像的跨國、跨文化移動。

更甚而又之者，旅行本身不是重點；道途上所匯集的失落天使，才是旅行永恆的吸引力。前述克雷彌爾討論穆航的文章，強調他作品中於巴黎、倫敦、羅馬、芬蘭、瑞士等地的歌台舞榭、水涯路邊所邂逅的無數摩登女郎。對克雷彌爾而言，她們象徵的是跨國都會性及頹廢；他認為穆航對這些女子的心靈毫不感興趣，只是在故事中收集這些在全球大都會中離散飄零的天涯淪落人：

> 穆航［在其第一本著作《溫柔貨》中］已經是新興的收藏家，專事收藏天涯淪落人。他的跨國都會性不像基哈度 (Jean Giraudoux, 1919-2000) 或是拉爾柏 (Valery Larbaud, 1881-1957)，直指各種族的心靈。他尋尋覓覓的，是歐洲大都會中的零落人：這兒是流落倫敦的法國女子，那兒也許是在瑞士及巴黎漂泊的卡塔藍女子，君士坦丁堡的俄國女子，羅馬的法國女子，倫敦的阿爾美尼亞男子，也大可以是巴黎的巴黎女子或芬蘭的芬蘭女子。

> (Déjà, le collectionneur d'épaves se fait jour chez Morand. Son cosmopolitisme ne va pas, comme celui d'un Giraudoux ou d'un Larbaud, jusqu'à l'âme des peuples. Ce qu'il recherche, c'est dans des capitals, les morceaux épars de l'Europe: ici c'est une Française perdue dans Londres, ailleurs, ce sera aussi bien une Catalane en Suisse et à Paris, une Russe à Constantinople, une Française a Rome,

un Arménien à Londres, qu'une Parisienne à Paris ou une Finlandaise en Finlande.)[98]

　　如此說來，東京及上海的新感覺派作家不只是永恆的旅人，也是「天涯淪落人的收藏家」。在淺草及伊豆半島躑躅而行、自嘆無家可歸的川端康成，在上海感嘆家鄉何處的劉吶鷗，都是不斷在找尋女性旅人的「永恆旅人」。他們的漫遊白描藝術彰顯了新感覺書寫——一個旅行的次文類——這種美學潮流的流動性及跨文化性，跨越了歐亞的國家、語言疆界。他們所要捕捉的，不是這些摩登女郎的「心靈」，而是她們的集體形象，啟發了跨文化現代性的實踐。這個集體形象，正是浪蕩子／藝術家以混語書寫所塑造出來的永恆摩登女郎。難怪在一次漫遊途中，劉吶鷗癡望著一名陌生的妓女，不禁跌足嘆息：「可是，餓著的心啊——，吃不下的澄碧的眼睛，Modernité [現代性] 的臉子！啊！」

　　在新感覺派作家的漫遊白描藝術中，這些飄零失散在大都會中的摩登女郎，被描寫為類型人物，只有蠱惑男人的臉孔及身體，完全沒有個人歷史、出身背景和內在。第三章將討論橫光利一的長篇小說處女作《上海》，也是他新感覺階段的最後一部作品。小說中描寫的大都會漫遊男女，都是代表某種概念的類型人物，即使其中有的似乎具有「心靈」。然而，此處所說的心靈，並非一個獨立個人的心靈，而是每位摩登女郎所象徵的祖國的靈魂。下文將詳述。

註解

1 參見陳子善編：《摩登上海：三十年代洋場百景》（桂林：廣西師範大學出版社，
2001 年），頁 iii。

2 郭建英：〈最時髦的男裝嚇死了公共廁所的姑娘〉，收入陳子善編：《摩登上海：
三十年代洋場百景》，頁 132-133。

3 同前註，頁 21。

4 日文漢字「掌」亦可讀作 "tanagokoro"，意指「手心」。Donald Keene 以 "tanagokoro
no shōsetsu" 的羅馬拼音來指稱「掌の小說」。請見 Donald Keene, *Dawn to the West:
Japanese Literature of the Modern Era* (New York: Henry Holt and Company, 1984), p.800。
日本二〇〇一年新潮社出版的川端康成《掌の小說》集，以 "tenohira no shōsetsu" 為
其讀音。

5 川端康成：〈掌篇小說の流行〉（掌篇小說的流行），《川端康成全集》第 30 卷（東京：
新潮社，1982 年），頁 230-234。

6 同前註。

7 川端康成：《感情裝飾》（東京：金星堂，1926 年）。

8 吉村貞治：〈解說〉，見川端康成：《掌の小說》（東京：新潮社，2001 年），頁
553-559。

9 川端康成：〈掌篇小說に就て〉（論掌篇小說），《川端康成全集》第 32 卷（東京：
新潮社，1982 年），頁 543-547。

10 川端康成：〈あとがき〉（後記），《川端康成選集》第 1 卷（東京：改造社，1938
年），頁 405-406。

11 川端康成：〈あとがき〉（後記），《川端康成全集》第 11 卷（東京：新潮社，1948 年），
頁 403。

12 川端康成：〈雪國抄〉，《サンデー毎日》（每日星期天；1972 年 8 月 13 日），頁
50-59。

13 川端康成：〈日向〉，《掌の小說》，頁 24-26。 小說的英文翻譯見 "A Sunny Place,"
in Lane Dunlop and J. Martin Holman, trans., *Palm-of-the-Hand Stories* (San Francisco:
North Point Press, 1988), pp.3-4。筆者認為英文篇名最好翻譯為 "Toward the Sun"，因
為原文的篇名意指方向感；小說中的盲人跟隨陽光的移動，每五分鐘轉動一次頭部的
方向。

14 川端康成：〈私の生活：希望〉，《新文藝日記》（1930 年），收入《川端康成全集》
第 33 卷（東京：新潮社，1982 年），頁 58。

15 史炎：〈航線上的音樂〉，《婦人畫報》第 21 期（1934 年 9 月），頁 7-8。

16 西周生 [清]：《醒世姻緣》（台北：聯經出版社，1986 年），第 28 章，頁 370。

17 史炎：〈航線上的音樂〉，《婦人畫報》第 21 期（1934 年 9 月），頁 8。

18 〈中國女性美禮讚〉，《婦人畫報》第 17 期（1934 年 4 月），頁 9-29。

19 Philippe Collas, *Maurice Dekobra: gentleman entre deux mondes* (Paris: Séguier, 2002).

20 默然：〈中國男人不懂戀愛藝術〉，《婦人畫報》第 16 期（1934 年 3 月），頁 9-13。

21 同前註。

22 默然：〈外人目中之中國女性美〉，《婦人畫報》第 17 期（1934 年 4 月），頁 10-12。

23 同前註。

24 胡考：〈中國女性的稚拙美〉，《婦人畫報》第 17 期（1934 年 4 月），頁 10。

25 鷗外‧鷗：〈中華兒女美之個別審判〉，《婦人畫報》第 17 期（1934 年 4 月），頁 12-15。

26 胡考：〈中國女性的稚拙美〉，頁 10。

27 劉吶鷗譯：〈七樓的運動〉，收入《色情文化》（上海：第一線書店，1928 年），頁 37-53。

28 橫光利一：〈七階の運動〉（七樓的運動），《橫光利一全集》第 2 卷（東京：河出書房，1981 年），頁 447-459。

29 劉吶鷗譯（筆名吶吶鷗）：〈七樓的運動〉，頁 38。

30 橫光利一：〈七階の運動〉，頁 449。

31 同前註，頁 452。

32 同前註，頁 453。

33 同前註，頁 452。

34 同前註，頁 459。

35 上半魚：〈無靈魂的肉體〉，收入沈建中編：《時代漫畫，1934-1937》（上海：上海社會科學院出版社，2004 年），下冊，頁 400。原出版於《時代漫畫》第 29 期（1936 年 8 月 20 日）。

36 郭建英：〈現代女性的模型〉(1934)，陳子善：《摩登上海：三十年代洋場百景》（桂林：廣西師範大學出版社，2001 年），頁 1。原收入《建英漫畫集》（上海：良友圖書公司，1934 年)。

37 同前註。

38 Miriam Silverberg, *Erotic Grotesque Nonsense: The Mass Culture of Japanese Modern Times.*

39 陳子善：《摩登上海：三十年代洋場百景》，頁 60。

40 同前註，頁 61。

41 Paul Morand, "Préface," *L'allure de Chanel* (Paris: Hermann, 1999 [1976]), p.8.

42 香奈兒的情人包括富有的軍官、英國工業家、生意合夥人、及第二次世界大戰的納粹官員。穆航從未在書中提過她的納粹情人，或許由於這是敏感事件；他自己也曾被控於戰爭期間與德國勾結。事實上，書中僅小心暗示戰爭與巴黎被佔領的情形，例如，「我看見身穿制服的美國軍官走進我的時裝店」("je verrai entrer dans ma boutique des officiers américains en uniforme," p.204)。全書以她在戰後離開巴黎，前往瑞士作結。

43 Paul Morand, *L'allure de Chanel,* p.64.

44 *Ibid.*, pp.63-64.

45 *Ibid.*, p.194.

46 *Ibid.*

47 *Ibid.*, p.49.

48 *Ibid.*, p.47.

49 *Ibid.*, p.49.

50 *Ibid.*, p.200. 故事此刻，香奈兒因被控於第二次世界大戰時與德國人勾結，正準備離開巴黎，前往瑞士。此處亦暗示她預備東山再起，一切重新來過。在真實人生中，香奈兒當時正與德國外交官漢斯・岡瑟・馮・丁克拉格 (Hans Gunther von Dincklage) 交往。後來的傳記作者發現，香奈兒與丁克拉格的十二年戀情，源於丁克拉格協助救出她的外甥 André Palasse；一九四〇年他曾遭到德國人囚禁。香奈兒當時快六十歲了。參見 Henry Gidel, *Coco Chanel* (Paris: Flammarion, 2000), pp.350-370。根據 Gidel 所述，一九四三年十一月，香奈兒甚至曾試圖促成德國軍方與邱吉爾協商，希望能早日結束戰爭。她與邱吉爾素有私交，但當時邱吉爾有病在身，因此她沒能在馬德里與他會面，任務終究是失敗了 (pp.358-364)。

51 Paul Morand, *L'allure de Chanel*, p.11.

52 *Ibid.*, p.10.

53 *Ibid.*

54 穆航在書中提到，香奈兒出生於多姆山省 (Puy-de-Dôme)，母親在她六歲時過世，留
下三名幼女。香奈兒被父親送到姑姑家，兩個姐妹被送進修道院。這個版本的童年
回憶於一九四七年，由香奈兒口述，Louise de Vilmorin 增補至之前未完成的回憶錄。
據穆航所述，香奈兒的姑姑們在她的「清教徒式品味」養成過程中扮演了關鍵角色，
因此日後她才能以此特殊品味征服巴黎時尚界。然而，如今我們知道，香奈兒事實
上出生於曼尼‧埃‧洛爾省 (Maine-et-Loire)，一個名叫索穆爾 (Saumur) 的小城。母
親是在她十二歲時過世的，而且她有五個兄弟姐妹。她在歐巴津 (Obazine) 天主教修
道院的孤兒院待了七年，在那裡學會了縫紉。後來香奈兒的各種傳記，雖然在她生
平事蹟上提供了正確的資訊，但仍大多依循穆航對香奈兒的個性刻畫。參見 Henry
Gidel, *Coco Chanel* (Paris: Flammarion, 2000); Louise de Vilmorin, *Mémoire de Coco, le
promeneur* (Memoirs of Coco, the flâneur; Paris: Gallimard, 1999).

55 Paul Morand, *L'allure de Chanel,* p.54.

56 *Ibid.,* p.176.

57 *Ibid.,* p.183.

58 "Marie Bell in *La garçonne* (1936)," Online Posting, < http://en.wikipedia.org/wiki/La
Garçonne (1936 film) > (accessed 15 April, 2010).

59 有關喬瑟芬‧貝克的生平及表演藝術，參見 Bennetta Jules-Rosette, *Josephine Baker
in Art and Life: The Icon and the Image* (Urbana and Chicago: University of Illinois Press,
2007)。

60 參見 Edmonde Charles-Roux, *Le temps Chanel* (Paris: Éditions de La Martinière, 2004),
pp.224-225。

61 Paul Morand, L'allure de Chanel, p.54.

62 *Ibid.,* p.171.

63 *Ibid.,* p.175.

64 *Ibid.,* p.176.

65 *Ibid.,*

66 *Ibid.,* pp.176-177.

67 *Ibid.,* pp.171-172.

68 *Ibid.,* p.174.

69 Michel Foucault, "Leçon du 5 Janvier 1983," in Frédéric Gros, ed., *Le gouvernement de soi
et des autres: Cours au Collège de France, 1982-1983* (The Government of Self and Others:
Courses at Collège de France, 1982-1983; Paris: Le Seuil, 2008), p.14.

70 *Ibid.*, p.172.

71 千葉龜雄：〈新感覺派の誕生〉(1924)，收入伊藤聖等編：《日本近代文學全集》第六十七卷（東京：講談社，1968 年），頁 357-360。原出版於《世紀》（1924 年 11 月）。

72 普魯斯特 (Marcel Proust) 為一九二一年 Gallimard 出版的《溫柔貨》寫序。千葉龜雄所提及的英文版，可能混合收錄了《溫柔貨》及《夜開》兩書中的小說，並且把普魯斯特替《溫柔貨》寫的序一併收入。日本翻譯的歐洲作家，如穆航、普魯斯特及喬埃思 (James Joyce) 等人的作品，多半刊登在《詩と詩論》（詩與詩論）之類的前衛雜誌中。

73 堀口大學：〈北歐の夜〉，《明星》（1922 年 11 月），頁 177-188。

74 片岡鐵兵：〈若き讀者に訴う〉（向青年讀者的呼籲，1924），收入《日本近代文學全集》，第 67 卷，頁 360-364。原出版於《文藝時代》（1924 年 12 月）。

75 同前註，頁 361。

76 王文彬：〈戴望舒年表〉，《新文學史料》，第 106 期（2005 年 1 月），頁 95-105。

77 Benjamin Crémieux, *XXe Siècle* (Paris : Librairie Gallilmard, 1924), 9th edn, pp.211-221.

78 同前註。

79 劉吶鷗：〈保爾·穆航論〉，《無軌列車》第 4 期（1928 年 10 月 25 日），頁 147-160。

80 Paul Morand, "La nuit des six-jours," in *Paul Morand: Nouvelles complètes* (Paris: Éditions Gallimard, 1992), vol. 1, p.145; 戴望舒（郎芳）譯：〈六日之夜〉，收入《法蘭西短篇傑作集》（上海：現代書店，1928 年），第 1 冊，頁 16。筆者看過後來的兩種修訂版本，篇名略有不同。參考戴望舒譯：〈六日競走之夜〉，收入《天女玉麗》（上海：尚志書屋，1929 年），頁 53-80；〈六日競賽之夜〉，《香島日報·綜合》（1945 年 6 月 28-30 日及 7 月 2-12 日），頁 2。感謝鄺可怡女士提供資料。

81 戴望舒譯：〈六日之夜〉，頁 15。

82 Paul Morand, "The Six-Day Night," p.144; 英文翻譯請參考 Vyvyan Berestord Holland, trans. "The Six-Day Night," in *Open All Night* (New York: T. Seltzer, 1923), pp.118-129.

83 Marcel Proust, "Preface," in Fancy Goods, in Paul Morand: Complete Short Stories, pp.3-12.

84 戴望舒譯：〈六日之夜〉，頁 15。

85 Vyvyan Berestord Holland, trans. "The Six-Day Night," p.124.

86 戴望舒譯：〈六日競賽之夜（六）〉，《香島日報·綜合》（1945 年 7 月 4 日），頁 2。戴望舒於一九三八年遷居至香港，直至一九四九年。

87 Paul Morand, "La nuit des six-jours," p.137; Vyvyan Berestord Holland, trans. "The Six-Day Night," p.118.

88 戴望舒譯：〈六日競賽之夜（一）〉，《香島日報·綜合》（1945 年 6 月 28 日），頁 2。

89 西脇順三郎：《旅人かへらず》（旅人不歸，1947 年），《定本西脇順三郎全集》第 1 卷（東京：筑摩書房，1993 年），第 147 篇，頁 286。

90 劉吶鷗：《日記集》下冊，頁 446-447。參見彭小妍：《海上說情慾：從張資平到劉吶鷗》，頁 115。

91 西脇順三郎：《旅人かへらず》，《定本西脇順三郎全集》第 1 卷，頁 209-308。在詩集《幻影の人と女》（如影之人與女人）的序中，西脇順三郎自視為一個追隨女人到天涯海角的「幻影の人」（如影之人）或「永劫の旅人」（永恆的旅人）。對西脇而言，女人是自然界的中心，而生命的目的是要延續物種；男人猶如雄蕊，又如尋找雌蕊的蜜蜂。「女の旅人」這個詞彙出現在第 156 篇，頁 291。

92 Miryam Sas, *Fault Lines: Cultural Memory and Japanese Surrealism* (Stanford, Calif.: Stanford University Press, 1999), p.201. 此書最後所附的年表，擇要對照日本及歐洲超現實主義運動的大事記，同時亦列出全球重大歷史事件。

93 Donald Keene, *Dawn to the West: Japanese Literature of the Modern Era* (New York: Henry Holt and Company, 1984), p.796;《淺草紅團》，收入《川端康成全集》第 33 卷，頁 96。

94 Donald Keene, *Dawn to the West*, p.645.

95 Paul Morand, "Epoques d'une vie" [Epochs of a Life], in Michel Bulteau, ed., *Paul Morand: au seul souci de voyager* [Paul Morand: For the Only Sake of Travel] (Paris: Louis Vuitton, 2001), p.8.

96 *Ibid.,* p.35.

97 "Yokohama," in Bulteau ed., *Paul Morand*, p.31.

98 Crémieux, *XXe Siècle*, p.212.

三

漫遊男女：
橫光利一的《上海》

「你每晚都來這？」

「是啊。」

「你好像沒有錢。」

「沒有錢？」

「嗯。」

「我不只沒錢，也沒有國家。」

「那真太慘了。」

「是啊。」 ——橫光利一[1]

這段對話是橫光利一的小說《上海》的開場。小說最初連載於一九二八年至一九三一年的《改造》雜誌。故事中，一九二五年動盪紛擾的五卅運動之際，在半殖民地的上海謀生的日本青年參木，漫無目的地晃蕩到外灘。一名夜夜在此出沒的俄國妓女見了他，想向他拉生意，參木用英文和她簡短地交談了這幾句話。參木與這名俄國妓女可說是漫遊男女，離鄉背井來到上海這個現代大都會，既窮困也失去國家；我們知道過去十年參木從未回過日本。小說結尾的一幕，完美地呼應了開場，敘述者分析一名叫阿杉的女孩的心理；她本為典型的日本鄰家女孩，卻淪落於中國通商口岸賣淫。小說主題之一，即為這些來自各國居住於上海的漫遊青年（以參木為代表）及漫遊女郎（以阿杉為代表）的命運。故事中他們或為革命的犧牲品、漂泊異鄉，或是跟隨帝國主義的侵略而來，的確被塑造成「窮困潦倒的形象，毫無能動性 (agency)。」[3] 相對地，在本章中我將嘗試說明：創造了這些角色形象、身為文化翻譯者的橫光，於語言、文化與政治機制匯集的文化場域上，從事創造性轉化的工作，實為現代性的推手。

■　新感覺與象徵主義

　　《上海》是橫光利一的第一部長篇小說。他充分意識到自己創作此書時所使用的技巧，在一九三九年改造文庫版的序言中，稱此書為「我在所謂新感覺階段的最後創作」。橫光宣稱，此作品寫於日本馬克思主義最興盛的時期；以五卅運動為契機，他想讓大眾了解，在蔣介石拓展對東亞影響力的初期，旅居上海的日本人生活情

形。在序言的最後，他希望在中日戰爭趨於白熱化之際，這部以此次戰爭為背景的小說，多少能反映出「大東亞的命運」[5]。

對一九二、三〇年代許多東、西方作家而言[6]，上海是創作的泉源。橫光的文章〈支那海〉中，把這個現代大都會的租界描寫成「世界各國共同組成的都市國家」，形成了一個「具體而微的世界」[7]。橫光利一要我們注意的，不是一個普通「都市」，而是一個「都市國家」──中國境內由多國所組成的一個獨立國家。如同本書第二章所指出，一九二五年保羅・穆航驚嘆租界中的上海俱樂部是「世界最大的酒吧」，也目睹了雜處於同一家旅館裡的西班牙傳教士和俄國難民。對他而言，上海的魅力無疑在於它的國際化。有如橫光，法國作家安德烈・馬爾侯 (André Malraux, 1901-1976) 也曾以上海為背景，創作了一部小說。他於一九三三年出版了《人類的命運》(La condition humaine)，主題是蔣介石一九二七年清算共黨的事件。

儘管橫光與馬爾侯的小說同樣以政治運動、娼妓及居住於上海的各國人等為題材，後者所要強調的，是故事中牽連所有角色的政治操作與間諜活動。只要比較兩部作品的開場，即可得知。不同於《上海》，《人類的命運》以一件再三延宕的謀殺案揭開序幕：一名共黨刺客凝視著他即將殺害、沉睡中的被害者。敘事者以長達三頁半的篇幅分析他的心理後，兇手才終於以匕首刺死被害者[8]。相對的，在《上海》中，所有謀殺及死亡均以報導結果的方式呈現；小說中我們不會目睹可怖的謀殺行動正在進行。主角參木意外被捲入革命浪潮中，主因是他對貌美的間諜、亦即中共激進份子芳秋蘭感興趣。在故事中她總是眾人談論的對象，參木也默默仰慕她，

但她的心理層面卻始終是模糊的，從未透露給參木或讀者。如同一九三九年版的序言中橫光所指出，本書最引人注意的是他在故事中經常使用的新感覺手法。《上海》及《人類的命運》有一個共同的重要元素，即「群眾」的意象。如比較橫光與馬爾侯如何處理此意象，兩位作者的寫作手法差異立判。正因橫光使用了新感覺敘事手法，《上海》中群眾的意象多了一層象徵意義，而《人類的命運》裡的群眾，則充其量只是單純的「群眾」而已。

　　《人類的命運》首次描寫「黑貓」酒店時，特別凸顯出群眾聚集的場面。敘事者描述：

> 爵士樂已是強弩之末……嘎然停止，群眾散開：大廳深處是舞客，大廳側邊是舞女：裹著絲綢旗袍的中國舞女、俄國女郎與混血女郎；一張票一支舞，或一段談話。[9]

　　這裡的群眾只是單純的「群眾」(la foule)，在小說其他地方出現時也一樣。此處有關中國、俄國女郎或混血女郎的描述，言簡意賅──主要指出她們的多國籍身份──完全不為「群眾」的意象添加任何隱喻式氛圍。此時一名亢奮過度的老人還留在空蕩蕩的大廳中，「不斷振動著雙肘像隻鴨子」，也許象徵舞廳裡瘋狂的氣氛。的確，他從群眾中抽離出來，與眾不同，彷彿告誡世人都正「處於虛無主義的邊緣」(au bord du néant)。小說中即使有象徵意義，馬爾侯總是清楚地點出，極少有任何曖昧空間。

　　相對地，橫光利一的《上海》，通常把人群或群眾描述成一個神秘的集合體，意義模稜兩可。其中描述一群娼妓的一幕，值得仔

細閱讀。這一幕發生在第十章，參木走進一家茶館，裡頭「女人看起來不像女人」（《上海》第十章，第 65 頁）。正當眾妓女紛紛前來勾引他時，參木打趣地在手掌上放了幾塊銅板，妓女群立即蜂湧而上，爭相搶銅板：

> 女人們搶錢的手在他胸前彼此敲打，耳環糾結。他以膝蓋撞開女人們的軀體，勉強從半空裡閃閃發亮的一堆鞋中探出頭來。他掙扎著，好不容易終於穩住腳步，那群女人彷彿全把頭擠入同一個洞裡似的，不停地在椅子腳邊搔來搔去，咯咯作響。他將銅板滑落入那群女人的頸脖間，她們立刻奮起爭奪，蜂腰興起的浪濤益發洶湧。甩掉那群趴緊他不放的女人，他勉強擠向出口。突然，新的一群娼妓由柱子與桌子間冒出，向他伏擊而來。他硬挺著脖子繼續潛進，一面移動一面撐著肩頭撞開她們。妓女群的手臂狠狠纏住他的頸項。他像條海獸般，勇猛地破浪而出。拖著妓女群巨大的壓力，他汗流浹背屈身向前，泅水似地奮力衝向浪濤的破口。但好不容易掙脫後，妓女群會再度蜂擁而上，同時不斷有更多加入。他以手肘向四面八方推撞，那些女人被撞得個個搖搖晃晃，不久後又攀著其他男人的脖子離去了。[10]

在此大幅引述原文，目的是強調小說把那群妓女描寫得猶如一窩海蛇般。小說中用來描寫這群妓女的辭句，在在如此暗示：例如「全把頭擠入同一個洞裡」（一つの穴へ首を突つ込む）、「不

停地在椅子腳邊搔來搔去」（椅子の足をひつ抓いてゐた）、「咯咯作響」（ばたばたしながら）、「蜂腰興起的浪濤益發洶湧」（蜂のやうな腰の波が一層激しく搖れ出した）。不斷蜂湧上來纏繞脖子的手臂及攀附在身上的軀體，令參木無法動彈且汗如雨下，構成了一場超現實的夢魘，與《人類的命運》中的寫實描述形成強烈對比。此幕中，讀者是從參木的角度看著這群女人，而他的主觀感受使這群妓女蛻變為蛇一般的怪物。文中不停出現隱喻，圍繞著賣淫、貪婪及女人商品化的主題，象徵意義濃厚。

　　橫光利一反覆強調，象徵主義是新感覺派的主要技巧。由他對穆時英——中國新感覺派作家中，唯一與日本新感覺派有直接接觸的作家——所作的評論，可見端倪。穆時英與橫光利一除了都有象徵主義傾向之外，兩人是因日本帝國的大東亞共榮圈理念而發生聯繫的[11]。一九四〇年九月，《文學界》雜誌闢一專欄，悼念穆時英於同年六月二十八日之死，橫光發表了一篇文章。在此篇文章中，他提起穆時英曾於前一年拜訪東京[12]。應該注意的是，提出大東亞共榮圈構想的東亞聯盟，正好於一九三九年十月設立於東京。大東亞共榮圈之建立由外務大臣松岡洋右於一九四〇年八月二日率先宣佈[13]。像穆時英這樣的中國新感覺派作家，一心以日本新感覺派為楷模，是眾所周知的。在日本積極拉攏亞洲國家以對抗西方的戰爭中，他的形象有助於日本政策，一點都不奇怪。我們知道，穆時英於一九三九年十一月拜訪東京時，是跟著林柏生——亦即當時汪精衛偽政府行政院的宣傳部長——所率領的外交團而去的；汪偽政府正是日本的羽翼[14]。筆者於第一章曾提過，穆時英於一九四〇年三月出任汪政府主持的《國民新聞》創刊社長，後來就是在任上遭到

暗殺。

根據橫光利一的文章，穆時英拜訪東京時，有一晚與橫光及其他幾位日本文人會面（包括片岡鐵兵、菊池 、林房雄、久米正雄及尾崎士郎）。在談話中，穆時英提到他的妹夫曾於巴黎做過保羅・瓦樂里 (Paul Valéry) 的學生（我們知道戴望舒曾於一九三二年十月至一九三四年春天在巴黎求學，於一九三六年娶了穆時英之妹，並於一九四〇年離婚）[15]。他們也論及賽珍珠（她於一九三八年得到諾貝爾文學獎）。過不久，穆時英問橫光：「日本新感覺派現在發展如何？」對橫光而言，這個問題正好提供他深刻思考「東亞現代青年」現況的機會。

穆時英的問題當然不好回答。橫光先在文章中首先說明：「我最後以類似這樣的話告訴穆先生：新感覺派正在為我們國家的傳統尋找新意義，嘗試重新詮釋傳統。」其次他指出，十多年前他出道時是新感覺派作家，而到目前為止他從未違背過當年的立場。他當時之所以遲疑於回答穆時英的問題，不是因為他羞於回答，而是中國傳統與日本傳統間的差異，令他難以解釋清楚。他進一步聲稱，穆時英被槍殺正是起因於「兩國之間新傳統的差異」。接著他提到，八月號的《知性》雜誌發表了穆時英小說《黑牡丹》的譯文。故事中的青年，在舞廳裡為一名女子神魂顛倒，就為了插在她髮際的一朵康乃馨，追隨她離開舞廳沒入黑夜。當女子被狗咬傷，倒在路旁時，他才目瞪口呆地發現，那朵他痴痴追隨的康乃馨卻不見了蹤影。橫光稱讚《黑牡丹》是「一篇富含象徵意義的新感覺派短篇小說。」由此他下了以下結論：

新感覺崇尚理性與科學，這是東亞現代青年應該接受的共同任務。無論各國民族傳統如何重新轉化蛻變，這個共同的任務形成了東亞凝結、而非分割的力量。[16]

然而，橫光利一對日本大東亞政策的態度，卻並非如同這篇文章所述般明確；此篇文章的寫作目的，很顯然是為了政策宣傳。本章將仔細閱讀《上海》，設法凸顯橫光利一對大東亞政策的曖昧態度，以及作家的戰爭責任問題。在深入探討此議題之前，我們應先嘗試了解，對橫光利一而言，象徵究竟有什麼理論意涵。為此，我們必須詳細檢閱他一九二五年發表的〈新感覺論〉一文。

■　〈新感覺論〉與物自體

如同橫光利一於〈新感覺論〉所述，他歸為新感覺派的眾多思潮——包括「未來主義、立體主義、表現主義、達達主義、象徵主義、構成主義以及部份的如實派」——皆可視為象徵文學之一種[17]。倘若此概念乍聽之下過於含糊不清，或許詳細閱讀此文將有助於釐清概念。根據他的說法，透過行文的語彙、詩及韻律，我們可以瞭解這些「新感覺派」作品如何觸發感覺。他說：

有時透過主題不同的折射角度，有時透過行句間無聲的跳躍幅度，有時透過文本行進時的逆轉、重複及速度等等，感覺被觸發的形貌可以千變萬化。[18]

橫光特別點出五官感受如何一觸即發：藉由「使五官接收到的意識節奏同步發生」（心象のテンポに同時性を與へる）的努力；如同立體派作家般，「在劇情發展中遺忘時間概念」（プロットの進行に時間觀念を忘却させ）；或如同表現派與達達派作家般，「將意識與現象的交互作用直接投擲於一切形式的破壞當中」（一切の形式破壞に心象の交互作用を端的に投擲する）。他進一步聲稱：

> 凡此種種感覺表徵，基本上都是象徵化之後的東西［象徵化されたもの］，因而感覺派寫作可視為一種象徵派文學。[19]

橫光的〈新感覺論〉一文，充分展現他相當熟悉西洋現代主義文學與哲學思想[20]。他以上述各歐洲現代派為基準，評比當代日本作家的寫作技巧。例如，芥川龍之介的某些作品──如〈竹林中〉（藪の中）──由於其中充斥的「知性感覺」，均有如構成派作品一般傑出；犬養健及中川與一的作品，運用強烈的音樂性使五官感受鮮明無比，煩擾的情緒又帶出微妙的心理作用，與如實派異曲同工。然而〈新感覺論〉的美學理論，最重要的特徵莫過於與歐洲哲學之相互呼應。仔細閱讀此文，我們會發現橫光的「新感覺」概念實為對康德的「物自體」的回應[21]。「物自體」一詞，乃康德 Ding an sich (thing-in-itself) 概念的日文及中文標準翻譯。橫光在文章中詮釋「新感覺」的定義時，此詞彙反覆出現，由以下一段引文可知：

> 我所謂的感覺，亦即新感覺的感覺表徵［感覺の表徵］，意

指主觀中直覺性的觸發能動力［直感的觸發物］，它擺脫了
物質的外在現象［外相］，直接躍入物自體中⋯⋯主觀意指
能從客體中感知到物自體的能動力。無庸置疑地，認知［認
識］是知性與感性的合體。在主觀躍入物自體的過程中，
知性與感性形成感知客體的認知能力，兩者以動態的形式
成為更強大的觸發媒介，觸動感覺。在說明新感覺的基礎
觀念時，應將此列入考量，這點非常重要。能使純粹外在
客體（非對應於主體的客體）激發象徵力量［表象能力］
的認知功能，即為感覺。[22]

　　翻譯〈新感覺論〉的難處，在於如何選擇貼切的詞彙來表述原
文中源自於德文的日文哲學術語。同義詞也是個問題。舉例來說，
日文中「表徵」與「表象」可以分別意指表現及再現，也可視為同
義字，意指象徵。我選擇將這裡的「表象能力」譯為「象徵能力」，
是因為新感覺作為一種象徵文學的概念，貫穿了〈新感覺論〉全文。
一旦選擇了適當的遣詞用字，就可以清楚明白，這段引文影射了康
德《純粹理性批判》中的認識論：我們如何透過認識世界來認識自
我。但是，在論及康德物自體理論的同時，橫光同時也刻意提出修
正，詳如下述。

　　康德指出人有三個層次上的認知能力：感性、知性與理性。
現象觸動感性，形成經驗上的直覺，知性吸收這些直覺，將它們對
應本身固有的先驗形式。（知識究竟是否先驗是個問題，亞里斯多
德、托馬斯・阿奎那及中世紀的經院哲學家相信所有的知識是後驗
的，即知識仰賴經驗的累積。）如此產生的知識稱為「判斷」。然

後，判斷促使理性起作用，並產生合乎邏輯的知識。合乎邏輯的知識繼而對應知識與生俱來的三種先驗形式：自我、非自我（世界）以及超自我（神）。對康德而言，現象是我們透過五官感受到並認知的物體，而物自體是物體的本質；相對於現象，物自體是既不可知又無法定義的。現象，或是「物體的表象」，乃透過感性而感知，其本質「決定於它與感官直覺及它與感性之先驗形式的聯繫。相對地，『物自體』則是理性所認知的對象。」[23] 相對於康德，此處橫光暗示，在認識論著名的辯論上，他支持叔本華；並表明，雖然根據康德，人類無法了解或定義物自體，新感覺藉由將主觀推向感官直覺與感性的極限，極力捕捉物自體，進而「躍入」物自體中。橫光認為新感覺論是合理可行的，因為他相信，主體「躍入」物自體當中（物自體に躍りこむ）時，知性與感性攜手合作，我們的認知能力將會領悟到物自體的意義。

　　〈新感覺論〉中另一段，可顯示橫光「新感覺」概念的另一個來源，是尼采的《查拉圖斯特拉如是說》(*Thus Spoke Zarathustra*)，而在尼采與康德對知識與認知觀念的辯論中，橫光是站在尼采這一邊的：

> 有些作品驅使我們的主觀進入較深層的知識；越是深入，越是能夠豐富地觸發我們的感覺。原因是，這種感覺的觸發，是透過引導我們的主觀穿越已知的經驗知識，進入未知的認知活動。任何作品，如富含追逐深層知識的感覺，我都推崇。例如，我們可以舉最平凡的作品為例，像是斯特林堡 [Strindberg] 的《地獄》[*Inferno*] 與《藍色書》[*A*

Blue Book]、芭蕉的許多作品，或是志賀直哉的一、兩部作品，以及尼采的《查拉圖斯特拉如是說》。[24]

　　因此對橫光而言，觸發新感覺的方法，正是誘使主觀超越五官領悟到的經驗知識，以到達深層的知識，亦即到達對物自體的認識[25]。在橫光心目中，尼采的《查拉圖斯特拉如是說》(1883-1885) 是他所謂富含「新感覺」的作品實例。尼采在此書中提出「超人」(Übermensch) 的概念，也就是達到個人最大潛能、同時完全掌握自我之人。尼采所謂之「權力意志」，係指人類在追求克服自我及提升自我等過程中的驅動力。《查拉圖斯特拉如是說》一書的中心思想為自我的克服；人在試圖了解世界及自我時，應當勇於跨越經驗知識的界限。身為跨文化現代主義者，橫光在形塑新感覺論時，一方面引用康德的物自體概念，一方面透過創造性轉化，修正了康德的理論，創造出新的意義。

　　在〈新感覺論〉的起首，橫光便已指出，要想了解感覺論，必須研究客觀形式與主觀之間的互涉作用。如果成功，將可導正藝術中一項重要的基本概念，而且無疑地，這將是「藝術上根本性革命之誕生報告」（藝術上に於ける根本的革命の誕生報告）[26]。他指出這種趨勢的結果：擁有強大主觀的人，將摧毀老派過時的審美觀與習性，並「更加直接地飛躍入世界觀中」（より端的に世界観念へ飛躍せんとした）[27]。

　　我們應當注意，橫光利一與康德的「對話」，事實上奠基於當時的哲學思維。明治晚期至大正初期，著名的京都學派逐漸興起於日本哲學界，此時正是日本吸收西方思想及重新評價東方哲學的時

期。一九一一年，京都學派領導者西田幾多郎就已於〈論認識論中的純理論派主張〉（認識論における純論理派の主張について）一文中，使用「物自體」來翻譯康德的 Ding an sich[28]。他在〈大千世界〉（種々の世界，1917）一文中，批評康德的物自體理論：「物自體與我們認識中的世界存在著什麼關係、有什麼意涵？若兩者間完全沒有任何意涵或關係，物自體的說法可完全由康德哲學中刪除。」[29]西田綜合了柏格森 (Henri Bergson) 理論、文德爾班 (Wilhelm Windelband) 及李凱爾特 (Heinrich Rickert) 的新康德思想，聲明物自體並非如康德所說是「知識的源頭」，而是經驗概念化之前的「直接經驗」，如同文德爾班及拜登學派 (the Biden School) 所主張。根據西田的說法，所謂「直接經驗」相當於柏格森「純粹持續」(pure durée) 的概念，如李凱爾特所說。西田認為在直接或純粹經驗中，無法區別「主體」與「客體」，因兩者為「現實」（實在）的一體兩面。對西田而言，這種「直接經驗」正是康德所謂之物自體，或是「絕對自由意志的世界」，由中可衍生出現象世界的種種。相對於絕對意志，亦即直接現實，現象世界在他的觀念中是一個間接經驗的世界。康德的物自體是不可知的概念，相對的，西田的「直接現實」為可知的。根據西田，當我們將自身意志投射於現象世界上時，這就是「生命」的本質，亦即柏格森所謂的「生命衝動」(élan vital)，而生命意志（德文原為 der Wille zum Leben）正是文化生命的意志 (der Wille zum Kulturleben)[30]。

對西田而言，絕對意志串連每個人的個別直接經驗，並將宇宙整合於一個創造性的意識流中。然而，這種觀念似乎結合了柏格森創造進化論 (évolution créatrice) 與新儒學的生生不息論。此外，種

種的世界源於個體的概念，使人聯想到佛教思想中曼荼羅 (mandala)
宇宙論，亦即人為整個宇宙之縮影。西田力行禪修，並精通儒學。
眾多哲學傳統任他予取予求之下，他開創出「絕對無的場所」理論；
所謂絕對無，即存在或生命的源頭。這個場所由直覺主導，其中主
體性與客體性的二分法被化解了[31]。他說：「絕對意志不是反理性，
而是凌駕於理性之上。」[32]

　　了解了上述的西田理論，毋庸置疑地，前述〈新感覺論〉段落
中，「純粹外在客體」一詞——橫光在後面加上括弧附註「非對應
於主觀的客體」——指向西田「直接現實」的概念，其中主觀與客
觀是無法區分的；「直感的觸發物」一詞使人聯想起西田的作品《自
覺中的直觀與反省》（自覺における直観と反省，1914-1917），
而此書的靈感來自於柏格森[33]。一字一詞所富含的深層意義，遠超
過肉眼之所能見。像「物自體」這樣一個單一的辭彙，可以透露出
無窮盡的跨文化連鎖反應。倘若僅像華西伯恩 (Washburn) 一般，將
之譯成「物體」[34]，這個術語背後的深層意涵——關乎康德「物自
體」與西田「直接現實」的認識論辯論——將喪失殆盡，而橫光身
處東、西方哲學傳統交匯場域的事實，也將被忽略。

　　即使這個康德術語的吸收有可能只是「表面」的挪用，即使
其中的「心理過剩」(psychic excess) 可能超越他自己的意識所及，
橫光作為跨文化現代主義者，面對當下唾手可得的種種思想潮流，
致力於創造新概念。他透過西田對康德論述的批判——牽涉到各種
東、西方哲學思潮——做出了明確的選擇。無庸置疑地，置身於現
代日本文哲思想中的東方／西方、現代／傳統的分水嶺，橫光對自
己所扮演的角色，有高度的自覺。對自己的跨文化實踐極度敏感的

橫光，刻意引用康德術語「物自體」、及西田批判康德此論述的絕對意志理論，用意是展示自己革命性的新感覺論。仔細觀察橫光如何批判傳統敘事模式，將可顯示他在傳統／現代的互動中所抱持的立場：他提倡以傳統為出發點向前進，從事再創造，而非丟棄傳統。他對平安時期女作家清少納言───一般公認她所創作的《枕草子》與《源氏物語》地位相當───的評價，最能透露出什麼是他心目中所謂僅限於「感官表現」、毫無知性介入的作品。相對地，他提倡唯有透過知性才能掌握的新感覺。

在「官能與新感覺」一段中，他表示，清少納言作品中的感官表現，絕非他心目中的新感覺，而是靜冽且鮮明的感官表現（官能が静冷で鮮烈であつた）。根據他的說法，感官表現，作為最接近感性的感覺表徵，屬於最難與感性區別的「範疇」。此處使用的範疇等措辭，顯示橫光在運用哲學或科學術語（依據康德，認知能力以四組的三重判斷形式運作，稱之為十二範疇）[35]。

對橫光而言，清少納言的感官表現欠缺了所謂「感覺上的揚棄」。（「揚棄」[Aufheben] 是一種綜論 [synthesis]，既摒棄又保留正論 [thesis] 及反論 [antithesis] ──黑格爾辯證法中之核心概念。）橫光如此區分此兩種範疇的差異：新感覺表現須為透過理智介入所象徵的內在直覺；反之，感官表現則僅由純粹客觀所啟動，是直接的認知表現，乃源於經驗性的外在直覺。因此感官表現──較傾向感性又先於新感覺表現──是經由直接感受及直覺得知。這正是為何，相較於感覺表現，感官表現給人的印象更直接且更鮮明。但感官表現無法像新感覺表現一樣，具有象徵能力的複雜綜合統一性[36]。

觀察橫光如何從演化的觀點評價傳統與現代，是相當有趣的。
根據他的說法，根本不可能指望清少納言的感官性具備「更加複雜
的進化能力」，因為它「只不過是新鮮而已，毫無任何感覺提升的
暗示。」清少納言的感官性，有如文明人，因不受渾沌的象徵性束
縛而無法演化，相對的，新感覺「如同野蠻人般鈍重」而得以進化。
這當然是通俗化的進化論述，把進化與進步的概念混為一談，如同
當時歐美及亞洲流行的許多進化論述一般[37]。橫光顯然在哲學思維
方面較駕輕就熟，遇到生物學的領域，就只不過是賣弄皮毛罷了。

　　身為新感覺派最重要的理論家及守護者，橫光也最致力於將理
論付諸實踐。他的第一部長篇小說《上海》，就語言實驗而言，令
人印象深刻。參照他的理論作品，這部小說展現出一位高度自覺的
作家，在日本文學傳統與歐洲現代主義美學概念的歷史交匯點上，
透過個人自由選擇，創造出一種語言模式，目的是改變日本文學的
風貌。在進行語言實驗——新感覺寫作中不可或缺的要素之一——
的同時，這部小說在他所有新感覺派作品當中，可謂獨一無二。小
說中建構的眾多摩登女郎形象，各有特色，這只在長篇小說中才可
能做到。但比起他短篇小說中的摩登女郎，《上海》的摩登女郎即
使描寫得更加細緻，小說裡的所有角色，無論女性或男性，都同
樣是扁平的類型人物，而非寫實文學中我們所期待的圓滿人物。
在《上海》中，所有的角色或多或少都象徵某些概念，由下述典型
的女性及男性角色即可看出。男主角參木象徵迷失的日本魂，但奇
怪的是，他對故事中所有的女人都有致命的吸引力。相對於他的朋
友甲谷——飽受摩登女郎折磨的典型摩登青年——參木可說是個反
摩登青年；由於他不解風情，總是使女人大為氣惱，使他往往身陷

可笑的處境中。到最後，唯一與參木發生性關係的是阿杉，而她象徵的是迷失的日本軀體。他們兩人的性結合，正象徵了日本靈魂與軀體之合一。

■ 宮子：國族戰爭中的摩登女郎

十九、二十世紀之交，歐美與日本殖民主義者均紛紛擴展勢力範圍，爭奪風雨飄搖中的亞洲——包括中國、俄國及印度等，均為國內動盪不安的新興國家——的控制權。革命、內戰及帝國主義侵略，加上殖民統治下之種種開發與產業計劃，導致一波波全球移民潮。當時的上海租界，正是全球移民潮的縮影。而橫光利一筆下的上海，各國男女有如過江之鯽，是此現象的寫照。小說第二十章，舞廳一幕如此描寫：「一位美國人抱著德國人，一位西班牙人抱著俄國人，葡萄牙人撞上了一群混血兒。」[38]

小說中，除了總是在舞廳及茶館裡大批出沒、凸顯女性商品化的妓女群以外，另有個別的女性角色，象徵著來自各國、不同類型的摩登女郎，為了維生，在全球移民潮中，流落到上海。身為職業舞女的宮子，是小說中典型的摩登女郎。因宮子而神魂顛倒的甲谷，是村松輪船公司的職員，滿腦子想在上海找個摩登女郎作新娘，是摩登青年的代表。他具有典型的摩登青年特質：會說多國語言、唱歐洲歌曲，而且心儀小說中所有的貌美女子。宮子挑逗甲谷，蓄意吊他的胃口——這是她對待所有男人的手段——並以折磨他為樂。山口本來是建築師，現在靠販賣醫療用人體骷髏大發戰爭財；根據他的說法，宮子從不與任何日本男人發生關係；她的客戶主要

是歐美白種人。對甲谷而言，這是一場他與白種男人爭奪日本女人的戰爭。在小說的第四章裡，自詡是「亞洲主義者」的山口，斷言宮子可能是個間諜，他嘲笑歐洲人爭奪她的歡心：「有時候，一場歐陸大戰就這麼因她而爆發了。」[39] 透過甲谷的眼光，讀者可看見西方男人如何圍繞著宮子，頂禮膜拜，彷彿她是顧盼間定人生死的女神般：「在她身旁，洋人各個明爭暗鬥，觀察她的喜好，搜尋她那難以捉摸的眼神，默數她與其他競爭對手跳了幾支舞，於是她被拱到他們肩上，越發高不可攀。」[40]

宮子的哲學──「天天盡可能享樂」[41]──簡要說明了典型摩登女郎及時行樂的生活態度。摩登青年甲谷，以自己德法語流利、與洋人不相上下為榮，但卻感覺到，在眾多追求者當中，他的日本膚色是主要的弱點。當他埋怨她迫使自己與各國人競爭，她一笑置之，並指出，她的想法只是單純地作生意而已，和他這種日本商人沒什麼兩樣：「外國人是客戶。像你這種人，難道不需要像我們舞女一樣，處心積慮地騙外國人的錢？」[42] 小說第二十一章中，她以若無其事的口吻，對參木（甲谷自小學時代以來的好朋友）說道：「我現在已經收集了五個情人──一個法國人、一個德國人、一個英國人、一個支那人以及一個美國人──但這不表示我沒有其他情人。」[43] 更甚而有之，她把情人們的照片「收集」在一本相簿裡，並展示給參木看，理所當然似地。顯然，對她而言，他們只是「玩伴」(gigolo) 而已。

因她而大為沮喪的甲谷，認真思考該如何在生意上擊敗外國人，來彌補他在情場上的失意。他覺得他所從事的全球戰爭，不只是爭奪中國的商機，更是爭奪一個日本女人。剛從自己的新加坡公

司總部回來，他的商業野心是要成為上海分公司的經理，嘗試一下
黃金市場，並進入絲綢、匯率買賣、孟買的棉花市場等生意，而後
再跳入利物浦的通貨市場。小說第十七章中，甲谷心裡將搶奪宮子
與國際商業競爭相提並論，十分荒謬：

> 宮子被外國人奪走的事實，一直是他鬱憤的主因；他幻想
> 的深處澎湃著一股英雄式的野心，目標是攻擊那些奪去宮
> 子的外國人的經濟力量核心。

> 他認為，針對外國人經濟力量來源的中國土貨，必須極力
> 破壞他們所主導的強大尖銳托拉斯組織的前沿。[44]

　　除了營造喜劇效果之外，此處摩登青年甲谷吸收了當時盛行於
日本的亞洲主義論調，亦即在全球帝國主義擴張中，以西方人為日
本之競爭對手。相對於兢兢業業在跨文化場域中吸收資訊、從事創
造性轉化的浪蕩子，像甲谷這類摩登青年，只不過是如實吸收、然
後不加思索地傳遞資訊而已。

　　宮子骨子裡是個任性善變的摩登女郎。倘若參木願意臣服於她
的魅力之下，山口所說的從未見過她與日本人發生關係的意見，或
許就可以改寫了。雖然宮子對甲谷興趣缺缺，又總是拒絕他，在小
說第二十一章中，我們看見她衣衫暴露地躺在沙發上，企圖勾引參
木，而當時他正陪同酒醉的甲谷前往宮子的住處，照顧著他。可能
正因為他一副對她毫無感覺的模樣，卻更加刺激她征服他的慾望。
在甲谷心目中，參木簡直是個唐吉訶德。他始終默默地愛戀著甲谷

的妹妹，雖然如今她已經結婚了，留居在日本。這份得不到回報的
愛情，使他頻頻排拒勾引他的女人，包括奧加及阿杉在內[45]。宮子
使出渾身解數勾引他這一幕，好不容易參木終於眼看著就快要把持
不住了。此時，反覆無常的宮子卻輕拍了他的臉頰一下，欲迎還拒，
試圖藉此挑逗他下一步行動。但參木忽然覺得「心靈上的危機感優
先於肉體」，因而出乎意料地就此撒手，讓宮子錯愕不已[46]。這一
幕極其滑稽可笑，就像小說中所有類似的場景中，參木嘗試迴避其
他異性的勾引一樣。他對女人毫無興趣，可是所有的女人卻都為他
神魂顛倒；這恰好與甲谷的命運相反。甲谷這個典型的摩登青年，
吃盡了摩登女郎的苦頭；女人願意敷衍他的追求，每每不過是為了
想打聽參木的情況而已。

　　故事中，爭奪宮子的國族戰爭與上海的全球商業競爭並行，
反映出國際殖民在中國牟利之爭。小說的第三十章（Washburn 的
翻譯本第二十九章）最能顯露出這一點。其中有一幕，那些在舞
廳裡總是圍繞著宮子的外國男人，正在討論上海的日本紗廠罷工
一事。根據來自 A.E.G. 分行的德國人赫爾曼・費爾茲 (Herman
Pfilzer) 的說法，日本的損失就是德國的獲利；德國在第一次世界大
戰前，曾享有遠東地區的巨大市場，後來這些市場被其他國家「奪
走」（奪つた）了。來自 G.E. 分行的美國人哈羅德・克利夫 (Harold
Cleaver)，則抱怨美國公司飽受德國的「超人勢力」（尼采「超人」
論述之雙關語）的壓力，卻遭到費茲爾反駁：美國人壟斷了中國境
內的廣播權。正當雙方吵得不可開交之時，夾在這場口水戰之中的
宮子，試圖以玩笑打斷他們，例如：「如果你們倆的公司對打，從
現在起，我該站誰那邊呢？」[47]

無庸置疑地，宮子象徵戲弄各國的日本，企圖從中國境內的國際紛爭牟利。下一節將討論身處困境的俄國貴族奧加，象徵沒落的帝俄。

■ 癲癇發作的奧加：俄國的失落天使

小說中另一位引人注目的摩登女郎是奧加，是位擁有貴族血統的俄國女性，如今淪為山口的五名情婦之一。日本男人聚集在上海，不是為了錢財，就是為了女人，或是兼求兩者。奧加被木村賣給了山口。木村曾同時擁有六名俄國情婦，但有一次他一天之中在馬場上把錢全輸光了，就一口氣把她們全賣了。就像木村把女人看成「存款」（第四章）[48]一樣，奧加這種典型的摩登女郎也毫不介意自己像商品一樣，從一個男人賣到另一個男人手中；她更不在乎自己的男人同時擁有幾個情婦（第十二章）。[49]

奧加擁有摩登女郎善變任性的特質，而寂寞的她，對參木一見鍾情。參木由於厭惡日本銀行主管的腐敗而辭職，在奧加看來，他是上海唯一「思想高尚的人」（頭の高い人）[50]。山口幫他找新工作時，參木一直待在山口家中。一本摩登女郎的本色，奧加藉機百般色誘他。或者應該說，她簡直全身糾纏在他身上：在小說第十三及十四章中，她如蛇般將雙臂纏繞住參木的脖子，身體緊黏在他身上。每次被推開，她立刻又甩身猛撲向他，再接再厲，從床上到地上到樓梯間，窮追不捨，但最後還是讓他逃之夭夭[51]。如此荒謬的一幕，和前面提到過的茶館妓女場景一樣，描繪得栩栩如生，令人驚嘆。

奧加總是寂寞難當，忽而哭泣、忽而大笑；有如典型的摩登女郎，她豔光四射令人目眩神搖，脾氣讓所有男人都頭疼。更麻煩的是，每當她述說自己的過去時，隨時可能突然癲癇發作。彷彿向讀者預告她癲癇發作一幕，在描寫她的過去之前，橫光仔細地將奧加的個性塑造成和她的過去密不可分：她喜歡談論俄國沙皇時期的音樂和文學；契科夫、屠格涅夫及柴可夫斯基是她最喜愛的話題。事實上，她喜歡任何與俄國沾上邊的話題，包括布爾什維克及「裡海地區的香腸。」（カスピ海の腸詰めの話）[52] 當參木拒絕與她共度春宵時，她罵他是個「布爾什維克黨員」[53]。小說第四十三章是奧加故事的高潮，此章中她成了一名不折不扣的漫遊女子，象徵離散中的白俄羅斯。山口指派甲谷來陪伴她時，她對甲谷訴說自己的過去：自己與父母如何因布爾什維克革命所迫，由莫斯科逃亡至西伯利亞西南邊的托木斯克。她父親在那裡被革命人士逮捕，差點在一場公開迫害中喪命。後來他們逃到了哈爾濱，這個滿洲城市銜接了俄國修築的西伯利亞鐵路及東清鐵路。他們把隨身首飾變賣給一個中國人，勉強在此待了一陣子，直到蘇聯人接管了整座城市。她父親在哈爾濱過世後，她與母親終於逃到了上海，卻發現無法維持生計。於是她從此「淪落」（淺ましい）[54]，轉售於男人之間。她對參木說：「啊，我真想回家，回到莫斯科。」[55]（小說第十二章）然而，正如甲谷對她所說的，她所渴慕的帝俄時代已成過去，無從復返[56]。

　　小說描述奧加訴說完故事之後的癲癇發作，鉅細靡遺：她不聽使喚、不停抽搐的身子，喀喀作響的牙齒，不停甩上甩下的頭顱；想幫忙的甲谷，緊緊把她摟在懷中，她以胳臂死扣住他的脖子

不放。她的癲癇發作是心理創傷的具體表徵，象徵著受苦中的白俄羅斯；而她的身體，離散生活的回憶流進流出，正是跨文化場域的最佳體現。此處是小說中流露憐憫之情的少數時刻。想要娶宮子為妻、卻一再被拒的甲谷，此時凝望著熟睡中的奧加緩緩康復，彷彿凝望著一位新娘似的[57]。在說了一句「很好，這次可以了」之後，他脫去外套，然後開始用山口的刮鬍刀剃鬍子。這一幕是暗示，故事中其他日本男人視她為次等人、反覆糟蹋她之後，甲谷將由山口那裡把她接收過來，真正地照顧她，甚至娶她為妻？此幕的意義模稜兩可，但看起來有這種可能。

■ 芳秋蘭：神祕的中國女革命家

> 然後，突然地，山口在舞者群中看見一名優雅的中國女人。
>
> 他喃喃道：
>
> 「啊，那是芳秋蘭。」[58]

芳秋蘭第一次出現在小說第四章時，小說的主要角色大多齊聚在宮子擔任舞女的舞廳中。芳秋蘭出現的一幕極具象徵意義：一位優雅出眾、美豔不可方物、所有男人虎視眈眈並渴慕擁有的中國女人，卻無人能了解或掌握她；就彷彿各國眾目睽睽、虎視眈眈，卻無緣企及的中國。故事中，似乎從未有人曾與她直接接觸，直至小說第二十三章暴動突發時，參木正巧在現場。

身為偽裝下的共產黨間諜，芳秋蘭似乎擁有多重身份：此幕中是個舞女，而另一幕中卻是個工廠工人等等。甲谷是小說中的典型

摩登青年，一眼見到她即神魂顛倒，目不轉睛。事實上，舞廳中所有男人都向她行注目禮，目光全都投向她的桌子。她是故事裡眾多女性角色中，唯一臉部特徵有詳細描述的，但這並未使她的性格更易讓人看穿。她離去後搭上一台黃包車，甲谷則坐上另一台緊追在後，穿梭在大街小巷跟蹤她，滿腦子都是她美麗的影像：「小巧的雙唇，幽黑深邃的雙眸，上捲的瀏海，蝴蝶項鍊，淺灰色上衣及裙子」[59]（小說第四章）。他緊追不捨，直到最後她下了黃包車，隨一名西服青年消失在視線之外。這一幕點出的摩登青年與摩登女郎的關係，是新感覺派作品的特色：摩登青年，一如浪蕩子，一心一意追隨摩登女郎到永恆，即使注定要受盡她的折磨。

芳秋蘭是個人人都談論的神祕人物，在許多方面，她象徵眾多外國人——特別是日本人——所企圖征服的中國。在小說第十八章中，甲谷的兄長高重與參木交談時，形容中國是個完全不合規範的國家。據他說，中國人不依賴任何像是希望或理想的東西；在中國，唯一行得通的東西就是金錢。他認為中國人有智慧，因為他們讓外國人在中國賺了錢後，把錢都花在中國境內；中國人是善良的，因為他們竟認為日本人還是人。當參木問道：「你是說，中國人不是人，而是神嗎？」高重回答：「他們不是人，是神人的化身。」[60]他繼續說道，對中國人而言，謊言不是謊言，而是中國式的正義。他稱之為「顛倒的正義」，並宣稱中國是個「神祕」或「怪異」的國家（怪奇な國）——迷人卻無法看穿。

第二十三章中，即使深愛著永遠無法企及的京子、對任何女人都興趣缺缺的參木，在棉花廠的女工群中首度看見芳秋蘭時，都不免要「努力抗拒」她的美貌[61]。參木剛得知京子的丈夫死於肺結核，

對她的激情正死灰復燃中，但卻不由自主地被這個「淒艷的女人」所吸引。此時，參木才辭去了在日本銀行的工作，原因是他對公司的腐敗感到憤怒不已。如今，他在高重的工廠任職，高重正陪著他在廠裡巡邏，並告訴他芳秋蘭是名共產黨員，還說：「她只要稍抬起右手，這家工廠裡的機器都會嘎然而止。」[62] 他之所以讓她留在工廠裡，是因為「他以和她競爭為樂」，而且他預料最後她將被殺害。結果，真被他說中了。

參木巡邏時手持手槍，一旁印度員警戴著頭巾一字排開，預示著暴動即將來臨。這一幕是整部小說的高潮；工廠中這場暴動將引爆五卅運動。當參木及高重由抽棉區前往清棉區時，故事描述工廠裡在轟隆作響的機器前冷漠工作的男性工人群體時，具有高度象徵意義，使人想起先前的妓女群，同樣被描述為一個可怕實體：「把手群形成一個弧形，男性工人冷漠的面孔不斷流進流出。高高脹起的棉花像是一陣怒濤，猛然啃咬震動著機器。」[63] 我在此將「ハンドルの群れ」譯作「把手群」，目的是凸顯這一幕與先前討論過的「妓女群」之間的密切關聯。橫光利一重複使用同一個詞「群れ」（群體）來量化妓女和機器，而同時也將男性工人等同於後者。更重要的是此處「怒濤」的意象，使人聯想起先前被形容成一群水蛇的妓女群。小說描繪五卅運動中工人起義時，也始終使用波浪的象徵。

暴動的背後，是英國在印度及日本在中國的棉花生意的競爭、工人對工資的不滿、以及「馬克思主義的浪潮」（マルキシズムの波）──又是海浪的象徵。參木與高重巡邏工廠時，暴動爆發了。首先，一條走廊突然著火。接著，窗戶被一陣子彈射穿。女工群（工

女の群れ）大為驚慌，開始尖叫，像漩渦般（渦を卷いた）發瘋似地在工廠裡不停打轉，陣陣警笛聲嘶吼著[64]。混亂中，參木在漩渦般的女工群中瞥見芳秋蘭的臉，企圖救她脫離混亂。此幕中的措辭及意象，不禁令人想起小說第十章，參木受困於妓女群的那一幕：

> 在參木面前崩潰的浪潮邊緣，芳秋蘭的臉漂浮不定。他掙扎著寸步前進，越過倒地女工群的背上，伸手向她。他的下巴最後撞在她的肩上。強烈震顫的人群使他的身體像艘傾斜的船。他抵擋不了來自身後的力量，傾斜著身子滑過許多肩膀。緊接著，芳秋蘭的身體開始往前傾倒。他向上抱起她，試圖站起身，但有人倒在他們身上。他的頭被踢了一下。瞄準浪濤般晃動的眾多身體間的一小塊空間，他感覺身子在下沉。他將秋蘭抱在懷裡，但他的手臂卻被無數腳壓制著。
>
> 他的身體兩側下方塞滿了鞋子。不過，對參木來說，身後的暴動卻已過了。猶如沉沒海底的貝殼類生物，他們不得不等待，直到能從茫茫人海深處再度浮出水面。[65]

　　對本書的理論架構而言，這一幕的象徵含義極為明顯：無論參木或芳秋蘭都是隨人群漂泊的漫遊男女中的一份子。雖然小說中，他們是具有名字的人物，看似與眾不同，但事實上，他們和眾多在生命之海中浮浮沉沉的一般人並沒有什麼兩樣。

　　最後，參木總算從人群中救出秋蘭，護送她回家。考慮到一個日本人在中國人區域獨行的危險，她邀他留下過夜，這樣她就不必

在夜間拖著一條受傷的腿護送他離開。第二天早晨，她帶他到附近的餐廳吃早餐時，他們的談話很快演變成一場亞洲主義與無產階級主義的辯論。這是小說中爭論性的一刻，強化了參木與芳秋蘭各自代表的象徵性角色。

交談中，秋蘭充當中國共產主義的發言人，而參木，根據她的觀點，是日本資產階級的代表。秋蘭認為攻擊日本工廠的那些中共共產黨員，同樣正攻擊著日本中產階級，如此也就是協助解放了日本無產階級。但參木聲稱，不同於馬克思主義者，他無法視自己為世界公民。他宣稱，「你們馬克思主義者認為東、西方的文明發展速度是一樣的。但我認為這套謬論只會導致較優勢的一群受害者。」[66] 當秋蘭指控他是一名亞洲主義者時，參木極力否認，並堅稱他只是熱愛日本，正如她熱愛中國一樣。然而，要說參木是日本中產階級或亞洲主義的發言人，可能不完全正確。筆者在本章稍後將探討，在小說的某些片段中，參木事實上象徵了大和魂（日本靈魂）最純粹的一面，正如阿杉象徵了日本的身體。雖然參木不算是徹頭徹尾的亞洲主義者，但和秋蘭爭論時，他的話語明顯受到盛行於日本的亞洲主義論述影響。有如信息可以流進流出的一個容器般，參木身為故事中的角色，顯然沒有完全意識到，已經深植於他心靈中的亞洲主義論述、或是其他論述的歷史意義。

如眾所週知，明治期間，福澤諭吉於一八八五年倡導著名的「脫亞入歐」觀[67]；他認為日本的未來在於擺脫落後的亞洲、並追趕歐洲的科學成就。這個理念對日本政策及整個世代的日本知識分子，影響重大。但大正時代的日本，奠定了對亞洲的興趣，也復興了江戶時代盛行的儒學研究。首先倡導此思想的是岡倉天心（又

名岡倉覺三，1863-1913）。他深受芬諾洛薩 (Ernest Fenollosa, 1853-1908)[68]影響，於一九〇三年出版了英文書《東洋的理想》(*The Ideals of the East with Especial Reference to the Art of Japan*)。他主張「亞洲一體」(Asia is one)，因為所有亞洲國家的現代化都落後於西方國家，而且東方精神文明遠勝於西方物質文明。在書中，日本的原始藝術、印度的佛教及中國北方的儒學，皆被列為東方文明的巔峰。岡倉認為，在西方文明衝擊下，亞洲必須團結並振興其精神文明，才能獲得最終勝利[69]。濱田耕作於一九三三年發表《東亞文明的黎明》(*The Dawn of East-Asian Civilization*) 時，「東亞」(East Asia) 這個辭彙，如同岡倉的「亞洲」(Asia)，明顯企圖貶低中國在東亞地區的領導地位。兩人皆強調，所有東亞國家形成一個文化實體，密不可分[70]。換言之，所謂的「東亞文明」正在抹煞「中華文明」。這當然也是為了使日本與傳統的「華夷秩序」——亦即以帝制中國為中心的世界秩序——脫勾，並加入現代帝國主義的全球競爭[71]。「斯文會」（儒學協會）活躍於一九一八年至一九四五年期間，目的在推動儒學，並促進共享深厚儒學傳統的亞洲國家間的文化交流。岡倉的思想與斯文會的活動，有助於加速形塑亞洲主義的概念；對本書先前提到的一九三八年興亞會與一九四〇年大東亞共榮圈所推動的政策，更有推波助瀾之效[72]。

　　參木對秋蘭說：「你們馬克思主義者認為東、西方的文明發展速度是一樣的」，並指出這是錯誤的想法時，他無疑以岡倉的理論為本：亞洲整體的現代化，落後於西方。然而，即使他養成於大東亞共榮論述之下，談話中也能發揮這種論調，卻似乎經常心存疑惑。如果橫光利一有意倡導日本的大東亞運動，參木及阿杉等小說

中角色，卻似乎並非這個運動的最佳代言人。他們往往出現在街上遊蕩，漫無目的，只是日本失落的子民，在面臨經濟、政治及軍事戰爭狂瀾的半殖民上海中，隨波逐流。他們象徵帝國主義擴張的負面結果；他們隨著日本的政策來到中國大都會，希望可以在此謀生，最終卻沈淪在社會最底層——兩者同樣在他鄉失業，身無分文。這點，本章稍後將進一步討論。小說中真正的亞洲主義者，是專事收集死人骨骸的山口，下節將詳述。

■ 山口：亞洲主義者，以屍骨發財的食腐肉者

正如本章一開始所說，很難明確指出小說中的敘事者，或者橫光，在戰爭期間的日本大東亞運動中採取什麼立場。如果觀察書中亞洲主義者山口的角色刻畫，更是難以下判斷。與其說山口是個寫實角色，不如說他是個象徵性人物。他的角色詮釋是個難題——儘管小說聲稱他倡導亞洲主義，但他同時也被描繪成販賣人骨作為醫學用途、靠戰爭牟利的商人。

整體而言，鼓吹黃種人優於白種人的種族論述，貫穿了整部小說。日本角色與中國角色之間的對話，往往證實此一立場。例如，甲谷試圖賣木材給富商錢石山——亦即土耳其浴店老闆娘阿柳的情夫——之時，對錢說道：「主控世界權力的中心是黃種人……下次世界大戰將不再是一場經濟戰爭，而是一場種族之爭。這就是為什麼如果中日像現在這樣繼續彼此爭吵下去，受惠最多的會是白種人。印度將被夾在中間，永無翻身之日。」[73] 諷刺的是，甲谷這番認定黃種人可以團結起來對抗白種人的理念宣傳，似乎是浪費在錢

石山身上了，因為他這個鴉片煙鬼，一到毒癮發作就失去了談話的興趣。

　　毋庸置疑，山口在上海擁有連結黃種人的亞洲主義網絡，包括印度珠寶店老闆阿穆里、流亡的印度革命家奇塔蘭詹・達斯及中共黨員李英朴。對於阿穆里，脫離英國而獨立是首要關注，他並不介意共產主義在印度勢力攀升，只要共產黨也對抗英國。當山口反駁道：「倘若未來從印度到上海的海岸線徹底落入共產黨手中，會有什麼後果？我們這些亞洲主義者將不再是對抗歐洲，而是對抗共產軍隊」，阿穆里答覆說，假使日本亞洲主義把共產主義排除在外，印度夾在日本與俄羅斯之間，處境將很困難 [74]。

　　這種對亞洲主義的對話式探討，在小說第四十三章李英朴寫給山口的信中，有後續的補充。罷工事件三天後，山口告訴甲谷，他打算出去收芳秋蘭的屍骨，即使必須冒著生命危險。萬一他死了，他希望甲谷去見阿穆里及李英朴，他們會告訴他該怎麼辦。山口離開前，給甲谷看了一封信，是李英朴在罷工那天由信差送來的，未註明回信地址。這整個場景意味著，山口與他的亞洲主義同夥們參與了國際間諜活動。信中李指出，五卅慘案並非只是中英之間的國際糾紛，而是黃種人與白種人之間盛衰的關鍵。他聲稱，黃種人與白種人是目前舉世唯一舉足輕重的兩大種族，因為白人早已征服了黑人與紅人——包括美國印地安人、東南亞的馬來人以及「非洲黑人」。他警告說：

　　　　白人正在加速他們的種族殲滅計畫；他們的帝國主義野心
　　　要到操控了整個世界才會停止……我們黃種人正瀕臨滅

絕……日本與中國擁有共同的種族與文化，注定要相互依存，宛如脣齒相依。如果中國崩潰，對日本來說必定沒有好處。因此，我們怎能繼續如往常一般，僅高舉著各自的國旗呢？[75]

因此，在橫光的描述中，中國共黨充分意識到必須與日本亞洲主義結盟，而李英朴寫信的目的是要與山口安排見面，好商量如何「結合我們的力量來拯救我們的民族」（わが民族）。信息是明確的：為了對抗白人，亞洲國家應該把國家間的分歧擱置一旁，彼此聯盟。

小說中此一故事線的發展，似乎是一貫的直截了當；要是沒有山口這名亞洲主義者兼人骨蒐集者的角色，橫光對日本亞洲主義運動所抱持的立場，就會顯而易見；至少沒有那麼微妙，或者說，問題會小得多。山口是小說中的一大難題。他是個毫無惻隱心的角色，向甲谷無情地吹噓，說一具屍體的價值等於七個俄羅斯情婦：「我向中國人購買屍體後，把它們清理乾淨。一具屍體能養活七個俄羅斯女人，七個啊！還是俄羅斯貴族呢！」[76]（小說第四章）

小說第四十二章，在一幕最令人毛骨悚然的場景中，人骨蒐集者山口的形象顯得更加負面，歷歷如繪地被描繪成食腐肉者的象徵。此時，山口把自家地下室──亦即他的骷髏製造所──展示給甲谷看。燭光點亮的地下室，陰暗發臭。從牆上垂掛的白色胸骨下方，一名中國助理正刷洗著浸泡在酒精裡的人腿。同時，一大群黑鼠正由牆角竄出爬到牆上。牠們爬進白色胸骨裡、由一個個開口爬出來，然後沿著牆壁往下爬。很顯然，山口先利用這些自古以食腐

肉為生的老鼠來清理骨頭，再讓助理完成最後步驟。甲谷大為驚異：
革命正在上頭的街道如火如荼，他卻滿腦子都是人骨生意。山口生
氣地反駁道：「這是一場中國革命，不是嗎？倒楣的是白人。如果
三不五時我們不惡搞歐洲人一下，我們永遠只是惹人厭而已，沒人
會把我們當回事。從今起，亞洲萬歲！」[77]

　　接下來的場景，亦即這一章的結束，描述了山口如何刻意指引
老鼠朝他和甲谷的方向爬過來。這整幕恐怖極了，極盡「寫實」，
有如圖畫。如果我們比較一九三一年一月連載於《改造》雜誌的原
版、及一九三五年橫光大幅修訂的書物展望社版[78]，可看出重要的
不同跡象。一九三五年的修訂版中，這一幕僅簡短如下：

> 山口走向那群老鼠，伸出手。一大群老鼠立刻無聲無息地
> 衝到地上，並朝甲谷的方向流竄而來。甲谷簡直受夠了。
> 對四周的臭氣及污穢頻頻作嘔的他，爬上梯子回到一樓，
> 手緊壓胸口。[79]

　　相較之下，無論是連載於《改造》的原版、或改造社一九三二
年初版的合訂本中，這整幕描寫鼠群爬到山口身體上，圖像逼真，
鉅細靡遺，令人憎惡至極：

> 山口走向那群老鼠，伸出手。一大群老鼠突然跌跌撞撞地
> 竄上他的身體，從膝蓋到肩膀，聚集、攀爬、翻滾後摔落、
> 又爬向他的頭。老鼠爬滿全身、像是穿了一件盔甲的他，
> 轉向甲谷：

「如何呀？想嘗試一下嗎？」

甲谷關上門，開始獨自往梯子走去。

「嘿！別逃跑呀，甲谷！裡面還有更多！在這裡面！」山口大喊。

但甲谷已經受夠了。對四周的臭氣和污穢頻頻作嘔的他，爬上梯子回到一樓，手緊壓胸口。他試著想像山口的那些俄羅斯女人，她們實際上是靠他剛才目睹的白骨所豢養的。當然，那些女人是先被革命趕出了自己的祖國。她們的臉長什麼樣子？他迫不及待想見到她們。[80]

　　《上海》連載於《改造》雜誌時，「白骨」這兩個日义漢字被審查員刪掉，以兩個 × 號註明修改處。這種出版品審查制度，常見於昭和與大正時期的日本及其殖民地；此時的日本正擴展其帝國主義勢力，同時強化在文化政策上的掌控。一九三二年版的《上海》，復原了這兩個日文漢字，但一九三五年版則大幅修改。一九三二版中，所有的假名注音（ルビ）——即註明漢字讀音的假名——都保留下來。但在橫光修訂的一九三五年版中，大部份的假名注音被刪掉；原版的第四十四章，飢餓的參木來到宮子家覓食卻徒勞無獲，整章被刪除；許多場景或多或少被簡化。被刪掉的第四十四章似乎對故事的發展毫無影響。此章僅凸顯了宮子身為摩登女郎的善變難測：參木對她的感激之情使她誤會了，因此她情慾高漲，但參木不肯和她做愛，因此她一氣之下，把他抱在懷裡的麵包揮落地上。刪掉這一幕沒有太大的差別。但是，刪掉山口讓老鼠爬滿全身、「像是穿了一件盔甲」的圖像——亞洲主義者作為食腐肉

者典型的象徵——確實淡化了亞洲主義的負面形象。

　　同樣（如非更加）值得重視的是，甲谷想像山口那些「被革命趕出自己祖國」的俄國女人由屍體的白骨所豢養的部份，也刪掉了。其他國家的革命正餵養著山口的人骨生意，使他能同時餵養五名俄羅斯貴族情婦。這呼應了第四章出現的下列文字，如前所述：「一具屍體能養活七個俄羅斯女人，七個啊！還是俄羅斯貴族呢！」小說對山口的亞洲主義者刻畫——穿著老鼠形成的「盔甲」、利用白骨生意剝削飽受內戰創傷的俄國女人卻揚揚得意——的確是對日本亞洲主義的一大控訴：從他國的痛苦中牟利。為什麼一九三五年版中，橫光會刪掉如此具有象徵意義的整個圖像呢？

　　可能是因為橫光修訂的時間點接近一九三七年爆發的中日戰爭，有必要減少小說中對此議題模棱兩可的描述，以表明對日本大東亞政策的全力支持。或許只是因為橫光想讓這一幕更簡潔，以便與全面修訂的版本同步。無論橫光是為了什麼原因刪掉這一幕，更重要的是，亞洲主義者／食腐肉者的象徵符號，竟存在於他原本的小說概念中。事實上，如果我們探討處理人骨的「寫實」層面，利用老鼠來清理骨頭是完全行不通的，因為這要花很長的時間，而且老鼠不僅吃肉，也吃易碎的小骨頭。處理人骨的標準程序，是在骨頭煮過之後，去除附在骨頭上的肌肉[81]。老鼠盔甲這幕，無疑是橫光自己想像出來的。我們應該問的是：食腐肉者的象徵，是否代表了橫光在一九二八年至一九三一年期間首次創作《上海》時，對日本大東亞政策並非全心全意地熱烈支持？面對當時針對亞洲國家的侵略戰爭，他是否有任何疑慮？難道他在之後改變了態度，因而一九三五年的修訂版，變成全力支持大東亞政策？或者只是因為他

不得不證明他是全力支持？

　　作家的戰爭責任問題，撕裂了戰後的日本文壇。左翼的《新日本文學》是新日本文學會的機關誌，於一九四六年六月號發表了小田切秀雄的文章，題為〈追究文學中之戰爭責任〉（文学における戦争責任の追求）。同年三月二十九日該會的創會典禮中，認定二十五位著名作家應負起戰爭責任罪，此文指控橫光利一是其中之一[82]。文章提到：

> 文人本應是人民的靈魂，反而變成侵略政權的傳聲筒，將人民推入戰爭。利用欺騙、諂媚的手段，他們成為統治者無恥的附庸……[83]

　　文章中，被列有罪的作家包括菊池寬、小林秀雄、林房雄、武者小路實篤、中川與一、佐藤春夫等人，幾乎囊括了所有當時高知名度的作家。

　　作家在戰時的突然轉向，是個複雜的問題。日本殖民擴張快速成長的一九三、四〇年代，橫光當然並非如此大轉向的唯一作家。白樺派領袖之一的武者小路實篤，可舉為另一重要例證。他原本反戰、反國家體制，一九一六年出版的劇作《一個青年的夢》（ある青年の夢），於一九一九年由魯迅譯成中文，啟發了許多中日無政府主義者[84]。受到托爾斯泰無產階級烏托邦社會理念的影響，武者小路於一九一八年在宮崎縣的日向市建立「新村」（新しき村），是個農場公社，所有成員共同參與日常勞動及文化創造。公社的勞力分工以個人性向及互助為基礎，目的是確保個人的獨立自由。他

認為，一旦這種生活方式普及化，將徹底改造國家、免除戰爭[85]。魯迅的弟弟周作人，於一九一九年三月撰寫「日本的新村」一文，把此理想引進中國，並廣泛引述武者小路的文章〈新村的生活〉（新しき村の生活）[86]。毛澤東在成為共產黨員之前，讀了周作人的文章，並在一九一九年十二月發表文章回應，主張在湖南建造一個新村[87]。雖然該計劃沒有付諸實現，日後中國文化大革命期間的人民公社，未始不是奠基於新村的構想。以上說明的目的是指出，像武者小路這種反國家主義者，竟然於一九四三年以一篇題為《三笑》的劇作支持日本大東亞戰爭，委實令人驚訝[88]。「三笑」，日文發音 "sanshō"，乃「三勝」之雙關語，意味日本在陸、海、空的全面勝利。

《三笑》寫作時間，是緊接一九四三年八月二十五至二十七日東京大東亞文學會第二次會議之後。這場會議是由文學報國會——情報局羽翼下的一個團體——所召開。成立於一九四二年五月二十六日的文學報國會，目的在「集結全日本文學家之總力，確立表現皇國之理想與傳統的日本文學，配合皇道文化之宣揚。」[89]在撰寫《三笑》的過程中，身為該會戲劇文學組首席的武者小路，充分傳達了「八紘一宇」的精神，這是太平洋戰爭時大東亞共榮圈的主要口號。東亞共榮圈的目的是，在日本的領導下組織東亞各國，共同站在統一陣線上與西方勢力抗衡。《三笑》第三幕中，駝背藝術家中野對盲眼詩人中村說道：

> 事實上，如果亞洲不起來團結合作，將在全球生存競爭中
> 落敗。相反地，如果亞洲整體合而為一，將成為舉世最強

大的國家。因此，英美都對此心生恐懼。正因為他們的恐
懼，我們必須履行這個理想。[90]

　　既然橫光利一原本將亞洲主義者山口刻畫為食腐肉者、藉角色
的塑造批判亞洲主義，既然武者小路在寫《一個青年的夢》時，曾
是反戰的人道主義者，我們在認定他們背負了戰爭罪責之前，難道
不該假設他們可能無辜嗎？也許在大東亞共榮運動期間，作家不得
不合作。也許潛意識裡，他們內化了日本軍事擴張的各種宣傳手法
與熱忱。他們屈從於亞洲主義的論調，究竟是出於自由意志、驕傲
或恐懼？在某種程度上，這就有如詢問一名教徒為何選擇為上帝殉
身一樣。我們永遠無法評估國家權力會扭曲人性到什麼地步，在愛
國的名義下、會產生多麼可怕的集體罪行。或許，正如鶴見俊輔所
說，作為日本思想史中的研究課題，轉向這個術語暗指「自願」轉
向的個人所承受之「屈辱」：

　　　　確實，由於「轉向」這個辭彙主要代表主導轉向的體制權
　　　　力觀點，對牽連其中的個人而言，往往帶著一種屈辱，儘
　　　　管他們是出於自願的［自發的］。[91]

　　假設橫光在轉向日本帝國主義論調時，情不自禁地感到「屈
辱」，他是否試圖在《上海》中，假借山口、參木及阿杉等人物披
露帝國主義的缺失，以澄清自己態度的轉向？身為面對體制權力的
知識分子，無論他或當時其他日本作家的良知，均有如黑暗之心，
永遠無法完全攤在陽光下。不過，即使橫光不能直接對抗意識形

態，至少在藝術的領域，以微妙的創造性轉化質疑了意識形態的正
當性。

■　參木與阿杉：迷失的日本之子

　　小說中所有日本人物，無論利用中國人或歐洲人來賺錢或享
樂，似乎或多或少在上海都「得其所哉」，只有參木與阿杉是例外。
他們總是在街上漫無目的地遊蕩，大部份時間都迷失了方向，不知
何去何從。第一章參木登場時，讀者即得知他對故鄉的思念，這種
鄉愁，以他對兩個女人的記憶作為象徵：他想念偶爾從家鄉村子裡
寄來家書的母親，以及只能輾轉從甲谷和高重（她的兄弟）那兒得
知消息的京子。故事中的日本角色，唯有參木與阿杉是日本帝國主
義擴張下的犧牲品，小說也唯有在描寫他們兩人時，才呈現角色心
理與祖國日本的聯繫，即使僅是象徵性的。小說中的日本大東亞論
述，因他們這兩個角色的受苦而遭到挫敗。

　　第一章中，我們知道參木已經十年沒有回日本了，而他在上
海的生活不盡理想：他被迫包庇盜用公款的銀行經理。雖然出於
嘲笑，甲谷總是說，參木仍對傳統日本美德——大和魂——堅信不
疑[92]。（小說第十七章）理想與現實之間的落差，使參木不斷興起
自殺的念頭，儘管他從未真正嘗試過，看起來也不會去嘗試。唯一
支撐他繼續活下去的，是時時縈繞在腦海中的母親形影。他對自己
說：「我還活著，因為我是個孝順的兒子。我的身體就是我父母的
身體，我父母的。」[93]（小說第一章）但在第九章中，他將進一步
把他的身體視為祖國的延伸。此章中，他終於憤慨地辭去銀行職務

之後，與阿杉在一家餐館用餐。在此當下，他突然意識到在殖民中國失業的自己與阿杉，如果是在祖國的話，情況將比現在更慘，因為他們不可能在日本謀生。住在中國，他們至少象徵了「愛國心的表現」（愛國心の現れとなつて）：

> 從另一個角度來看，在中國謀生的各國代表人物都像是大章魚觸手上的吸盤，為自己的祖國大量吸收當地的土貨。因此，除了俄國人之外，那些無所事事、失業、或漫無目的的人，只要在上海這個地方待著，就可視為是一種愛國心的表現。[94]

　　這裡的描述顯然是負面的：上海的外籍人士被視為「大章魚觸手上的吸盤」，企圖擄走中國土貨，好幫自己國家賺錢。但這個描繪奇妙地說服了參木，只要他留在上海，他就是在替祖國服務。他認為，「因為他在上海，他的身體所佔據的地方，就是日本的國土，不斷到處流動」（絶えず日本の領土となつて流れてゐる）：「我的身體是塊領土。我的身體，以及阿杉的身體。」[95] 在此，離散中的身體作為一個人祖國之延伸，精彩地總結了角色作為跨文化場域的概念：移動中的身體是個載體，承載了所有的記憶——透過身體而匯聚、流進流出的形形色色聲音及論述，所形成的記憶。雖然正直而心地善良，潛意識中，參木無可避免地吸收了日本的殖民思想，幾乎從未質疑過殖民思想所帶來的不公不義及苦難。相反地，故事的敘事者卻能指出參木的缺陷，甚至——就這方面而言——盲目。看到上海街頭要飯的俄國男人及賣身的俄國女人，參木心裡

想：「是他們（在俄國的俄國人）的錯，因為他們迫使自己同胞在他鄉賣身或乞討。」[96] 不過，對於自己遭受的不幸，參木卻責怪他的老闆。全知敘事者當然了然於胸，點出整個情況的諷刺意味：

> 然而，他忘了恨他的老闆與恨他的祖國是同一件事情。一旦排拒了祖國，一個身在上海的日本人唯一可做的，就是乞討及賣淫。[97]

我們可以把這段文字視為一種間接批判：日本殖民主義迫使身處異鄉的日本人陷入貧困。認為自己身處上海是為祖國服務的參木，永遠不會想到，他的祖國日本的殖民擴張應當為他的不幸負全責。身為男人，他比阿杉有辦法，很快地在高重的工廠中找到一份工作。但是，小說中最可憐的人物阿杉別無選擇，只能淪落為妓女。

在跟隨參木前往餐廳之前，阿杉被土耳其浴店的老闆娘阿柳解僱了，因為參木在阿柳勾引他時，開玩笑地表示自己對阿杉有興趣。阿杉不知自己為何被解僱，也不知往哪裡去才好，只能在街上徘徊，最後來到參木的住處，希望能再次見他一面，但他卻不在家。甲谷前來找參木，正好開門讓阿杉進屋裡。那天晚上，她被甲谷強暴，但隔天早上，當她看到參木和甲谷睡在同一張床上時，她竟然分不清楚到底是誰強暴了她。小說第五章中的此刻，她眺望窗外的運河，亦即上海的大型下水道系統，看到水上漂浮著一艘滿載煤炭的駁船，還有突出地面的鐵管，稻草、長筒襪、果皮等等流入後街兩旁滿是泥濘的下水道[98]。阿杉被刻畫成一個無助的女人，不了解自己或身邊正在發生的事情。她無意識的身體正是跨文化場域的典

型象徵，因為她的身體隨波逐流，對帶動潮流的歷史事件與論述毫無所知。她與那些浮游在運河上、毫無價值的物品，明顯互相對應。

參木感受到阿杉吸引力的「危險」，不敢再回去他的公寓。甲谷也沒有回去。小說第十五章中，阿杉沒有食物又白等了他們三天，認為他們一定是討厭她。她雖生氣，但是更覺困惑，出門到街上，一直走到河邊。當她在街上像個漫遊者般、了無方向地亂逛時，漫無目的地浮在運河上的物品又出現了，這次的影像較先前更令人沮喪：除了泥濘上靜止不動的起重機及數堆木材以外，有一艘長滿白色菌類的破船，還有一個嬰兒的屍體，單腳翹起浮在停滯不動的水泡中。她開始考慮自己是否該賣淫維生，而她終於付諸實行前，我們看到她徘徊至橋上、踏上河堤、鑽進後街小巷，繞過無數街角，直到完全迷路：「她像一根顫抖的樹枝，跌跌撞撞地走在石板路上，越來越迷失在街道牆壁的迷宮裡。燈光漸漸消失了。」[99]最後她失去意識，被身份不明的男人拖行著，終至被「吸」進黑暗中（吸ひ込まれて見えなくなつた）。

小說第四十五章的結尾，窮困飢餓的參木在暴亂中向阿杉求助。正如阿杉陷入賣淫之前徘徊於河岸邊，眺望著骯髒的運河，參木此時正在「城裡的危險區域」──上海的中國人區域──沿著運河行走。突然間他被一群男人攻擊，身體「掉落」到排水溝的糞便堆中。這當然是小說最終的象徵：在殖民理想驅使之下，無意識的漫遊者最終真的整個身體掉入臭水溝。參木歇斯底里地大笑，嘲笑自己此刻的不幸，但有經驗的讀者應該很清楚：他如今的不幸是日本的殖民野心造成的。污水的「肥料味」讓參木想起了「日本故鄉」的肥料味（この肥料の匂ひ ──此れは日本の故鄉の匂ひだ），

勾起了他對母親的思念。小說此處種種聯想，似乎意味著日本人必須抱持謙卑的態度，才能在殖民主義所造成的悲苦中得到救贖。

在前一章中，前來宮子家討食的參木最後離開了，因為參木對她毫無興趣，使她大為生氣。他因念念不忘京子而不斷拒絕女人的性愛要求，隨著故事的進展，這種喬段變得越來越荒謬可笑。在小說的最後一幕中，他終於與阿杉發生了關係。兩人的性愛，意味著他了解到兩人的共同困境及最終的救贖：自覺變得和他素來憎惡的俄國乞丐沒什麼兩樣，參木意識到，因飽受他以及其他男人「欺凌」（虐め續けていかれる）而成為妓女的阿杉和他兩人，正被無法操控的命運交織在一起──儘管不如讀者，他無法明確指出這個命運就是日本殖民主義。

參木與阿杉做愛的一整幕進行於一片漆黑中，因為當時正好停電，很可能是因為稍早暴動的關係。但是雖然他要求她點根火柴，她卻拒絕了，原因是她不想讓他看到她那張濃妝豔抹的妓女臉龐。在黑暗中做愛的情境，讓讀者想起阿杉被強暴的那晚：由於房間太暗，她無法判斷對方是甲谷還是參木。但現在，比較過後，她肯定那一晚強暴她的是甲谷。最令人不安的解讀是，這片黑暗是在暗示她的情況絕望。她知道參木不會再回來；她此刻短暫的幸福將不再重演。如果第二天，日本海軍軍團前來恢復上海的秩序，參木將可安全地離開，而她滿足中國男人骯髒慾望的日子將延續下去：「想著這種種，她攤平身體，像個已然放棄的病人，直盯著那片蔓延到整個天花板的黑暗。」[100] 整部小說在此黯然結束。

■ 從群眾到漫遊男女

　　假如參木與阿杉可視為橫光利一《上海》中典型的漫遊男女，他們與小說中的人群——始終沒有臉孔、身份不明的群眾——之間的聯繫及對照，是多方面而令人不安的。作為一個群體，群眾龐大可怖，或象徵革命的力量，或象徵女人的商品化。然而，群眾當中的個體，一旦孤立出來，就可能成為一名漫遊男子或漫遊女子，立時失去使群眾轉化為可怖實體的集體匿名性。身為無助的個體，他們是被遺棄的靈魂，因殖民擴張或革命所造成的社會不公及離散而貧困潦倒，獨處異鄉無家可歸。參木既失業又先後向宮子及阿杉討食，就某種程度而言，他與故事中經常出沒上海街頭的中國或俄國乞丐沒什麼兩樣。賣淫維生的阿杉，只不過是小說所迷戀的妓女群當中的一個。小說中的外國人物，反映了為貿易、生活、避難、宣教、革命或其他各種理由湧入上海的外國人。他們來到上海，或許像奧加一樣，是為了逃離自己國家的革命；或許像阿穆里一樣，是為了把革命事業擴張到中國；又或許像山口及那些歐美生意人一樣，隨著帝國主義的侵略來尋求財富。對現實中的歷史人物來說，的確也是如此；在本書第一章中，我們已經看到劉吶鷗如何把上海視為應許之地，因為他在殖民地台灣發展文學生涯的機會有限。

　　此處，我想提出一個問題：當時進出上海及中國的流動人口，是否導因於國民黨政權的「開放統治」(open governance)，一如馮客 (Frank Dikötter) 在二〇〇八年的論著《開放的時代：毛澤東之前的中國》(*The Age of Openness: China Before Mao*)[101] 中所主張？晚清因迫於國際不平等條約而開放邊界，而基本上是專制政權的國

民政府，根本就無力有效管制邊境，因為內戰及中國境內的國際權力鬥爭，使它的政權日益衰弱。唯有一個強而有力的中央政府，如早期台灣的國民黨政權，才能在一九八七年之前維持嚴格的邊境控管；又如毛澤東政權，才能在「解放」之後突然關閉中國的邊境。一個軟弱無能的中央政府，如一九四九年之前的國民政府，頂多只能維持現狀而已——還是全虧了從晚清繼承下來的健全行政體系。

作為一個通商口岸，上海繼晚清之後，長期被迫開放給大量流動的歐洲人、美國人、印度人、日本人等等。這種人口蜂湧而入（及湧出）的現象，在國民政府時期一直延續著。當馮客斷然漠視國民政府的「開放」因素時——包括統治力薄弱、革命、帝國主義等等，他所謂的「開放邊界」及「開放統治」等美麗幻象，只說出故事的片面——國民政府統治下，不斷流通的思想、人物及貨品，是中國或舉世任何文學及歷史研究者都不會忽略的史實。很顯然，馮客的立場是修正主義的[102]；他企圖質疑「常識」與「偏見」中認定的事實：國民政府是一個「既軟弱又腐敗的中央政府」。然而，他自己的偏見——亦即國民政府的「開放統治」有「民主統治」傾向——卻落入了陷阱，為了既定綱領而選擇性地使用史料。他忽視了許多事實，包括國民黨特務的暗殺行動、未經審判而處決共產黨人士、以及當時中央政府主導的檢查制度。如眾所周知，所謂的開放邊界與開放統治（或民主），絕非同義詞。

在橫光的小說中，邊界的開放帶來了漫遊男女。如果我們以舞台上的角色身體來比喻跨文化場域，他們的身體便是印記了跨文化記憶的場域[103]。他們的身體只不過是各方訊息匯聚和流進、流出的容器罷了，一如故事中描述的奧加、阿杉及參木的身體。試想像他

們身體的形象：奧加搜尋記憶，卻無法理解蘇聯革命、以及她橫跨大陸旅程——從莫斯科、西伯利亞到哈爾濱，最後落腳於上海——的意義；她背負著悲慘回憶重擔的身體，總是被癲癇病徹底擊垮。相對於那些漂浮在運河上的物品，阿杉沿著運河岸邊遊蕩徘徊，迷失在後街巷弄的迷宮裡；她的身體最終被拖入黑暗之中。認為自己的身體「永遠是日本的國土，不斷到處流動」的參木，真的整個身體仰面掉入中國人區域的下水溝中。他們只能在論述與歷史事件的交匯中隨波逐流，沒有任何理解或改變現狀的能動性。

　　相對地，在接下來的兩章中討論的文化翻譯者，如同目前為止我們分析過的劉吶鷗、穆時英、橫光利一等人，可以比喻為在跨文化場域中具有高度自覺的演員。我們將可見證，他們清楚意識到自己正身處門檻，隨時準備去挑戰相互競逐的各種體制之極限。在各體制交匯的跨文化空間，透過汲取形形色色的資訊，他們正成功地從事創造性轉化，創造趨勢。

註解

1 橫光利一：《上海》（東京：改造文庫，1932 年），頁 4。這是小説單行本的初版。
筆者使用此版本並註明章節編號。後來的版本或多或少均曾修訂，章節編號可能不同。
英譯本請參照 Dennis Washburn, *Shanghai: A Novel* (Ann Arbor, Michigan: University of
Michigan Press, 2001), p.3. Washburn 的英譯本根據講談社一九九一年的文藝文庫版。
此一版本，如同收錄於《定本橫光利一全集》（東京：河出書房，1981 年）裡的版本，
為校訂本。Washburn 將「定本」譯成 original texts（原版，日文為「底本」）。參考
Dennis Washburn, *Shanghai: A Novel*, p.239. 事實上，「定本」的日文發音與「底本」
相同，而「定本」意指參考各種版本修訂後的最終版本。筆者所使用的改造文庫初版，
保留了《改造》雜誌中連載的戰前假名用法及假名注音（在日文漢字旁標示假名以註
明其發音）。在文藝文庫版中，第二十九章與第三十二章位置是顛倒的。欲進一步了
解小説的不同版本，請參見本章後續探討。筆者翻譯時參考 Dennis Washburn 的英譯
本，必要時予以修訂。
2 有關五卅運動，請參考小田桐弘子：《橫光利一：比較文学的研究》（東京：南窗社，
1980 年），頁 116-134。
3 Cf. Seiji Lippit, *Topographies of Japanese Modernism* (New York: Columbia University
Press, 2002), p.75. Lippit 分析橫光利一的〈青い大尉〉（蒼白的大尉），故事中，在韓
國的韓籍及中國籍癱君子被描寫成窮困潦倒，「毫無能動性」。但在《上海》中，不
僅是半殖民地中國的下層階級失去人的能動性，處於社會底層的所有各國人，包括日
本人以及其他外籍人士，都了無能動性，充其量只是隨殖民主義的擴張與跨文化潮流
而漂泊的人物。
4 橫光利一：《上海》，頁 1。
5 同前註。
6 此時期描寫中國的日本作品，包括芥川龍之介的《支那游記》。他是鼓勵橫光於
一九二八年造訪上海的人。橫光曾與穆時英有過直接接觸，於一九三九年六月穆時英
逝世後，寫文章紀念他。參考橫光利一：〈穆時英氏の死〉，《文學界》，第 7 期（1940
年 9 月），頁 174-175。有關此議題，參考本章稍後的討論以及 Shu-mei Shih, *The
Lure of the Modern: Writing Modernism in Semicolonial China, 1917-1937*, pp.16-30.
7 橫光利一：〈支那海〉，《定本橫光利一全集》，第 13 卷，頁 439。Washburn 將「都
市國家」譯為 city（都市）。參考 Dennis Washburn, *Shanghai: A Novel*, p.228。筆者認
為「都市國家」的觀念，將上海視為中國境內由多國組成的現代獨立大都會，對橫光
而言有重要意義。

8 André Malraux, *La condition humaine*《人類的命運》(Paris：Gallimard, 1933), 209th edn, pp.9-12。英文翻譯請參考 Haakon M. Chevalier, trans., *Man's Fate* (New York: The Modern Library, 1961), pp.1-3。

9 Malraux, pp.32-33; Chevalier, pp.28-29. 筆者參閱 Chevalier 的翻譯，必要時予以修訂。

10 橫光利一：《上海》，頁 65-66；Dennis Washburn, *Shanghai: A Novel*, p.48。

11 Cf. Shu-mei Shih, *The Lure of the Modern: Writing Modernism in Semicolonial China, 1917-1937*, p.29. 史書美討論穆時英死後，橫光利一紀念穆的文章。據她分析，由這篇文章「我們可一窺中日新感覺派的分歧，日本新感覺派轉向為帝國主義政權服務。」但如從歷史背景脈絡詳細閱讀橫光此文，會得到不同的結論——如同橫光一樣，穆時英本人也未能專注於藝術的自律，他並未脫離民族主義、帝國主義及殖民政治等的糾結；他過世前一年造訪日本，即出於日本大東亞運動的動員。

12 橫光利一：〈穆時英氏の死〉，《定本橫光利一全集》，第 14 卷，頁 250-251。

13 如本書第一章註 12 所提到，日本政府於一九三八年十二月設立興亞會，其目的為掌管中國境內佔領之地區。參考〈大東亞共榮圈確立〉，《東京朝日・夕刊》（1940 年 8 月 2 日）。

14 有關穆時英一生紀事，請參考李今：〈穆時英年譜簡編〉，《中國現代文學研究叢刊》，第 6 卷（2005 年），頁 237-268。

15 同前註。

16 此段英文翻譯請參考 Shu-mei Shih, *The Lure of the Modern: Writing Modernism in Semicolonial China,* 1917-1937, p.29. 史書美對日文原文的解釋，與筆者稍有不同。

17 橫光利一：〈新感覺論〉，《定本橫光利一全集》，第 13 卷，頁 75-82。Washburn 翻譯了這篇文章的一部份，收錄於其《上海》英譯本的〈譯者後記〉(Translator's Postscript)，頁 222-223。他將「構成派」譯成 Structuralism（日文應為「構造派」），而將「如實派」譯成 Surrealism（日文應為「超現實派」）。構成派為約於一九一九年至一九三四年之間，發生在俄國及德國的一個藝術及建築運動，後來被社會現實主義取代。此派致力於藝術的革命或社會意圖，摒棄了「純藝術」，提倡藝術之陌生化，以攝影蒙太奇 (photomontage) 及大量複製的圖像設計著稱。此派藝術家包括塔特林 (Vladimir Tatlin)、馬雅可夫斯基 (Vladimire Mayakovsky)、波波瓦 (Lyubov Popova)、史帖帕洛瓦 (Vavara Stepanova)、葛羅茲 (George Grosz) 以及哈特菲爾德 (John Heartfield)。筆者截至目前為止尚未找到有關「如實派」的資料，可能意指盧米埃兄弟 (the Lumière brothers, Auguste Marie Louis Nicholas and Louis Jean Lumières) 於一八九五年所拍攝的如實電影 (actuality film)。這種電影拍得比現實還逼真，對通俗

文化產生立即且重大的影響。例如，在《火車進站》(*Arrival of A Train in a Station*) 中，火車迎面急駛而來的一幕，往往使得觀眾恐懼尖叫。如實電影是紀錄片的先驅，並被公認為電影商業化的起點。

18 橫光利一：〈新感覺論〉，頁 80。

19 同前註。

20 有關橫光作品中所論及之外國作家一覽表，請參考小田桐弘子：《橫光利一：比較文學的研究》，頁 7-21。

21 早在一八八九年，中島力造於耶魯大學完成他的博士論文，標題為 "Kant's Doctrine of the 'Thing-in-Itself.'" 他在英國及德國短期留學後，於次年返回日本，之後在東京帝國大學 授倫理學。

22 此段的英文翻譯，請參見 Washburn, *Shanghai: A Novel*, p.223. 他將「物自體」一詞譯為 object（物體），完全無法傳遞橫光文本對康德的 Ding an sich (thing-in-itself) 概念的呼應。此辭彙中文亦翻譯為「物自身」。

23 Cf. Oscar W. Miller, *The Kantian Thing-in-Itself or the Creative Mind* (New York: Philosophical Library, 1956), p.20. 此書的評論豐富周詳，探討康德的物自體如何源自早期希臘哲學家、柏拉圖與洛克，如何受到當代哲學家如叔本華等批判，之後又被後代哲學家批判轉化，如柏格森的《創造進化論》(Evolution créatrice)。

24 橫光利一：〈新感覺論〉，頁 81。

25 Lippit 認為，「猶如他們的派別名稱所暗示，新感覺派作品強調的是對肉體感覺的刻畫，而不是對現象的思考或知識性領悟。」但如本章討論所示，筆者對橫光新感覺論的分析，有不同的結論。參考 Seiji M. Lippit, "A Melancolic Nationalism: Yokomitsu Riichi and the Aesthetic of Cultural Mourning," in Dick Stegewerns, ed. *Nationalism and Internationalism in Imperial Japan* (London and New York: Routledge Curzon, 2003), pp.228-246.

26 橫光利一：〈新感覺論〉，頁 76。

27 同前註，頁 80。

28 參考西田幾多郎：〈認識論における純論理派の主張について〉（論認識論中的純理論派主張），收入上山春平編：《西田幾多郎》（東京：中央公論社，1970 年），頁 234-251。

29 西田幾多郎：〈種々の世界〉（大千世界），收入上山春平編：《西田幾多郎》，頁 264-273。

30 同前註，頁 272。

31 關於西田幾多郎「直接經驗」及「虛無之場所」等哲理的討論，請參考上山春平：〈絕無の探究〉，收於《西田幾多郎》，頁 7-85。中文討論請參考吳汝鈞：《京都學派哲學七講》（台北：文津出版社，1998 年）；黃文宏：〈西田幾多郎論「實在」與「經驗」〉，《臺灣東亞文明 究學刊》，第 3 卷第 2 期（2006 年 12 月），頁 61-90。

32 西田幾多郎：〈種々の世界〉，頁 272。

33 參考西田幾多郎：《自覺における直観と反省》（自覺中的直觀與反省），收入上山春平編：《西田幾多郎》，頁 276-282。

34 參考 Washburn, *Shanghai: A Novel*, p.223。

35 主要的四大範疇為分量、性質、關係與樣態，而每一範疇各分為三種判斷形式。

36 橫光利一：〈新感覺論〉，頁 77。

37 Cf. Michael Ruse, *The Evolution-Creation Struggle* (Cambridge, Mass.: Harvard University Press, 2005).

38 橫光利一：《上海》，頁 110；Dennis Washburn, *Shanghai: A Novel*, p.80。

39 橫光利一：《上海》，頁 31；Dennis Washburn, *Shanghai: A Novel*, p.22。

40 橫光利一：《上海》，頁 32-33；Dennis Washburn, *Shanghai: A Novel*, p.22。

41 橫光利一：《上海》，頁 69；Dennis Washburn, *Shanghai: A Novel*, p.50。

42 同前註。

43 橫光利一：《上海》，頁 115；Dennis Washburn, *Shanghai: A Novel*, p.84。

44 橫光利一：《上海》，頁 95-96；Dennis Washburn, *Shanghai: A Novel*, p.69。

45 Lippit 將參木視為小說中典型的唐吉訶德，起初「只陷在自己的幻影世界中」、之後「逐漸意識到自己人格的分裂」，分析精細。請參考 Seiji Lippit, *Topographies of Japanese Modernism*, p.100. 但筆者的分析不同；我認為參木的身心的確集合了各種論述，但是並未意識到自己人格的分裂，正如小說敘事者的心理敘事所暗示：「然而，他忘了恨他的老闆與恨他的祖國是同一件事情。」

46 橫光利一：《上海》，頁 120；Dennis Washburn, *Shanghai: A Novel*, p.87。

47 橫光利一：《上海》，頁 172；Dennis Washburn, *Shanghai: A Novel*, p.123。

48 橫光利一：《上海》，頁 22。

49 橫光利一：《上海》，頁 78；Dennis Washburn, *Shanghai: A Novel*, p.56。

50 橫光利一：《上海》，頁 279；Dennis Washburn, *Shanghai: A Novel*, p.197。

51 橫光利一：《上海》，頁 79-86。

52 橫光利一：《上海》，頁 76；Dennis Washburn, *Shanghai: A Novel*, p.55。

53 橫光利一：《上海》，頁 81；Dennis Washburn, *Shanghai: A Novel*, p.58。

54 橫光利一：《上海》，頁 278；Dennis Washburn, *Shanghai: A Novel*, p.197。

55 橫光利一：《上海》，頁 79；Dennis Washburn, *Shanghai: A Novel*, p.57。

56 橫光利一：《上海》，頁 279；Dennis Washburn, *Shanghai: A Novel*, p.198。

57 橫光利一：《上海》，頁 283；Dennis Washburn, *Shanghai: A Novel*, p.200。

58 橫光利一：《上海》，頁 23。在一九三二年的改造版中，女革命家芳秋蘭的名字唸作 "Hō Shūran"，如假名所註明的日文漢字發音。然而，Washburn 用的是她名字的中文拼音 Fang Qiulan。

59 橫光利一：《上海》，頁 32；Dennis Washburn, *Shanghai: A Novel*, p.22。

60 橫光利一：《上海》，頁 104；Dennis Washburn, *Shanghai: A Novel*, p.76。

61 橫光利一：《上海》，頁 126。

62 橫光利一：《上海》，頁 126；Dennis Washburn, *Shanghai: A Novel*, p.91-92。

63 橫光利一：《上海》，頁 127；Dennis Washburn, *Shanghai: A Novel*, p.92。

64 橫光利一：《上海》，頁 129-130。

65 橫光利一：《上海》，頁 132；Dennis Washburn, *Shanghai: A Novel*, p.96。

66 橫光利一：《上海》，頁 140；Dennis Washburn, *Shanghai: A Novel*, p.101。

67 福澤諭吉：〈脫亞論〉，《時事新報》（1885 年 3 月 16 日）。

68 Ernest Fenollosa 芬諾洛　出生於美國小鎮塞勒姆 (Salem)，一八七九年應邀到東京帝國大學。他原本受邀前來教授哲學，卻成為日本藝術史專家，在西化嚴重影響日本的時候，教導日本人重視自己的傳統藝術。一八八二年，他在貴族藝術俱樂部的開幕典禮上發表演說，譴責上層階級放棄了自己的國寶 (national treasures)。他後來被任命為文部省圖畫教育調查會委員，從事文化財的保護工作。從一八九〇至一八九六年，他擔任波士頓美術館東方藝術部的館長。過世後，他的文章收集成冊，書名為 *The Epoch of Chinese and Japanese Art* (London: William Heinemann, 1913)。日文版出版於 一九二一年。Cf. Van Wyck Brooks, "Earnest Fenollosa and Japan," *Proceedings of the American Philosophical Society* 106.2 (30 April 1962): 106-110.

69 Okakura Kakuz（岡倉覺三或岡倉天心），*The Ideals of the East with Special Reference to the Art of Japan* (London: John Murray, 1904), 2nd edn.

70 子安宣邦：《「アジア」はどう語られてきたか：近代日本のオリエンタリズム》（東亞論：日本現代思想批判；東京：藤原書店，2003 年），頁 83-147。

71 參考纐纈厚：〈台灣出兵の位置と帝國日本の成立〉（台灣出兵的立場與日本帝國的成立），《植民地文化研究：資料と分析》，第 4 卷（2005 年 7 月），頁 25-33。作者認為，日本是在「華夷秩序からの脱卻と萬國公法秩序への參入」（脱離華夷秩序、進入萬國公法秩序）的框架下，進行台灣侵略以及整頓殖民拓展。

72 關於大東亞共榮圈之創立與目標的概述，請參考藤井佑介：〈統治の秘法—文化建設とは何か？〉（統治的秘辛：何謂文化建設？），收入池田浩士：《大東亜共栄圏の文化建設》（京都：人文書院，2007 年），頁 11-73。

73 橫光利一：《上海》，頁 167；Dennis Washburn, *Shanghai: A Novel*, p.119。

74 橫光利一：《上海》，頁 191；Dennis Washburn, *Shanghai: A Novel*, p.135。

75 橫光利一：《上海》，頁 269-270；Dennis Washburn, *Shanghai: A Novel*, p.192。

76 橫光利一：《上海》，頁 23；Dennis Washburn, *Shanghai: A Novel*, p.17。

77 橫光利一：《上海》，頁 263；Dennis Washburn, *Shanghai: A Novel*, p.188。

78 評論家已論及《上海》的各種版本與其修訂內容。改造社於一九三二年首次出版單行本，一共四十五章。第三十二章（原先《改造》連載版所無）首次發表於一九三二年六月的《文學クオータリー》（文學季刊），也就是改造社出單行本的前一個月。一九三二年版經橫光親自修訂，於一九三五年由書物展望社出版，新版刪去了原先的第四十四章。參考井上謙：《橫光利一：評伝と研究》（東京：おうふう，1994 年），頁 227-247。連載於《改造》及《文學季刊》的八篇影印本，重印於井上聰：《橫光利一と中國：『上海』の構成と五‧三〇事件》（東京：翰林書店，2006 年），頁 14-164。本書以橫光利一之子橫光佑典的序文為始，並比較連載版與一九三五年修訂版對五卅運動的描述。根據 Seiji Lippit，「一九三五年版的主要價值，在於宣告橫光現代主義的終結。」參考 Seiji Lippit, *Topographies of Japanese Modernism*, p.248。但如同筆者此處所述，一九三五年版的修訂十分重要，攸關橫光對日本帝國主義所抱持的曖昧態度。

79 橫光利一：《上海》，（東京：書物展望社，1935 年），頁 297-298。

80 橫光利一：《上海》，（東京：改造文庫，1932 年），頁 264；Dennis Washburn, *Shanghai: A Novel*, p.188。這一幕在一九三二年的單行本與一九三一年的連載版中是相同的。關於後者，請參考井上聰：《橫光利一と中國：『上海』の構成と五‧三〇事件》，頁 134-135。

81 參考 Stanley Rhine, *Bone Voyage: A Journey in Forensic Anthropology* (Albuquerque: University of Mexico Press, 1998), pp.204-209，標題為 "Skeletal Preparation" 的段落。

雖然法醫人類學家通常説「煮沸」(boil) 骨頭，他們實際上指的是「慢火燉煮」(simmer) 骨頭：「將骨頭煮沸來煮湯是很好的，但卻不利於製作骷髏。」（頁 206）

82 Victor Koschmann, "Victimization and the Writerly Subject: Writers' War Responsibility in Early Postwar Japan," *Tamkang Review*, 26.1-2: 61-75；小田切秀雄：〈文学における戦争責任の追求〉（追究文學中之戰爭責任），臼井吉見和大久保典夫合編：《後文學論爭》（東京：番町書房，1972 年）第 1 卷，頁 115-117。

83 小田切秀雄：〈文学における戦争責任の追求〉（追究文學中之戰爭責任），頁 115。

84 此作啓發了中國作家孫俍工的劇本，題為《續一個青年的夢》，其寫作時間為一九三一年九月十八日，日軍襲擊東北的中國駐軍之後。

85 雖然武者小路於一九二四年離開新村以追求文學生涯，他仍是「村外會員」，並繼續支付會費。由於木城町當時正在興建水壩，新村於一九三九年搬遷到埼玉縣的毛呂山町，至今依然存在。有關新村的哲理，請參考武者小路實篤：《新しき村の生活》（新村的生活）及其他作品，收入《武者小路實篤全集》（東京：小學館，1987-1991 年），第 4 卷。

86 周作人：〈日本的新村〉，《新青年》，第 6 卷第 3 期，頁 266-277。

87 毛澤東發表一篇文章，題為〈學生之工作〉，收入《湖南教育月刊》，第 1 卷第 2 期（1919 年 12 月 1 日）。他主張在長沙的嶽麓山中建立「新村」，同時進行家庭生活、教育及社會的改革。他寫道：「俄羅斯之青年，為傳播其社會主義，多入農村與農民雜處。日本之青年，近來盛行所謂『新村運動』。美國及其屬地菲律賓，亦有『工讀主義』之流行。吾國留學生效之，在美則有『工讀會』，在法則有『勤工儉學會』。」參考毛澤東：〈學生之工作〉，收入《毛澤東早期文稿》（長沙：湖南出版社，1995 年），頁 449-457。

88 有關武者小路實篤的政治轉向之詳細分析，請參考董炳月：《國民作家的立場：中日現代文學關係研究》（北京：三聯書店，2006 年），頁 77-122。

89 同前註，頁 114。

90 武者小路實篤：《三笑》，收入《武者小路實篤全集》（東京：小學館，1988 年），第 14 卷，頁 331。

91 鶴見俊輔：〈転向の共同研究について〉（轉向的共同研究），收入思想の科學研究会編：《轉向》（東京：平凡社，1967 年），第 1 卷，頁 1-27。關於戰爭期間「轉向」一詞的歷史概述，請參考同作者的《戰時期日本の精神史，1931-1945》（東京：岩波書店，1991 [1982] 年）。

92 橫光利一：《上海》，頁 98；Dennis Washburn, *Shanghai: A Novel*, p.71。

93 橫光利一：《上海》，頁 7；Dennis Washburn, *Shanghai: A Novel*, p.5。

94 橫光利一：《上海》，頁 61；Dennis Washburn, *Shanghai: A Novel*, p.44，經筆者修改。

95 橫光利一：《上海》，頁 61；Dennis Washburn, *Shanghai: A Novel*, p.45。

96 橫光利一：《上海》，頁 61-62；Dennis Washburn, *Shanghai: A Novel*, p.45。

97 橫光利一：《上海》，頁 62；Dennis Washburn, *Shanghai: A Novel*, p.45。

98 橫光利一：《上海》，頁 44；Dennis Washburn, *Shanghai: A Novel*, p.30-31。

99 橫光利一：《上海》，頁 89；Dennis Washburn, *Shanghai: A Novel*, p.64。

100 橫光利一：《上海》，頁 310；Dennis Washburn, *Shanghai: A Novel*, p.217。

101 Frank Dikötter, *The Age of Openness: China Before Mao* (Hong Kong: Hong Kong University Press, 2008).

102 Cf. Elizabeth J. Perry, "Reclaiming the Chinese Revolution," *The Journal of Asian Studies* 67.4 (November 2008): 1147-1164. Perry 指出，近年來歷史研究傾向於「把信心建立在市場及法庭等體制內，寧以『民主轉型』──而非社會革命──作為政治進步的途徑……如今我們恐懼過去革命無端的暴力，把未來的希望寄託於自由民主的改革。但是，這種譴責革命的態度是最近幾年才發生的現象。」

103 Diana Taylor, *The Archive and the Repertoire: Performing Cultural Memory in the Americas,* pp.79-86.

四

一個旅行的文本：《昆蟲記》
(*Souvenirs entomologiques*)

雄的龍蝨的兩爪是生有吸盤的，抱住了雌的
龍蝨的身體數日不放。
被雌的螳螂抱住了吞食的雄螳螂雖頃刻即有
生命之危亦不掙脫。
觸覺所生之快感之於兩性，是如此如此。

——鷗外・鷗

■ 譯者的個人能動性

本章由一九三四年上海新感覺派的一篇「掌篇小說」談起。透過這篇作品的分析,筆者試圖闡釋一個文學次文類跨越歐亞邊境後,在中國如何被挪用來嘲諷當時的科學主義風潮及現代性迷思,呈現出與其日本及法國原型大異其趣的特色。

上海「掌篇小說」的典型敘事者,多半是一位覷覦美色的男性,第二章已詳述之。本章要分析的作品是香港作家鷗外·鷗 (1911-1995) 的〈研究觸角的三個人〉,主題雖是新感覺派作品典型的男歡女愛情節,卻以戲仿的口吻,將昆蟲行為比擬為人類的求愛行為。然而,故事的意義不止於詼諧逗趣。雖然文中並未提及任何書名或人名,它影射的是法國科學家法布耳 (Jean-Henrie Fabre, 1823-1915) 的《昆蟲記》(*Souvenirs entomologiques: étude sur l'instinct et les mœurs des insectes*;1879-1907),一共十冊。一九二〇年代,這部書因魯迅 (1881-1936) 大力推介而聞名中國。魯迅不通法文,他所閱讀的是大杉榮 (1885-1923) 及椎名其二 (1887-1962) 翻譯的日文版,兩人皆是日本大正時期的無政府主義者。

本章嘗試探討的相關問題如下:為何法布耳的作品會吸引無政府主義者?他們選擇翻譯法布耳,是否因為他似乎與無政府主義的綱領若合符節?魯迅借用法布耳作品來評論中國的國民性時,是否理解科學對無政府主義者的特殊意涵?鷗外·鷗在挪揄魯迅一類的知識份子時,是否了解法布耳作品的複雜意義,是否知悉當時他與達爾文關於演化論甚囂塵上的辯論?本章探討一九二〇、三〇年代文本及思潮跨越歐亞旅行的脈絡,嘗試理解文本與思潮在旅行過程

中，有何變與不變？哪些價值獲得確立？又有哪些被揚棄？更重要的，無論是否有任何「誤解」或「誤譯」，在傳播的過程中，原本毫不相干的個人及概念，由於《昆蟲記》這一個旅行的文本而發生聯繫。鷗外‧鷗對當時中國昆蟲崇拜現象的嘲弄，可能並不表示他對這一連串歐亞聯繫的關鍵有全盤掌握，但是充分顯示：他身為文化翻譯者及跨文化現代主義者，生動捕捉到通俗記憶如何反映此現象，而將之轉化為文學作品，成為這一連串整體事件的環節之一。

　　如同班雅明在〈譯者的任務〉(The Task of a Translator) 中所說，意義是不斷流動的，直至達到「純語言」(pure language) 的境界；文本在跨越語言藩籬後，在新的語言文化中獲得新生 (afterlife)[1]。然而，班雅明執迷於純語言的玄學概念，卻並未充分說明，文本的意義跨越語言後，為何會轉化？許多後結構主義翻譯理論家承襲了班雅明強調的語言「不可翻譯」(untranslatability) 或「不可共量」(incommensurability) 概念，從知識論的角度來探討這個問題。知識的傳播無法超越文化的限制和傳統；「接受文化」本身的需求和限制，使得「外來文本」的意義不得不產生變化。在探討二十世紀初《昆蟲記》在歐亞的旅行時，筆者想探討的問題是：為何某些文本會受青睞，在某一個特定的歷史時刻，有機會進入新的語言及文化？譯者、或有意識的知識傳播者，為了藉外來概念來改革本國文化傳統，可能選擇某些特定文本。但這些外來知識一旦進入新的語言與新的文化，可能因譯者或傳播者本身的文化綱領 (cultural agenda) 而不得不產生轉化。因此，本章強調的是譯者或「接受文化」的能動性或主動性 (agency)；選擇、詮釋及傳播外來文本時，這種能動性扮演了關鍵的角色。

■ 三位摩登青年與愛情的科學

　　上海新感覺派作家使用科學詞彙或概念來描述男歡女愛時，多半斷章取義，以戲謔的口吻在行文中對這些辭彙或概念大事嘲諷。本章以鷗外‧鷗於一九三四年發表在《婦人畫報》上的「掌篇小說」〈研究觸角的三個人〉為例，做進一步說明。鷗外‧鷗原名李宗大，一九二五年從香港移居至廣東，一九三○年代又回港工作[2]。後來，受到日本作家森鷗外的影響，以鷗外‧鷗的筆名在文壇嶄露頭角，成為當時香港新文學的第一代寫手。文章除發表於香港的文學期刊，亦見於上海的文學期刊，例如《現代》及《婦人畫報》。一九一四年，日軍入侵，香港淪陷，他旋即赴桂林避難，直到一九八八年才又回港。據說他深受日本大正時期詩人堀口大學的影響[3]。堀口是大正時期文學雜誌《明星》及《假面》文人圈的一員，以保羅‧穆航日譯第一人而聞名。有關於此，本書第二章已詳談。

　　《婦人畫報》是三○年代上海新感覺派的發聲園地，鷗外‧鷗的作品經常在上面出現。他的風格多變，語法結構獨特，經常隨意借用日文漢字，行文中充滿浪蕩子對女性的說教口吻。他的獨特文風吸引了上海文壇的注目。在〈研究觸角的三個人〉中，他以昆蟲的行為科學來詮釋人類的求愛行為。小說剛開始嘲笑的似乎是人的行為舉止。仔細閱讀後，讀者難免自問：作者在故事中為何如此強調昆蟲行為？或問：究竟故事的重點是昆蟲行為，還是把昆蟲行為與人類行為相類比的人士？

　　必須知道故事的發展，才能妥善回答上述問題。根據小說的敘事者，故事中的三個主角 A、B 和 C 都是「大學生徒」（意指大

學生）。這個辭彙是從日文漢字直接借用而來。但是發音為 seito 的「生徒」，在日文漢字中指中學生，而發音為 gakusei 的「學生」才是大學生。可是在中文裡，「學生」可以指稱小學生、中學生甚至是大學生。不知道作者混合使用「大學生徒」一詞是無心之過，還是刻意的揶揄，以之嘲弄故事中三個自許前衛的大情聖，過度熱衷科學及性愛，卻不幸在兩方面都只得到皮毛知識。他們是新感覺派作品中典型的摩登青年，熱衷追求任何時髦的事物。科學知識乃進步的象徵，他們當然更是趨之若鶩。

敘事者告訴我們，三位摩登青年正在進行一項獨立研究，探討觸覺在兩性關係中的重要性。故事的開頭即顯示，科學是小說嘲弄的對象。故事以「同性相斥、異性相吸」的老生常談起首，有如科學定理中的前提。接著，為了描述兩性之間的致命吸引力，敘事者舉出一個類科學的比喻，以資說明。他說道：「異性相接近，則經過了磁石山的鋼甲汽船也會不顧全船人性命的委託，而被吸進去海底變為永遠的潛艇」。以磁石山、鋼甲汽船及潛艇的意象來描寫人的愛欲，似乎南轅北轍，卻不由讓人對西方科技肅然起敬。黃浦灘頭巨大的遠洋船隻日進日出，是上海的日常景觀。上海新感覺派的作家喜歡在作品中使用汽船的意象，也就不足為奇了。

接下來，敘事者以昆蟲行為做為例子，進一步描述兩性間的吸引力：

> 雄的龍虱的兩爪是生有吸盤的，吸抱住了雌的龍虱的身體數日不放。
> 被雌的螳螂抓抱住了吞食的雄螳螂雖頃刻即有生命之危亦

不掙脫。

觸覺所生之快感之於兩性，是如此如此[4]。

　　以雌螳螂來比喻禍水紅顏，似乎是一九三○年代上海司空見慣的說法。郭建英一九三四年一月在《時代漫畫》發表了一幅漫畫，題為〈黑、紅、忍殘性與女性〉。畫中正在吞食雄螳螂的雌螳螂，與畫面中間幾近全裸的摩登女郎相對應。左邊複製的影像，是出身美國的黑人綜藝舞星喬瑟芬・貝克 (Josephine Baker, 1906-1975)，以曝露的香蕉裙舞台裝扮，聞名於一九二○年代的巴黎[5]，第二章已論及。畫面右邊是一名印地安女性。這幾位女性——黑人、黃種人、紅種人——都和雌螳螂有關連，原因是在性愛完事後，她們對男人的殘酷[6]。回到鷗外的故事，其中一切有關龍虱或是螳螂的交配行為皆為真實現象，任何自然科學的教科書上皆可讀到類似的描述。問題在於：我們如何得知昆蟲行為中有無「觸覺所生之快感」？無疑，這不過是將人類自身的心理投射在昆蟲行為當中，正是法布耳《昆蟲記》論述時明顯的傾向。

　　眾所皆知，演化論輸入中日兩國後，自然科學史 (natural history) 便廣為流行[7]。自然科學史作為一門科學研究領域在中國的發展史，雖值得追究，但不是本文探討的重點。筆者感興趣的是，這門自西方引進的科學如何刺激一般大眾的想像，一方面制約他們對自己生命的理解，一方面又使他們對自身所處的世界產生全新的詮釋——此處我們看見它影響及新感覺派一類都會人的兩性情愛觀。這篇掌篇小說的敘事者即援引自然科學史的例子，來說明故事中的三名摩登青年，如何透過觸覺把昆蟲與人類行為連結起來。

黑·红·忍残性与女性　郭建英作

时代漫画 10

黑、紅、忍殘性與女性

接著，從人類性愛時相互交纏的軀體，三名摩登青年推論：人類身上也有「吸盤」，但只不過是「形而上」的（意指想像的）吸盤。此外，他們還認為人類比昆蟲高招，吸盤不只存在「兩爪」上，而是遍佈全身，其中當然以位於雙手及嘴巴的吸盤吸力最強。以昆蟲行為做證據，這三名摩登青年相信，兩性之間的吸引力主要來自觸覺，並認為觸覺具有獨立研究價值，應當成立為一門科學領域。

　　敘事者在行文之間，處處凸顯他（還有三位摩登青年）對科學術語如數家珍。當論及口腔吸力時，他說道：「Freud 學派所稱為 Oral erotic 的口」。作者直接使用 Freud 及 Oral erotic 兩個英文詞彙，展現了上海新感覺派典型的混語書寫風格。他又強調這三名摩登青年進行多種「實驗」，試圖證明人體具有「形而上吸盤」的理論，包括測量脈搏的女護士如何不肯放掉病患的手，以及擁吻的愛侶如何不肯鬆脫彼此的嘴巴及雙手。敘事者還說，三位摩登青年對觸覺的理解，「是懷有解剖學概念的」。此處「解剖」（かいぼう）一詞，是從日語漢字借用的。

　　最後，在一次對抗天花的運動中，三名摩登青年終於有機會實踐他們的理論。大學當局為了對抗天花，命令學生接受預防針注射，但是規定男學生只能找男醫生注射，女學生則找女醫師，因為恐怕男女之間的接觸，會導致危險關係。A、B、C 三名摩登青年卻要學校指派的男醫師「滾蛋」，決意自行在附近找尋女醫師。在大街小巷尋尋覓覓後，他們發現一個名稱甚美的診所：麛非時特。不過芳名甚美的女醫師出現後，卻令三名摩登青年大吃一驚，不知所措。女醫師臉上竟佈滿了天花痘瘡！

　　注射完畢後，三名摩登青年離開診所，彼此詢問：「如何？」

結果三人之中，無一人在注射過程中感受到預期的異性間接觸的快感。於是，他們的結論是，觸覺之快感必須有視覺快感的輔助，始能成立：

> 視覺倘不生快感，觸覺之快感是不會萌芽枝發的。因此而人類的身上的吸盤亦減去其吸力。
> 觸覺之於兩性，是不能有完全獨立存在之價值的了，雖然觸覺在兩性上為較各性的感官更為敏感的一感官，但它不能不與視覺結下攻守同盟之盟約[8]。

於是在「科學實驗」之後，三名摩登青年推翻了先前的假設，結論是一個新的科學理論：觸覺的價值必須與視覺結合才能成立。

■ 《昆蟲記》與大杉榮

掌篇小說〈研究觸角的三個人〉除了博人一笑，有更深層的意涵。故事告訴我們：文本與思潮在歐亞之間旅行傳播的過程中，哪些價值遭到遺棄——或應該說，被創造轉化了。故事也告訴我們：由於文本及概念的旅行傳播，不同文化、素不相識的個體被聯繫起來。雖然小說中並未提及確切的人名及書名，以昆蟲類比人類的戲仿筆法、諷刺科學實驗的口吻，在在都影射當時廣為流行的昆蟲學風潮。自魯迅於一九二〇年代大力推廣法布耳的《昆蟲記》之後，昆蟲學便蔚為風氣。然而，不通法文的魯迅，閱讀的是無政府主義者大杉榮、椎名其二與其他四名譯者合譯的日文版《昆蟲記》[9]。

由於本章主要討論的是，在文化翻譯中譯者能動性所扮演的關鍵角色，因此必須檢視大杉榮及椎名其二作為無政府主義者的人生及思想，進一步設法了解無政府主義與科學或昆蟲學的關係，並且要問：素不相識的兩位無政府主義者，為何會不約而同地選擇翻譯《昆蟲記》？在選擇翻譯同一文本時，兩人無政府主義者的身份，是否扮演了決定性的角色？

　　大杉榮是日本大正時代著名的無政府主義者。一九二三年東京大地震後，日本政府趁動亂，大肆逮捕取締無政府主義者、工運運動者及中、韓移民時，他和妻子伊藤野枝以及七歲大的姪子，同時為日本政府所謀害。大杉榮的故事，反映出當時世界各地無政府主義者的跨國、跨文化特色。他與中國的無政府主義者劉師培 (1884-1919) 及張繼 (1882-1947) 熟識，兩人於一九〇七以及一九〇八年在東京參加無政府主義運動，並向大杉榮學習世界語。大杉榮主張「東亞無政府主義者大聯盟」，是當時中國眾多無政府主義者心目中的導師 [10]。他曾二度前往上海。第一次是在一九二〇年，當時他偷偷出境，赴上海參加遠東社會主義者大會。他於十月抵達上海，待了一個月後，又祕密返回日本。一九二二年十一月二十日，他接到一封法國無政府主義者給他的邀請函，請他前往參加將於次年十二月二十五日至一月二日，於柏林舉行的國際無政府主義者大會。於是一九二二年十二月，他再度祕密離開日本前往上海，並於次年二月轉赴巴黎。他在巴黎郊區聖‧丹尼 (St. Denis) 地區參加勞工節 (May Day) 示威活動，公開演說後被捕，於六月間遣返日本。第二次上海行，在他一九二三年出版的自傳《日本脫出記》裡有詳細紀錄，書中還反覆提及第一次上海行，做為比較 [11]。他兩次逃脫

時，為了躲避日本警方跟蹤，過程曲折離奇，並涉及多國無政府主義者的協助，包括法、德、俄、中、韓及日本。其中情節刺激、險象環生，精采程度不下間諜電影。

大杉榮被虐殺的消息傳至中國後，立即引起所有無政府主義者注意。著名的無政府主義者及小說家巴金，一九二四年在無政府主義期刊《春雷》上，發表了多篇悼念這位偉大烈士的文章[12]。在〈偉大的殉道者——呈同志大杉榮君之靈〉一詩中，巴金在詩末引用美國無政府主義者阿道夫·費歇爾 (Adolph Fischer, 1858-1887) 受難前最後的詠歎句——「為安那其歡呼！這是人生最快樂的時候。[13]」費歇爾於一八八六年五月四日參與芝加哥乾草市場暴動，被捕後判決死刑。一九二五年五月，上海無政府主義刊物《自由人》上，有一篇文章提到大杉榮在兩次上海行中，都催促中國無政府主義者加強與國際無政府主義組織的聯繫。

無政府主義者重視教育，並相信科學是推翻封建體制舊勢力的最佳利器。俄國無政府主義者克魯泡特金 (Peter Kropotkin) 在一九一二年出版的《無政府主義與現代科學》(*Anarchism and Modern Science*) 當中，極力宣傳科學的價值；世界各地的無政府主義者因此都重視科學。如果我們以無政府主義對科學的提倡為前提，要問的是：在多如汗牛充棟的西方自然科學著作中，為何兩位無政府主義者大杉榮及椎名其二，會無獨有偶地，均對法布耳的《昆蟲記》情有獨鍾？

本文一開始所提出的問題之一，便是文化翻譯的過程中，為何在某一個特定歷史時刻，某類譯者會選擇某一個特定的文本？在討論文化人類學家阿薩德 (Talal Asad) 的文化翻譯理論時，劉禾如此

描述個人自由抉擇 (individual free choice) 與體制實踐 (institutional practices) 之間的關係：

> 阿薩德對文化翻譯的評論，對本書這一類的比較研究及跨
> 文化研究而言，意義深長。他提醒我們，將某種文化翻譯
> 為另一種語言時，［譯者］個人的自由抉擇或語言能力所扮
> 演的角色，微乎其微。假如福柯的教誨有任何用處，毫無
> 疑問的，我們應該正視體制實踐的形式與知識／權力的關
> 係，因為這類形式和關係准許某類知識的追求途徑，禁止
> 了其他。[14]

　　眾所周知，福柯有關知識／權力關係的理論影響深遠，但劉禾
對福柯的解釋，卻似乎過度強調了體制實踐對個人選擇的全方位抑
制；我們也許應該進一步反思，把問題複雜化。劉禾所說的，應該
是早期的福柯，也就是《事物之秩序》(Les mots et les chose, 1966)
以前的福柯。要複雜化這個問題，有必要了解晚期福柯有關體制實
踐與權力關係的理念，以及他所謂的「全方位抑制狀態」(un état
de domination)。對晚期福柯而言，權力論述攸關的，並非簡單分
明的抑制／順從問題，而是涉及人際、家庭、教學以及政治實體中
的整體權力關係網絡 (un faisceau de relations de pouvoir)；這個權
力網絡是流動的，參與網絡的人均可運用各種策略來調整彼此的關
係。只有當權力關係失去流動性、固定僵化時，才會產生全方位抑
制的狀態[15]。對福柯而言，知識／權力關係的特質是流動性，這種
流動性使個人有空間來進行他所謂的「自由實踐」(les pratiques de

liberté)。個人就是靠自由實踐而不斷地挑戰權力關係的界限,從而展開新的權力關係的可能。可以說,對他而言,權力關係是受自由實踐來調整的,這種自由實踐使得抑制/順從的關係成為一種持續的折衝制衡、或是不斷協調的遊戲。

筆者主張,在文化翻譯中,譯者的能動性或個人的自由抉擇,雖必然受制於「體制實踐的形式及知識/權力的關係」,在選擇特定文本、甚至詮釋時,譯者的能動性及個人抉擇仍然有其決定性的作用。而且,個人的抉擇,表面上是受限於體制,個人也可能自以為是遵從體制,卻可能有意想不到的結果——也就是說,個人自以為遵從體制的抉擇,卻很可能顛覆了體制的精神。大杉榮及椎名其二在選擇翻譯《昆蟲記》時,當然是自以為遵從了無政府主義推廣科學教育的呼籲,但同時是否違背了無政府主義體制的精神?本文結論時將設法說明。究竟選擇那一個科學文本,是個人選擇與歷史機緣互動的結果,詳述如下。

大多無政府主義者均倚賴語言長才來學習無政府主義的精神;大杉榮正是個語言天才。他從十七歲起便在夜校研讀法文。後來因為積極投入無政府主義運動,一生多次出入監獄。據其一九一九年出版的自傳《獄中記》,他每次入獄後,便努力學習一種語言。他在獄中學會了世界語、義大利語、俄語和西班牙語。他還在獄中讀了克魯泡特金及巴枯寧 (Michael Bakunin, 1814-1876) 的主要著作 [16]。日文版《昆蟲記》的前言裡,大杉榮透露自己在一九一九年十二月到一九二〇年三月於中野的豐多摩監獄服刑期間,閱讀了法布耳的《昆蟲記》[17]。他是個勤奮的譯者,除了像克魯泡特金的《互助論》 (*Mutual Aid*) 以及《一個革命家的回憶》 (*Memoirs of a Revolutionist*) 等無政府主義理論書籍之外，也翻譯了不少科學經典著作。一九一四年他翻譯了達爾文的《物種原始論》；一九二二年他翻譯了法布耳十冊《昆蟲記》中的第一冊。日譯版於一九二二年至一九三一年由叢文閣陸續出版，也是十冊。翻譯達爾文及法布耳，似乎合乎克魯泡特金的主張，因為由克氏的《互助論》可知，克氏本人也是博物學者；《互助論》就是以昆蟲及動物行為來類比人類行為的研究。對大杉榮而言，達爾文及法布耳，顯然都是偉大的自然科學家。他在日文版《昆蟲記》的自序中提到：「達爾文曾大力推崇法布耳，稱他為『無與倫比的觀察家』(That incomparable observer)，雖僅此區區一句，卻重如千金。」[18] 但是，他卻完全沒有意識到，達爾文固然稱許法布耳，兩人卻對科學與宗教有截然不同的看法；法布耳對宗教精神的推崇，不是達爾文能認可的，更違背了克魯泡特金視宗教為寇仇的立場，下文將詳談。

根據大杉榮翻譯的叢文版第一冊〈譯者序〉，他會帶《昆蟲記》入監服刑，一方面是他一直想閱讀法布耳的作品，一方面完全是運氣。從〈譯者序〉所描述的故事，我們可以一窺個人能動性如何與歷史機緣 (contingency) 難解難分。多年來他一直想讀《昆蟲記》，但是由於有一段時間未入獄，所以始終沒有空閒來閱讀。一九一九年他在市谷的看守所等待判決時，回想起曾在神田的三才社——一家專賣法布耳作品的舊書店——看見法布耳的幾本書。於是他從獄中寫信給三才社，想買來看，但不巧已全數賣出。保釋出來後，進入豐多摩監獄服刑的前一天，他到丸善的舊書店區閒逛，想買一些遊記方面的書來打發無聊的三個月刑期。即使是選擇遊記，他的目標也是無政府主義者或博物學家的作品。他找到克魯泡特金友人，

也是無政府主義者雷克路斯 (Elisée Réclus) 的《新萬國地理》(*La nouvelle géographie universelle*, 1892) 第七卷、達爾文的《一位博物學者的世界週遊記》(*What Mr. Darwin Saw in His Voyage Around the World In the ship "Beagle"*)、華里斯 (Alfred Russel Wallace) 的《島嶼生物、動植物的世界分布》(*Island Life: Or, the Phenomena and Causes of Insular Faunas and Floras, Including a Revision and Attempted Solution of the Problem of Geological Climates*)。此時,他無意間看見法布耳的《昆蟲記》,得來全不費工夫 [19]。他如獲至寶,便立刻買下,只帶著這二十冊的版本(一九二〇年第二十三版),前往豐多摩監獄服刑。如果不是大杉榮正好於服刑前在丸善找到整套《昆蟲記》,恐怕日本叢文閣的翻譯本還要等幾年,甚至不可能出現——他畢竟隔了四年就被謀殺了。

　　大杉榮翻譯時決定使用什麼版本,也頗費思量,最能顯示譯者個人選擇發揮的作用。這方面他的抉擇原因及過程,也有詳細的記載。他原想用馬托斯 (Alexander Teiseira de Mattos) 的英譯本;此譯本把法布耳的十冊版本打散了重新編排,將同種類的昆蟲放在同一冊中,從一九一二到一九二二年已經出了十二冊。他認為這樣的編排,有助於讀者的閱讀。但是後來看到法文版新出的「插圖確定版」(édition definitive illustrée),其中插圖的精美使他愛不釋手,便決定翻譯這個版本,並想把所有的插圖都收入到譯本中 [20]。一九二二年大杉榮為叢文閣譯本第一冊做序時,此法文插圖確定版才只出到第四冊。他所翻譯的「插圖確定版」第一冊,相當於馬托斯的《黃蜂》(*The Hunting Wasps*, 1915) 第一冊整本 [21],加上《壁蜂》(*The Mason-Bees*, 1916) 及《甲蟲》(*The Sacred Beetle and Others; le*

Scarabée sacrée, 1918) 的各一部份。

　　椎名其二繼承大杉榮的未竟之業，接手翻譯《昆蟲記》第二到第四冊，當然也是無政府主義者的使命感使然。椎名曾於一九二三年至一九二七年之間在早稻田大學任教，年輕時便對無政府主義情有獨鍾。他是秋田人，高中畢業後便進入早稻田就讀。一九〇八年休學，負笈美國，曾在密蘇里大學 (University of Missouri) 研讀新聞，一九一四年又進入安默斯特學院 (Amherst College) 研習農業。隔年他在聖路易附近的一塊農地嘗試耕種，但卻欠收。一九一六年，為了了解羅曼羅蘭 (Romain Roland) 故鄉——法國——的農業問題，他遷居巴黎，由英國詩人朋友艾德華‧卡本特 (Edward Carpenter) 介紹，到庇里牛斯山附近葛魯碧女士 (Madame Gruppi) 的農地裡工作。在那裡，他遇見了未來的妻子瑪莉‧哈娃莠 (Marie Ravaillot)，生下兒子加斯頓 (Gaston)。他曾於一九二二年至二七年間攜帶妻小返回日本家鄉，務農失敗後遷居東京，進入早稻田大學甫由吉江喬松 (1880-1940) 創立的法文系任教，但妻子無法適應日本生活，他只好追隨她回法國。一九五七年他又獨自回到日本，在早稻田大學附近以教法文維生，一九六二年回到巴黎後病逝。

　　椎名其二在精神上積極宣揚無政府主義。在早稻田大學任教期間，他在家中與吉江以及石川三四郎 (1876-1956) 共同創辦免費講座，教授農民文學、法國文學以及哲學。東京大地震後，日本政府全力緝捕無政府主義者及勞工運動者時，椎名及石川都被警方短暫拘留[22]。椎名從一九二四年起開始翻譯《昆蟲記》的第二冊。為了專心翻譯，他想辭去教職，吉江沒有答應，但減低了他的教學負擔，於是他三年內陸續完成二到四冊的翻譯。第二次世界大戰期間，

他替巴黎的維奇政府工作，但卻對猶太人的處境深感同情。他呼應當時自由法國 (La France Libre) 電台的呼籲，私下幫助了不少法國猶太人逃離納粹的魔掌。戰後，他在一九四五年以戰犯罪名被拘禁於德朗西 (Drancy) 集中營，後來透過保羅・朗哲萬 (Paul Langevin, 1872-1946) ——當時物理及化學工業學校 (l'École de Physique et de Chimie Industrielles) 的校長——出面營救，證明他在戰爭期間營救了許多人，才被釋放。不過他的健康卻因為集中營惡劣的生活環境而大大受損[23]。

除了《昆蟲記》，一九二五年椎名也翻譯了喬治・維克特・勒格羅 (Georges Victor Legros) 一九一三年替法布耳所做的傳記。法文書名是《法布耳的人生：一個自然主義者；一個信徒所作之傳》(*La Vie de J.-H. Fabre, naturaliste, par un by a disciple*)[24]，不過椎名其二的口譯本書名是《科学の詩人：フアブルの生涯》（科學的詩人：法布耳的生涯）[25]，日譯本書名顯然參考了法文原版及一九一三年柏納・麥爾 (Bernard Miall) 的英譯本，*Fabre, Poet of Science*[26]。法文版的第一章「自然的直覺」(Intuition de la nature) 中，勒格羅說，法布耳可以在大自然中隨處發現「詩意」，還宣稱「法布耳是個天生的詩人，具有直覺和天命的詩人」(il est né surtout poète ; il l'est d'instinct et de vocation)[27]。因此英譯本書名是「科學的詩人」。

對於追隨俄國無政府主義領導人克魯泡特金的日本無政府主義者而言，達爾文及法布耳都是一樣偉大的科學家；大杉榮兩人的作品都翻譯了。但對克魯泡特金而言，由於法布耳的宇宙論傾向，就嚴格定義上來說，法布耳不是個「科學家」。本章的結論部份將討論這個問題。

■ 魯迅與《昆蟲記》

　　日本人對《昆蟲記》的迷戀，極不尋常。除了叢文閣的版本之外，從一九三〇年起，另外兩套完整的譯本也陸續上市。一套是由山田吉彥以及林達夫翻譯，共二十冊的岩波文庫版 (1930-1952)，另一套是由岩田豊雄 (1893-1969) 翻譯，一九三一年出版共十冊的アルス版。二戰以後，岩波文庫版分別在一九五八及一九九三年兩度修訂為現代日文版。二〇〇五年十一月，由奧本大三郎翻譯，共二十冊的集英社版開始發行。其他節譯版、少年科學版等，更不可勝數。然而，直至目前為止，尚未出現一套完整的英文譯本，完整的中文譯本直到二〇〇一年才出現[28]。由此看來，日本人確實對《昆蟲記》極為著迷。法布耳對昆蟲行為的解釋，到底對日本人有何特殊的吸引力？日本的自然科學史傳統可能扮演關鍵性的角色，但是筆者在此不擬討論[29]。筆者想將焦點集中於魯迅，探討他為何也那麼喜愛《昆蟲記》。魯迅花了整整七年將叢文閣版的《昆蟲記》一一收集到手。七年並不短，到底是哪些因素讓魯迅對法布耳作品的興趣持續不墜？

　　魯迅收集整套《昆蟲記》的過程，就是個令人驚嘆的故事。他買到的版本，是一九二四年叢文閣版的第六版。根據他的日記，他在北京及上海的書店都買曾買到大杉榮的譯本。他於一九二四年十一月八日、十二月十六日，在北京東亞書店買到在日本甫上市的叢文閣版兩冊。一九二六年，國民黨展開清黨前一年，魯迅從北京遷至廈門，次年初移往廣州，後於十月抵達上海。《昆蟲記》的其餘各冊，魯迅是從上海的內山書店陸續購得，購買日期是一九二七

年的十月三十一日、一九三〇年的二月十五日、五月二日、十二月
二十三日，以及一九三一年的一月十七日、二月三日、九月五日、
九月二十九日、十一月四日及十一月十九日 [30]。他晚年甚至請人從
英國購買英譯《昆蟲記》，並計畫與其弟周建人一同進行翻譯 [31]。
但是魯迅一九三六年死於肺結核，這個計畫並未付諸實行。

　　內山書店 (1917-1945) 是當時中日知識份子交流的橋樑，值得
我們注意。檢視書店的歷史，可一窺日本如何作為當時西方思潮進
入中國的仲介；此過程中西方傳教士及中國左右翼分子的活動，
扮演了重要的角色。一九一三年，內山書店的主人內山完造 (1885-
1959) 在日本傳教士的推薦下來到中國。他先在大阪藥商參天堂（自
一八九〇年起營運）的上海分店裡當推銷員 [32]。這個藥商以「大學
眼藥」聞名，此藥在一八九九年上市，治療明治時期肆虐日本的各
式眼疾 [33]。內山在一九一六年返日並與井上美喜子完婚。這對新婚
夫婦隔年一同前往上海，在日本的租界區經營內山書店。一九二〇
年起，在上海基督教青年協會的贊助下，內山書店舉行了一系列講
座，邀請日本大學教授來演講。一九二三年內山書店創辦《萬華鏡》
期刊。書店裡經常舉行「漫談會」，慢慢地書店便成了中日知識份
子聚會的文藝沙龍。魯迅於一九二七年遷居上海，不久與內山完造
成為好友。他們的友誼一直持續到一九三六年魯迅去世為止 [34]。

　　一九三〇年代國民黨極力打壓共產黨，內山書店成了左翼文
人的避難所。魯迅及他的家人就曾多次在書店裡避難，一九三〇年
的三月他還在書店裡藏匿了一個月之久。周作人一家在一九三二
年三月被日本海軍逮捕，在內山完造多方奔走交涉下，才獲得
釋放。由於內山經常替中國友人奔走交涉，日本軍方開始對他起

疑。一九三二年四月，他不得不為了自身安全，暫時返回日本。
一九四五年一月，內山的妻子逝世於上海；同年十月二十三日，內
山書店因日本戰敗而為國民政府充公。不過內山留了下來，還在
一九四七年二月開了一家二手書店，向陸續返日的日本人購買日文
書籍，再行賣出。該年年底他與其他日本人一同被遣送回日。不
過，內山對中國的熱愛並不因此而中斷。一九五○年代，他又造訪
中國三次。第三次內山受邀參加中華人民共和國建國十週年慶時，
於一九五九年九月二十日因中風病逝北京。按照內山的遺囑，他安
葬於上海國際公墓，妻子美喜子以及魯迅均在此長眠[35]。

　　魯迅在內山書店購買的書籍種類多元，其中包括廚川白村及芥
川龍之介的全集、平凡社出版的十二冊《世界美術全集》及日譯的
馬克思主義著作。他的藏書超過四千種、一萬四千冊，目前藏於北
京魯迅博物館。嗜書的魯迅對《昆蟲記》有特殊體會，我們可以從
他的文章中窺知一二。

　　一九二五年發表的〈春末閒談〉中，魯迅介紹法布耳的《昆蟲
記》。他似乎不清楚日譯本《昆蟲記》的譯者是知名的無政府主義
者，反而是利用《昆蟲記》，藉機批判中國人不事科學的國民性，
同時伸張無產階級理念。國民性的討論與無產階級思想，都是當時
中國如撲天蓋地一般的話語，知識份子及一般民眾均耳熟能詳。如
果說作為一個傳播者，魯迅對《昆蟲記》的詮釋，受制於當時的文
化建制，亦不為過。但如果比較周作人對《昆蟲記》的看法，我們
還是可以看得出來，傳播者個人的特質及所服膺的信念，仍然在他
的詮釋中扮演了重要的角色。

　　在〈春末閒談〉中，《昆蟲記》被化約成科學的象徵，成為

批判中國人國民性的利器。文章的開頭，魯迅比較家鄉老人及法布耳對於細腰蜂的描述。魯迅說家鄉的老人相信「那細腰蜂就是書上所說的果贏，純雌無雄，必須捉螟蛉去做繼子的。她將小青蟲封在巢裏，自己在外面日日夜夜敲打著，祝道『像我像我』，經過若干日，──我記不清了，大約七七四十九日罷，──那青蟲也就成了細腰蜂了」[36]。這樣的說法源頭，是《詩經》的句子「螟蛉有子，蜾蠃負之」，後來的《搜神記》中有較詳盡的描述。

接著，魯迅又說，事實上古人已經指出，細腰蜂會交配產卵，而青蟲是被抓到蜂巢裡，等蜂卵孵化後做為幼蟲的食物。即使如此，中國人寧願相信充滿傳說色彩，比事實有趣的「慈母教女」版本。他接著將這個版本與法布耳的科學描述進行對比，藉機對中國人的國民性進行他一貫的嘲諷：

> 但究竟是夷人可惡，偏要講什麼科學。科學雖然給我們許多驚奇，但也攪壞了我們許多好夢。自從法國的昆蟲學大家發勃耳（Fabre）仔細觀察之後，給幼蜂做食料的事可就證實了。而且，這細腰蜂不但是普通的兇手，還是一種很殘忍的兇手，又是一個學識技術都極高明的解剖學家。她知道青蟲的神經構造和作用，用了神奇的毒針，向那運動神經球上只一螫，牠便麻痺為不死不活狀態，這才在牠身上生下蜂卵，封入巢中。青蟲因為不死不活，所以不動，但也因為不活不死，所以不爛，直到她的子女孵化出來的時候，這食料還和被捕當日一樣的新鮮[37]。

利用對比這兩個版本的機會，魯迅又有機會進行他向來樂此不疲的中國國民性評論：安於鄉村生活之樂及傳統自然觀的中國人，冥頑不靈，自外於科學，殊不知外國科學研究之進步，已遠非其可想像。

除此之外，向來同情左翼運動的魯迅，借用細腰蜂麻痹獵物的技巧，來攻擊統治階級的統馭技術。他在文中提起他和一位俄國紳士的對話，話題是科學家是否可能發明一種藥物，好讓政府有效控制人民：

> 三年前，我遇見神經過敏的俄國的E君，有一天他忽然發愁道，不知道將來的科學家，是否不至於發明一種奇妙的藥品，將這注射在誰的身上，則這人即甘心永遠去做服役和戰爭的機器了？那時我也就皺眉歎息，裝作一齊發愁的模樣，以示「所見略同」之至意，殊不知我國的聖君，賢臣，聖賢，聖賢之徒，卻早已有過這一種黃金世界的理想了。不是「唯辟作福，唯辟作威，唯辟玉食」麼？不是「君子勞心，小人勞力」麼？不是「治于人者食（去聲）人，治人者食於人」麼？可惜理論雖已卓然，而終於沒有發明十全的好方法。要服從作威就須不活，要貢獻玉食就須不死；要被治就須不活，要供養治人者又須不死。人類陞為萬物之靈，自然是可賀的，但沒有了細腰蜂的毒針，卻很使聖君，賢臣，聖賢，聖賢之徒，以至現在的闊人，學者，教育家覺得棘手。將來未可知，若已往，則治人者雖然盡力施行過各種麻痹術，也還不能十分奏效[38]。

　　魯迅此處所指的 E 君，是著名的俄國盲詩人及世界語專家愛
羅珂科 (Vasilii Eroshenko, 1890-1952)，一九一四至一九一六年間及
一九一九至一九二一年間，在東京相馬黑光經營的文藝沙龍中村屋
中居住 [39]。由於他與社會主義分子及大杉榮等無政府主義者來往頻
繁，被日本政府驅逐出境 [40]。一九二一年至一九二三年間，他先後
旅居上海及北京，由蔡元培聘任在北京大學教授世界語。他居住
北京期間，就是借住在魯迅的弟弟周作人家中，住了四個月 [41]。周
氏兩兄弟都曾寫文章介紹他，把他描寫為嫉惡如仇的無產階級鬥
士。愛羅珂科用日文出版過兒童故事及三本詩集 [42]。魯迅翻譯了他
的幾篇故事，例如〈春夜的夢〉(1921) [43]、〈小雞的悲劇〉(1922)，
後者是愛羅珂科在北京唯一的創作。愛羅珂科於一九二二年離開中
國後，十二月魯迅寫了一篇文章〈鴨的喜劇〉，如此描寫愛羅珂
科：「他是向來主張自食其力的，說女人可以畜牧，男人就應該種
田。」[44]。〈春末閒談〉中神經質的 E 君，因憂慮統治階級意圖麻
痺百姓來實行極端控制，的確符合愛羅珂科經常參加勞工節運動的
社會激進份子形象。

　　在提到「俄國的 E 君」之後，魯迅繼續批判一個「特殊的知識
階級」，也就是那些留洋回國的知識份子。在他心目中，這些知識
份子也是食於人者。他結論道，中國或是任何其他政府可以剝奪人
民集會和言論自由，但是無法禁止他們思考。魯迅接著說，如果統
治者砍掉了人民的頭腦，讓他們當服務及戰爭的機器，「只要一看
頭之有無，便知道主奴，官民，上下，貴賤的區別。並且也不至於
再鬧什麼革命，共和，會議等等的亂子了，單是電報，就要省下許
多許多來」[45]。

由〈春末閒談〉看來，從法布耳的《昆蟲記》，到對中國國
民性的分析，最後到對統治階級的批判，魯迅對科學的興趣似乎是
別有所指，而非在於科學本身。但另一方面，我們應該記得，魯迅
除了一九〇四至一九〇六年在仙台學醫期間修過植物學，一直對自
然科學抱持濃厚的興趣。他從幼年就對植物學感興趣，一九〇九至
一九一二年在杭州與紹興教書時，常常帶學生上山採集植物標本。
他的弟弟周建人，就是因為他的鼓勵提攜，日後成為著名的植物學
家[46]。然而，對科學的信仰，並不見得能讓文本的傳播者完全掌握
原作的「弦外之音」，這種不必言傳或無法言傳的意義，深植於文
化的內部，往往在傳遞到另一語言及文化的過程中流失。

■　法布耳與達爾文：宇宙觀迥異的兩位科學家

　　魯迅引用的細腰蜂例子，出自《昆蟲記》第一冊第五章，在原
文中法布耳以科學學名 Cerceris 以及 Hyménoptère（一種獵食膜翅
目昆蟲，法文俗稱 guêpe）來指稱細腰蜂。作為傳播者，魯迅的闡
釋，是否充分掌握了原文弦外的意義？這是本節想探討的。原文中
這一章的名稱為〈科學殺手〉(Un savant tueur)，在大杉榮的日文譯
本裡，章名是〈殺しの名人〉（高段殺手）[47]。這一章記述了細腰
蜂如何以一種高超的科學技術，讓青蟲（即俗稱的甲蟲，學名鞘翅
目昆蟲，Coléoptère）因麻痺而屈從，技術之高明，遠勝於實驗室
裡的解剖專家。

　　根據法布耳的描述，細腰蜂的主要工作，是將一定數量的甲蟲
藏匿於地底下的巢穴，然後把卵產在甲蟲堆上，等卵孵化成蟲，這

些幼蟲就以甲蟲為食物[48]。要達成這個目標，細腰蜂主要任務有三：
(1) 由於幼蟲只吃活昆蟲的內臟，如何將甲蟲痲痺三個星期甚至到
兩個月，而不至於死亡？ (2) 甲蟲的神經系統結構如何，更主要的
是，應該在那個神經節注入痲痺毒藥，才能發揮立即又長期的效
應？ (3) 甲蟲種類眾多，那一類才是細腰蜂毒藥最能輕易傷害的？
法布耳認為這是一種超越人類能力的技藝：

> 面對類似的食物保存問題，最有學識的人都將無能為力。
> 即使是最有智慧的昆蟲學家，都必須承認他束手無策。細
> 腰蜂的食物保存技藝挑戰了他們的理性能力。
> (Devant pareil problème alimentaire, l'homme du monde,
> possédât-il la plus large instruction, resterait impuissant;
> l'entomologiste pratique lui-même s'avouerait inhabile. Le
> garde-manger du Cerceris défierait leur raison.)[49]

　　法布耳書中的主要論點之一，就是透過人蟲對比，顯現昆蟲
的天賦比人類最高超的科技知識更優越。為了證明他的論點，法布
耳在書中想像了一個研究團隊，由 Marie Jean Pierre Florens (1794-
1864)、Francois Magendie (1783-1855)、及 Claude Bernard (1813-1878)
三位十九世紀法國知名解剖學家及生理學家組成，共同設法解決這
個謎。他們首先想到的答案，是使用食物防腐劑。不過這個假設不
切實際，畢竟防腐劑無法保存活體。然後，這個研究團隊想到，痲
痺的技術應是關鍵所在。要知道如何痲痺昆蟲而不令其致死，其關
鍵在於：昆蟲的神經系統如何組成？最重要的是，毒液必須注入昆

蟲神經節內，這神經節位於何處？無疑地，大家一定以高等生物為例，推論牠們的神經節應是位於腦部，或是由腦部延伸下來的脊椎。不過這組學養豐厚的研究團隊告訴我們，這是錯誤的想法。法布耳提醒我們說：「和動物恰恰相反，昆蟲以腹部行走地面。這也就是說，它的脊椎不在背上，而是位於腹部，沿著胸腹部生長」([…] l'insecte est comme un animal renversé, qui marcherait sur le dos; c'est-à-dire qu'au lieu d'avoir la moelle épinière en haut, il l'a en bas, le long de la poitrine et du ventre.)[50]。

神經節的位置確認以後，接著有另一個問題要解決：解剖專家在實驗室中面對的，是受到完全控制的狀況；他們可以毫無障礙地使用鋒利的手術刀，輕而易舉地在病人身上動作。然而，細腰蜂的刺可不同，精細易損，而甲蟲的胸腹部卻覆蓋有基丁質的外骨骼，十分堅硬。雖然甲蟲的關節處，脆弱可襲，對關節的攻擊卻只能產生局部麻痺，不是要害所在。準確攻擊神經節所在，是造成全身立即麻痺的關鍵步驟。法布耳詳盡地向我們解說「發育完成的昆蟲」(les insectes à l'état parfait) 神經節中心的構造，並以此闡明，整個獵捕過程雖看似簡單，實則繁複。他更進一步讚嘆，細腰蜂精準而靈活的動作，竟只需「本能」(instinct) 即可完成。原來，所有成蟲的神經節中心都由三個神經節組成，通往神經中心的通道中，有兩處是細腰蜂的針可以穿刺的。一處位於頸部及負載第一對腿的前胸之間的關節；另一處位於前胸與胸部之間的關節，也就是第一和第二對腿之間。對第一處的攻擊沒有成效，因為它距神經節中心距離太遠；第二處才是細腰蜂攻擊的目標。細腰蜂竟然知道這個祕密，法布耳對此深感訝異，驚嘆：「這蟲子因何智慧，竟有如此靈感？」

(Par quelle docte intelligence est-il donc inspiré ?)

　　問題不僅止於將蜂刺刺向何處，更困難的是該選何種甲蟲。所有甲蟲的神經節或多或少皆叢聚一處，有些相鄰而生，有些緊密相嵌。神經節愈是叢聚的甲蟲，其活力愈旺，也愈容易被襲。這些種類的甲蟲是細腰蜂的最佳獵物。只消一針穿入，這些甲蟲即刻全身癱瘓。但是到底哪些是確切的種類呢？科學知識淵博如生理學家 Claude Bernard，能正確告訴我們是哪些甲蟲嗎？答案是否定的。除非靠檔案室裡的資料做參考，他無法精確判定哪些甲蟲的神經節是緊密叢聚的。而且，即使有圖書館可用，他也無法立即尋獲所需資料。

　　法布耳在愛彌兒・布朗卡爾 (Emile Blancard, 1816-1900) 刊登在《自然科學學報》(*Annales des sciences naturelles*) 上的一篇文章中找到了答案[51]。根據這篇論文，稱作 Scarabéien 的甲蟲（即金龜子）體型太大，細腰蜂不易攻擊，也不易將之搬運回洞穴儲存。另一種稱為 Histérien 的金龜子，長年居住髒污之中，生性有潔癖的細腰蜂絕不會找牠。而 Scolytien 體型過小。在所有甲蟲的種類中，只有吉丁 (Bupreste) 及象蟲 (Charançon) 兩種，符合總共八個種類的細腰蜂的需求。這個發現讓法布耳嘖嘖稱奇。兩種外觀迥然不同的甲蟲，竟然在神經節中心結構上近似，這相似性可是光憑外表無法得知的呢！他說道：

> 由於其內部結構之相同──也就是運動神經節集中的特色──使這兩種外觀上毫無相似之處的甲蟲被獵捕，成為細腰蜂巢穴裡囤積的美食。[52]

細腰蜂到底如何能在瞬間辨識出甲蟲種類，選擇出正確的獵捕對象？如果是科學家，可能要花上數年的觀察和研究，才能知道。法布耳認為細腰蜂的神奇本領是「一種超越的智慧」(un savoir transcendant)，而且又說「細腰蜂本能潛意識的靈感中，有超越科學的來源」([L]'Hyménoptère a, dans les inspirations inconscientes de son instinct, les ressources d'une sublime science)[53]。他進一步以實驗證明這個假設。他以金屬針頭將氨水 (ammonia) 滴入甲蟲的神經中樞。氨水對於神經節叢聚的和神經節分散的兩種甲蟲，有著截然不同的效應。神經節叢聚的甲蟲在滴入氨水後，效果立現，馬上全身無法動彈。麻痺的效果可以持續三周至兩個月，而甲蟲還是活著，內臟的新鮮度與活生生的蟲並無二致。至於神經節分散的甲蟲，注射後會引起劇烈痙攣，然後甲蟲極力掙扎後慢慢趨於平靜。不過數小時或數天以後，它們又會甦醒過來，恢復先前的精力，活動起來。法布耳結論道，細腰蜂選擇甲蟲的本能，和最高明的生理學家以及解剖學家所能傳授的知識，不相上下。這一章如此總結：「如果硬要將之解釋為幸運的巧合，必然徒勞無功。這種完美的合諧，絕不能單以機運 (le hazard) 解釋」(Vainement on s'efforcerait de ne voir là que des concordances fortuites : ce n'est pas avec le hasard que s'expliquent de telles harmonies)[54]。

　　筆者以大篇幅詳細分析法布耳的這一章，是想說明，即使以觀察嚴謹知名的法布耳，對細腰蜂的詮釋卻侷限於他的預設立場：任何如此完美和諧的事物，必然是由一至高無上的設計者——上帝——設計的。這個預設與自十八世紀起就流行的「自然神學」(natural theology) 若合符節。過去的學者認為，十九世紀的生物學

史主要是創造論與演化論之間的鬥爭，最後演化論勝利。雖然著名的歷史學家彼得・包爾 (Peter J. Bowler) 已指出這是過於簡化的說法，但是這一說法有助於我們看清法布耳與達爾文之間的差異。他如此解釋自然神學理論的意涵：

> 過去學者對達爾文發現的描述，往往暗示，一八九五年《物種原始論》出版之前的幾十年，其他生物學家很少注意「演化」概念。他們假定，當時的生物學者幾乎每個人都接受某種直截了當的上帝創造論。而且大部份生物學家都極力主張，每個物種都能適應棲境的現象，正證明了有個睿智又有大愛的造物者存在。一八〇二年，培里 (William Paley) 出版的《自然神學》被視為此種「設計論」(argument from design) 的經典詮釋。「設計論」主張：每個物種都是由睿智的造物者設計的，就如同鐘錶匠所設計製作的鐘錶一般。[55]

　　法布耳即是隸屬於「自然神學」或「設計論」傳統的科學家。他認為動物的直覺是造物主睿智的靈顯 (illumination)，絕對優於理性——理性是人腦創造的。對他而言，低等動物看似由理性引導的生存本能，其實是神靈的顯現。一八七九年出版的《昆蟲記》第一冊中，他揶揄達爾文的祖父伊拉士謨・達爾文 (Erasmus Darwin, 1731-1802) 之流的學者，以理性詮釋動物行為。例如在第一冊第九章「高級理論」(Les hautes théories) 中，法布耳提及拉可戴爾 (Lacordaire) 的〈昆蟲學入門〉(Introduction à l'entomologie)，文中

提到伊拉士謨達爾文曾見到一隻飛蝗泥蜂 (sphex) 將一隻蒼蠅的頭、腹及翅膀咬下後，試圖將它搬運回巢。伊拉士謨‧達爾文結論道，這飛蝗泥蜂是為了不讓飛行受阻，才將獵物分屍搬運，只有理性可以解釋這隻蜂的所做所為。法布耳評論道：「伊拉士謨‧達爾文描述了他之所見，不過他把戲中主角搞錯了，把戲劇本身及其意義都搞錯了。他大錯特錯，讓我來證明它」(Darwin a vu ce qu'il nous dit, seulement il s'est mépris sur le héros du drame, sur le drame lui-même et sa signification. Il s'est profondément mépris, et je le prouve)[56]。

　　首先，法布耳批評這位「老英國科學家」(le vieux savant anglais) 對昆蟲的命名不夠嚴謹。既然所有的飛蝗泥蜂都只吃螳螂（法文是 mante religiouse，學名 Orthoptère），為何獨獨這隻英國的飛蝗泥蜂會補食一隻體積相仿的蒼蠅？伊拉士謨‧達爾文所看到的，絕不是飛蝗泥蜂。到底他看見的是什麼[57]？法布耳還說，「蒼蠅」（法文 mouche）一詞不夠精準，它可以指稱數千種不同的昆蟲。法布耳猜測主角應該是胡蜂（wasp，法文為 guêpe）。接著他巨細靡遺地描述他觀察各種胡蜂捕殺及肢解獵物的過程，其中包括群胡蜂 (commune wasp) 及 frelon wasp 兩種，筆者在此不擬複述。他結論道，伊拉士謨‧達爾文描述的，應是一隻群胡蜂攻擊一隻大蒼蠅 (Elistalis tenax) 的情形。

　　至此，法布耳已經揭開謎底，找出了這齣「戲劇的主角」。接下來要解決的問題是這齣「戲劇」的「意義」：為何群胡蜂要先行肢解大蒼蠅，再把牠運回巢裡？法布耳的答案簡明易懂：因為被丟棄的部份對於將孵化的幼蟲而言，毫無營養價值；大蒼蠅身上只有前胸可供餵食。這隻群胡蜂如此聰明之舉，果真如伊拉士

謨‧達爾文所說,是出自理性?對法布耳而言,答案當然是否定的。他堅持:「我絲毫看不出這裡有什麼理性的徵兆,不過是出於本能的行為而已,這麼基本的概念,根本不值得大費周章地討論」(Loin d'y voir le moindre indice de raisonnement, je n'y trouve qu'un acte d'instinct, si élémentaire qu'il ne vaut vraiment pas la peine de s'y arrêter)[58]。可見法布耳與伊拉士謨‧達爾文對相同的自然現象,有完全不同的詮釋。法布耳所服膺的自然神學的立場是,單憑科學無法企及「真理」;「真理」是穿透表象的神啟。自然神學盛行於十八至十九世紀中葉,相信只要觀察自然、透過個人詮釋,就能證實上帝的存在。這種信仰也是十九世紀中葉新興的宗教理念神智學(theosophy)所服膺的。

自然神學流行於十八世紀至十九世紀中葉,基本信仰是:上帝的存在,可以由觀察自然現象、透過個人詮釋而證明,不必透過神學定義。十九世紀中葉這些概念傳遞給神智學。神智學創始於紐約,後來分布到印度、錫蘭、倫敦、巴黎等地。創辦人布拉瓦斯基女士(Madame H. P.Blavatsky, 1831-1891),經常在著作中反駁達爾文、赫胥黎(Thomas Huxley, 1825-1895)及丁鐸爾(John Tyndall, 1820?-1993)等科學家。她一八七七年的著作《揭開伊西斯的面紗》(*Isis Unveiled*)中說道:

> 理性是人腦的一個功能,只能從前提導出推論,完全仰賴其他感官提供的證據。因此,理性絕不是神靈的特質。神靈自然而知,因此仰賴討論與論證的理性,面對神靈是無用的……

> 理性是人腦的衍生物；理性的發展，以本能為代價——本
> 能像靈光閃現，喚起我們對神靈全知全能的記憶……
> 理性是科學家笨拙的武器，直覺是先知永不犯錯的指引。[59]

　　布拉瓦斯基女士與托爾斯泰 (Count Leo Tolstoy, 1828-1910) 一樣，是俄國貴族之後。托爾斯泰批判伏爾泰的理性觀 (La raison)，服膺盧梭的真心觀 (Le Coeur)[60]。托爾斯泰相信，只有人的內在精神——即良心 (conscience) ——能「做為人和上帝的橋樑」[61]。他反對教會作為媒介，更不主張教會是解釋上帝知識的唯一權威。他不認為基督教是唯一掌握真理的宗教，也包容其他宗教如佛教、回教及儒教的真理。他不相信國家是合法的建制，甚至指出「人的法律是荒謬的……我絕不替任何地方的國家體制服務……就善惡而言，所有政府都一樣。最高的理想是無政府。」[62] 他反對黑格爾的歷史進步觀，認為「沒有任何思想比進步觀更妨礙思想自由。」[63]

　　布拉瓦斯基夫人的神智學理論，受到托爾斯泰深刻的影響，她曾在〈神智學是宗教嗎？〉一文中，替托爾斯泰的立場辯護，認為他反對聖經、教會，是掌握了神的真精神，而這種精神是普世各種宗教的精神。她認為真正的基督教，是真理的靈光，也是人的生命和靈光：

> 托爾斯泰不相信聖經、教會或是基督的神性；然而，在實行所謂受難山所教導的戒律方面，沒有任何基督徒能超越他。這些戒律就是神智學的戒律；並非因為它們乃基督所授，而是因為它們是普世倫理，是佛陀、孔子、眾神、及

所有其他聖哲，在受難山戒律寫作之前就已經教導我們
的……

現代物質主義者 (modern Materialist) 堅持兩者［宗教和科
學］之間無法跨越的鴻溝，並指出「宗教與科學的衝突」
結果，是後者凱旋、前者敗亡。現代神智學者 (modern
Theologist) 則拒絕認為兩者之間有任何鴻溝……神智學主
張融合此二天敵，它的前提是：真正原始的基督精神是真
理的靈光 (the light of truth)，亦即「人的生命與光輝」(the
life and the light of men)。[64]

　　一方面，布拉瓦斯基夫人及托爾斯泰都懷疑教會的體制，相信
人的內在靈光及普世人性 (universal brotherhood)；另一方面，他們
都擁抱宗教的原始性 (primitivism)，批判科學所代表的物質主義。
法布耳對教會的態度，雖然並沒有直接的記錄，但我們知道他及家
人曾被教會逐出亞維農地方，主因是他免費教育年輕女子，侵犯了
教會壟斷女子教育的傳統（下文將詳述）。我們也知道他經常批判
同時代的科學家及科學理論。對法布耳而言，源自神靈的直覺，當
然遠優於科學的理性，而且不是科學家所能置一詞的。他經常諷刺
代表「進步」(progress) 的「高級理論」(hautes théories)，在面對直
覺時束手無策。演化論即法布耳所嘲諷的「高級理論」之一。
　　他常在《昆蟲記》裡批判演化及物種變化 (transmutation) 的觀
念。第二冊第九章名為〈紅頭蟻〉(Les fourmis rousses)，探討為何
飛行千里的鴿子能夠返回鴿巢；飛越重洋到非洲過冬的燕子，因何

記得回巢之路？法布耳挑戰了當時「演化論者」(les évolutionnistes)
流行的說法。他反詰：無論這些動物與昆蟲所擁有的特殊能力，是
出自於特殊視力、氣象狀態或磁場，為何獨獨人類缺乏這能力？畢
竟，這種本領「是一個完美的武器，絕對有利於生存競爭」(C'était
une belle arme et de grande utilité pour le *struggle for life*)。假如上天
也賦予人類這樣的獨特本領，不是可以讓我們大大進步嗎？根據達
爾文或是他祖父一類的演化論者所說，所有的動物，包括人類，都
源自一個特殊的細胞，經過無數世代，逐漸演化而來，優勝劣敗，
適者生存。果真如此，為何這個絕妙本領，位於「動物位階」(la
série zoologique) 最高點的人類一點影子都沒有，低等生物卻能擁
有？他說：

> 要是［這個絕佳特質］無法世代傳遞，不就是親代遺傳機
> 制出了錯嗎？我想請演化論者幫我解答這個小小疑問，更
> 想知道原生質與細胞核 (le protoplasme et le nucléus) 會有
> 什麼話說。
>
> (Si la transmission ne s'est pas faite, ne serait-ce pas faute
> d'une parenté suffisante? Je soumets le petit problème aux
> évolutionnistes, et suis très désireux de savoir ce qu'en disent
> le protoplasme et le nucléus.)。[65]

　　第二冊第六章名為〈甲蟲〉(Les odynères)，法布耳在讚美過昆
蟲的本能後，一面立場鮮明地攻擊演化論，一面肯定宇宙創造者
的「無上智慧」(Intelligence)：

世界的命運是倚賴組成細胞的蛋白原子演化而來呢，還是由「無上智慧」(Intelligence) 所掌控？我看得越多，觀察得越多，越覺得萬象之謎背後閃耀著「無上智慧」之靈光。(Le monde est-il soumis aux fatalités d'évolution du premier atome albumineux qui se coagula en cellule ; ou bien est-il régi par une Intelligence ? Plus je vois, plus j'observe, et plus cette Intelligence rayonne derrière le mystère des choses.)[66]

　　法布耳這部關於昆蟲本能及行為的著作，無疑是針對演化論做出回應。演化論否定造物主的存在，對當時許多與他一樣的博學人士而言，是異端。相對的，達爾文則反對宗教迷信。他的《物種原始論》採取捍衛科學的立場，不斷提醒讀者切莫「遁入奇蹟的領域，而背離科學」(to enter into the realms of miracle, and to leave those of Science)[67]。在第八章〈本能〉中，達爾文探討了本能、習性及天擇。達爾文相信，在昆蟲與動物無目的性的本能行為中，「如同彼耶余伯 (Pierre Huber) 所說，某種程度的判斷力及理性經常在起作用，即使是自然位階中的低等動物亦然。」[68]達爾文相信本能經遺傳而來，並強調用進廢退，長期不使用，就會退化；也可能是由通過選擇過程（天擇）的習性而形成，只要參考人類培育家畜的經驗（人擇）就明白。他主張，由於在自然界每個生物形質都有變異，「可想而知，天擇也許青睞其中的有利變異，最後使它成為族群的特徵」(natural selection might have secured and fixed any advantageous variation)[69]。他的結論是，動物本能可以解釋為天擇的產物：

最後，這或許不是邏輯推論的結果，但在我的想像中，各
種動物本能，例如外來杜鵑的卵孵化後，會排擠養父母的
親生幼雛，螞蟻窩中的工蟻、姬蜂幼蟲生活在活的毛蟲體
內，並不是神刻意賦予或是創造的本能，而是所有有機生
物進展法則［天擇］的不足道的後果罷了──也就是繁殖、
變異、強者存而弱者亡。[70]

　　相對地，法布耳相信昆蟲的行為持續不變而且公式化，不會變
化也沒有變異。一旦將牠們置於不同的環境中，昆蟲藉以生存的無
瑕本能，可能會讓牠們陷入死亡的境地。法布耳自覺客觀，殊不知
他的結論其實源自於自己預設的立場[71]。

　　法布耳與達爾文不僅科學觀迥異，社會背景也大相逕庭。達
爾文出身仕紳階級，父、祖都是醫師，法布耳則出生於普羅旺斯
的農家 (Saint-Léons-du-Lévezou 村)，家境貧寒，完全自學成功。
一八三三年，他的父母搬到 Rodez，以開咖啡店維生。法布耳獲得
師範學校的獎學金，後來自學微積分及解析幾何通過大學入學文憑
(baccalauréat) 考試，又獲得科學、數學及物理的高等文憑 (licence
ès sciences)[72]。一八五五年在亞維農中學 (Lycée d'Avignon) 任教時，
他在巴黎通過科學博士 (doctorat ès sciences) 論文考試[73]。靠著中
學教師薪水及家教的收入，他撫養五名子女（後來一共八名），
一直捉襟見肘。一八六五年，他以解剖學、生理學及昆蟲行為研
究的成績，獲頒拿破崙三世肖像黃金勳章，他的名聲已經得到肯
定。但是這種殊榮並不能改善他的物質生活。對他的財務狀況真
正有幫助的，是他寫教科書，例如《農業化學基礎課程》(*Leçons*

élémentaires de chimie agricole, 1862)，以及科普讀物，例如《天與地》(*La terre et le ciel,* 1865)。一八六六年，他獲得科學學院 (Académie des Sciences) 頒發的索爾獎章 (Prix Thore)，得到三千法郎獎金，幾乎是他全年薪水的兩倍，暫時改善了他的財務窘境[74]。一八六六年到一八七三年，他兼任雷奇恩博物館 (Musée Requien) 館長。一八七九年，他以《昆蟲記》的版稅，買下位於 Sérignan du Comtat 的「荒石園」(l'Harmas)，次年搬入，直至歿世為止[75]。

　　法布耳是在法國中部鄉間長大的。他的傳記作者達朗吉 (Yves Delange) 稱他為「鄉下人、農民及學者」(ce provincial, paysan et erudite)，並指出他一生穿著像普羅旺斯農民，並保持當地方言 (Languedoc) 口音。有個故事顯示他與巴黎人的思考方式與行止格格不入。一八六五年六月，南歐及地中海地區受蠶瘟肆虐，巴黎高等師範學院的行政官兼科學部主任巴斯德 (Louis Pasteur, 1822-1895) 受命尋求解決之道。他從巴黎南下，依建議拜訪地方上大名鼎鼎的昆蟲學者法布耳。這次會面，讓法布耳震驚不已。首先，巴斯德的任務雖然是撲滅蠶瘟，卻對蠶繭、蠶蛹，以及昆蟲變態一無所知。其次，以解決釀酒發酵問題揚名立萬的巴斯德，提出的請求讓法布耳大為尷尬：「請讓我看看你的酒窖吧」(Montrez-moi votre cave)，因為他的「酒窖」，只不過是一把破爛椅子上擺著的十二公升左右的酒罐子而已[76]。可想而知，經過這次會面後，兩位科學家不可能有進一步的交往。

　　另一個故事也充分顯現法布耳的謙遜單純。一八六七年，公共教育部長度瑞 (Victor Duruy, 1811-1894) 來訪，主要是由於法布耳在紅色染料 (garancine) 研究上的貢獻。這種染料是由一種叫做

garance 的植物萃取而來，是窩克路斯 (Vaucluse) 及普羅旺斯農業及工業的重要收入來源。當部長垂詢他是否需要補助，以改善研究設備，他只要求和部長「握一握手」」(une poignée de main)[77]。一八六八年，度瑞部長頒發尊榮軍團騎士勳章 (chevalier de la légion d'honneur) 給他。頒發典禮後，他被領到杜樂麗宮 (Tuileries) 去謁見皇帝拿破崙三世。但對他而言，圍繞著皇帝的科學家們，雖享有殊榮卻唯唯諾諾，像是「昆蟲世界」(le monde des insects)，在皇帝居室服務的仕紳僕役 (chambellans)，穿著短褲及銀色環扣的鞋子，有如眾多甲蟲 (des scarabées)[78]。這種對上流社會的嘲諷，事實上在《昆蟲記》處處可見，許多偉大的生理學家及解剖學家備受揶揄。

當年任何人想在科學界出人頭地，最重要的一步就是前往巴黎，參與科學社群的活動。但是法布耳終其一生，始終與巴黎科學界保持謹慎的距離，安於普羅旺斯的田園世界。與他密切交往的，都是出身相同或氣味相投的朋友，例如詩人及散文家盧馬尼爾 (Joseph Roumanille, 1818-1891)，他是普羅旺斯語言文學復興運動的領導者。另一位他珍惜的朋友，是英國哲學家及經濟學家彌爾 (John Stuart Mill; 1806-1873)，他經常在國會中為農民、工人和婦女的權益而發聲[79]。法布耳除了同情農民及工人，也十分關心婦女教育。一八七一年，法布耳一家人被逐出亞維農的家，因為他晚上為年輕女子開設的免費科學課程，侵犯了教會的權力——到那時為止，教會一直獨享婦女的教育權。整個事件與一八六七年度瑞部長的教育系統改革有關。兩年後度瑞因阻力太大下台，成人及公眾教育的政策就中斷了[80]。

法布耳對當代巴黎體制內科學家的嘲諷，與他堅持普羅旺斯

田園傳統的立場，息息相關。達爾文身為倫敦體制內科學家，又是皇家學會的成員，當然是法布耳不信任的「上流社會」代表。同時，法布耳對演化論的反對，根深蒂固。他完全否定達爾文演化論，稱之為「無聊野蠻的達爾文理論」(l'inanité des brutales theories darwiniennes)[81]。值得注意的是，即使法布耳毫不留情地批評達爾文祖孫之流的演化論者，達爾文卻對這位法國大師恭敬有加，讚賞他對昆蟲的敏銳觀察力。在《物種原始論》第四版第四章中，他稱許「無與倫比的觀察家法布耳先生」[82]。他們兩人通信過一陣子。一八八〇年一月三日，法布耳寄一本前一年出版的《昆蟲記》第一冊給達爾文，希望這位年長他十四歲的英國著名演化論者能惠予意見。達爾文先回信致謝（日期為一月六日）；讀畢後，又在一月三十一日回信法布耳，說明其祖父所說的分屍蒼蠅之昆蟲，實為胡蜂而非飛蝗蜂。法布耳馬上進行補救，在《昆蟲記》第二冊第十章作註道歉，並說明：他的失誤是因為讀了一個法文譯本，把英文的胡蜂（wasp，法文作 la guêpe）翻譯成法文的飛蝗蜂 (sphex)。二月十八日，法布耳寫了一封信給達爾文，信中敘述了法國農夫的一項奇特習俗：法國農夫會把貓置於袋中旋轉，再帶到其他地方拋棄，以免牠找到回家的路。在一封寫於一八八〇年二月二十日的信中，達爾文表達了他對法布耳「旋轉實驗」的興趣。一八八一年一月二十一日，達爾文寫信給法布耳，提到法布耳所做動物方向感的實驗，並建議他嘗試磁力的實驗。法布耳先前曾寄給達爾文一篇討論 Haclitus（一種蜜蜂的學名）的文章，達爾文表達了謝意[83]。達爾文於一八八二年過世，他們之間的書信往返便停止了。

　　法布耳與達爾文對相同的科學資料 (data) 有截然不同的詮釋，

說法布耳是反科學的，亦不為過。這兩位科學家之間的「對話」，揭露了十八世紀以來歐洲科學與宗教之間的基本論爭。但是，對既翻譯法布耳、又翻譯達爾文的日本無政府主義者，或是將兩人皆視為偉大科學家的中國文人而言，可能從來就沒有意識到兩者間的差異和對立。反科學的法布耳，在魯迅的詮釋下，竟成了西方科學的象徵。

■ 一個旅行的文本

本章的主題是一個文本旅行的故事。一九二〇年代初期，上個世紀末誕生於法國南部鄉間的《昆蟲記》飄洋過海，旅行到了日本的大都會，正值日本大正時期，無政府主義者受到大規模迫害時。到了一九二〇年代末、三〇年代初，內亂中的中國因為日本入侵，形勢愈加嚴峻，這個文本又旅行到了中國上海。在國際政治紛擾、國內動盪不安的年代裡，《昆蟲記》跨越國家及語言的邊界，連結了素不相識的人們的心靈。更重要的，它的旅行過程反映出當時歐洲思想與觀念傳入中國，經常透過日本做為中介的事實。這個議題，目前學界尚未充分探討。

這個文本不僅跨越了國家疆界，還跨越了學科藩籬。從法國的自然科學，到日本的社會科學（無政府主義），最後到了中國成為文學資產。此一文本之所以能跨越學科，是因為十九世紀末、二十世紀初，歐、美、亞三洲都瀰漫著科學進步史觀。不過，當一個觀念或是思想，從某個文化跨越到另一個文化，從一個歷史時期過渡到另一個歷史時期之後，總不免發生質變，產生新義。薩伊德

(Edward Said) 在〈旅行理論〉(Traveling Theory) 一文中即說道：

> 思想及觀念從一個文化傳播到另一個文化，是常態。但是
> 有些例子特別有趣。例如所謂的東方超越思想，在十九世
> 紀初輸入歐洲，或是在十九世紀晚期，歐洲某些社會理論
> 透過翻譯傳進東方的傳統社會。這種流動並非毫無阻礙，
> 必然涉及與起始點 (point of origin) 不同的再現與建制化過
> 程。思想與觀念的移植、轉化、傳播、流通等過程，因而
> 複雜起來。[84]

「科學進步史觀」的「起始點」(point of origin) 很難確認。
不過，如果參考克魯泡特金的《現代科學與無政府主義》(*Modern Science and Anarchism*) 一書，我們會發現，對他而言，這個觀念明顯起源於十九世紀中葉，那時自然科學及社會科學同時進入革命年代。他相信單以科學的推論法，就能夠進行宗教學、道德哲學及思想史的充分研究。至於康德式的「形上學概念」(metaphysical concepts)，例如「不朽靈魂」 (immortal soul) 或「無上律令」 (imperative and categorical laws) 等受無上存在 (superior being) 概念啟發的觀念；或是黑格爾的「純粹辯證法」(purely dialectic method)，都已經無法掌握「機械事實」(mechanical facts)。在克魯泡特金的心目中，十八世紀的思想家例如百科全書學者是達爾文的先驅，他們「致力於以自然科學家 (naturalists) 的方式詮釋宇宙及其一切現象」。根據他的說法，即使在十九世紀上半葉，科學曾由於「反動派（即『捍衛傳統的人』）佔上風」，而遭遇到短暫的挫

敗，它終究在「一八四八年那個革命之年」後，繁榮發展[85]。

反對所有政治、社會及宗教體制的克魯泡特金，堅信科學與宗教無法共存。他在書裡的第三章中說道：

> 在科學中⋯⋯我們已能閱讀大自然之書，包括無機世界、生物與人類的演化，不必訴諸造物主、神秘的生命力、或是不朽的靈魂，亦不必援引黑格爾的辯證法，或者以任何形上學符號來掩飾我們的無知。這些符號，不論何種，往往有作者隱身其後。從物理學到生命事實，現象愈來愈複雜，但都是機械現象；機械觀足以解釋大自然，以及地球上所有有理性、有群性的生命。[86]

克魯泡特金的《現代科學與無政府主義》一書寫於一九一二年，當時他流寓倫敦。書中將無政府主義視為現代科學的一支，因為他認為無政府主義用用科學的歸納／演繹法研究人類社會，與「進步史觀」合拍。他認為現代科學發展的巔峰就是達爾文的演化論。他的動物「互助論」與達爾文的「生存競爭」(struggle for life) 似乎彼此格格不入。不過克魯泡特金可不這麼認為，因為他相信達爾文在《物種原始論》問世十二年後，改變了想法。一九○二年，克魯泡特金出版《互助：演化的要素》，在引言中闡明了這個論點。他承認在西伯利亞東部及滿洲北部，大部份動物都必須為了生存而對抗「氣候嚴峻的大自然」(an inclement Nature)，但他卻並未發現「同物種成員間有劇烈的生存競爭」——大部份達爾文主義者都認為同物種成員間的競爭是演化的要因（雖然這個觀點達爾文

本人並非總是贊同）。」[87]克魯泡特金認為，達爾文在《物種原始論》問世十二年之後發表的《人類原始論》：

> ……已經採取了一個定義較寬且譬喻式的觀點，來詮釋「生存競爭」觀念，不再堅持他第一本書裡，為了以「天擇」解釋新物種的起源，所說的那種個體與個體間的艱苦鬥爭。在他的第二本偉大著作《人類原始論》裡，達爾文寫道，實情正相反，彼此同情的個體數量最多的物種，存活機會就最大，生產的後裔數量愈多。然而，史賓塞仍然堅信原來的「生存競爭」觀念。[88]

克魯泡特金確信達爾文在《人類原始論》中的立場與他一致。事實上，克魯泡特金修正了生存競爭理論，他說道：「在動物之間，互助不僅是生存競爭最有效的武器，可以對抗大自然的殘酷力量以及敵對物種，也是促進進步演化的主要工具。」[89]他讚美達爾文是「當代最有名的自然學者」，「整個生命科學都受到他的研究影響」。他認為，達爾文最重要的貢獻就是為天擇、生存競爭理論奠定「科學基礎」，「以自然因解釋生物適應現象，而不用藉助一個指引力量的干預」(without the intervention of a guiding power)[90]。

克魯泡特金本身是科學家，對地質學、地理學、化學、經濟學都有貢獻。他欣賞達爾文的研究，特別是他堅持以自然因解釋自然現象的科學立場，「而不用藉助一個指引力量的干預」。像法布耳這樣的昆蟲學者，將生物本能歸因於「神啟」(divine illumination)，當然不是他心目中的真正科學家。他論及十九世紀的科學發展時，

對法布耳隻字未提，可見其態度。

　　追隨克魯泡特金的日本無政府主義者大杉榮及椎名其二，都是沒有受過科學訓練的社會運動者及作家。他們認同克魯泡特金對科學及教育的信仰，卻無法理解達爾文與法布耳之間的異同。但是筆者認為他們對法布耳的興趣，不只是科學真理的追求。法布耳來自普羅旺斯魯的作家立場，以及他經常強調出身務農，對椎名其二及其無政府主義夥伴吉江喬松而言，難免心有戚戚焉。當時他們正找尋主流外的思想，來彌補大正時期動盪歲月的心靈空虛。吉江於一九二〇至二三年間，寫了幾篇文章討論南歐及由盧馬尼爾及密斯特拉爾 (Federick Mistral) 領導的菲立布里基運動 (Félibrige Movement)，企圖復興普羅旺斯語言及文學[91]。一九二〇年代末，吉江也為文鼓吹日本的農民文學[92]。

　　無政府主義者對演化論的推介，當然不落人後。大杉榮於一九一三年寫了一系列文章討論演化論的發展，包括〈創造的進化：柏格森論〉。他提起拉馬克 (Lamarck) 的適應理論 (adaptation theory)，艾馬 (Theodor Eimer, 1843-98) 的定向演化論 (orthogenesis)，魏斯曼 (August Wiesmann, 1834-1914) 的生殖質理論 (germ plasma theory) 等等。文末他引用湯姆森 (Sir Charles Wyville Thomson, 1830-82)，比較達爾文與資本主義：「比較達爾文的理論與資本主義心態，兩者的相似，令人驚異」[93]。只要記得一八八三年恩格斯在馬克思葬禮上的著名演說，這其實不足為奇：「正如同達爾文發現了生命世界的演化論，馬克思發現了人類歷史的演化論」(Just as Darwin discovered the law of evolution in organic nature, so Marx discovered the law of evolution in human history)[94]。事實上馬

克思自己一八六二年寫信給恩格爾時，也曾如此承認：「達爾文真了不起，在動植物中發現了英國社會的現象：勞力分工、商業競爭、開發新市場、『地理大發現』、馬爾薩斯的『生存競爭』……達爾文的動物世界是布爾喬亞社會的隱喻」[95]。柏格森的創造進化論是批判達爾文演化論的，大杉榮會偏愛他，情有可原。除了柏格森以外，他也視托爾斯泰為精神導師。在另一篇文章中，他稱呼托爾斯泰為「為精神奮鬥的戰士」（霊魂のための戦士），把他與農民、宗教異端、及俄國的杜哈伯爾（Dōhaboru ドウハボル；精神戰士）運動連結起來，說明了他對精神引領的渴望，以及他對底層階級的未來寄與厚望[96]。

讓我們再看看也提倡法布耳的魯迅。雖然學過醫學，他在閱讀大杉榮翻譯的法布耳作品時，似乎主要是用《昆蟲記》來批判中國人的國民性及統治階級腐敗的問題，卻不了解，法布耳事實上是反科學的。魯迅一心提倡通俗科學寫作，他在一九二五年寫道：「至少還該有一種通俗的科學雜誌，要淺顯而且有趣的。可惜中國現在的科學家不大做文章，有做的，也過于高深，于是就很枯燥。現在要 Brehm 的講動物生活，Fabre 的講昆蟲故事似的有趣，並且插許多圖畫的」[97]。難怪他會特別欣賞法布耳的作品。

相對的，魯迅的弟弟周作人則對法布耳的寫作風格特別傾倒，認為他「融合了科學和詩意」。一九二三年，周作人提到《昆蟲記》第一冊中題為〈荒地〉(L'Harmas) 的一章[98]。其中提到有人批評法布耳文章通俗易懂，思想淺薄，沒有科學價值。法布耳反駁說，他的書不只為對本能感興趣的學者或專家而寫，也為青少年而寫，目的是讓他們愛上自然科學史。因此，他雖然堅守真理，卻放棄學院

派的科學書寫 (scientific prose)。他批評學術文章晦澀難讀，往往跟北美印地安人的方言一樣難懂[99]。周作人說：「我們固然不能非薄純學術的文體，但讀了他的詩與科學兩相調和的文章，自然不得不更表敬愛之意了」[100]。周作人承認自己看過幾冊英文版及第一冊日文版的《昆蟲記》，最為書中以蟲喻人的部份所感動，他說：

> 我們看了小說戲劇中所描寫的同類的運命，受到深切的銘感，現在見了昆蟲界的這些悲喜劇，彷彿是聽說遠親——的確是很遠的遠親——的消息，正是一樣迫切的動心，令人想起種種事情來。[101]

　　周作人的說法是當時中國文人面對科學書籍的典型反應。與其兄魯迅相同，他受到的啟發是人文關懷，而非科學知識本身。由此看來，鷗外・鷗「掌篇小說」揶揄提倡科學實驗的三位摩登青年，以昆蟲行為來比擬人類的情愛行為，似乎並不算特別脫線。

　　要是我們回顧達爾文《物種原始論》在中國的命運，一切就更清楚了。嚴復 (1853-1921) 在一八九八年將赫胥黎的 *Evolution and Ethics* 翻譯成《天演論》。全書以天演警告國人非變法不可，否則中國就會在列強的生存競爭中敗亡。當時中國外患連連，外交又不斷受挫，嚴復《天演論》一出，說是舉國震驚，一點也不為過。為了翻譯 "struggle for existence, natural selection, and survival of the fittest" 等語，他創造了新語彙「物競天擇，適者生存」，成為幾代人朗朗上口的警語，一語道破中國在國際政治上危如累卵的處境。相對的，馬君武 (1881-1940) 翻譯的達爾文《物種原始論》，於

一九一九年出版，影響卻遠不及《天演論》。既然中國的達爾文主義者已經道盡了達爾文的理論，達爾文本人究竟說了什麼，看來反而沒那麼重要了。

然而我們也不應忘記，如同在日本，一九二○年代柏格森在中國也被視為精神導師。由此看來，晚清以來科學萬能的論調似乎並非那麼單純。這就必須探討科學與玄學論戰的問題 [102]。當年無數知識份子曾投入相關爭論，各自支持達爾文的演化論（代表西方科學）或柏格森的生命哲學（與儒釋道結合，代表東方智慧）。但這必須另待專書討論。

■ 魯迅會如何看待浪蕩子美學

假如魯迅知道他是〈研究觸角的三個人〉中所嘲弄的對象，百分之百會為文回擊鷗外・鷗這類浪蕩子，居然油腔滑調、嘻皮笑臉地，硬生生將他淪為笑柄。不難想像，他會寫出如何辛辣刻薄的反駁文章。

魯迅是個人像白描家，擅於描摹當代人物典型。他曾針對「白相」（上海方言，意為「玩耍」）寫過幾篇文章，嘲諷那些生活頹廢，只知娛樂，不事生產的遊戲子弟。本書第一章討論過，一九三三年海派論爭時，新感覺派作家被大肆攻擊的事件。就在這一年，他以筆名「旅隼」發表了一篇名為〈吃白相飯〉的文章：

> 要將上海的所謂「白相」，改作普通話，只好是「玩耍」；
> 至于「吃白相飯」，那恐怕還是用文言譯作「不務正業，

遊蕩為生」，對于外鄉人可以比較的明白些。[103]

　　文中對新感覺派那類吃喝玩耍人物的冷嘲熱諷，躍然紙上。本書第一章也提過，劉吶鷗一度在日記中自我批判：「這幾禮拜，都是白相，[一] 點工夫也不用。」然而，無論魯迅如何鄙視一般人或文人的浪蕩子行徑，他自身也在從事新感覺派的混語書寫風格：他的白話文中，混雜著上海方言及古典中文。在另一篇也是寫於一九三三年的文章中，他批判日本作家的「惡癖」（あくへき）時，不但使用古典中文，還使用日文漢字辭彙來表達。在充分透露對浪蕩子行徑的嘲諷態度的同時，文章中混語書寫的流暢，比起新感覺派書寫的混語風格，毫不遜色：

　　　　現代的日本文人，除了抽煙喝咖啡之外，各人都犯著各樣的怪奇惡癖。前田河廣一郎愛酒若命，醉後呶鳴不休；谷崎潤一郎愛聞女人的體臭 [たいしゅ] 和嘗女人的痰涕；……細田源吉喜作猥談 [わいたん]，朝食后熟睡二小時……

　　　　日本現代文人所犯的惡癖，正和中國舊時文人辜鴻鳴喜聞女人金蓮 [古典中文] 同樣的可厭，我要求現代中國有為的青年，不但是文人，都要保持著健全的精神 [けんぜんてきせいしん]，切勿借了「文人無行」[古典中文] 的幌子，再犯著和日本文人同樣可詬病的惡癖。[104]

　　魯迅這兩篇一九三三年的文章，或許只是無心之作。然而，從另一個角度看，本文雖針對日本浪蕩子的「惡癖」，告誡中國的青年作家勿起而效之，也可以是針對上海新感覺派的批判。

　　無論他們的人生態度是否與新感覺派作家南轅北轍，假如仔細觀察魯迅及一般當代作家的混語風格，他們作品中充斥的外文辭彙及古典用語，令人驚訝。混語書寫絕非新感覺派的專利。即使魯迅對文人的浪蕩子行徑深不以為然，他自身也如同新感覺派作家一般，從事跨文化實踐。也許應該這樣說：跨文化實踐是浪蕩子美學的必要條件，但兩者並不等同。必須身為浪蕩子，才能從事浪蕩子美學。

　　下一章將繼續探討浪蕩子美學的概念，重心放在摩登青年的形象上。摩登青年一派浪蕩子行徑，但在知識學養上差之何止千里。浪蕩子以文藝巔峰成就為職志；相對的，摩登青年身為浪蕩子的同性低等他我，只能在跨文化場域上如鸚鵡學舌般傳遞資訊，毫無創造性轉化的能耐。

註解

1 Walter Benjamin, "The Task of a Translator" (1923), trans. Harry Zohn, in Marcus Bulock and Michael W. Jennings, ed., *Walter Benjamin: Selected Writings* (Cambridge, Mass.: The Belknap Press of Harvard University Press, 1996), vol. 1 (1913-1926), pp.256-257.

2 葉輝：《書寫浮城：香港文學評論集》（香港：青文書屋，2001 年），頁 349。

3 同前註，頁 360-361。

4 鷗外‧鷗：〈研究觸角的三個人〉，《婦人畫報》第 21 期（1934 年 9 月），頁 5-6。

5 Cf. Bennetta Jules-Rosetta, *Josephine Baker in Art and Life: The Icon and the Image* (Urbana: University of Illinois Press, 2007).

6 郭建英：〈黑、紅、忍殘性與女性〉，《時代漫畫》，第 1 期（1934 年 1 月 20 日）；收入沈建中編：《時代漫畫 1934-1937》（上海：上海社會科學院出版社，2004），上冊，頁 10。

7 參考上野益三：《日本博物学史》（東京：平凡社，1973 年）。

8 同註 4。

9 其他四位譯者，分別是鷲尾猛（第 5、6 冊），木下半治（第 7、8 冊），小牧近江（第 9 冊），及土井逸雄（第 10 冊）。

10 柳絮：〈主張組織大東亞無政府主義者大聯盟〉，《民鐘》16 期（1926 年 12 月 15 日），頁 2-3。關於大杉榮生平請見《自敘傳》(1921-1922)。關於他被拘禁的情形，請見《獄中記》(1919)。英文翻譯的傳記請見 Byron Marshall, *The Autobiography of Osugi Sakae* (Berkeley: University of California Press, 1992).

11 大杉榮：《日本脱出記》(1923)，收入大沢正道編：《大杉榮集》，（東京：筑摩書店，1974 年），頁 297-327。

12 請見巴金（芾甘）：〈偉大的殉道者——呈同志大杉榮君之靈〉，《春雷》第 3 期（1924 年 5 月 1 日）；〈大杉榮著作年譜〉，《春雷》第 3 期（1924 年 5 月 1 日）；〈大杉榮年譜〉，《民鐘》第 1 卷第 9 期（1924 年 8 月 1 日）。收錄於《巴金全集》（北京：人民文學出版社，2000 年），第 18 卷，頁 63-76。

13 請見巴金：〈偉大的殉道者——呈同志大杉榮君之靈〉，《巴金全集》，第 18 卷，頁 64。作者在註腳中提供費歇爾的死前遺言："Hurrah for Anarchy! This is the happiest moment of my life."

14 見 Lydia Liu, *Translingual Practice: Literature, National Culture, and Translated Modernity—China, 1900-1937* (Stanford, Calif.: Stanford University Press, 1995), p.3. 劉禾評論的是阿薩德的文章，見 Talal Asad, "The Concept of Cultural Translation in

British Social Anthropology," in Clifford and Marcus, eds., *Writing Culture: the Poetics and Politics of Ethnography* (Berkeley: University of California Press, 1986), pp.141-164.

15 在一九八四年的訪問稿〈作為自由實踐的自我倫理〉(L'étique du souci de soi comme pratique de la liberté) 中，福柯坦承從《事物之秩序》以來，他有關主體性與真理的觀念產生了重大的轉變。過去他的立場是「抑制實踐」(les pratiques coercitives; coercive practices)，例如心理治療及監獄。他在法蘭西學院的演講逐漸發展出「自我實踐」(les pratiques de soi; practices of self) 以及「自由實踐」(les pratiques de liberté) 的看法。他如此區分「自由」及「自由實踐」的概念：「自由展開權力關係的新空間，但是權力關係必須由自由實踐來制約。」他認為權力關係是流動的，只有在心理治療及監獄制度的情況下，權力的流動才會完全被阻礙。（當然，我們可以辯駁說，即使在心理治療及監獄制度中，權力關係也並非全然僵化。）對福柯而言，權力流動的概念牽涉到人的主體如何進入「真理遊戲」(les jeux de vérité; game of truth)，而自由實踐、真理遊戲與倫理是息息相關的。他認為自由是倫理的本體條件，而倫理是自由經過深思熟慮後所採取的形式 (Freedom is the ontological condition of ethics, while ethics is the form freedom takes when informed by reflection)。參考 Michel Foucault, *Dits et écrits, 1976-1988* (Paris: Gallimard, 2001), vol. 2, pp.1527-1548。英文翻譯參考 "The Ethics of the Concern for Self as a Practice of Freedom," trans. Robert Hurley et al, in Paul Rabinow, ed., *Ethics: Subjectivity and Truth* (London: Allen Lane, 1997), pp.146-165。上述我略微修改了 Rabinow 的英文版翻譯。

16 大杉榮：《獄中記》(1919)，收入《大杉栄全集》（東京：現代思潮社，1965 年），第 13 卷，頁 190、202。

17 大杉榮譯：〈訳者の序〉，《ファーブル昆蟲記》（東京：明石書店，2005 年），頁 8。

18 同前註，頁 13。

19 同前註，頁 5-14。

20 同前註。

21 黃蜂的種類包括 le Cerceris buprestide, le Cerceris tubercule, le sphex à ailes jaunes 及 le sphex languedocien。

22 蜷川讓：《パリに死す》（巴黎之死；東京：藤原書店，1996 年）。

23 同前註。

24 Dr. G.–V. Legros, *La Vie de J.–H. Fabre, naturaliste, par un disciple* (Life of J.-H. Fabre, Naturalist, by a Disciple; Paris: Librairie Ch. Delabrave, 1913).

25 椎名其二：《ファブルの生涯：科学の詩人》（東京：叢文閣，1925 年）。

26 Dr. G.-V. Legros, *Fabre, Poet of Science,* trans. Bernard Miall (New York: The Century Co., 1913).

27 Dr. G.–V. Legros, *La Vie de J.-H. Fabre, naturaliste, par un disciple,* pp.2-3.

28 法布耳著，梁守鏘等譯：《昆蟲記》（廣州：花城出版社，2001 年）。

29 有關日本博物學史及日本人對自然的獨特看法，參考上野益三：《日本博物學史》；Pamela J. Asquith and Arne Kalland, eds., *Japanese Images of Nature: Cultural Perspectives* (Richmond, Surrey: Nordic Institute of Asian Studies, 1997).

30 魯迅：《魯迅日記》（北京：人民文學出版社，1959 年），上冊頁 507、510、642、653，及下冊頁 765、774、792、815、817、837、839、845。

31 周建人：〈魯迅與自然科學〉，收入劉再復等著：《魯迅和自然科學》（澳門：爾雅社，1978 年），頁 3：「在他生前最後的幾年，戰鬥那麼緊張，身體又不好，還念念不忘要和我一起翻譯法國科學家法布爾的科學普及著作《昆蟲記》。他本來有日文版的《昆蟲記》，又託人到國外去買英文版的，給我翻譯用。可惜，還沒有動手譯，魯迅就與世長辭了。」

32 上海魯迅紀念館編：《中日友好的先驅：魯迅與內山完造圖集》（上海：人民美術出版社，2000 [1995] 年），第二版。

33 請見網站：http://www.santen.co.jp/company/jp/history/chapter1.jsp，檢索日期：2004 年 12 月 29 日。

34 上海魯迅紀念館編：《中日友好的先驅：魯迅與內山完造圖集》。

35 同前註。

36 魯迅（冥昭）：〈春末閒談〉，《莽原》第 1 期（1925 年 4 月 24 日），頁 4-5。

37 同前註。

38 同前註。

39 愛羅珗科在日本期間與麵包坊中村屋的關聯，見相沢源七：《相馬黒光と中村屋サロン》（相馬黑光與中村屋沙龍；仙台市：宝文堂，1982 年），頁 89-90；愛羅珗科在日本的活動，見藤井省三：《エロシェンコの都市物語：1920 年代東京、上海、北京》（東京：みすず書房，1989 年），頁 4-49。

40 初次抵達日本後不久，愛羅珗科遇到一位記者及社會激進份子，名叫神近市子 (1888-1980)。後來神近市子於一九一六年因為嫉妒另一個女人，而刺傷她的愛人大杉榮，也因此被監禁兩年。透過神近，愛羅珗科住進相馬黑光 (1875-1955) 與其夫愛蔵經營

的麵包店兼文藝沙龍中村屋，一共住了四年。作為文人、藝術家及國際流亡者的避風港，中村屋庇護了許多著名的激進分子，例如韓國獨立鬥士 Lim Gyuwan 及印度獨立運動領袖博斯 (Rash Bihari Bose, 1897-1945) 等。博斯於一九一八年與相馬的大女兒俊子結婚。偉大的印度詩人泰戈爾也曾於一九二二年造訪中村屋。參見相沢源七：《相馬黑光と中村屋サロン》，頁 76-122；中島岳志：《中村屋のボース：インド独立運動と近代日本のアジア主義》（中村屋的博斯：印度獨立運動及現代日本的亞洲主義；東京：白水社，2005 年），頁 105-158。

41 周作人：〈懷愛羅琰科君〉，《晨報副鐫》（1922 年 11 月 7 日），頁 4。

42 三本詩集為《夜明け前の歌》、《最後の溜息》及《人類の為めに》。參見相沢源七：《相馬黑光と中村屋サロン》，頁 89。

43 魯迅譯：〈春夜的夢〉，《晨報副鐫》（1921 年 10 月 22 日），頁 1-2。

44 魯迅：〈鴨的喜劇〉，《婦女雜誌》第 8 卷第 12 號（1922 年 12 月），頁 83-84。

45 魯迅：〈春末閒談〉，頁 4-5。

46 周建人：《回憶大哥魯迅》（上海：教育山版社，2001 年），頁 23-35。

47 大杉榮：《昆虫記》（東京：叢文閣，1924 年）第六版，頁 97-113。

48 Jean Henri Fabre, *Souvenirs entomologiques: études sur l'instinct et les mœurs des insectes* (Paris: Robert Laffont, 1989), tome I, pp.165-173. 此版本將法布耳原書十冊編成兩冊。由於本章中論及《昆蟲記》的人均引用原來的十冊，為了閱讀及討論的清楚，筆者採用原先十冊的冊數。

49 *Ibid.*, pp.166-167.

50 *Ibid.*, p.167.

51 *Ibid.*, p.169. 在註腳 1 法布耳提供文章出處如下：*Annales des sciences naturelles*（自然科學年鑑），3e série, tome V，指的是期刊的合集 (Paris: Chez Béchet, 1824-1895)。此期刊於一八二四年至二〇〇〇年在巴黎發行，由 Victor Audouin (1797-1841)，Jean-Baptiste Dumas (1800-1884)，及 Adolphe Brongniart (1801-1876) 三人共同創辦。

52 *Ibid.*, p.170.

53 *Ibid.*,

54 *Ibid.*, p.173.

55 Peter J. Bowler, *Charles Darwin: the Man and His Influence* (Cambridge, Mass.: Basil Blackwell, Inc., 1990), pp.17-18.

56 Jean Henri Fabre, *Souvenirs entomologiques,* tome I, p.199.

57 *Ibid.*, p.405. 在第二冊第十章，法布耳在註腳中提起達爾文寫信給他，說明達爾文祖父的著作 *Zoonomia* 中，所指的其實正是胡蜂 wasp（法文為 guêpe）。法布耳深感抱歉，因為他讀的是 Lacordaire 的譯本，把英文的 "wasp" 翻成法文的 "sphex"，讓他誤以為像伊拉士謨‧達爾文這麼有名的昆蟲學家，也會把胡蜂誤認為飛蝗泥蜂。

58 *Ibid.*, p.203.

59 H. P.Blavatsky, *Isis Unveiled: A Master-Key to the Mysteries of Ancient and Modern Science and Theology* (New York: J. W. Bouton, 1877), 2nd edition, pp.305, 433.

60 David Matual, *Tolstoy's Translation of the Gospels: A Critical Study* (Queenston, Ontario: The Edwin Mellen Press, 1992), p.23.

61 *Ibid.*, p.12.

62 *Ibid.*, pp.1-23.

63 *Ibid.*, p.13.

64 H. P.Blavatsky, "Is Theosophy a Religion?" Lucifer (Nov. 1888), pp.177-187.

65 Fabre, *Souvenirs entomologiques,* tome I, p.392.

66 *Ibid.*, p.371.

67 Charles Darwin, *The Origin of Species by Means of Natural Selection, or the Preservation of Favored Races in the Struggle for Life* (New York: The Modern Library, 1998), p.316. 此書原發行於一八五九年。此書的前五版均以〈物種原始論〉(On the Origin of Species) 為書名開頭，然而一八七二年的第六版，刪除了「論」(On) 這個字。

68 *Ibid.*, p.318.

69 *Ibid.*, p.330.

70 *Ibid.*, p.360.

71 王道還：〈一九一五年十月十一日《昆蟲記》作者法布耳逝世〉，《科學發展》，第 358 期（2002 年 10 月），頁 72-74。

72 Yves Delange, Jean Henri Fabre, l'homme qui aimait les insectes (Jean Henri Fabre, the Man Who Loved Insects; Paris: Actes Sud, 1999), pp.24-27. 在法布耳的年代，baccalauréat 是中等教育修畢後獲得的文憑，獲得此文憑才能進入大學。但是相當於學院 (college) 及中學 (lycée) 畢業生年紀的年輕人當中，只有百分之一的人獲頒此文憑，因此比起今天的 baccalauréat 更難得。 在法布耳的年代，法國只有三種文憑：baccalauréat, licence（大學第三年）、及 doctorat（大學第八年）。

73 *Ibid.*, pp.28-32.

74 *Ibid.*, p.51. 根據 Delange 書中的敘述，法布耳於一八六六年獲頒 Le Prix Gegner，但是在書末的文憑、頭銜及得獎名單中（頁 340-341），他該年所得的是 Le Prix Thore。根據 Delange 為 *Souvenirs entomologiques* 所寫的序，很清楚的，法布耳在一八六六年獲頒的是 Le Prix Thore，同時獲得三千法郎。他一八五三年起，在 Avignon 中學的年薪是一千六百法郎。他在 Collège d'Ajaccio 的年薪是一千八百法郎，但是一八五〇年起減半。他在 Carpentras 任教時，年薪不到九百法郎。得到 *Souvenirs entomologiques* 的版稅後，他用七千二百法郎買了荒石園，並把三千法郎的借款還給 Stuart Mill，這是他被逐出 Avignon 的住家後所負的債。Cf. Yves Delange, "Préface," *Souvenirs entomologiques,* pp.10-24.

75 *Ibid.*, pp.164-199.

76 *Ibid.*, pp.47-49.

77 *Ibid.*, pp.43, 54.

78 *Ibid.*, p.57.

79 *Ibid.*, pp.61-63.

80 *Ibid.*, pp.58-61.

81 *Ibid.*, p.43.

82 Charles Darwin, *The Origin of Species by Means of Natural Selection, or the Preservation of Favored Races in the Struggle for Life,* p.118. 《物種原始論》的前三版中，達爾文引用法布耳，卻未稱他是「無與倫比的觀察家法布耳先生」。參見 Morse Peckham, ed., *The Origin of Species by Charles Darwin: A Variorum Text* (Philadelphia: University of Pennsylvania Press, 1959), p.174。

83 Francis Darwin and A. C. Seward, ed., *More Letters of Charles Darwin: A Record of His Work in a Series of Hitherto Unpublished Letters* (New York: Johnson Reprint Corporation, 1972), vol. 1, pp.385-386. 根據 New York: D. Appleton and Company, 1903 年版重印。亦請參見 Frederick Burkhardt and Sydney Smith, ed., *A Calendar of the Correspondence of Charles Darwin, 1821-1882, with Supplement* (Cambridge University Press, 1994 [1985]), pp.522, 524, 526, 546.

84 Moustafa Bayoumi and Andrew Rubin, eds., "Traveling Theory," in *The Edward Said Reader* (New York: Vintage Books, 2002), p.196.

85 P.Kropotkin, *Modern Science and Anarchism* (London: Freedom Press, 1912), pp.1-17.

86 *Ibid.*, p.16.

87 P.Kropotkin, *Mutual Aid: A Factor of Evolution* (London: William Heinemann, 1902), p.iiv.

88 P.Kropotkin, *Modern Science and Anarchism,* p.31.

89 *Ibid.*, p.32.

90 *Ibid.*, p.99.

91 這些文章原發表於《新潮》，後收入單行本《佛蘭西文藝印象記》（東京：新潮社，1923 年），也收入《吉江喬松全集》第 3 卷中。見《吉江喬松全集》（東京：白水社，1941 年），卷 3，頁 255-501。

92 吉江喬松：〈農民文學〉，收入《南歐の空》（東京：早稻田大學出版社，1929 年），頁 45。本書所收的每一篇作品均由第一頁開始。

93 大杉榮：〈創造的進化——アンリ．ベルグソン論〉（創造的進化：柏格森論，1913 年），收入《大杉榮全集》（東京：大杉榮全集刊行會，1925-1926 年），卷 1，頁 187-196。

94 Philip S. Foner, ed. *When Karl Marx Died* (New York: International Publishers, 1973), p.39. Cf. also Margaret A. Fay, "Did Marx Offer to Dedicate *Capital* to Darwin?: A Reassessment of the Evidence," *Journal of the History of Ideas,* 39.1 (January to March 1978): 133-146. 傳聞馬克思曾把自己的書獻給達爾文，這完全是誤解。誤解的發生，來自於伊賽亞·柏林 (Isaiah Berlin) 寫的馬克思傳記，其中馬克思女婿想把自己的書獻給達爾文，所以寫信給他徵求他的同意；這封信被誤認為是馬克思寫的。有關此一誤解的經過，請參考 Janet Brown, *Darwin's Origin of Species: A Biography* (New York: Atlantic Monthly Press, 2006), p.101.

95 See *The Letters of Karl Marx,* trans. Saul K. Padover (New Jersey: Prentice-Hall, Inc., 1979), p.157.

96 大杉榮：〈靈魂のための戰士〉（為精神奮鬥的戰士），收入《大杉榮全集》，卷 1，頁 738-776。

97 魯迅：〈通訊〉，收入《魯迅全集》（北京：人民文學出版社，1989 年），卷 3，頁 25。

98 "L'Harmas" 為普羅旺斯——法國東南部——一種羅曼語中的詞彙。法布耳在他的書中如此說道：「活動的地方是未經開墾的平原，遍佈小石子，在鄉下，人們稱它為一個 "harmas"。」一八七九年，法布耳於 Sérignan du Comtat 買的房舍及庭園，即為此名。次年他遷居於此，直至逝世為止。參見 Yves Delange, *l'homme qui aimait les insectes,* p.165。

99 Fabre, *Souvenirs entomologiques,* tome I, pp.319-325.

100 周作人：〈二，法布耳《昆蟲記》〉，《晨報副鐫》，（1923 年 1 月 26 日），頁 3。

101 同前註。

102 此論戰因一九二三年二月十四日張君勱在北京清華大學的演說〈人生觀〉而展開。
地質學家丁文江在《努力周報》上寫了一系列的批判文章，引爆爭論。論戰文章，
參考適君等編：《科學與人生觀》（山東：人民文學出版社，1923；1997 年重印），
頁 41-60，181-210，256-262。

103 魯迅（旅隼）：〈吃白相飯〉(1933)，收入《魯迅全集》，卷 5，頁 208-209。

104 魯迅（若谷）：〈惡癖〉(1933)，收入《魯迅全集》，卷 5，頁 81。

五
一個旅行的現代病：
「心的疾病」與摩登青年

其（培因）論涉純正哲學處。間有不確當者。
且其書浩瀚。不便童蒙。故就其切要處。取
捨折衷。作為此書。

——井上哲次郎

■ 翻譯與跨文化現代性

　　本章分析穆時英一九三三年的短篇小說〈被當作消遣品的男子〉，文中使用了大量的科學術語。醫學或心理學詞彙，如「女性嫌惡症」、「解剖」、「神經衰弱症」、「消化不良」等等，充斥全篇。如同典型的新感覺派小說一般，這些轉借自日文翻譯西方科學詞彙的術語，用來嘲諷一位花心的摩登女郎以折磨眾多追求者為能事。本章將指出：這些來自現代日本科學術語的轉借字，不僅改變了中國現代文學的詞彙，也使言談、報紙、教科書等日常生活語言產生蛻變。這些詞語制約了我們對自己身體、心靈及外在事物的的理解。我們日常使用的轉借字，無論是科學或非科學用語，都已經大量地根植在我們的意識或下意識中，以致於我們幾乎無法察覺這些術語到底是不是「中文」。劉禾在《跨語境實踐》(Translingual Practice) 一書中指出：附於她書後的轉借字列表是無法窮盡的[1]。事實上，即使一本轉借字詞典嘗試全面性地收錄所有詞彙，也不可能完全列出我們每天所使用的轉借字。轉借字已經改變了我們對感覺的描述，以及對自我、人際關係及世界觀的認知。

　　本章將追溯心理學在日本與中國成為一門學科的引介過程，並且以幾個關鍵詞彙的翻譯為例，指出我們如何透過這些辭彙的翻譯，來學習為我們的感覺及精神疾病命名。晚清以降，「東亞病夫」一詞盛行於中國[2]。到了二、三〇年代，許多作家開始告訴我們，中國人現在患了「心的疾病」，深受其苦。這是我們所面臨的一種現代病，是伴隨現代性、男女關係丕變、內戰連連、列強侵略而來的疾病。

　　本章最後將說明：不只是科學詞彙，連我們向彼此示愛的語言，也是現代的發明。異性戀或同性戀的愛慾，是十九世紀以來任何心理學書籍不可或缺的題材。日本學者柳父章在追溯「愛」(love) 這個字的西方源頭及日文翻譯時，宣稱；漢字「愛」來自古典中文，但「戀」卻是源自「大和言葉」（日本本土語言）。我不同意這種說法。我要指出的是，文字的跨界借用是語言的常態。由於我們對日常語言已經太熟悉了，以至於到底那一個字是本土的還是非本土的，其間界限實難以劃分。一個詞彙，就像一個觀念、一本書，一旦跨越了語言或是國族的界限，就各自展開新生命。與其追溯詞彙的「根源」，不如探究它的演變經過，還有它進入異文化後如何生根、如何使異文化蛻變的過程。這才是更有意義的問題。

　　文化翻譯的過程中，是否如同劉禾所說：譯者只是被動反應；由於受到體制實踐 (institutional practices) 巨大無比的掌控，以致於完全被剝奪了個人選擇的自由 (individual free choice)[3]？還是應該說：他們是有意識的行動者，在翻譯行為上發揮他們的能動性？本書第四章已經就此有關知識／權力的理論問題進行探討。引用福柯的「自我實踐」(practice of self) 及「自由實踐」(practice of freedom) 概念，筆者顯示在選擇及詮釋文本時，譯者的能動性所扮演的關鍵角色。本章將進一步指出，譯者總是處於各權力體制交匯的網絡中；沒有任何體制權力是單獨存在的，同時必然有其他互相競逐的勢力較勁。譯者於翻譯當下，訴諸各式各樣可能的資源——或是各種不同的體制實踐——以做出最恰當的翻譯選擇：或從古文、佛教或古典醫學典籍、他國語言甚至是本土庶民表達中尋求靈感。這是一種協商，而且經常是折衝的過程；在此過程中，譯者不

時挑戰語言規範的界線，尋找可能的突破點，正如井上哲次郎的詞彙「取捨折衷」所指出。突破界限的結果，往往創造出一套新的表達模式。

劉禾所謂「翻譯的現代性」(translated modernity)，事實上是由於翻譯行為中個人的能動性，再加上越界過程中所釋放的創造性能量而生；一旦有意識地挑戰傳統界限，界限兩邊的元素終將被轉化。這即是創造性轉化及跨文化現代性的概念。在創造性轉化的複雜過程中，個人能動性不斷在各權力體制間測試制衡的極限，扮演了關鍵角色。假如個人能動性不存在，如何可能創新？歷史上如何可能有革命或改革？

有關翻譯的現代性，歐洲語言學家馬西尼 (Federico Masini) 及劉禾給了我們許多啟發[4]，然而兩者都沒有告訴我們，轉借字如何從一個文化傳播到另一個文化。本章目的是以「神經衰弱」——亦即我所謂的「心的疾病」——這個辭彙的中日文翻譯做為案例，探討這個現代病如何在十九世紀末、二十世紀初從西方旅行到東方，再從日本渡海到中國的過程。這種旅行的過程，說明了國家及語言界限無法阻止思想概念的全球流動；在此過程中，文化翻譯者的能動性挑戰體制、創造表達方式，同時引介新的思考模式。他們是跨文化現代性的推手；跨文化的場域是他們施展創造性轉化的空間。

■　「醫癒了我的女性嫌惡症，你又送了我神經衰弱症。」

當心理學術語成為文學作品揶揄的目標時，心理學這個領域已然轉化為一種普及的科學知識。首先讓我們看看穆時英的小說如何

運用這類新的科學術語，同時他對科學——代表「現代」的的巔峰成就——的反諷態度，如何模糊了文學與非文學的界限。

故事敘事者是一名男大學生，被一位花心的女大學生弄得神魂顛倒。他無時無刻懷疑她會「出軌」，因此寢食難安。女孩以英文名字 "Alexy" 稱呼他。我們的敘事者儼然是一位典型的摩登青年，他看畫報、抽外國香菸、上舞廳跳舞、熱愛派對及 "Afternoon Tea"（小說中使用的英文）、喜歡爵士樂及 "Saxophone"，甚至引用路易士・吉爾摩 (Louise Gilmore) 的英詩，哼唱 "Rio Rita"——這是佛羅倫茲・齊格飛 (Florenz Ziegfeld) 一九二七年出品的同名音樂劇主題曲[5]。

在這位摩登青年的心目中，我們的摩登女郎可堪比擬美國影星克來拉・寶 (Clara Bow)。兩人的跨文化偏好，可說是旗鼓相當。在他的凝視下，女郎有著「蛇的身子、貓的腦袋」，是「溫柔和危險的混合物」。她喜歡穿裙擺飄逸的紅綢長旗袍。她常穿的紅緞高跟鞋，襯得「這腳一上眼就知道是一雙跳舞的腳[6]。她有個日本名字「蓉子」，喜歡雀巢巧克力，Sunkist，上海啤酒，還有她稱為 "Forget-me-not"（勿忘我）的野花[7]。對於敘事者來說，女孩的臉部特徵就像好萊塢影星的綜合體：Vilma Banky (1903-1991) 的眼睛、Nancy Carrol (1904-1965) 的微笑及 Norma Shearer (1902-1983) 的鼻子。她用英文唱 "Kiss Me Again"、哼著 "Minuet in G"。她想要「一個可愛的戀人，一個醜丈夫和不討厭的消遣品」，好讓她的生活不會太「寂寞」[8]。敘事者評論：「真是在刺激和速度上生存著的姑娘哪，蓉子！Jazz，機械，速度，都市文化，美國味，時代美」[9]。總而言之，故事中的男女主角積極擁抱大都會中所有能和「現代」

掛鉤的一切。他們是新感覺派筆下典型的角色。

男女主角的關係，展現摩登女郎如何折磨臣服在她裙下的摩登青年。她口口聲聲只愛敘事者一人，但是要求他讓她接受其他男人的追求——對她而言，他們都只是「消遣品」而已。我們的花心女郎說：「一個人可以只愛一個人，但可以有很多消遣品。」敘事者每每屈服，覺得他「享受著被獅子愛著的一只綿羊的幸福」[10]。但每次他一轉身，她就投向其他男人的懷抱。針對她約會的對象，她總是編出一套謊言：這些對象，不是碩士就是博士，每個都是她的父親或哥哥為她挑的。當他揭穿她的謊言，她就拒絕見他，到最後總是他為自己的「錯誤舉止」向她道歉。戰爭和獵捕的意象，小說中比比皆是，用來形容他們之間的關係，如：摩登青年描述他們的關係是「比歐洲大戰還劇烈的戰爭」[11]。在這場愛情的戰役裡，他註定失敗——他是戀愛上的「低能兒」[12]。

在整場失敗的戰役中，敘事者進行自我分析時，用了許多的心理學及醫學辭彙，如同典型的新感覺派小說一般。剛開始，當摩登女郎用約會來引誘他時，他警告自己遠離女性的背叛，因為這方面他已然相當有經驗了。每當他覺得快要抵擋不住誘惑了，就躺在床上開始自我「解剖」[13]。他會訴諸於「女性嫌惡症」，把她看成會吞噬獵人的「危險動物」，就像吞下一片巧克力糖般：「天哪，我又擔心著。已經在她嘴裡了，被當作朱古力糖似的含著！我連忙讓女性嫌惡病的病菌，在血脈裡加速度地生殖著。」[14]也就是說，他非常努力地去恨她，以免被她吞噬掉。兩個戀人之間的對話，再三發揮病菌及生病的隱喻，如：

女性嫌惡症患者啊，你是！

從吉士牌的煙霧中，我看見她那驕傲的鼻子，嘲笑我的眼。

失望的嘴。

告訴我，你的病菌是哪裡來的？

一位會說謊的姑娘送給我的禮物。〔意指：他恨女人，因為他曾被一位女孩背叛過〕

那麼你就在雜誌上散佈著你的病菌不是？〔意指：他寫有關女性嫌惡症的小說刊登在雜誌上〕真是討厭的人啊！

我的病菌是姑娘們〔由於吃太多巧克力或太多男人而引起的〕消化不良症的一味單方。

你真是不會叫姑娘們討厭的人呢！[15]

　　當她說不能見他，他開始到她可能出沒的所有場所去找她，宿舍、校門口、城裡的舞廳、她阿姨家（她給了錯誤的地址）等等。他甚至和她的一個追求者大打出手。可憐的情人說，他逐漸患了「神經衰弱」，也就是筆者所說的「心的疾病」。給女孩的信中，他寫道：「醫癒了我的女性嫌惡症，你又送了我神經衰弱症」[16]。敘事者在小說中至少三次提到這個病癥[17]。

　　小說中的摩登青年及摩登女郎，充分展現了跨文化的特質，透露了混語書寫的精髓，挑戰所謂國家概念的穩定性及一致性；「國家」的界限其實不斷被外國文化持續滲透。小說一方面揭露國家概念的曖昧性，一方面也凸顯了二十世紀初中國白話文形成時，所呈現的流動多變常態；事實上，任何活生生的語言在任何時期都應該是如此。一個語言如果自我封閉或拒絕改變，必然會滅亡。混雜挑

戰了語言的固定僵化，正是讓它保持活力的關鍵。新感覺派的語言實驗，在小說中昭然若揭。日文漢字的轉借字充斥全篇：小說中「解剖」（かいぼう）、「女性嫌惡症」、（じょせいけんおしょう）「低能兒」（ていのうじ）、「病菌」（びょうきん）、「消化不良症」（しょうかふりょうしょう）、「神經衰弱」（しんけいすいじゃく）等辭彙，都轉借自日文漢字。這些心理學及醫學詞彙反映了現代科學的發展。小說中摩登男女談笑間輕鬆吐露、俯拾皆是的專業詞彙，在在顯示出新科學術語如何進入日常生活，如何蛻變為一般受過教育的中產階級所使用的詞彙。

如同以上所見，除了敘事中所穿插的外國文句及詞語之外，音譯的外國詞彙翻譯也貫穿全文：「朱古力糖」（粵語）是 "chocolate"；「啤酒」譯自 "beer" 等等。根據意義翻譯、組合而成的中文新詞語也比比皆是，如「雀巢牌」意指 "Nescafé"。還有新詞彙是加上字尾「品」而創造出來的，字尾前面的名詞代表某種功能，例如：「消遣品」意指玩物；「刺激品」意指興奮物。「品」在日文中唸成「ひん」意指「成品」、「產品」或「品質」，類似古典中文的用法。以「品」字和其他字組合成的辭彙，已經是當代漢語的慣例，如「消費品」、「精品」、「絕品」等等。從當年沿用到今天的，還有其他二個字尾：「性」（せい），意指品質或本質；「物」（ぶつ），用來界定具有某種特質的人或物。如小說中的「男性」（だんせい），「女性」（じょせい）。至於字尾「物」，例如「混合物」（こんごうぶつ），意指綜合體，被敘事者用來形容摩登女郎，說她是「溫柔和危險的混合物」。動物（どうぶつ）一詞，亦被敘事者用來形容她是「一個危險的動物」。在今天的語

法裡，字尾是「物」的辭彙不勝枚舉，如「生物」（せいぶつ），意指有生命的個體；「無生物」（むせいぶつ），沒有生命的個體。大部份使用這類字尾的詞彙都牽涉到生物學、心理學及商業用語，亦與科學知識及現代資本主義流通有關。無疑地，現代知識需要新語言來傳達意義。

新感覺派小說家正在尋求一種嶄新的文學語言及敘述模式；穆時英對自己在此文學轉型過程中所扮演的角色，具有高度自覺。小說中有一段，除了為摩登女郎的心智發展開出讀本處方，也顯露出穆時英認為哪一種文學已經「過氣」，哪一類才是他所信奉的新文學形式。敘事者「努力在戀愛下面，建築著友誼的基礎」，問蓉子道：

> 你讀過《茶花女》嗎？
>
> 這應該是我們的祖母讀的。
>
> 那麼你喜歡寫實主義的東西嗎？譬如說左拉的《娜娜》，朵斯退益夫斯基的《罪與罰》……
>
> 想睡的時候拿來讀的，對於我是一服良好的催眠劑。我喜歡讀保羅穆航，橫光利一，堀口大學，劉易士——是的我頂愛劉易士。
>
> 在本國呢？
>
> 我喜歡劉吶鷗的新的藝術（げいじゅつ），郭建英的漫畫（まんが），和你那種粗暴（そぼう）的文字，獷野（こうや）的氣息……[18]

這段對話表面上是摩登男女之間不經意的對話，事實上顯現的是作者的文學批評及自我反射。穆時英是自覺性極高的作家，他把自己與新感覺派同儕及日本新感覺派合流，同時也清楚認識到保羅・穆航是中日新感覺派共同的淵源。這段對話等於在宣告，十九世紀歐洲寫實主義大師如大仲馬、左拉、杜斯妥也夫斯基對年輕人來說已然過時，而新感覺派的小說風格正是企圖與這個宏大的寫實傳統劃清界線。穆時英蓄意將新感覺派小說家與愛爾蘭著名的科幻小說及童書作家劉易士相比擬，可說在宣示：新感覺派寫作目標是要縮小菁英及大眾文學的鴻溝──文學沒有理由不是男女大學生所瞭解和喜愛的讀物。如本書第一章指出，當代作家魯迅及沈從文於一九三三、一九三四年間，也就是〈被當作消遣品的男子〉一文發表時，曾經為文批評穆時英等新感覺派小說家迎合大學女生品味及商業主義[19]。透過摩登女郎對新感覺派的高度評價：「劉吶鷗的新的藝術，郭建英的漫畫，和你那種粗暴的文字，獷野的氣息」，穆時英的立場毋庸置疑：新感覺派正實驗一種嶄新的寫作風格，與當時普遍的寫實風格大異其趣；新感覺派嘗試傳達的現代感覺，具有「獷野氣息」或「原始主義」。此外，摩登女郎所拒絕閱讀的文本當中，《茶花女》不只是一本過氣小說，還是過時的翻譯。《茶花女》是林紓的第一本譯作，不只以文言文翻譯，而且把外國作品同化了；相對的，新感覺派則試圖在作品中創造一種全新的語言，強調的是異化及混雜的特色。

　　一方面，這篇小說反映了大都會中男女大學生的心態及語言習慣，中外文混雜的混語書寫實踐，對他們來說毫不費力，充分展現故事角色有如跨文化場域，其中異質文化的資訊自由進入又流出。

另一方面，由於胡適於一九一七年主張白話文學摒棄古文的陳腐套語及典故，到了一九三〇年代，我們看見取而代之的是現代科學知識辭彙的戲謔運用，使得蛻變中的白話文顯得生硬可笑。最重要的是，穆時英小說中隨意運用科學術語的故事人物，反映出心理學等開始在中國建制為學科之時，醫學知識如何型塑每個人對自己心靈及身體的瞭解。下一節將指出，中國心理學的建制與日本心理學的發展息息相關。

■ 日本及中國的心理學建制

影響日本心理學發展最重要的人物是西周 (1829-1897)。他於一八六七年抵達荷蘭，是江戶幕府派遣到歐洲學習哲學及心理學的第一位日本留學生。從他的上課筆記可明顯看出，與同時代的日本知識份子一樣，他必須仰賴他耳濡目染的儒家思想概念，來理解西方的學術：自然世界對他而言就是「氣」，人的內在心智就是「理」，因此科學變成「氣科」，人文學變成「理科」。他根據宋明理學的訓練，在上課筆記中用「性理學」一詞來翻譯 "psychology"。西周課堂筆記的手跡，處處可見儒家典籍的引用，例如「天命之為性，率性之謂道，修道之謂教」（中庸）；「小人不知天命而不畏」（論語）；「道性善必稱堯舜」（孟子）等等 [20]。如果我們可以說儒學教育是江戶日本體制實踐的一部份，這些中國古籍的引用，顯現出一個儒家學者有意識地努力在傳統典籍中尋找一些概念，來對照他當時在西方課堂中所學。明顯地，西周不滿意「性理學」一詞，他稍後於一八七五至一八七六年間翻譯 Joseph Haven (1816-1874) 的

西周的手跡

Mental Philosophy: Including the Intellect, Sensibilities and Will (1857)
一書時，藉由結合「心」及「理」兩個字，創造了新詞「心理學」
來翻譯主標題[21]。顯而易見，就西周而言，要談論新知識，創造新
詞是必要的。這個新詞的創造，自從西周在荷蘭留學期間起，花了
他八、九年的深思熟慮才得以成形。此新詞不久即成為明治日本時
期以及後來中國翻譯 "psychology" 的標準用語。

　　明治維新之後，心理學成為教師訓練的必修課程。東京師範學
校（現為筑波大學）在一八七九年課程改制，增加心理學課程，並
使用西周翻譯海文 (Joseph Haven) 的書做為教科書。曾就讀於麻州

橋水 (Bridgewater) 師範學校（現為 Bridgewater State College）的伊澤修二，以及曾在奧思維戈 (Oswego) 師範學校（現為紐約州蘇尼的奧思維戈學院 Sunny Oswego）求學的高嶺秀夫，是當時課程改革的策劃者。東京帝國大學也在一八七三年開設心理學課程。先後就讀於波士頓大學及霍普金斯大學的元良勇次郎，一八九〇年在東大成為日本第一位專業的心理學教授 [22]。日本方面不再贅言，以下要將焦點轉向中國心理學做為學科之演變。

約瑟海文的 *Mental Philosophy* 也是譯介到中國的第一本有關心理學的書，出版於一八八九年，但似乎與西周的翻譯沒有關聯 [23]。譯者顏永京 (1838-1898) 是聖功會的牧師，並在上海擔任聖約翰大學 (1905-1952) 校長八年。他十四歲被帶往美國，並於一八六一年在俄亥俄州的肯陽學院 (Kenyon College) 獲得學士學位 [24]。他把海文的書名譯成《心靈書》，是用古文翻譯的，而且只出版了第一卷，包含導論及論智慧 (intellect) 的部份 [25]。此書似乎對往後的心理學翻譯及研究沒有什麼影響。接下來將回顧，在中國現代教育體制形成時期，日本所扮演的關鍵角色。引介現代知識的日本新詞在二十世紀初大量流行於中國，主因是眾多日本教席透過在中國師範學校協助課程設計，使日本新詞得以系統性地進入教學體系；相對的，自十六世紀末起歐洲傳教士所創造出來的大多數新詞，卻逐漸黯然失色 [26]。傳教士的新詞因何不敵日本新詞？這是關鍵原因。

在中國首先把心理學納入課程的，是創立於一九〇二年的京師大學堂師範館，也就是今日北京師範大學的前身。北京大學創立於一八九八年，隨後於一九〇三年創立北京大學醫學院。一八九五年甲午戰敗後，中國的現代教育體制及師範學校的課程，都以日本

為模範。課程的教科書及講義，大都譯自日本學校的教材[27]。心理學（或其他學科）在中國建制為學科時，日本所扮演的角色十分關鍵，但到目前為止心理學以外的學界對此著墨不多[28]。

日本於一八九八年建立東亞同文會後，日華學術交流變得活躍。當京師大學堂師範館創立時，日本新儒家學者及東大助理教授服部宇之吉，應邀至中國協助創設教師訓練課程。他曾於一八九九年留學中國一年，之後轉赴德國深造三年。一九〇二到一九〇九他停留北京的期間，開設了教育、心理學及邏輯課程[29]。他的心理學課程講義至今仍保留在北大與南京大學的圖書館裡。根據《中國心理學史》，一九〇〇至一九一八年間所使用的教科書或課堂講義，其中現存的三十本中有二十本是翻譯或改編自日本翻譯西方原典的教科書，或抄寫自日籍老師的授課筆記[30]。由於教學上的優勢，日本有關新知識的新詞在中國旋踵間勢不可擋，實非意外。

一九一〇到一九二〇間，越來越多中國學生不至日本而赴歐美留學，中國心理學走向因此也轉向歐美。北大校長蔡元培曾在萊比錫大學研讀心理學、歷史及文化，於一九二六年創立了心理系。但是第一任指派的系主任陳大齊依然是留日，在東京帝國大學取得學位。清華大學亦在一九二六年創設教育心理學系，目標是研究人類如何在教育體系中學習，於一九三〇年改名為心理系[31]。由於佛洛伊德學說的影響，在中國，變態心理學也成為大多數心理系課程一部份[32]。

欲一窺心理學這個新學科在當時受到的關注，我們可以透過潘光旦的作品來了解。他於一九二四年進入哥倫比亞大學就讀，後來成為著名的優生學家及心理學家[33]。一九二二年他選修著名報人兼

學者梁啟超在清華大學開設的「中國歷史的方法論」，寫了〈馮小青考〉作為期末報告[34]，以佛洛伊德的精神分析理論來分析一位明代婦女的「變態心理」。梁啟超高度讚賞潘光旦的天分。文章修改後，於一九二四年發表於《婦女雜誌》[35]。

馮小青 (1595-1612) 十六歲嫁人為妾，兩年後死於肺結核。當代及稍後的評論普遍認為她是心碎而死，因為據說正婦嫉妒心極強，有半年之久禁止她見丈夫。但潘光旦從她的詩作及死前給密友的書信中，發現她使用大量鏡子及水的意象；她死前，也請畫師多次為自己作畫像，力求完美。潘認為，這在在顯示她備受「影戀」（原文加上 Narcissism）之折磨[36]。「影戀」是潘自創的新詞。他指出馮小青是「精神拗戾」（原文加上英文 psychoneurosis）的病患。他也點出馮小青具有自戀人格的特質：自我崇拜、自我中心及自我關注。詞彙如「影戀」(narcissism)、「精神拗戾」(psychoneurosis)、「變態心理」(abnormal psychology)、「潛意識」（subconscious，譯自日文的「潛在意識」）、「性心理之變態」(sexual inversion)、「憂鬱症」(hypochondria) 及「精血衰弱」(neurasthenia) 等，皆是佛洛伊德於一九一四年發表的〈論自戀〉一文中的用語。潘文章中事實上也直接引用佛洛伊德理論，顯示出佛氏是他研究馮小青案例的主要靈感來源。

值得注意的是在這篇文章中，潘光旦用「精血衰弱」一詞來翻譯 "neurasthenia"，而不是「神經衰弱」。「精血」是傳統醫學用來解釋人體性命所在的詞彙，所謂「精血不榮。骨髓枯竭」[37]。本章稍後將指出，一直到一九二〇年代中期，以「神經衰弱」來翻譯 "neurasthenia" 才普遍流行，即使這個新詞在一九一〇年已被引介

到中國醫學文本中。到一九三九至一九四一年間，潘光旦翻譯藹理斯 (Havelock Ellis) 的《性心理學》(*Psychology of Sex: A Manual for Students*) 時，就用了「神經衰弱」一詞來翻譯 "neurasthenia"[38]。自一九二〇年代末起，神經衰弱一詞在中國已普為人知，以至於潘光旦不得不採用此翻譯，而捨棄了他之前所自創的新詞。詳見下文。

另一位對中國早期心理學發展相當重要的人是英國心理學家藹理斯 (Havelock Ellis, 1859-1939)，在佛洛伊德之前即提出性倒錯 (sexual inversion)、自體情慾 (auto-eroticism) 及自戀概念。他的作品在日本及中國知識份子之間廣為流傳。F. A. Davis 出版社從一九〇五到一九二八年間陸續出版共計七冊的《性心理學》，收錄了他二十餘年的著作[39]。一九一三年初，周作人寫道：「藹理斯 (Havelock Ellis) 是我所最佩服的一個思想家」[40]。他在一九二五年翻譯了藹理斯 *Impressions and Comments*（印象與批評；1914-1924）一書中的幾段文字[41]，在一九四四年書寫與藹理斯相關的文章，讚賞他的觀點「既不保守也不急進」，亦即符合「中庸」之道[42]。除了這幾篇簡介，周作人並未深入涉獵藹理斯的理論。運用這些理論建立雛形性學觀的人，是性學博士張競生。一九二六年他發表以案例史寫成的《性史》一書，是根據藹理斯的《性倒錯》體例。我在其他文章已討論過此議題，此處不贅[43]。要簡單說明的是，潘光旦在一九三九至一九四一年間所翻譯的《性心理學》，是譯自一九三三年所出版的 *Psychology of Sex: A Manual for Students*，這是七卷《性心理學》的縮節版單行本[44]。

日本在一九二一到一九二四年間，鷲尾浩譯出七種藹理斯的著作，其中之一是《人間の性的選擇》（人類的性擇；*Sexual*

Selection in Man, 1905）[45]。以下將以鷲尾所翻譯的幾個重要概念，來綜觀西方科學術語的日文翻譯如何改變現代日語及漢語的詞彙。其中的關鍵概念之一是「神經衰弱」，也就是「心的疾病」。

■ 如何為五官感受及神經衰弱命名

科學詞彙的翻譯提供了專門的術語，讓我們得以用來談論我們的身體、心智、心靈或感覺。本章僅提出二個例子。藹理斯的《人類的性擇》中，主要論點之一是 "touch, smell, hearing, and vision" 在人類的性擇中所扮演的關鍵角色[46]。在鷲尾的翻譯中，這些詞彙被譯成「觸覺、嗅覺、聽覺、視覺」[47]。用「覺」這個名詞字尾來翻譯五官感受，事實上是井上哲次郎 (1855-1903) 首創。他曾於一八八四到一八九〇年留學德國，後來成為東京帝國大學教授。一八八二年他把 Alexander Bain (1818-1903) 的 *Mental Science* 翻譯為《心理新說》時，就使用了「覺」作為字尾來創造這些新詞[48]。早先西周在他的譯作《心理學》中創造了新詞「五官」，並使用「觸覺」來翻譯 "touch" 一詞，但是他使用「聞くこと」來翻譯 "hearing"，以「見ること」來翻譯 "sight"。「こと」加在動詞原形後面，是日文把動詞變成名詞的一種詞彙衍生法[49]。「觸覺」一詞是西周創造出來的，但是說明其他四種感官功能的術語，要歸功於井上的翻譯。

稍後在一八九八年編給師範學生使用的《心理撮要》一書中，中島力造 (1858-1918) 使用「感」當作字尾造出新詞「觸感、嗅感、聽感、味感、視感」來形容五官感受[50]。但由歷史可知，井上所

創「覺」字尾的新詞在日本及中國普遍被接受，而中島所創的「感」字尾新詞卻被遺忘。有趣的是，中島將 "mental life" 譯成「心的生活」而非「腦的生活」，但在西方，mental life 指的是大腦的活動。中島的譯法很明顯是根據西周對心理學的詮釋[51]。我們知道一九一四年大瀨甚太郎編輯另一本《心理撮要》給師範學校學生作為教科書時，就選擇了用井上翻譯的「覺」字做為字尾[52]。

井上哲次郎的《心理新說》以漢文所寫的序中，展現了他對儒學及西方哲學的理解，並對東西方傳統都做了簡單的介紹。在將東西方並列時，井上盛讚培因 (Bain)、約翰・彌爾 (John Mill) 及史賓賽 (Spencer) 為實驗心理學的佼佼者，代表西方科學及哲學的巔峰成就。他同時也惋惜自明朝王陽明以降中國哲學的停滯不前：「支那亦不乏哲學。而繼起無其人。故遂不大興」[53]。培因的原著中事實上包含心理學、生理學及哲學，但井上企圖把心理學作為西方科學的根基來傳播，因此刪去與心理學無直接相關的部份。他節譯的另一個原因是：

> 其（培因）論涉純正哲學處。間有不確當者。且其書浩瀚。
> 不便童蒙。故就其切要處。取捨折衷。作為此書。[54]

井上深刻體認到自己在翻譯行為中所發揮的能動性，坦承他自己的主觀介入。由於語言的不對等性，某種程度的「取捨折衷」是所有譯者必須仰賴的，無論譯者是否有心「忠於」原著。

井上使用「觸覺、嗅覺、聽覺、味覺、視覺」來翻譯五官感受，明顯受到佛家語的影響。由於井上於一九〇二年著有《釋迦牟

尼傳》[55]，可想見他嫻熟佛教教義及辭彙，也可理解他的五官詞彙的翻譯是佛教經典影響的結果。在中國佛教或醫書文本中，「覺」字出現在觸、味、聽等字後時，「覺」字是作為動詞使用。舉例來說，在醫書《東垣醫集》中的〈草豆蔻丸〉寫道：「發作時腹中有塊狀物腫聚，即蚘蟲結聚成團，可以觸覺」[56]。或是明代馮夢龍《警世通言》第二十五卷的文本中，「試將舌舐，味覺甘美，但恨其少」[57]。在此二例中，「覺」皆意指「感受到」。現代漢語借用日文漢字的表達，將五官感受變成了名詞。如果我們參考陳大齊於一九一八年出版的《心理學大綱》，他已經使用「觸覺、嗅覺、聽覺、視覺」等詞彙[58]。陳大齊於一九一二年在東京帝國大取得學位，這些詞彙出現在他著作中並不令人意外[59]。潘光旦所譯之《性心理學》，名為〈性的生物學〉的第二章中，也使用這些日文借詞[60]。透過日文對西方科學文獻的翻譯，中文才得以為五官感受命名。

另外一個可供參考的例子是鷲尾浩對 "neurasthenia" 一詞的翻譯，出現在藹理斯的《人類的性擇》中第三章談到嗅覺的部份[61]。鷲尾用「神經衰弱」來翻譯這個詞[62]，事實上三浦謹之助在一八九四年出版的《神經病診斷表》已使用過[63]。三浦討論他所舉出的病癥時，也提供德文術語。他將下列疾病診斷為「官能的疾患」（此詞沒有提供德語詞彙，意指受到性欲望刺激所引發之疾病）：「ヒポコンデリー」(Hypochondrie)，「神經衰弱」(Neurasthenie)，「ヒステリー」(Hysterie)。「官能的」是 "functional"的翻譯，是心理學被譯介到日本來時所創造出來的新詞。在三浦的書中，"hysteria" 有時被音譯成漢字「歇斯的里」。作者自陳：「神經衰弱是憂鬱症的原因。除此之外，神經衰弱多多少少混合了憂鬱

症的病癥,往往與性器官使用過度有關,精神容易被過度刺激的狀況,類似歇斯的里症狀」[64]。即使作者沒有指出資料來源,從他主要概念所使用的德國名詞可以看出作者受德國醫學理論訓練的背景。此書的德文標題為 "Diagnostiche [Diagnostische] Tabellen für Nervenkrankheiten"。

「神經衰弱」這個詞約於一九一〇年代出現在中國。筆者在臺北國家圖書館全國圖書書目資訊網裡所能找到最早有關神經衰弱的書籍,是一九一〇年上海醫學書局所出版,由丁福保、華文祺所編的《神經衰弱三大研究》[65]。此書現已不存,但從圖書資料中用來描述此書性質的詞語,如「官能症」及「神經衰弱」看來,我們可以推斷,此書是根據日文資料編著而成。

筆者看到最早談論神經衰弱的醫療手冊,是一九一七年盧壽籛以文言文所寫成的《神經衰弱療養法》。此書的基礎是一九一五年日人井上正賀所著之《神經衰弱病營養療法》[66]。盧氏在此書序言中,將神經衰弱歸因於「世界文明」與「生存競爭」。歐美人過於縱欲、中國特有的禮教束縛(性壓抑)及胃腸疾病,都被列為導致神經衰弱的主因[67]。盧氏質疑過度理論化的傾向以及醫學物理療法,認為如井上所建議之營養及睡眠療法是最好的處方。井上營養療法之基礎就是攝取足夠的米飯與全穀類,這是日本的傳統飲食,也是盧氏認為有效的自我療法之一[68]。這似乎是一種「東方」的神經衰弱治療法,明顯地在駁斥美國神經學家喬治·畢爾德 (George Beard, 1839-1883) 的「神經疾患飲食」(the diet of the nervous) 理論。詳見下文。盧氏的遣詞用字顯露出他對中國古典醫學詞彙的高度依賴,例如井上書名中的「營養療法」,他翻譯成「療養法」。「療

養」是傳統中醫用來談論調和養生的概念，而「營養」是日人用來翻譯 "nutrition" 的詞彙。但在正文中，盧氏就使用了日文漢字術語，如「營養」、「完全營養」、「日光浴」、「溫泉浴」等等。如「溫泉」之類的辭彙，當然是出自古典中文。

相較之下，王羲和於一九一九年出版的譯作《神經衰弱自療法》，以白話文寫成。此書是根據畢爾德理論編譯而成 [69]。一般認為畢爾德在一八六九年發表的著名論文 "Neurasthenia, or Nervous Exhaustion" 中，創造了這個疾病。但是也有人，包括佛洛伊德在內，認為這個新詞彙描述的是英國早有的舊疾，自十七世紀中葉起就已經受到注意 [70]。畢氏一八七一年的《醫學與手術電療法》(*The Medical and Surgical Use of Electricity*) 譯成德文後，在歐洲蔚為風潮 [71]。在一八八一年的《美國人的焦慮》(*American Nervousness*) 一書中，畢爾德指出神經衰是美國人特有的疾病，因現代文明如工業及都市化、極端氣候（極熱、極冷或極乾）或過渡耽溺於飲食及性慾而引發 [72]。畢氏死後出版於一八八四年的《性神經衰弱》(*Sexual Neurasthenia*) 一書裡，畢爾德列出了神經衰弱的種種病症，包括腦神經衰弱、脊髓性神經衰弱、消化性神經衰弱、性神經衰弱、創傷性神經衰弱、歇斯底里性神經衰弱及「半身神經衰弱」（影響半邊身體，通常是左邊）[73]。他把腦、胃及生殖系統稱為「三位一體」(trinity)，當一個部位受到損傷，其他二者全受影響。他建議混合性療法，包括電療、水療、注射等等，但認為完全不用藥物的食物療法，要遠優於完全使用藥物而不靠食物的療法 [74]。行文至此，我不禁恍然大悟：穆時英小說〈被當作消遣品的男子〉中，男主角為何總是玩弄消化不良（起因於吃太多巧克力或男人）與神經衰弱之間

的關係。

　　畢爾德花了許多工夫闡釋演化論,但其實都是他個人對演化論的詮釋,例如他認為「人類身體功能在演化進程中發展最慢的是生育及創作的功能——也就是傳種的能力及抽象思維(包括記憶)的能力……因此,當神經系統受到疾病攻擊而衰弱時,這些最晚演化的功能……就會受損」[75]。在第八章〈神經疾患飲食〉中,畢爾德又再次訴諸於他自己的演化觀念:「演化論就是宇宙的生成自成一系列,從簡單到複雜」[76]。根據他的演化觀,他認為對人類來說最好的食物就是在演化位階上最接近人的食物,換句話說,就是肉類、蛋、牛奶及魚。他反對食用水果、蔬菜、穀類(小麥例外)、脂肪(奶油例外)。如果體質特別纖弱,奶油、甚至麵包都不推薦食用。這種觀念與我們今天認可的健康食品大相逕庭。就此而論,先前提及的井上正賀《神經衰弱營養療法》一書,可說是蓄意挑戰畢爾德的理論。

　　儘管畢爾德的神經衰弱理論看起來多麼幼稚,神經衰弱這種病理心理學的觀念的確因他而發揚光大,跨越大西洋也傳播到東方。他的文化及社會病因學,與佛洛伊德的心理治療學說大異其趣;後者強調的是焦慮型神經症 (neurosis) 與性壓抑的關連。根據菲力浦‧外那 (Philip Weiner) 的說法,一八九五年佛洛伊德〈理應從神經衰弱中區分「焦慮型神經症」為一特定症候群 〉(Über die Berechtigung, von der Neurasthenie einen bestimmten Symptomenkomplex als 'Angstneurose' abzutrennen) [77]一文中,相當重視畢爾德。在此文中,即使佛洛伊德不同意所謂神精衰弱是美國人特有的疾病,卻讚許畢爾德是第一位觀察到這種特殊癥狀的美國

醫師，並認為他發現這種癥狀與現代生活的關連，是一大貢獻。

　　神經衰弱作為一種精神疾患，在現代從歐洲傳到美國，在美國被視為現代病，接著回到歐洲，使歐洲人重新關注這個疾病；然後來到日本與中國，連帶傳統醫藥觀念加入治療。在傳播過程中，這個疾病的治療歷經創造性轉化，這是跨文化現代性不可避免的歷程。大約一九二〇年代中期，神經衰弱一詞逐漸出現於中國現代文學。如同本章稍早所指出，穆時英小說〈被當作消遣品的男子〉中，吃盡摩登女郎苦頭的摩登青年反覆訴說他患了「神經衰弱症」時，態度輕佻戲謔，一派新感覺派作家對現代主義及科學主義的慣常嘲諷。穆時英對科學詞彙的這種戲謔態度，事實上顯現出他另有所指：他嘲諷的對象不僅是小說裡的摩登男女，更是某些當代作家，不但正經八百地使用心理學詞彙，還把它們轉化為創作的母題。換句話說，輕易相信科學主義、在作品中使用這些心理疾患概念的作家，是他批判嘲弄的對象。

　　一九二〇年代，創造社作家如張資平及郁達夫的文本中，「神經衰弱」、「憂鬱症」及「歇斯底里」等詞彙充斥，所描寫的男女主角為精神失調所苦，往往耽溺於性放縱或性壓抑，處於神經崩潰邊緣。在偏愛情色心理描寫上，創造社作家可說是新感覺派如劉吶鷗、穆時英及施蟄存等的前驅。這兩派作家對這些醫學詞彙特別熟悉，並不讓人意外，因為張資平、郁達夫、劉吶鷗等都曾在年少時負笈日本求學。

　　創造社作家的作品強烈暗示神經衰弱與縱情性欲的關連，根據中國通俗觀念，縱情性慾會導致肺結核[78]。舉例來說，在張資平一九二六年的小說《苔莉》中，男主角如此描述與他私通的堂兄媳

婦苔莉：「她患了血斯得利病，我也患了神經衰弱症和初期的癆病了。我們都為愛欲犧牲了健康」[79]。郁達夫一九二一年的《沈淪》中，「憂鬱症」一詞反覆出現。首度在第二章出現時，加上了英文 "hypochondria" 作為解釋[80]，彷彿是如果沒有英文加持，就不足以描述男主角的心理狀況。

「憂鬱」在日文漢字發音是「ゆうつ」，如果追索字源，在古典中文裡面，通常當成動詞使用。例如《新刊大宋宣和遺事》及《清史稿》，可見「憂鬱成病」或「憂鬱遂久病」之說[81]。在中國古典醫書中，「憂鬱」一詞比比皆是，總是作為動詞，通常與肺疾有關，如「憂鬱傷肺」[82]。「憂鬱」與字尾「症」合成一字作為疾病的名字，則是日文的創造。

當年的作家及批評家蘇雪林一九三四年如此討論郁達夫作品：

> 自我主義 (Egotism) 感傷主義 (Sentimentalism) 和頹廢色彩，也是構成郁式作品的原素。……「感傷主義」也和「自我主義」一樣是近代思潮的特徵。是「世紀病」所給予現代文人的一種歇私的里 (Hysteria) 的病態。……《沈淪》主人公到日本後患憂鬱病……《沈淪》裡主人公為了不能過制情欲，自加戕賊，至於元氣消沈神經衰弱，結果投海自殺……。[83]（筆者所刪節）

對現代作家如創造社及新感覺派而言，要描述現代人的感覺、情感、精神狀態及心的疾病，不得不使用翻譯的詞彙。因此之故，當年的評論家也必須使用精神分析詞彙來討論他們的作品[84]。此

外，這些作家的公眾形象與神經衰弱的病癥密不可分[85]。劉吶鷗一九二七年二、三月的日記中，描寫自己在上海日本人所開的品川醫院住院，治療神經衰弱症：

> 頭痛一半，臉上又發了二三的腫物，真的是神經衰弱再來了。（二月七日）
> 頭和臉腫得更利害。左眼細得難看地可憐。說是極度的神經衰弱來的偏頭痛。（二月十一日）
> 私は人間嫌い自殺するかもしれない［我厭惡人，也許會自殺］。（三月十六日）[86]

這豈不是在訴說，他正因「心的疾病」而飽受折磨？一九二七年七月間，他到日本旅遊。芥川龍之介二十四日自殺身亡的消息，使他大受刺激，滿腦子都是自殺及瘋狂，二十五日在日記上寫道：

> 睡眠不足，神經跳得尖刺刺的時候，又受了一大刺戟。芥川龍之［介］不是自殺了麼。……他是個被神經魔縛去的不幸者。……神經的尾尖是通著狂奔的大道。宇野浩二不是也發狂了麼。（筆者所刪節）

劉吶鷗、穆時英、張資平及郁達夫的世代，必須透過譯介的知識，來嘗試瞭解自己及他人的身心。換個角度看，他們的上一世代作家不也如此？今天我們更不例外。如果我們認為一九二○及一九三○年間僅有創造社及新感覺派作家因心的疾病而受苦，那麼

就低估了這個現代病的普遍性。現代城市中新派男女的交際關係前所未有，故鄉買辦婚姻傳統的束縛仍難擺脫；科舉考試的廢除，知識份子突然必須在茫茫人海中討生活；內戰、帝國主義侵略帶來的大規模流離失所等等，使得二十世紀初的中國成為精神疾病的溫床。即使如魯迅、沈從文，雖不齒創造社及新感覺派的頹廢文風，對之批判不遺餘力，卻也無法自外於神經衰弱症的影響。

魯迅早在一九一二年八月十二日的日記中，就已記載日本醫生對他的慢性病之診斷：「數日前患咳，疑是氣管病，上午就池田醫院 [北京的日人醫院] 診之，云無妨，惟神經衰弱所當理耳。」[87] 他的作品也透露出精神失調症的魔咒如影隨形。一九一八年的《狂人日記》描述男主角因分裂的價值觀而引發了心的疾病。一九二七年的詩文集《野草》，評論家稱之為「魯迅靈魂的窗口」，其中瘋狂的敘事聲音難免讓人將敘事者等同於作者。魯迅一生不斷受到無名病痛及疾病的折磨，他的自殺衝動最近才由一本中國大陸的研究透露出來[88]。

沈從文一九二九年自傳性濃厚的系列作品〈一個天才的通訊〉，描寫一個知識份子瀕臨崩潰邊緣：敘事者是一名作家，正寫信給編輯，懇求他盡快支付稿費，並抱怨長期的慢性病使他寫作時心力交瘁。偏頭痛、精神低落、不明疼痛、失眠、流鼻血、肺結核等等病痛折磨他，死刑、種族屠殺、戰爭及飢荒帶來的死亡陰影纏擾他。他想自殺也想殺人，落得憔悴蒼白，不成人形[89]。這篇文章寫於內戰開始後，沈從文被迫逃離北京避難到上海之時。故事處處告訴我們，敘事者／作者正苦於神經衰弱症。心的疾病與知識份子實有難解之緣，高度多愁善感的作家更容易深陷其中，無法自拔。

沈從文說道：

> 除了住南京、住上海租界，不是全都成天可以看殺人麼？
> 我說戰爭吧，這也是周誕。大家從新的戰爭中過了日子多
> 年，說這個只是無聊。我說飢荒，報紙上頭號字載得是陝
> 西甘肅每日餓死人兩千，可是同一張新聞上特號字登載百
> 齡機效果，背面則「開會行禮如儀」，天下太平。[90]

　　這段話中的「百齡機」，是當年一種補藥的名字，專用來治
療貧血及神經衰弱。攸關「心的疾病」的各種醫學術語，如神經衰
弱及憂鬱症，到一九三〇年代已經常見於日常用語中。報紙及雜誌
上，治療這類失調症的醫藥及維他命廣告充斥，五花八門。只看
一九三〇年的《上海申報》，這類補藥的廣告就超過十種。八月
十二日「百齡機」的廣告，以機器的隱喻描述人的身體。有如機器
需要機油，身體也需要能量：機器蒙塵積垢時，需要加油潤滑；憂
鬱攻心時，就需要百齡機。

　　五月十三日的報紙，可見一則「兜安氏補神藥片」的廣告，英
文名稱是 "Doan's Nerve Tonic Tablets"。為了推銷這種神經補藥，
中文藥名使用傳統中醫概念的「補神」二字。廣告中，除了代表長
壽的仙鶴、松樹及掛在樹梢上的兜安氏補神藥的藥盒之外，廣告詞
還強調此藥為萬靈丹：「此藥專治男婦神經衰弱、精力不足、神經
痛、健忘、失眠、胃呆、病後體虛等症。服有奇效。而於文人學士
因思慮過度，每到中年神經衰弱者，此藥尤為絕對補神妙品，且
有速效也」[91]。廣告下方印著藥品公司的英文名字 "Doan's Medical

Company of Western Medicine"（兜安氏西藥公司）。此公司在維多利亞時期就已存在，在英國及雪梨販售如 "Doan's Backache Kidney Pills"（兜安氏腰痛補腎丸）之類藥品。一九○○年十二月十三日，雪梨出版的 *The Bulletin* 刊物中，也可看到他們的藥品廣告[92]。

十一月八日的《上海申報》有一則「補爾多壽」的廣告。這也是一種補血靈藥，上面註明英文 "new iron tonic"，還有德文 "Blutose" 的字樣。廣告詞也聲明此藥無病不治，還賣弄一個神秘兮兮的德國醫生名字：「本品為德國休米脫伯兒博士發明之補血強精靈藥。芳香美味……專治各種血虧體弱、神經衰弱、精力不足、精神不振、腰酸腳軟、肺癆咳嗽……」[93]。如此標榜德國人的發明，

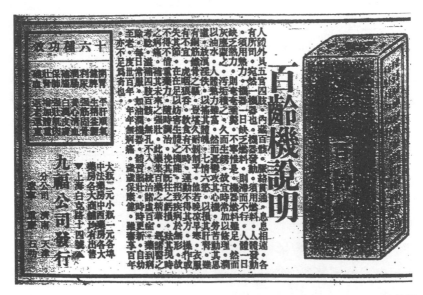

百齡機

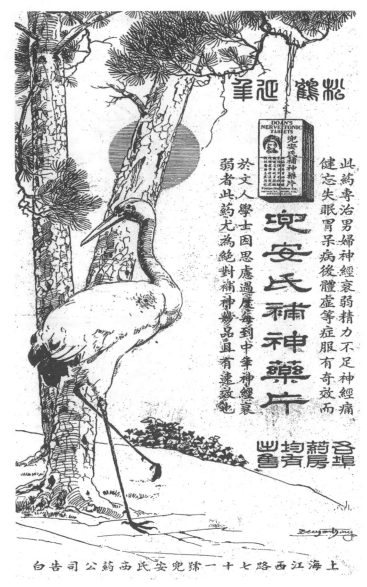

兜安氏補神藥片（Doan's Nerve Tonic Tablets）

STRAIGHT TALK

BY SYDNEY PEOPLE

ABOUT

.. DOAN'S ..

Backache Kidney Pills.

Heard in Trains, 'Buses—Everywhere and Always—DOAN'S.

When incidents like the following occur here in Sydney, and
Sydney men and Sydney women relate their experiences in a
Sydney paper for the benefit of Sydney people, the genuineness
of the statements cannot be doubted. They have the ring of truth
about them that there is no getting away from.

Doan's Backache Kidney Pills（兜安氏腰痛補腎丸）

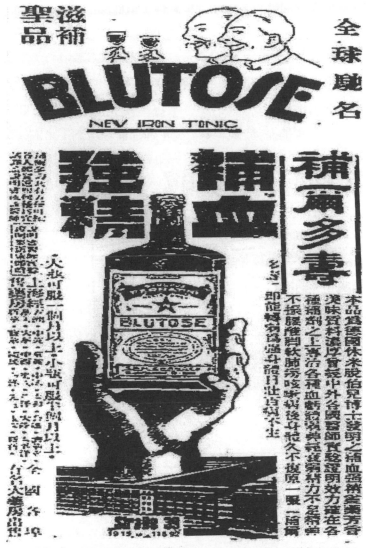

補爾多壽（Blutose）

或許是想靠歐洲風的名字增強權威性，但此藥品事實上是日本藤澤藥品公司所售。藤澤友吉於一八九四年於大阪創立藤澤商店，後於一九三〇至一九四三年間改名為藤澤友吉商店。之後業務逐漸擴展至台灣、瑞典、倫敦、美國、法國及德國[94]。昭和時代一張 Blutose 的彩色海報中，一名微笑女子手持一瓶藥水，旁邊的廣告詞寫著：「正しき補血強壯增進」（正牌補血健身劑）。右邊印著片假名ブルトーゼの字樣；廣告下方印著藤澤友吉商店的名字[95]。

　　比較上述兩種補爾多壽的廣告，可見這類治療神經衰弱的補藥在一九三〇年代已成為中國及日本的家常用藥。這個現代病的知識透過翻譯文本及學科建制，從西方傳播到日本再到中國後，診斷中國知識分子如魯迅及劉吶鷗患了「心的疾病」的，是跟隨日本的帝國主義進駐中國的日本醫師。甚而有之，日本人與西方人又透過藥品廣告，諄諄告誡中國人：只要購買他們所出產的藥品，神經衰弱這種心的疾病，即可藥到病除。因此，這個現代病的旅行，不僅得力於透過翻譯傳播的科學知識，更透過隨西方及日本帝國主義擴張而來的學科體制及商業活動。

■ 如何訴說「我愛你」

> 「蓉子，你是愛我的吧？」
> 「是的。」
> 這張「嘴」是不會說謊的，我就吻著這不說謊的嘴。
> 「蓉子，那些消遣品怎麼啦？」
> 「消遣品還不是消遣品罷哩。」

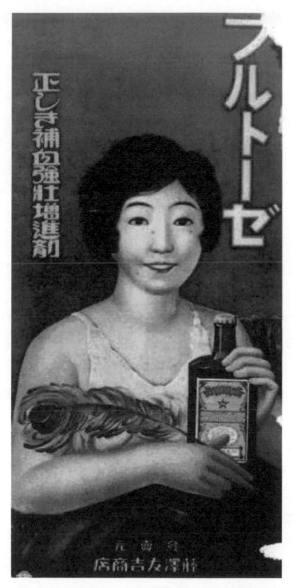

ブルトーゼ（Blutose 補爾多壽）

「在消遣品前面，你不也是說著愛他的話的嗎？」

……

也許她也在把我當消遣品呢，我低著腦袋。

「其實愛不愛是不用說的，只要知道對方的心就夠。我是
愛你的，你相信嗎？……」[96]

　　穆時英的小說〈被當作消遣品的男子〉中，飽受摩登女郎挫折
的摩登青年覺得自己患了神經衰弱症。患得患失的他，給摩登女郎
的花心善變弄得失魂落魄，不禁接二連三地追問她：你到底愛不愛
我？你會不再愛我嗎？你會愛上別人嗎？當然，「心的疾病」主因
之一，就是愛情的難以捉摸。我們可憐的摩登青年，毋庸置疑是個
善妒的情人。然而，我們此處面對的，並非傳統中國的多情書生，
而是現代中國出現的新型戀人。此外，花心的摩登女郎口口聲聲掛
在嘴上的「我愛你」，更非傳統中文的表達方式。五四文學以來的
愛情觀，突然變成一個炙手可熱的議題。李海燕二○○七年出版的
Revolution of the Heart（心的革命）一書，企圖建立中國的愛情「系
譜學」，從儒家思想的「情」追溯到五四的「自由戀愛」，鋪陳
二十世紀上半葉中國愛情觀的變化轉折。相對的，本章結論將從不
同的角度檢視這個議題：「我愛你」這個詞彙如何因傳教士的聖經
翻譯而進入中國，以及日本如何在翻譯西方文本時吸納「愛」這個
字眼，繼而影響五四文學裡有關愛情的論述。

　　翻譯的詞彙不僅轉變我們對自己及人際關係的感受，也改變
了現代中國人與日本人互相表達情感的方式。沒有翻譯，日本人和
中國人甚至不知如何表達「我愛你」。新教傳教士翻譯的聖經，我

們受益良多。聖經裡，「愛」字作為動詞使用的例子，不勝枚舉，可用來表達神愛世人，反之亦然；還有父母親子之愛，男女情愛，朋友之愛。在〈出埃及記〉中，上帝對他的子民耳提面命：「我爺華其神、是嫉妒其神。」(I, the LORD thy God, am a jealous God)，嚴禁世人崇拜偶像，並要求對祂絕對專一的愛[97]。在〈約翰福音〉中，愛字經常出現，以下段落顯示上帝如何再三要求他的子民說出愛的誓言。出版於一八一三年的《神天聖書》是第一本刊行的中文聖經，以文言文翻譯：

> 第十四章十五節　爾等若愛我則守我戒。
> 第十四章二十八節　爾若愛我則歡喜。
> 第十五章九節　如父愛我，我如是愛爾，且居于我愛也[98]。

　　最明顯的例子是第二十一章第十五到十七節，耶穌三度追問約拿的兒子：「爾愛我乎？」。西門被迫三度許諾對耶穌的愛，最後覺得煩悶，回答道：「主汝無所不知，汝知我是愛爾也。」上帝如此反覆要求所愛之人對自己許諾愛情和忠貞，醋勁之大，可堪比擬世間或任何文學作品中最善妒之情人。

　　如果注意到張資平、郁達夫、穆時英等同時代作家的作品中明顯的基督教主題，就不致於低估基督教對五四文學中愛情論述的影響。基督教對現代日本文學的影響也昭然若揭[99]。雖然天主教教會中的確有聖經的中文翻譯在私下流傳，但一直要到十九世紀才有中文聖經發行出版，開其先河的是新教傳教士。來自蘇格蘭長老教會的牧師馬禮遜 (Robert Morrison, 1772-1834)，是中國第一位新教

傳教士，在廣州傳教。他居住中國二十七年，首先與傳教士們擔
負起全本中文聖經的翻譯工作。《神天聖書》於一八二三年在馬
來的麻六甲出版發行[100]。英國公理會傳教士麥都思 (Walter Henry
Medhurst, 1796-1857) 來華十六年，與其他傳教士一起修訂當時流
通的中文版聖經。新約於一八五二年在上海出版；舊約也隨即在
一八五六年於上海發行[101]。馬禮遜及麥都思所編纂的字典，有助於
本章的研究。

馬禮遜的《華英字典》（*A Dictionary of the Chinese Language,*
1815-1823）用「愛」（粵語發音為 "gae"）字來翻譯 "love"[102]。此
字典總共三部份，分成六卷，收在第二、三部份的中文條目都標有
粵語發音。馬禮遜等傳教士常駐在廣州或澳門（中國只允許傳教士
在此二城市活動）傳教，必須依賴粵語，字典是為學習粵語而編，
這是合理的[103]。如果參考《明治のことば辭典》（明治用語辭典，
1986），我們看到「愛」字列為第一個條目，是來自中文的轉借字，
從明治時期起，日本用這個字來翻譯 "love" 及 "to love"[104]。根據此
字典所載，末松謙澄 (1855-1922) 於一八八九年（明治二十二年）
在翻譯英國通俗作家 Charlotte Mary Brame（筆名為 Bertha M. Clay,
1836-1884) 的《谷間の姫百合》（原標題為 *Dora Thorne*, 1877）時，
就用「愛」這個字來翻譯 "love"。他在腳註中解釋使用此字之源由：

> 對我來說，"love" 在我們的語言中並沒有相對應的字，所以
> 在翻譯這個字時，我用「愛」、「慕」、「戀」、「思」、「好」
> 等字。原則上我並未依照任何成規，只是順著語氣文勢來
> 選擇適合的字來翻譯。"To Like" 這個字沒有 "to love" 那

麼強烈。因為很難找到合適的字來突顯其中程度上的輕重差異，以致於這兩個字的翻譯常常混淆不清。所以我別無他法，只好提出「愛」這個字。[105]

此處我們看見譯者在跨越語言文化界限時，對自己所扮演的角色高度自覺，並且反覆權衡各種可能對譯的字眼，就為了恰當地翻譯一個字。這就是能動性 (agency) 所在：為了要選擇最正確的字彙（如果可能「正確」的話）來翻譯所要傳達的知識或感受，譯者必須竭盡他的語言能力，來找出一個他覺得最適合的字。在此例中，中國古文中的「愛」是末松謙澄認為最接近英文的 "love"。

據我所知，在麥都思的《英華字典》(*English and Chinese Dictionary,* 1847-1878) 中，"to love tenderly" 的項下，"to love" 首度被譯成「戀愛」（廣東話唸成 *lwân gnaé*）。在 "to love" 這個條目下，粵語相對應的詞語有 "gnaé"（普通話發音為「愛」），"haóu"，（普通話為「好」），意為「偏好」），"pung"（「寵溺」，普通話「捧在掌心」的「捧」字可勉強對應），"teĭh teĭh"（疼惜）等等[106]。當中村正直 (1832-1891) 於一八七〇年將山繆爾・斯邁爾斯 (Samuel Smiles) 的《西國立志編》(*Self-Help,* 1859) 譯介到日本時，"love" 首度翻譯為「戀愛」（れんあい）。中村把這個辭彙當動詞使用，但後來變成名詞[107]。根據柳父章的研究，中村很可能從麥都思的字典中學到這個辭彙，當時在日本這部字典是廣為人知的[108]。《女學雜誌》的編輯巖本善治一八九〇年在一本翻譯小說的書評中指出：「戀」（こい）一字來自日本庶民的粗俗用語，但「戀愛」（れんあい）兩字合用時，就變純淨了：

譯者［以「戀愛」一詞］純淨且正確地傳達了 "love" 的感覺，同時，充滿不潔暗示的日本俗字［戀］在這種巧妙的運用中，也變得純淨了。[109]

　　北村透谷 (1868-1894) 於一八九二年在《女學雜誌》中發表一篇題名為〈厭世詩家與女性〉（厭世詩家と女性）的文章，開頭就寫道：「戀愛是人生的祕鑰——有戀愛就有來生，沒有戀愛的人生毫無色彩」。如眾所周知，這篇著名的文章昭示著日本浪漫時期的來臨[110]。柳父章的《愛》一書追溯「愛」的字源及演變：希臘哲學家闡釋的 "eros"（男女之愛）及 "agape"（神對人之愛）；基督教拉丁文經典所翻譯的 "caritas" 及 "cupiditas"；十二世紀南法吟遊詩人所歌詠的 "amour"（男女之愛昇華為神聖之愛）混合了 "eros" 及 "agape" 的意義；到宗教改革後德文 "liebe" 及英文 "love" 的翻譯；一直到譯介為中國及日本的「愛」。提到其語意在歷史上數度變遷，他說道：「其實是翻譯用語的問題。」（問題は翻訳語だ）[111]

　　我們探討中國「愛」的概念演變時，如果忽略了鄰近的日本同時期的發展，眼界將大受限制。五四時期盛行的「戀愛＋革命」小說，在大正時期的日本早已是一種重要的文類，當時無政府主義者如大杉榮，正提倡「自由戀愛」作為抵抗封建主義的意識型態。筆者在第四章中提過，中國無政府主義者如劉師培及張繼於一九〇七至一九〇八年在東京求學並參與無政府運動期間，曾追隨大杉榮學習世界語。討論「戀愛＋革命」及中國「情」的傳統的對照關係，意義不大；關鍵是「情」自晚明以降歷經數百年的傳統論述，在近現代幾近一夕蛻變的原因何在？如果李海燕探討這個概念時，能夠

探討它如何從西方飄洋過海到晚清及五四中國，並能把日本——我們的文化分身——納入考量範圍，她的《心的革命》一書將更令人信服，也更具啟發性[112]。如果她讓「愛」的系譜學跨越中國及日本的國家及語言界限，她的書可能令人耳目一新。

據柳父章所言，奈良末期的詩歌集《萬葉集》(625-750s)中，「愛」轉借自中國古文，而戀（こい）則是日本本土語言——「大和言葉」。他指出，「愛」一字只出現在闡述佛教教誨的題詞中，但從未出現在以本土日語所寫的歌謠中。與「愛」相對應的日文字則是「おもほゆ」及「しぬばゆ」[113]。但柳父章指出「戀愛」中的「戀」是本土日語，這種說法令人懷疑。

筆者同意，「戀」以平假名書寫成「こい」時是大和言葉。但是「戀愛」兩字連用時，發音是中文的音讀而非日文的訓讀，因此可以判定是中國的「戀」與「愛」兩字的並用。此二字在古典中文中均大量使用[114]。舉例來說，班固 (32-92AD)《漢書》中的〈張騫傳〉，「戀」與「愛」就頻頻出現，如「蠻夷愛之」、「單于愛養之」、「蠻夷戀故地」[115]。「戀」及「愛」最初都是書面語而非口語。近十個世紀後的宋詞中，「戀」一字已近乎口語。如黃庭堅 (1045-1105) 詞曰：「怨你又戀你。恨你惜你。畢竟教人怎生是？」[116]。但「戀你」這個用法並未傳世。

如同今天的我們，生於古代中國或是明治日本之前的人，當然知道如何去愛。宋代女詞人魏夫人 (1040-1103) 寫過一闋詞，其中的女性敘事者，因所愛之人暌違日久，哀怨之情溢於言表。結尾的一段，就古典詩詞標準而言，相當露骨：「我恨你，我憶你，你爭知？」[117]。她心心念念想說的是「我愛你」，但卻苦於說不出口。

十一世紀魏夫人說不出口的關鍵話語，到十九世紀初因傳教士的中文聖經翻譯而變為可能。當時中國人面臨創造新白話文的危機，透過文化翻譯，學習到如何表達內心的欲望，就如同學習為心的疾病命名一樣；這是一種「學來」的現代病和感受。穆時英故事中摩登男女的言談，任意夾雜東西方辭彙，醫學名詞信手捻來，處處顯示他們所表現的情感，充其量是現代版的「為賦新詞強說愁」；更重要的是，展現了現代化進程中科學知識的通俗化。透過小說，我們看見新感覺派作家巧妙地將語言實驗、文學批評及科學知識評論融為一爐，充分展現跨文化現代性的精髓。他們的作品不但彰顯、並嘲諷了混語書寫混雜了當下東、西方及人文、科學話語的特色，諧擬的語氣顯現出他們在追求西方現代性的過程中，反覆檢視西方及自我的類比和差異。在東西方接觸的當下，他們透過「取捨折衷」，自覺地進行創造性的轉化，不但創新了文學語言、日常語言，也形塑了我們的自我認知及對彼此、對世界的認知。

　　本章所標舉的「一個旅行的疾病」，展現科學術語與情感表達模式的越界旅行過程，目的是嘗試定義：何謂跨文化現代性？晚近的跨文化研究，常以表演性 (performativity) 作為隱喻，例如黛安娜・泰勒 (Diana Taylor) 的著作 *The Archive and the Repertoire*。泰勒描述一齣劇本中的女性角色 Intermediary，是墨西哥的西班牙人及美洲印第安人的混種後裔。劇中她的身體及心靈形成文化記憶銘刻的場域，各式各樣的聲音、語言、論述在此場域中匯流又流出[118]。根據泰勒的分析，在此文化匯流的過程中，劇中角色有如空虛的容器一般，五花八門的訊息可以自由流進又流出。穆時英的摩登男女也是這類缺乏自主意識的故事角色，他們的身心就是文化匯流的場

域，隨著銘刻了文化記憶、不斷前行之潮流載浮載沈。

　　這種隱喻固然迷人，但本書所著重的是在此跨文化場域中展開積極作為的演員，他們在文化中介或文化夾縫中找到創造性轉化的空間。在此空間中，意義、意圖及言語不斷流動變化，是從事文化翻譯者——翻譯家、藝術家、思想家、作家及知識份子等等——所致力的場域。換句話說，文化翻譯者與其比擬為一個故事中的角色，不如比擬成在跨文化場域中從事表演的演員。因此，我所謂的跨文化現代性，所凸顯的是演員的心態，而非劇中角色。跨文化場域就是現代性發生的空間，而這些演員是現代性的推手。他們不僅是泰勒描述的「資訊網絡中的受話者／傳話者」，而是進一步在此網絡中找到「創新的能動性」(an agency of initiation)，如同霍米‧巴巴在 Location of Culture 一書中討論少數族裔挑戰主流文化時所指出 [119]，這也是茱蒂斯‧巴特勒在討論女同志的情慾再現時，所提到的「表演的能動性」(a performative agency) [120]。對於巴巴來說，能動性的開創，總是發生在弱勢挑戰主流的不對等立場中 [121]。人的活動處處受體制所限，毋庸置疑。無意識的芸芸眾生，只能在各種聲音論述中渾渾噩噩、隨波逐流；相對的，能超越體制限制的人則鶴立於群。現代中國及日本接收西方知識的強勢輸入時，文化翻譯者發揮個人能動性，介入各體制實踐之間，施展折衝平衡工夫，不斷地挑戰外來體制及傳統體制實踐的界限。他們是福柯筆下的現代性推手，總是身處疆界、挑戰界限，擔負起「當下的發揚光大」(heroization of the present) 之任務。他們是創造趨勢的前行者。

註解

1 關於轉借字研究，我們都受惠於馬西尼一九九三年的著作。該書指出十九世紀下半葉新教傳教士們對辭彙創新的貢獻，及日本對現代漢語形成的影響，對劉禾的新語彙及轉借字討論，以及她書後的附錄，有關鍵性的影響。參考 Federico Masini, *The Formation of Modern Chinese Lexicon and Its Evolution toward a National Language: The Period from 1840 to 1898* (Berkeley, CA.: Project on Linguistic Analysis, University of California, 1993)；Lydia Liu, *Translingual Practice: Literature, National Culture, and Translated Modernity—China, 1900-1937* (Stanford, CA.: Stanford University Press, 1995), pp.260-261。有關來自日本的轉借字，新近研究見 Juliette Yueh-tsen Chung, "Eugenics and the Coinage of Scientific Terminology in Meiji Japan and China," in Joshua A. Fogel, ed., *Late Qing China and Meiji Japan: Political & Cultural Aspects* (Norwalk, CT: EastBridge, 2004), pp.165-207.

2 關於「東亞病夫」論述的分析及有關此主題的視覺影像討論，見 Larissa N. Heinrich, *The Afterlife of Images: Translating the Pathological Body between China and the West* (Durham and London: Duke University Press, 2008)。

3 Lydia Liu, *Translingual Practice: Literature, National Culture, and Translated Modernity—China, 1900-1937*, p.3.

4 參見 Federico Masini, *The Formation of Modern Chinese Lexicon and Its Evolution toward a National Language: The Period from 1840 to 1898.*

5 穆時英：〈被當作消遣品的男子〉(1933)，收入樂齊主編：《中國新感覺派聖手：穆時英小說全集》（北京：中國文聯出版公司，1996 年），頁 151-176。

6 同前註，頁 151。

7 同前註，頁 153。

8 同前註，頁 171。

9 同前註，頁 159。

10 同前註，頁 169。

11 同前註，頁 170。

12 同前註，頁 152。

13 同前註，頁 152。

14 同前註，頁 153。

15 同前註，頁 153-154。

16 同前註，頁 160。

17 同前註，頁 161；頁 163；頁 165。

18 同前註，頁 159。

19 一九三三年十月至一九三四年京派海派論爭持續熱化之前，周作人寫過一篇名為〈上海氣〉的文章，嘲諷上海文化「只是買辦、流氓和妓女文化」。見 Zhang Yingjin, "The Haipai Controversy," in *The City in Modern Chinese Literature and Film: Configurations of Space, Time, and Gender* (Stanford: Stanford University Press, 1996), pp.21-27；彭小妍：《海上說情慾：從張資平到劉吶鷗》（臺北：中央研究院中國文哲研究所，2001年），頁 95-103。

20 佐藤達哉：《日本における心理學の受容と展開》（京都市：北大路書房，2002 年），頁 30。

21 同前註，頁 31-35。

22 同前註，頁 34。

23 Cf. Zhang Jingyuan, *Psychoanalysis in China: Literary Transformations, 1919-1949* (Ithaca: Cornell East Asian Program, 1992), pp.37-38.

24 Scott Sunquist, ed., *A Dictionary of Asian Christianity* (Grand Rapids, Mich.: William B. Eerdmans Publishing, 2001), p.916.

25 顏永京譯，約瑟・海文 (Joseph Haven) 原著：《心靈書》（上海：益智書會，1889 年）。

26 馮天瑜指出這個事實，但未說明原因。見《新語探源——中西日文化互動與近代漢字術語生成》（北京：中華書局，2004 年），頁 117-277；510-511。

27 根據阿部洋所述，日華學術交流的高峰期在一九〇五至一九〇七年間。當時駐在中國的日籍教師約五、六百人，大多在師範學校任教。見阿部洋：《中国の近代教育と明治日本》（東京：龍溪書舍，1990 年），頁 151-152；高覺敷編：《中國心理學史》（北京：人民教育出版社，2005 年），頁 378-390。Elisabeth Kaske, "Cultural Identity, Education, and Language Politics in China and Japan, 1870-1920," in David Hoyt, Karen Oslund, ed., *The Study of Language and the Politics of Community in Global Context* (Lanham: Lexington Books, 2006), pp.215-256.

28 見 Zhang Jingyuan, *Psychoanalysis in China: Literary Transformations, 1919-1949*。此書指出受美式教育的心理學家，一九三〇年代回國後成為中國心理學的主要推手 (p.25)，但並未討論之前的情況。亦請見劉紀蕙的文章〈壓抑與復返：精神分析論述與台灣現代主義的關連〉，《現代中文文學學報》第 4 卷第 2 期（2001 年），頁 31-61。

劉紀蕙在此文中討論了一九二〇－一九三〇年間的中國心理學家，如於一九三三年翻譯佛洛伊德的高覺敷及在一九二六年撰寫《變態心理學》的朱光潛，大都是受歐美教育。高覺敷則於一九二三年畢業於香港大學。

29 見阿部洋：《中国の近代教育と明治日本》，頁 155-156；Paula Harrell, "Guiding Hand: Hattori Unokichi in Beijing," online posting， 網 址：http://www.chinajapan.org/articles/11.1/11.1harrell13-20.pdf，檢索日期：2008 年 12 月 28 日。

30 高覺敷：《中國心理學史》，頁 385；王桂編：《中日教育關係史》（濟南市：山東教育出版社，1993 年），頁 280-682。關於中國心理學發展史，請參見高覺敷著作。關於晚清時期日本對中國教育系統的影響史料，請參考王桂的編著。

31 高覺敷：《中國心理學史》，頁 393。

32 Y：〈佛洛特新心理學之一班〉，《東方雜誌》第 17 卷第 22 期（1920 年 11 月 25 日），頁 85-86；朱光潛：〈福魯德的隱意識説與心理分析〉，《東方雜誌》第 18 卷第 14 期（1921 年 7 月 25 日），頁 41-51。根據張京媛書後的附錄，以上二書為早期被介紹至中國的精神分析導論。最早的中文心理學譯著，可能是王國維：《心理學概論》（上海：商務印書館，1907 年），譯自 Mary E. Lowndes, trans., *Outlines of Psychology*（London: Macmillan and Co. 1891; 譯自德文版），原作者為丹麥學者 Harold Höffding (1889)。

33 見費孝通：〈重刊潘光旦譯注靄理士《性心理學》書後〉，收於潘光旦譯：《性心理學》（北京：三聯書店，1987 年），頁 549-558。

34 潘光旦：〈敘言〉，《小青之分析》(1927)，收於《潘光旦文集》（北京：北京大學出版社，1993 年），卷 1，頁 3。

35 潘光旦：〈馮小青考〉，《婦女雜誌》，第 10 卷第 11 期（1924 年 11 月），頁 1706-1717。此文修改補寫後，一九二七年由新月社出版為書。收於《潘光旦文集》中的一九二九年版為一九二七年的修改版。

36 在《婦女雜誌》上所發表的〈馮小青考〉，自戀的英文錯拼成 "Narcism"。有關潘光旦文章內容的細節描述，請見 Haiyan Lee, *Revolution of the Heart: A Genealogy of Love in China, 1900-1950* (Stanford, Calif.: Stanford University Press, 2007), pp.190-199. 作者認為相對於傳統文人對儒家「情」之詮釋，潘光旦對馮小青的精神分析詮釋，是典範的轉移。

37 [明] 朱橚等編：《普濟方》（北京：人民衛生出版社，1982 年），卷 221，頁 3416。

38 潘光旦譯注：《性心理學》，頁 473；原文參見 Havelock Ellis, *Psychology of Sex: A Manual for Students* (William Heinemann Medical Books Ltd., London, 1933), p.302。 *Psychology of Sex: A Manual for Students* 為七卷《性心理學》的節縮版單行本。

39 Havelock Ellis, *Studies in the Psychology of Sex* (Philadelphia: F. A. Davis Co., 1905-1928)。潘光旦宣稱他在一九二〇年時已在清華大學圖書館看到前六冊，並於一九二八年看到第七冊。見潘光旦：〈譯序〉，《性心理學》，頁 1-7。整套書由 Random House 於一九三六－一九四二年間出成二冊，共分成七部份。

40 周作人：〈藹理斯的話〉，《雨天的書》（石家莊：河北教育出版社，2002 年），頁 88-91。

41 周作人：〈藹理斯隨感錄抄〉，《永日集》（石家莊：河北教育出版社，2002 年），頁 57-64。

42 周作人：《知堂回想錄》（石家莊：河北教育出版社，2002 年），頁 770-773。

43 Cf. Peng Hsiao-yen, "*Sex Histories:* Pornography or Sexology? Zhang Jingsheng's Sexual Revolution," in Peng-hsiang Chen and Whitney Crothers Dilley, eds., *Critical Studies: Feminism/Femininity in Chinese Literature* (Amsterdam: Editions Rodopi B.V., 2002), pp.159-177.

44 潘光旦：〈譯序〉，《性心理學》，頁 1-7。

45 鷲尾浩譯：《性の心理：人間の性的選擇》（東京：冬夏社，1921 年），卷 1。佛洛伊德的 *A General Introduction to Psychoanalysis* 於一九二六年由安田德太郎譯成日文，可能是佛洛伊德的書第一次出版為日文。見安田德太郎：《精神分析入門》（東京：アルス，1928 年）。較晚的版本，請見角川書店於一九五三年出版的版本。

46 Havelock Ellis, *Sexual Selection in Man,* in *Studies in the Psychology of Sex* (New York: Random House, 1936-1942), vol. 1, pp.1-212.

47 見鷲尾浩譯：《性の心理：人間の性的選擇》，頁 2。

48 井上哲次郎譯：《心理新說》（東京：青木輔清，1882 年），卷 1，頁 3-19。原著亞歷山大・培因 (Alexander Bain)，書名為 *Mental Science: A Compendium of Psychology, and the History of Philosophy, Designed as a Text-Book for High-Schools and Colleges* (New York: American Book Company, 1868)。原書中有關五官感受的說法，在第一卷的第二部份。

49 在西周的翻譯中，有關五官感受、「五官」、「觸感」等辭彙，出於第二卷第一部份第三章。見西周譯：《心理學》（東京：文部省，1875-1876 年），卷 2，頁 45。有

關西周譯《心理學》之討論，請見佐藤達哉：《日本における心理学の受容と展開》，頁 37。

50 中島力造編：《心理撮要》（東京：普及舍，1898 年），頁 40-44。臺北中央圖書館台灣分館之館藏。此書乃根據 George Trumbull Ladd 於一八八八年所著 *Outlines of Descriptive Psychology: A Text-Book of Mental Science for Colleges and Normal Schools*。中島在耶魯大學就學時，曾受教於 Ladd。

51 中島力造編：《心理撮要》，頁 16。

52 大瀨甚太郎：《心理撮要》（東京：成美堂，1914 年），頁 23。臺北中央圖書館台灣分館之館藏。

53 井上哲次郎譯：《心理新説》，卷 1，頁 iii。

54 同前註。

55 井上哲次郎：《釋迦牟尼傳》（東京：文明堂，1902 年）。此書共有三種版本，另外兩種版本分別出版於一九一一年及一九二六年。

56 [金] 李東垣著 ：〈東垣試效方〉，收入丁光迪、文魁編校：《東垣醫集》（北京：人民衛生出版社，1993 年），卷 2，頁 422。

57 [清] 馮夢龍編撰 ：《警世通言》（台北：里仁書局，1991 年），下冊，卷 25，頁 393。

58 陳大齊：《心理學大綱》（北京：北京大學編譯會，1921 年），第六版，頁 80-107。

59 高覺敷編：《中國心理學史》，頁 388。

60 潘光旦譯：《性心理學》，頁 41-94。

61 見 Havelock Ellis, *Studies in the Psychology of Sex,* vol. 1, part 3, p.viii: "The Sense of Smell in Neurasthenic and Allied States."

62 鷲尾浩譯：《性の心理：人間の性的選擇》，頁 6。Hugh Shapiro 指出杉田玄白在其一七七四年的譯作《解體新書》中創造「神經」一詞來翻譯 "nerves"。請見 Hugh Shapiro, "Neurasthenia and the Assimilation of Nerves into China"，發表於「醫療史」研討會（台北：中央研究院歷史語言研究所），2000 年 6 月 16-18 日。

63 三浦謹之助：《神經病診斷表》（東京：三浦謹之助，1894 年）。此書似乎由作者自行出版。Hugh Shapiro 提及下列書籍也使用「神經衰弱」一詞。田村化三郎：《神經衰弱根治法》（東京：健友社，1911 年）。此書基本上是醫療手冊，條列神經衰弱各種治療法，如水療、電療、催眠療法、注射等等。作者為執業醫生。

64 三浦謹之助：《神經病診斷表》，頁 62-63。

65 丁福保、華文祺：《神經衰弱三大研究》（上海：醫學書局，1910 年）。中國第一家精神病院於一八九八年由美國長老教會傳教士克爾 (John Kerr)（或一八九七年，參見 Keinman 的著作，頁 6；參見下文）建立。參考 Veronica Pearson, *Mental Health Care in China: State Policies, Professional Services and Family Responsibilities* (London: Gaskell, 1995), pp.8-29。伍茲 (A. H. Woods) 於一九一九年成為北京聯合醫科大學神經科學與精神醫學系的首位主任。他從一九二二年起，同時教授這兩門學科，是中國第一位教授相關學科的教授。參見 Arthur Kleinman, *Social Origins of Distress and Disease: Depression, Neurasthenia and Pain in Modern China* (New Haven: Yale University Press, 1986), pp.6-7。根據他的研究，「神經衰弱」一詞最早出現於一九二三年《中國醫學期刊》(China Medical Journal) 有關「當前醫學文獻」(Current Medical Literature) 部份的一篇摘要中，其中引用了比利時醫學期刊上道威 (F. Dauwe) 對神經衰弱的討論。他所能找到的最早關於神經衰弱的中文文獻，是宋明堂 (Song Mingtang) 在《同濟醫學季刊》上發表的論文，題為〈神經衰弱〉。參考 Kleinman, *Social Origins of Distress and Disease,* pp.25-28。由本書以下的討論，可知神經衰弱一詞，實際上更早出現。

66 盧壽籛：《神經衰弱療養法》（上海：中華書局，1917 年）；井上正賀，《神經衰弱營養療法》（東京：大學館，1915 年）。

67 盧壽籛：〈總說〉，《神經衰弱療養法》，頁 1-2。

68 盧壽籛：〈序〉，《神經衰弱療養法》，頁 1-2；頁 15-32。

69 王義和：《神經衰弱自療法》（上海：商務出版社，1919 年），頁 3。

70 參見 Marijke Gijswijt-Hofstra and Roy Porter, eds., *Cultures of Neurasthenia from Beard to the First World War* (Amsterdam and New York: Editions Rodopi B. V., 2001), pp.1-76。此書為神經衰弱文化的比較研究，針對不同國家，包括英國、美國、德國、荷蘭及法國，也論及中國及日本。畢爾德 "Neurasthenia, or Nervous Exhaustion" 這篇文章發表於 *Boston Medical and Surgical Journal*, No. 3 (1869): 217-221. (Marijke Gijswijt-Hofstra and Porter, p.71)。有關佛洛依德對畢爾德的看法，參見 Philip Wiener, "G. M. Beard and Freud on 'American Nervousness,'" *Journal of the History of Ideas*, Vol. 17, No. 2 (April 1956): 269-274。

71 Cf. Philip Wiener, "G. M. Beard and Freud on 'American Nervousness,'" p.270.

72 Marijke Gijswijt-Hofstra and Roy Porter, eds., *Cultures of Neurasthenia from Beard to the First World War*, p.54.

73 畢爾德説：「神經衰弱有時影響身體半邊，通常是左半身，右半身較少。這種現象我稱為半身神經衰弱」。見 George Beard, *Sexual Neurasthenia: Its Hygiene, Causes, Symptoms and Treatment, with a Chapter on Diet for the Nervous,* ed. with a preface by A. D. Rockwell (New York: Arno Press & the New York Times, 1972), p.55.

74 同前註，頁 73。

75 同前註，頁 66。

76 同前註，頁 269。

77 Philip Wiener, "G. M. Beard and Freud on 'American Nervousness'," p.271.

78 見 Hugh Shapiro 有關西方神經學中對 "the explicit link between damage to the brain and seminal exhaustion" 的討論。類似觀點也記載於中國醫藥文獻中。

79 張資平：《沖積期化石‧飛絮‧苔莉》（北京：人民文學出版社，1988 年），頁 426、429。此書收錄三部小説。《沖積期化石》是依照泰東書局一九二二年的第一版翻印；《飛絮》是翻印自一九二六年現代書局第一版；《苔莉》則是根據創造社一九二六年的第三版和現代書局一九三一年的第九版重印。

80 見郁達夫：《沈淪》，收入《郁達夫文集》（香港：三聯書店，1982 年），卷 1，頁 21。

81 《新刊大宋宣和遺事》，收入楊家駱主編：《宋元平話四種》（台北：世界書局，1962 年），頁 137；趙爾巽等撰 [清]：《清史稿》（北京：中華書局，1986 年），卷 472，頁 12822。

82 [清] 陳夢雷纂輯：《古今圖書集成醫部全錄》（北京：人民衛生出版社，2000 年），卷 124，頁 799。

83 蘇雪林：〈郁達夫論〉，收入陳子善、王自立編：《郁達夫研究資料》（香港：三聯書店，1986 年），頁 66-77。原文刊載於《文藝月刊》第 6 期第 3 卷（1934 年 9 月 1 日）。

84 石靜遠的書中有一章討論中國現代作家與精神分析的關連。她認為「中國作家與精神分析的關係是創造性多於分析，因為他們試圖將理論架構納入帶有自傳色彩的文學創作中」。見 Jing Tsu, *Failure, Nationalism, and Literature: The Making of Modern Chinese Identity, 1895-1937* (Stanford, CA: Stanford University Press, 2005), pp.167-194。

85 Hugh Shapiro 認為夏目漱石、芥川龍之介、谷崎潤一郎是日本人中典型神經衰弱的例子。他指出：「比起其他國家，當代中國患神經衰弱症的病人涵蓋階層更廣。在西

方及日本，這種疾病有著明顯的性別及職業影響層面——年輕女性、用腦男性及『中上階級的病人』。然而中國的神經衰弱病患並未顯示這種典型的階級關連。」但我懷疑中國是例外。見 Hugh Shapiro, "Neurasthenia and the Assimilation of Nerves into China." 關於佛洛伊德對中國現代作家如魯迅、郭沫若、郁達夫、張資平等之影響，見孫乃修，《佛洛伊德與中國現代作家》（台北，業強出版社，1995 年）。

86 劉吶鷗著，彭小妍、黃英哲編譯：《劉吶鷗全集‧日記集》上冊（台南：台南文化局，2001 年），頁 110-118。

87 魯迅：《魯迅日記》（北京：人民文學出版社，1959 年），頁 14。

88 吳海勇：《梟聲或曰花開花落兩由之：魯迅的生命哲學與決絕態度》（廣東：花城出版社，2006 年）。

89 沈從文：〈一個天才的通信〉，《沈從文全集》（太原：北岳文藝出版社，2002 年），卷 4，頁 325-372。此作品首度出版於《紅黑》，第 6-7 期（1929 年 6 月 10 日與 7 月 10 日）。

90 同前註，頁 349。

91 〈兜安氏補神藥片〉，《申報》（1930 年 5 月 13 日），第 14 版。

92 "Doan's Backache Kidney Pills"（兜安氏腰痛補腎丸，1900), *The Bulletin*（12 月 13 日）。網址：http://www.historypages.net/Pdoans.html#Top，檢索日期：2008 年 5 月 28 日。

93 〈補爾多壽〉，《申報》（1930 年 11 月 8 日），第 7 版。

94 藤澤友吉：〈有価証券報告書〉（2004），4 月 1 日。網址：http://www.astellas.com/jp/ir/library/pdf/f_securities2005_jp.pdf，檢索日期：2008 年 5 月 25 日。

95 〈ブルトーゼ〉(補爾多壽，1930-1943)，網址：http://www.east-asian-history.net/textbooks/Slideshows/medicine/medicine_show.pdf，檢索日期：2008 年 5 月 25 日。

96 穆時英：〈被當作消遣品的男子〉，頁 158。

97 見〈出埃及記〉第 20 章，第 4-6 節，*The King James Bible*：「不可為自己雕刻偶像，也不可作什麼形像彷彿上天、下地，和地底下、水中的百物。不可跪拜那些像，也不可事奉他，因為我耶和華——你的神是忌邪的神。恨我的，我必追討他的罪，自父及子，直到三四代；愛我、守我誡命的，我必向他們發慈愛，直到千代。」

98 馬禮遜 (Robert Morrison) 等著：(1813)《神天聖書》，收入 *China and Protestant Missions: A Collection of their Earliest Missionary Works in Chinese* (Leiden: IDC, 1983)，微片。

99 關於基督教對五四文學的影響，見許正林：《中國現代文學與基督教》（上海：上海

大學出版社，2003 年）。基督教對日本現代文學之影響，見肖霞：《日本近代浪漫主義文學與基督教》（濟南：山東大學出版社，2007 年）。

100 Alexander Wylie, *Memorials of Protestant Missionaries to the Chinese: Giving a List of Their Publications, and Obituary Notices of the Deceased* (Shanghae: American Presbyterian Mission Press, 1867)，台北成文出版社一九六七年重刊，頁 5。

101 *Ibid.,* p.35. 麥都思與米憐 (William Milne, 1785-1822) 及其他傳教士共同編修馬禮遜所翻譯的聖經。其他合作的傳教士有慕維廉 (William Muirhead)，艾約瑟 (Joseph Edkins) 及米憐的兒子美魏茶 (William Charles Milne)。見 Alexander Wylie, *Memorials of Protestant Missionaries to the Chinese*. 關於基督教傳教士在中國及出版於中國的新教文獻，見 *Records of the General Conference of the Protestant Missionaries of China, Held at Shanghai, May 10-24, 1877* (Shanghai: Presbyterian Mission Press, 1878)，台北成文出版社 1973 年重刊，頁 203-227。

102 R. Morrison, *Dictionary of the Chinese Language* (Macao, China: The East India Company's Press, 1819-1823), Part III, vol. 6 (1822), p.262.

103 在中國的聖經譯本，除了普通話譯本，還有各種方言譯本，如寧波話、福州話、上海話、客家話、廈門話、金華話等。

104 惣鄉正明，《明治のことば辭典》（東京：東京堂出版社，1998 [1986] 年），第 3 版。

105 同前註，頁 3。

106 W. H. Medhurst, Sen., *English and Chinese Dictionary* (Shanghai: the Mission Press, 1847-1848), volume II, p.808.

107 *Ibid.,* p.602. 關於中村正直在明治日本倡導基督教的故事，見 A. Hamish Ion, "Edward Warren Clark and Early Meiji Japan: A Case Study of Cultural Contact," in *Modern Asian Studies* 11.4 (1977): 557-572。

108 柳父章，《愛》（東京：三省堂，2001 年），頁 52。

109 同前註，頁 53。

110 同前註，頁 54。

111 同前註，頁 41。

112 Haiyan Lee, *Revolution of the Heart: A Genealogy of Love in China, 1900-1950* (Stanford, CA.: Stanford University Press, 2007).

113 柳父章，《愛》，頁 69。

114 參考長戶宏：《大和言葉を忘れた日本人》（忘卻日本本土語言的日本人；東京：

明石書店，2002 年），頁 159-204。作者企圖釐清在漢字傳入日本之前，日本本土語言的歷史。有韓國學者主張日本本土語言與古代韓語有關連，參考朴炳植：《大和言葉の起源と古代朝鮮語》（東京：成甲書店，1986 年）。有關荻生徂徠批判以訓讀法學習中文的缺點，參考子安宣邦：《漢字論：不可避の他者》（東京：岩波書店，2003 年），頁 71-100。

115 [漢] 班固撰，[唐] 顏師古注，楊家駱主編：〈張騫及李廣利列傳〉，《新校本漢書》（台北：鼎文書局，1986 年）卷 61，頁 2689 及 2692。

116 黃庭堅：〈歸田樂引〉，收入唐圭璋編：《全宋詞》（台北：明倫出版社，1970 年），卷 1，頁 407。

117 魏夫人：〈繫裙腰〉，收入唐圭璋編：《全宋詞》，卷 1，頁 269-270。

118 Diana Taylor, *The Archive and the Repertoire: Performing Cultural Memory in the Americas* (Durham, NC and London: Duke University Press, 2003), pp.79-86.

119 Homi Bhabha, *The Location of Culture* (London and New York: Routledge, 1994), p.235.

120 Cf. Judith Butler, "Preface (1999)" in *Gender Trouble* (London and New York: Routledge, 2006), p.xxv: "In this text as elsewhere I have tried to understand what political agency might be, given that it cannot be isolated from the dynamics of power from which it is wrought. The iterability of performativity is a theory of agency, one that cannot disavow power as the condition of its own possibility."（在本書及其他研究中，我一直嘗試去了解，究竟政治能動性可能是什麼？前提是它無法從型塑它的權力動態中抽離出來。我所謂的表演的可重複性，就是一種能動性的理論，它無法否認：權力是它的可能性的條件。）

121 Homi Bhabha, *The Location of Culture,* p.231: "For what is at issue in the discourse of minorities is the creation of agency through incommensurable (not simply multiple) positions."（弱視族群論述中的重要議題是：透過不對等的 [非僅是多元的] 立場時，能動性的創造。）

結論
相互依存

■ 結論：相互依存

本書提出跨文化現代性的概念，目的有二：一是凸顯文學接受非文學成份的強大包容力，一是強調創造性轉化在跨文化場域中的實踐。筆者以混語書寫的概念來分析中國現代白話文的跨文化混雜特質，事實上此概念亦可適用於上世紀前半葉的現代日文。隨手翻閱西脇順三郎的詩作及理論文章，其中任意夾雜的大量外文（包含拉丁文、法文及英文）人名、語彙及詞句，令人驚異。只看他一九二九年評論集《超現實主義詩論》的〈序〉，便可一窺現代日文（及現代中文）的混語實踐濫觴，充分顯示歐洲文明如何被視為進步的表率：

> 特別要提的是，本書僅紀錄我以波特萊爾 (Ch. Baudelaire) 為中心的思考。……波特萊爾 (Baudelaire) 的超自然主義 (Surnaturalisme) 影響及二十世紀的超寫實主義 (Surréalisme)。
>
> （殊に Ch. Baudelaire を中心として感じたことを単に記述したものである。…… Baudelaire の Surnaturalisme に関聯して、二十世紀の Surréalisme に及んだ。）[1]

此處強調「僅紀錄」，原因是書中所收錄的作品並非由任何理論或系統主導，只不過是他關於波特萊爾的隨想筆記罷了。又如他的詩集 *Ambarvalia*，書名直接用拉丁文，指的是羅馬舉行於五月末、禮讚女神色莉絲 (Ceres) 的豐收儀式。詩集的第一部份稱為 LE

MONDE ANCIEN（古代世界，原文為法文）；第二部份稱為 LE MONDE MODERNE（現代世界）[2]。一如他同時代的前衛作家作品，外國文字往往直接插入他的作品中，並未翻譯成片假名；許多冗長的外文段落也都照原文引用，完全沒有翻譯出來。

二十世紀上半葉的日本普遍對外來事物殷殷嚮往，熱中於語文實驗；這絕非新感覺派所獨有的現象。評論家薩斯 (Miriam Sas) 及史耐德 (Steven Snyder) 等人已指出，由於歐洲影響所及，激發了永井荷風及當時的超現實主義作家創造出新的文學語言及書寫模式。薩斯認為，日本的超現實主義是日、法前衛主義的邂逅，使得「相距千里的現實與文化」有可能進行「創造性的交融」。他認為法國及日本的超現實主義藝術家都在「探索運用新的語言模式，解構並挑戰詩的意義的固有概念」[3]。我們也可在永井荷風的作品中找到浪蕩子美學的概念，雖然他並未使用這個辭彙。史耐德指出，「永井荷風是個漫遊者，也就是因現代主義始祖波特萊爾的《巴黎的憂鬱》而永垂不朽的都市潛行者 (the urban "prowler")[4]。

史耐德不僅指出永井荷風是個波特萊爾式的漫遊者，他更引用賽登斯提克 (Edward Seidensticker) 翻譯的永井荷風一九一九年的文章〈花火〉，其中永井成了一名不折不扣的「老派浪蕩子」(the old-style dandy)：

I concluded that I could do no better than drag myself down to the level of the Tokugawa writer of frivolous and amatory fiction. Arming myself with the tobacco pouch that was the mark of the old-style dandy, I set out to collect Ukiyoe prints, and I began to learn the samisen......[5]

（我的結論是自己不過是德川時期那些鴛鴦蝴蝶派的小道
作家。我腰繫老派浪蕩子的菸草袋，進行蒐集各種浮世繪
海報，開始學習三味線……）

賽登斯提克的譯文其實是一種詮釋性的翻譯。在荷風的原文
中，「老派浪蕩子」一詞根本不存在。文章僅寫道：「從此我腰
繫煙草袋，進行蒐集浮世繪的海報，並學習三味線」（その頃から
わたしは煙草入をさげ浮世繪を集め三味線をひきはじめた）[6]。然
而，即使浪蕩子一詞並未出現，荷風的文章的確傳遞了浪蕩子美學
的概念。賽登斯提克的翻譯及史耐德的分析都暗示：浪蕩子／藝術
家高度自覺身處於歷史的分水嶺，一心一意從事自我創造。醉心於
西洋文學典範，執迷於自身藝術境界的完美，荷風從江戶、德川傳
統中尋求與過去文化的連結，進而尋求創新文學語言及敘事模式的
可能性。浪蕩子悠閒的生活模式在此也昭然若揭：煙草袋、浮世繪
海報的收集、三味線的學習、以及對風塵女子的迷戀。在他自我形
塑的浪蕩子美學中，融合了傳統與外來文化：外來的煙草與傳統的
藝術形式及樂器結合在一起。看似悠閒的生活模式背後，是浪蕩子
對藝術追求的高度自覺及孜孜不倦的自我創新。這種挑戰界線、嘗
試越界的現象，永井荷風絕非唯一。即使所謂「浪蕩子美學」一詞
並未存在，當時的作家確實已經實踐其精神。

同樣的，中國的浪蕩子美學及混語書寫也不僅限於上海新感
覺派作家。早在一九○一年梁啟超所寫的〈煙士披里純〉一文，
就有混語書寫的絕佳例子。中文篇名是英文 inspiration（靈感）的

直接音譯。文章只有一頁多長，引用了中西歷史中諸多例子來闡釋靈感的概念。引用的西洋人名從語音直譯，包括摩西 (Moses)，哈彌兒頓 (Alexander Hamilton)，馬丁路得 (Martin Luther)，盧騷 (Rousseau)，華盛頓 (Washington)，拿破崙 (Napoleon)，哥郎威兒 (Cromwell)，若安 (Jean of Arc) 等等。從中國經典中引用的人名也為數不少，包括孟子、趙甌北 (1727-1814)，還有諸葛亮、關公、張飛、趙雲、劉備、曹操及孫權等三國人物。中西文學名著也不虞匱乏，例如盧梭的《懺悔錄》及司馬遷的《史記》。全文以古典中文書寫，插入音譯的外國人名及外文原文。英文字 inspiration 在行文中放在括弧內總共出現過兩次，而英文整句 "WOMAN IS WEAK, BUT MOTHER IS STRONG" 更在括弧中置於中文譯句之後[7]。梁的混語書寫，綜合了文言文、傳統白話文、外文人名及詞語的音譯、以及外文原文，對當時及後代文人有重大影響。面臨新時代的分水嶺，混語書寫自由拼湊不同語言成份的書寫模式，符合當時必須快速傳遞新觀念、新語彙的與日俱增需求。梁後來流亡到橫濱，是對抗腐敗滿清政府的改革派人士，創立了《新民叢報》(1902-1907)。當時他的特殊書寫風格被尊崇為新民體，可以視為中國新白話文的先驅。

再以翻譯波特萊爾詩作〈腐屍〉(Une Chargone)[8] 而知名的新月社領袖徐志摩 (1897-1931) 為例。身為富商後代，徐具備浪蕩子的一切物質條件。據說他年輕時一表人才，五官精緻皮膚纖細。他衣著講究，總是身著絲質長袍，外加鑲有寶石或玉質紐扣的短掛。連他的鞋子也十分特殊。在棉襪與黑緞鞋之間，他的兩足以方巾包裹，形成扇狀。眾所皆知，他一生配戴金邊眼鏡[9]。為了開創完美

的自我，他也是一個積極的旅行家，雲遊世界各地，尋訪名師學習。他師事梁啟超，後來在哥倫比亞大學及劍橋大學學習社會學及政治科學。據說在二十四歲之前，對他而言，相對論及盧梭的社會契約論比詩要有趣得多了。一九二一年他在倫敦首度墜入情網，愛上林徽音而開始寫詩。不幸的是，林早已在梁啟超和林父的安排下，與梁的兒子訂了婚。

徐自己也並非單身。他年方二十的妻子，是五年前因父母安排而結合的，他也曾十分喜愛她。為了避免醜聞，林徽音由父親帶回中國。徐卻在美麗善良的妻子第二胎待產之時，狠心與她離婚。他固執地毀棄了自己的婚姻，卻又得不到所愛。如同一個典型的浪蕩子，與女人複雜的關係似乎是他的宿命。一九二二年他返回中國之時，已經造訪過英國、柏林、巴黎、新加坡、香港和日本。在每個地方他都邂逅了無數摩登女郎，並一一描繪她們令人驚豔之處，例如說英年早逝的紐西蘭出身的英國女作家凱薩林・曼殊斐兒 (Katherine Mansfield) [10]。為了譯介她的作品到中國，他開始從事翻譯。他的第二任妻子陸小曼是個典型的摩登女郎，能通英、法語，兩人的關係後來變成一場災難。陸小曼的第一任丈夫亦是梁啟超的學生，陸離婚後嫁給徐志摩。婚後，徐志摩容忍陸的婚外情，縱容她與情夫終日臥床吸食鴉片，自己更是奔走於上海北京之間，在大學兼課，賺取鐘點費來支應陸的奢華生活。後來他接受了胡適的邀請，至北京大學擔任全職教職，卻又被陸召回上海。徐最後在回程北京的途中，墜機而死。

有中國拜倫之稱的徐志摩與他生命中的三個女人，已經啟發了無數的故事寫作及改編，包括二〇〇六年大受歡迎的電視連續劇。

他對一個無辜女性的殘忍（他甚至慫恿她墮胎）、對不能企及的女人的渴求、對鴉片癮者的癡迷，在在激發了不同的詮釋觀點——事實上詩人對朋友及學生特別慷慨仁厚，這是眾所皆知的。就本書的觀點而言，徐的故事正反映了浪蕩子一心在摩登女郎身上追尋理想自我，至死不悔。第一任妻子是美德的典範，但是在智性上卻遠不如他，絕非摩登女郎。我們知道他曾經試圖教育她：在徐赴美留學前，他曾經安排自己的師塾老師教授她文言文[11]。反之，林徽音代表了他理想自我的投射。她也寫詩，兩人對新詩的押韻及音樂性所見略同，而且都相信新詩的情感力量，認為詩是一種革命性的文學媒介。一九二三年梁啟超寫信勸他在男女關係上謹慎為之（意指他與林的關係），徐回應道：「我將於茫茫人海中訪我唯一靈魂之伴侶」[12]。終其一生他渴求完美的另一半，尋尋覓覓，在摩登女郎陸小曼身上看到了潛力，希冀她成為自己的靈魂伴侶（他鼓勵她寫作），但終究因她而飽受折磨、為她而死。

　　徐志摩的文學是絕佳例子，展現了面對新時代的分水嶺，浪蕩子美學如何可能帶來跨文化現代性。他的作品是混語書寫的絕佳展現，是古典及現代詩、標準中文及方言的協調銜接。他以《詩經》的傳統句式翻譯濟慈 (Keats)、依莉莎白‧布朗寧 (Elizabeth Browning) 及湯普森 (Maurice Thomson) 等的詩作[13]。舉例來說，他將布朗寧的 "Inclusions" 一詩的首句 "Wilt thou have my hand, dear, to lie along in thine?" 譯為「吁嗟我愛！ 盍握予手？」。吁嗟乃歎息的擬聲詞，在全詩中反覆出現，有如樂曲的反覆，是詩經典型的特色。對於中文讀者而言，這種筆法悅耳動人。其詩作〈一條金色的光痕：硤石土白〉結合了當時新引進的西洋文學獨白技巧，並以

他家鄉浙江硤石的方言書寫[14]。透過獨白的形式,他成功地實踐了五四時期以方言入詩的口號。他的散文也充分展現了混語書寫的特色。外國人名、名詞的音譯、沒有翻譯的外文段落、外國概念的翻譯等等,都是徐的書寫不可或缺的部份,也是晚清至五四一代文人的書寫特色。

事實上混語書寫是任何文學及語言形成過程的特質。所有活生生的語言及文學,不都具有這種包容性,時時刻刻接受新的成份,因而流變不居嗎?一位日本友人曾告訴我,她從哈佛大學訪問一年後回到東京,竟然完全看不懂她出國期間所出現的各種片假名辭彙。中文亦復如是;假如不透過兒子的翻譯,我也無法理解目前興起的校園流行用語。

以上我重申浪蕩子美學及混語書寫的特質,探討新感覺派作家以外,日本及中國現代作家這方面的實踐。接下來, 將進一步闡釋跨文化現代性的另一個面向,作為結論:相互依存。本書重點之一,即在說明事物的環環相扣,在某地發生的事物,可能與遙遠的彼方、甚至地球另一端所發生的事物產生連結。即使看似毫不相關的事物之間,也可能有因果關聯,如同二〇〇六年 Alejandro González Iñárritu 的電影《火線交錯》(*Babel*) 所呈現。電影述說在沙漠裡的一次槍擊事件,如何串聯起地球上看似不相關的個人:兩個摩洛哥的年少兄弟、一對美國夫婦旅客、賣槍給摩洛哥獵人的日本人、他的目睹了母親自殺慘劇的女兒千惠子、調查槍擊事件的日本警探,還有這對美國夫婦的兒女的墨西哥保姆,為他們服務了十六年,卻因嚴格的邊界管控而遭遣返。這部電影發人深省,讓我們不得不思考邊界管控及相互依存之間的兩難。開放邊界的負面結

果，我們都耳熟能詳，包括恐怖主義、毒品販售以及對國內勞力市場的威脅等等，但毫不留情的邊界管控，終究導致至親隔絕及仇外的悲劇。問題是，無論邊界管控如何防衛嚴密，終究無法防止人員及物品的非法流竄。就文學而言，人物、文本、及概念的跨國流動畢竟無法遏止，若我們將之「合法化」，又有什麼損失可言？

為了進一步說明相互依存的概念，筆者想提出日本現代文學中的一個事件。如眾所周知，日本現代詩其實並非自日本本土誕生，而是誕生於滿州國。一九二四年安西冬衛 (1898-1865) 及北川冬 (1900-1990) 兩位離散於滿洲國的詩人，於大連創辦了《亞》詩刊。安西冬衛因受雇於日本殖民政府經營的南滿鐵道公司，來到大連；北川冬彥則是隨受雇於該公司的父親，遷徙至此。他們兩人共同倡議一種新的散文詩體，目的是革新自明治時期以來，因逐漸形式化而喪失活力的新詩。在英國受過教育的西脇順三郎，於一九二六年在東京創立超現實主義派，對兩人創新的才氣讚譽有加。一九二八年他邀請安西冬衛一起創辦《詩與詩論》雜誌，為日本殖民地及本土現代詩美學的合流交會，樹立了劃時代的指標 [15]。

截止目前為止，日本現代主義之始與日本帝國主義擴張、滿洲國建立之間的關聯，已有若干評家開始注意，而滿洲國研究將中國、日本、韓國、俄國及其它諸國帶入視野，已成為一個迷人的研究領域 [16]。對筆者而言，日本現代主義起源於滿洲國的例子，至少顯示兩方面的重要性。

首先，所謂「日本的」或「中國的」從來就不是排外的。在文學研究中，「國家文學」的概念，恐怕遠不如文學跨越國界、連結不同國族的現象，更發人深省。當然，諸如中國文學、日本文學、

英國文學等概念,依舊有其合法性;但我們應當注意,所謂國家文學向來就不是封閉的體系,而是流動的。國家文學的邊界,如同國界,總是不斷被外來文學、文化及哲學思想、概念等等所滲透。滿州國的一份文學刊物,開啟了日本的現代文學運動。發源於一九二〇年代巴黎的新感覺文風,流傳到東京和上海,使兩國的本土文學傳統產生蛻變。其他國家文學當然不乏類似的演變。

其次,日本現代主義發生於滿洲國的現象,讓我們意識到跨領域研究的必要:文學、政治、經濟、及殖民主義等等議題,相互關連。沒有國家文學能「純粹」到完全杜絕外來影響 ,同理,也沒有文學能排除非文學元素的滲透。為了理解文學現象,我們經常需要探討性別關係、哲學概念、傳教士活動、政治運作、意識形態及信仰、社會規範、經濟發展、及科學概念等等。如果堅持只作「純粹的」文學研究,我們便無法理解文學在接納並進而轉化非文學成份的過程中,其自我蛻變及自我開創的豐富複雜性。

本書特別關注人物、文類、文本、概念及思想在旅行流動的過程中,如何因看似毫不相關的因素而彼此產生唇齒相依的關聯。跨文化現代性的特色是文學及語言創作的混雜性,同時也強調不同語言文化的聯結路徑。要使我們自己的文化及領域與異文化及其他領域產生連結,我們一方面必須培養多語言、多元文化的能力,一方面必須從事跨領域研究。

夏志清於一九六一年提出:五四文學的特色是「感時憂國」(obsession with China);我們均已耳熟能詳 [17]。事實上,中國現代文學研究也有同樣現象。無論是攸關政治主權或學術研究,我們到如今仍無法擺脫「國家」情結。在華語社群裡,中文系的學者鮮少與

日文系互動，反之亦然。這種相互隔絕的現象亦可見於美國、英國、法國或其他地方的東亞系或東方研究學系。學術研究中，東西方隔閡的狀況似乎也很難超越，即使比較文學系一向積極鼓勵東西方的比較研究。主因在於，非歐洲的研究無法吸引歐洲研究者的興趣。比較文學系若要改善這個現象，只有跨越學系及語言的界線——並非否認界限的存在，而是認清限制何在。唯有認清限制何在，我們才可能能轉化現狀。學習我們自己區域中——甚至是我們區域外的一種外語——熟悉另一種文化，便是好的開始。

近來關於語言及文化的不可譯性，已經引起相當多文學理論家的關注。即便語言不可譯，我們依舊不斷翻譯；比較研究作為一個領域依然持續不墜[18]。在這種難以放棄的僵局背後，動機不就是我們體會到與他者的相互依存、渴望與他者發生關聯？筆者同意區域研究有其局限，東西、或歐洲與非歐洲之類的二元比較結構亦有其不足。難道我們還需重新提出世界文學的概念，企求「普世價值」或是「詩學的普世主義」作為基礎，來進行比較研究？[19]如此一來，恐怕又將落入老派的平行研究格局。反之，筆者倡議暫時拋棄已過於沉重的「比較」概念，以連結及「相互依存」的概念取而代之：理解我們與其他語言文化及領域的相互依存，釐清彼此的唇齒相依，或可作為替代「比較」的途徑。唯有釐清「我們」與「非我們」的息息相關，才可能在全球化下資訊混雜的狀態中，對我們自身的「真相」有進一步的理解。須知，所謂「我們的現實」，總是充滿不確定性，永遠包含諸多「非我們」的成份。

註解

1 西脇順三郎：〈序〉，《超現實主義詩論》(1929)，收入《定本西脇順三郎全集》（東京：筑摩書房，1994 年），卷 5，頁 7。

2 西脇順三郎：*Ambarvalia* (1933)，收入《定本西脇順三郎全集》，卷 1，頁 21-22。

3 Miryam Sas, *Fault Lines: Cultural Memory and Japanese Surrealism* (Stanford, Calif.: Stanford University Press, 1999), pp.1-6.

4 Steven Snyder, *Fictions of Desire: Narrative Form in the Novels of Nagai Kafū* (Hawai'i: University of Hawai'i Press, 2000), p.1.

5 *Ibid.,* pp.2-3; Edward Seidensticker, *Kafū the Scribbler: The Life and Writings of Nagai Kafū, 1879-1959* (Stanford, Calif.: Stanford University Press, 1965), p.46. 此段引文的日文原文第一句話，事實上是：「我一向以為我的藝術品味只不過是江戶作家那種水準而已。」

6 永井荷風：〈花火〉，收入《荷風全集》（東京：岩波書店，1993 年），卷 14，頁 256。

7 梁啟超：〈煙士披里純〉，收入《飲冰室合集‧專集 1‧自由書》（北京：中華書局，1989 [1936] 年），卷 6，頁 70-73。

8 Haun Saussey, "Death and Translation," Representations 94.1 (Spring 2006): 112-130.

9 章君穀：《徐志摩傳》（台北：勵志出版社，1970 年），頁 5-6。梁實秋：《談徐志摩》（台北：遠東圖書公司，1958 年），頁 5。章氏對徐的描寫，乃根據梁實秋的著作。

10 徐志摩：〈曼殊斐兒〉，《徐志摩全集》（香港：商務印書館，1983 年），卷 3，頁 1-25。

11 章君穀：《徐志摩傳》，頁 39。

12 徐志摩：〈片斷〉(1922)，收入陸耀東編：《徐志摩全集補編：日記‧書信集》（香港：商務印書館，1993 年），卷 4，頁 7。

13 徐志摩譯："Inclusions"（E. B. Browning 原著），收入陸耀東編：《徐志摩全集補編：詩集》，卷 1，頁 197-198。

14 徐志摩：《徐志摩全集》〈一條金色的光痕：硤石土白〉，《徐志摩全集》，卷 1，頁 89-92。

15 參考王中忱：《越界與想像——20 世紀中國、日本文學比較研究論集》（北京：中國社會科學出版社，2001 年），頁 27-52。

16 除了王中忱的書，亦見 William Gardner, "Anzai Fuyue's Empire of Signs: Japanese Poetry in Manchuria," in Rebecca Copeland, ed. *Acts of Writing: Language and Identities in Japanese Literature* (West Lafayette, IN: AJLS, Purdue University, 2001), pp.187-200;

"Colonialism and the Avant-Garde: Kitagawa Fuyuhiko's Manchurian Railroad," *Stanford Humanities Review,* Special Issue, *Movements of the Avant-garde* 7.1 (1999): 12-21. 有關滿州國研究，請參考二〇〇二年創刊的《植民地研究：資料と分析》年刊。

17 C. T. Hsia, *A History of Modern Chinese Fiction* (New Haven: Yale University Press, 1971), 2 edn. Originally published in 1961.

18 Lydia Liu, *Translingual Practice: Literature, National Culture, and Translated Modernity - China, 1900-1937*, pp.1-42; Emily Aptor, *The Translation Zone: A New Comparative Literature* (Princeton: Princeton University Press, 2006). 劉禾強調「歷史的連結，而非同質性」，Emily Apter 強調「普世價值」。

19 Emily Aptor, "Je ne crois pas beaucoup à la littérature comparée: Universal Poetics and Postcolonial Comparativism," in Haun Saussy, ed. *Comparative Literature in an Age of Globalization* (Baltimore: The Johns Hopkins University Press, 2006), pp.54-62. Aptor 指出，即使 Alain Badiou 不相信比較文學研究， 他仍然從事一種以 「普世主義詩學」 (poetic universalism) 為基礎的研究。

中日文書目

丁福保、華文祺：《神經衰弱三大研究》，上海：醫學書局，1910 年。

丁亞平編：《1897-2001 百年中國電影理論文選》上、下冊，北京：文化藝術出版社，2002 年。

三浦謹之助：《神經病診斷表》，東京：三浦謹之助，1894 年。

大杉榮：〈創造的進化──アンリ・ベルグソン論〉(1913)，收入《大杉栄全集》第 1 卷，東京：大杉榮全集刊行會，1925-1926 年，頁 187-196。

_____：《獄中記》(1919)，收入大沢正道編：《大杉栄全集》第 13 卷，東京：現代思潮社，1965 年，頁 155-210。

_____：〈靈魂のための戦士〉(1921)，收入《大杉榮全集》第 1 卷，東京：大杉榮全集刊行會，1925-1926 年，頁 738-776。

_____：《自叙伝》(1921-1922)，收入大沢正道編：《大杉栄全集》第 12 卷，東京：現代思潮社，1964 年，頁 3-226。

_____：〈訳者の序〉(1922)，收入大杉栄譯，ファーブル著：《ファーブル昆蟲記》，東京：明石書店，2005 年，頁 5-14。

_____：《日本脱出記》(1923)，收入大沢正道編：《大杉栄集》，東京：筑摩書店，1974年，頁 297-374。

_____：《昆虫記》，東京：叢文閣，1924 年。

大瀬甚太郎：《心理撮要》，東京：成美堂，1914 年。

千葉龜雄：〈新感覺派的誕生〉(1924)，收入伊藤聖等編：《日本近代文學全集》第 67 卷，東京：講談社，1968 年，頁 357-360。

川端康成：《感情裝飾》，東京：金星堂，1926 年。

_____：〈掌篇小說の流行〉(1926)，收入《川端康成全集》第 30 卷，東京：新潮社，1982 年，頁 230-234。

_____：〈掌篇小說に就て〉(1927)，收入《川端康成全集》第 32 卷，東京：新潮社，1982 年，頁 543-547。

_____：〈私の生活：希望〉(1930)，收入《川端康成全集》第 33 卷，東京：新潮社，1982 年，頁 58-59。

_____：〈あとがき〉，收入《川端康成選集》第 1 卷，東京：改造社，1938 年，頁 405-411。

_____：〈あとがき〉(1948)，收入《川端康成全集》第 11 卷，東京：新潮社，1948 年，頁 401-423。

_____：〈雪國抄〉，《サンデー毎日》，1972 年 8 月 13 日，頁 50-59。

_____：《川端康成全集》第 33 卷，東京：新潮社，1982 年。

_____：〈日向〉，收入《掌の小說》，東京：新潮社，2001 年，頁 24-26。

〈大東亞共榮圈確立〉，《東京朝日夕刊》，1940 年 8 月 2 日。

小田切秀雄：〈文学における戦争責任の追求〉，收入臼井吉見和、大久保典夫編：《戦後文学論争》第 1 卷，東京：番町書房，1972 年，頁 115-117。

上野益三：《日本博物学史》，東京：平凡社，1973 年。

小田桐弘子：《横光利一：比較文学的研究》，東京：南窗社，1980 年。

大宅壯一：〈百パーセント・モガ〉，收入《大宅壯一全集》第 2 卷，東京：蒼洋社，1980年，頁 10-17。

上海魯迅紀念館編：《中日友好的先驅：魯迅與內山完造圖集》，上海：人民美術出版社，2000 年。

子安宣邦：《「アジア」はどう語られてきたか：近代日本のオリエンタリズム》，東京：藤原書店，2003 年。

子安宣邦：《漢字論：不可避の他者》，東京：岩波書店，2003 年。

上半魚：〈無靈魂的肉體〉，收入沈建中編：《時代漫畫 1934-1937》下冊，上海：上海社會科學院出版社，2004 年，頁 400。

井上哲次郎譯：《心理新說》，東京：青木輔清，1882 年。原 Alexander Bain, *Mental Science: A Compendium of Psychology, and the History of Philosophy, Designed as a Text-Book for High-Schools and Colleges* (New York: American Book Company, 1868).

_____：《釋迦牟尼傳》，東京：文明堂，1902 年。

中島力造編：《心理撮要》，東京：普及舍，1898 年。

王國維：《心理學概論》，上海：商務印書館，1907 年。

井上正賀：《神經衰弱營養療法》，東京：大學館，1915 年。

王羲和：《神經衰弱自療法》，上海：商務出版社，1919 年，頁 3。

毛澤東：〈學生之工作〉(1919)，收入《毛澤東早期文稿》，長沙：湖南出版社，1995 年，頁 449-457。

片岡鐵兵：〈向青年讀者的呼籲〉(1924)，收入伊藤聖等編：《日本近代文學全集》第 67 卷，東京：講談社，1968 年，頁 360-364。

巴金：〈大杉榮年譜〉(1924)，收入《巴金全集》第 18 卷，北京：人民文學出版社，2000 年，頁 70-76。

_____（芾甘）：〈偉大的殉道者——呈同志大杉榮君之靈〉(1924)，收入《巴金全集》第 18 卷，北京：人民文學出版社，2000 年，頁 63-64。

〈文壇消息〉，《新時代》第 1 卷第 1 期，1931 年 8 月，頁 7。

內頁廣告，《良友》第 73 期，1933 年 1 月。

〈中國女性美禮讚〉，《婦人畫報》第 17 期，1934 年 4 月，頁 9-29。

王桂編：《中日教育關係史》，濟南市：山東教育出版社，1993 年。

井上謙：《橫光利一：評伝と研究》，東京：おうふう，1994 年。

王中忱：《越界與想像——20 世紀中國、日本文學比較研究論集》，北京：中國社會科學出版社，2001 年。

王道還：〈一九一五年十月十一日《昆蟲記》作者法布爾逝世〉，《科學發展》第 358 期，2002 年 10 月，頁 72-74。

王富仁：〈由法布爾《昆蟲記》引發的一些思考〉（上），《魯迅研究月刊》，2002 年第 3 期，頁 29-42。

王文彬：〈戴望舒年表〉，《新文學史料》第 106 期，2005 年 1 月，頁 95-105。

中島岳志：《中村屋のボース：インド独立運動と近代日本のアジア主義》，東京：白水社，2005 年。

井上聡：《橫光利一と中國：「上海」の構成と五・三〇事件》，東京：翰林書店，2006 年。

田村化三郎：《神經衰弱根治法》，東京：健友社，1911 年。

永井荷風：〈花火〉(1919)，收入《荷風全集》第 14 卷，東京：岩波書店，1993 年，頁 252-260。

田中比左良：〈モガ子とモボ郎〉(1929)，收入《田中比左良画集》，東京：講談社，1978年，頁 129-144。

史炎：〈航線上的音樂〉，《婦人畫報》第 21 期，1934 年 9 月，頁 7-8。

加藤秀俊等著：《明治大正昭和世相史》，東京：社會思想社，1967 年。

西周譯：《心理學》，東京：文部省，1875-1876 年。

西田幾多郎：〈絶対無の探究〉，收於上山春平編：《西田幾多郎》，東京：中央公論社，1970 年，頁 7-85。

_____：〈認識論における純論理派の主張について〉(1911)，收入上山春平編：《西田幾多郎》，東京：中央公論社，1970 年，頁 234-251。

_____：〈種々の世界〉(1917)，收入上山春平編：《西田幾多郎》，東京：中央公論社，1970 年，頁 264-273。

_____：《自覺における直観と反省》(1914-1917)，收入上山春平編：《西田幾多郎》，東京：中央公論社，1970 年，頁 276-282。

朱光潛：〈福魯德的隱意識説與心理分析〉，《東方雜誌》第 18 卷第 14 號，1921 年 7 月，頁 41-51。

吉江喬松：《佛蘭西文藝印象記》，東京：新潮社，1923 年。

_____：〈農民文學〉，收入《南歐の空》，東京：早稻田大學出版社，1929 年，頁 1-45。

_____：《佛蘭西文藝印象記》，收入《吉江喬松全集》第 3 卷，東京：白水社，1941 年，頁 255-501。

安田德太郎：《精神分析入門》，東京：アルス，1928 年。

西脇順三郎：〈序〉(1929)，《超現實主義詩論》，收入《定本西脇順三郎全集》第 5 卷，東京：筑摩書房，1994 年，頁 7。

_____：〈Ambarvalia〉(1933)，收入《定本西脇順三郎全集》第 1 卷，東京：筑摩書房，1993 年，頁 7-81。

_____：《旅人かへらず》(1947)，收入《定本西脇順三郎全集》第 1 卷，東京：筑摩書房，1993 年，頁 209-308。

朱橚〔明〕等編：《普濟方》第 221 卷，北京：人民衛生出版社，1982 年。

西周生〔清〕：《醒世姻緣》，台北：聯經出版社，1986 年。

朴炳植：《大和言葉の起源と古代朝鮮語》，東京：成甲書店，1986 年。

吉村貞治：〈解說〉，收入川端康成：《掌の小說》，東京：新潮社，2001 年，頁 553-559。

〈佛洛特新心理學之一班〉，《東方雜誌》第 17 卷第 22 號，1920 年 11 月 25 日，頁 85-86。

沈從文：〈一個天才的通信〉(1929)，《沈從文全集》第 4 卷，太原：北岳文藝出版社，2002 年，頁 323-372。

_____（甲辰）：〈郁達夫、張資平及其影響〉，《新月》第 3 卷第 1 期，1930 年 3 月，頁 1-8。

_____：〈論穆時英〉(1934)，收入《沈從文文集》第 11 卷，香港：三聯書店，1985 年，頁 203-205。

沈西苓：〈一九三二年中國電影界的總結帳與一九三二年的新期望〉，《現代電影》創刊號，1933 年 3 月，頁 7-9。

李東垣〔金〕著，丁光迪，文魁編校：〈東垣試效方〉，《東垣醫集》第 2 卷，北京：
　　人民衛生出版社，1993 年，頁 373-525。

吳汝鈞：《京都學派哲學七講》，台北：文津出版社，1998 年。

吳佩珍：〈一九一〇年代の日本におけるレズビアニズム：「青鞜」同人を中心に〉，《稿
　　本近代文學》第 26 集，2001 年 12 月，頁 51-65。

佐藤達哉：《日本における心理學の受容と展開》，京都市：北大路書房，2002 年。

李今：〈穆時英年譜簡編〉，《中國現代文學研究叢刊》2005 年第 6 期，頁 237-268。

吳海勇：《梟聲或曰花開花落兩由之：魯迅的生命哲學與決絕態度》，廣州：花城出版社，
　　2006 年。

肖霞：《日本近代浪漫主義文學與基督教》，濟南：山東大學出版社，2007 年。

周作人：〈日本的新村〉，《新青年》，第 6 卷第 3 期，1919 年 3 月，頁 266-277。

_____：〈懷愛羅珖科君〉，《晨報副鐫》，1922 年 11 月 7 日，頁 4。

_____：〈二，法布耳《昆蟲記》〉，《晨報副鐫》，1923 年 1 月 26 日，頁 3。

_____：〈藹理斯的話〉(1925)，《雨天的書》，石家莊：河北教育出版社，2002 年，
　　頁 88-91。

_____：〈藹理斯隨感錄抄〉(1925)，《永日集》，石家莊：河北教育出版社，2002 年)，
　　頁 57-64。

_____：《知堂回想錄》，石家莊：河北教育出版社，2002 年。

周建人：〈魯迅與自然科學〉，收入劉再復等著：《魯迅和自然科學》，澳門：爾雅社，
　　1978 年，頁 1-14。

_____：《回憶大哥魯迅》，上海：教育出版社，2001 年。

武者小路實篤：〈新しき村の生活〉，收入《武者小路實篤全集》第 4 卷，東京：小學館，
　　1988 年，頁 1-59。

_____：〈三笑〉，《武者小路實篤全集》第 14 卷，東京：小學館，1988 年，
　　頁 309-344。

阿部洋：《中国の近代教育と明治日本》，東京：龍溪書舍，1990 年。

法布耳著，梁守鏘等譯：《昆蟲記》，廣州：花城出版社，2001 年。

長戶宏：《大和言葉を忘れた日本人》，東京：明石書店，2002 年。

《東アジアにおける植民地的近代とモダンガール》2005 年度研究報告，東京：御茶水
　　女子大學。

約瑟海文著，顏永京譯：《心靈書》，上海：益智書會，1889 年。

郁達夫：《沈淪》(1921)，收入《郁達夫文集》第 1 卷，香港：三聯書店，1982 年，頁
　　16-53。

柳絮：〈主張組織大東亞無政府主義者大聯盟〉，《民鐘》第 16 期，1926 年 12 月，頁 2-3。

胡適：〈柏林之圍〉，《良友》第 64 期，1931 年 12 月，頁 10。

胡考：〈中國女性的稚拙美〉，《婦人畫報》第 17 期，1934 年 4 月，頁 10。

相沢源七：《相馬黑光と中村屋サロン》，仙台市：宝文堂，1982 年。

施蟄存：〈震旦二年〉，收入陳子善編：《施蟄存七十年文選》，上海：文藝出版社，
　　1996 年，頁 283-293。

柳父章，《愛》，東京：三省堂，2001 年。

徐志摩譯："Inclusions" (1922)，收入陸耀東編：《徐志摩全集補編：詩集》第 1 卷，香港：
　　商務印書館，1993 年，頁 197-198。

＿＿＿＿＿＿：〈片斷〉(1922)，收入陸耀東編：《徐志摩全集補編：日記・書信集》第 4 卷，
　　香港：商務印書館，1993 年，頁 7。

＿＿＿＿＿＿：〈曼殊斐兒〉(1923)，《徐志摩全集》第 3 卷，香港：商務印書館，1983 年，頁 1-25。

＿＿＿＿＿＿：〈一條金色的光痕：硤石土白〉(1925)，《徐志摩全集》第 1 卷，香港：商務印書館，
　　1993 年，頁 89-92。

〈留京卒業生送別會〉，《台灣民報》第 99 號，1926 年 4 月 4 日，頁 8。

唐納：〈清算軟性電影論──軟性論者的趣味主義〉，《晨報》，1934 年 6 月 19-27 日，
　　頁 10、12。

馬禮遜 (Robert Morrison) 等著：《神天聖書》，*China and Protestant Missions: A
　　Collection of their Earliest Missionary Works in Chinese* (Leiden: IDC, 1983)，微片。

班固撰，顏師古〔唐〕注，楊家駱主編：〈張騫及李廣利列傳〉，收入《新校本漢書》
　　卷 61，台北：鼎文書局，1986 年，頁 2687-2705。

孫乃修，《佛洛伊德與中國現代作家》，台北，業強出版社，1995 年。

秦賢次：〈張我軍及其同時代的北京台灣留學生〉，收入彭小妍編：《漂泊與鄉土──
　　張我軍逝世四十周年紀念論文集》，台北：文建會，1996 年，頁 57-81。

高覺敷編：《中國心理學史》，北京：人民教育出版社，2005 年。

陳大齊：《心理學大綱》，北京：北京大學編譯會，1921 年。

堀口大學：〈北歐の夜〉，《明星》1922 年 11 月，頁 177-188。

＿＿＿＿＿＿：〈序〉(1925)，《堀口大學全集》第 2 卷，東京：小澤書店，1981 年，頁 7。

〈兜安氏補神藥片〉，《申報》，1930 年 5 月 13 日，第 14 版。

郭建英：〈編輯餘談〉，《婦人畫報》第 17 期，1934 年 4 月，頁 32。

　　　：〈現代女性的模型〉，《建英漫畫集》，上海：良友圖書公司，1934 年。收入
　　陳子善：《摩登上海：三十年代洋場百景》，桂林：廣西師範大學出版社，2001 年，
　　頁 1。

　　　：〈一九三三年的感觸：愛之方式〉，收入陳子善編：《摩登上海：三十年代洋
　　場百景》，桂林：廣西師範大學出版社，2001 年，頁 44。

　　　：〈一九三三年的感觸：機械之魅力〉，收入陳子善編：《摩登上海：三十年代
　　洋場百景》，桂林：廣西師範大學出版社，2001 年，頁 42。

　　　：〈最時髦的男裝嚇死了公共廁所的姑娘〉，收入陳子善編：《摩登上海：三十
　　年代洋場百景》，桂林：廣西師範大學出版社，2001 年，頁 132-133。

　　　：〈黑、紅、忍殘性與女性〉，收入沈建中編：《時代漫畫 1934-1937》上冊，上海：
　　上海社會科學院出版社，2004 年，頁 10。

梁啟超：〈煙士披里純〉《飲冰室合集·專集 1·自由書》第 6 卷，北京：中華書局，
　　1989 年，頁 70-73。

梁實秋：《談徐志摩》，台北：遠東圖書公司，1958 年。

章君穀：《徐志摩傳》，台北：勵志出版社，1970 年。

張資平：《沖積期化石·飛絮·苔莉》，北京：人民文學出版社，1988 年。

郭宏安譯：《惡之花》，桂林市：灕江出版社，1992 年。

張君勱，丁文江等著：《科學與人生觀》，山東：人民文學出版社，1997 年。

陳夢雷〔清〕纂輯：《古今圖書集成醫部全錄》，北京：人民衛生出版社，2000 年。

陳子善編：《摩登上海：三十年代洋場百景》，桂林：廣西師範大學出版社，2001 年。

郭詩詠：〈持攝影機的人：試論劉吶鷗的紀錄片〉，《文學世紀》第 2 卷第 7 期，2002
　　年 7 月，頁 26-32。

許正林：《中國現代文學與基督教》，上海：上海大學出版社，2003 年。

張文元：〈未來的上海風光的狂測〉，收入沈建中編：《時代漫畫 1934-1937》下冊，上海：
　　上海社會科學院出版社，2004 年，頁 404-407。

黃朝琴：〈漢文改革論〉，《台灣》1923 年 1 月號，頁 25-31；二月號，頁 21-27。

椎名其二：《フアブルの生涯：科学の詩人》，東京：叢文閣，1925 年。

黃嘉謨：〈現代電影與中國電影界──本刊的成立與今後的責任──預備給予讀者的幾
　　點貢獻〉，《現代電影》創刊號，1933 年 3 月，頁 1。

　　　：〈硬性影片和軟性影片〉，《現代電影》第 6 期，1933 年 12 月，頁 3。

黃天佐（隨初）：〈我所認識的劉吶鷗先生〉，《華文大阪每日》第 5 卷第 9 期，1940
　　年 11 月，頁 69。

黃庭堅：〈歸田樂引〉，收入唐圭璋編：《全宋詞》第 1 卷，台北：明倫出版社，1970 年，
　　頁 407。

費孝通：〈重刊潘光旦譯注靄理士《性心理學》書後〉，收錄於潘光旦譯：《性心理學》，
　　北京：三聯書店，1987 年，頁 549-558。

馮夢龍〔清〕編撰 ：《警世通言》，下冊，卷 25，台北：里仁書局，1991 年，頁 377-
　　399。

彭小妍：〈性啟蒙與自我的解放：「性博士」張競生與五四的色慾小說〉，收入《超越
　　寫實》，台北：聯經出版公司，1994 年，頁 117-137。

＿＿＿＿編：《漂泊與鄉土——張我軍逝世四十周年紀念論文集》，台北：文建會，1996 年。

＿＿＿＿著：〈浪跡天涯：劉吶鷗一九二七年日記〉，《中國文哲研究所集刊》第 12 期，
　　1998 年 3 月，頁 1-40，收入《海上說情慾：從張資平到劉吶鷗》，台北：中國文
　　哲研究所，2001 年，頁 105-144。

＿＿＿＿：《海上說情慾：從張資平到劉吶鷗》，台北：中央研究院中國文哲研究所，
　　2001 年。

惣鄉正明，《明治のことば辭典》，東京：東京堂出版社，1998 年。

馮天瑜：《新語探源——中西日文化互動與近代漢字術語生成》，北京：中華書局，
　　2004 年。

黃文宏：〈西田幾多郎論「實在」與「經驗」〉，《臺灣東亞文明研究學刊》，第 3 卷
　　第 2 期，2006 年 12 月，頁 61-90。

〈補爾多壽〉，《申報》，1930 年 11 月 8 日，第 7 版。

楊家駱主編：《新刊大宋宣和遺事 》，收入《宋元平話四種 》，台北：世界書局，1962 年，
　　頁 115-142。

鈴木貞美編：《モダン都市文学 II：モダンガールの誘惑》，東京：平凡社，1989 年。

　　葉輝：《書寫浮城：香港文學評論集》，香港：青文書屋，2001 年。

董炳月：《國民作家的立場：中日現代文學關係研究》，北京：三聯書店，2006 年。

福澤諭吉：〈脫亞論〉，《時事新報》，1885 年 3 月 16 日。

〈福州路昨晚血案／穆時英遭槍殺〉，《申報》，1940 年 6 月 29 日，頁 9。

〈福州路昨日血案／劉吶鷗被擊死〉，《申報》，1940 年 9 月 4 日，頁 9。

嘉治隆一：〈新居格と岡上守道——独創的文化記者、コスモポリタン記者〉，收入朝日
　　新聞社編：《折り折りの人》第二卷，東京：朝日新聞社，1967 年，頁 190-194。

福田光治編：《欧米作家と日本近代文學》，東京：教育出版センター，1974 年。

趙爾巽〔清〕等撰，楊家駱主編：《新校本清史稿列傳》卷 259，台北：鼎文書局，1981 年，頁 12815-12826。

網路張貼：〈ブルトーゼ〉[補爾多壽] (1930-1943)，網址：http://www.east-asian-history.net/textbooks/Slideshows/medicine/medicine_show.pdf，檢索日期：2008 年 5 月 25 日。

_____：藤澤友吉：〈有価證券報告書〉，2004 年 4 月 1 日。網址：http://www.astellas.com/jp/ir/library/pdf/f_securities2005_jp.pdf，檢索日期：2008 年 5 月 25 日。

_____：〈「大学目薬」の誕生 ：参天製薬の歴史〉，2006 年。網址：http://www.santen.co.jp/jp/company/history/chapter1.jsp，檢索日期：2011 年 9 月 13 日。

蜷川讓：《パリに死す》，東京：藤原書店，1996 年。

劉吶鷗譯：〈七樓的運動〉，收入《色情文化》，上海：第一線書店，1928 年，頁 37-53。

_____：〈保爾‧穆杭論〉，《無軌列車》第 4 期，1928 年 10 月，頁 147-160。

_____著：〈影片藝術論〉(1932)，收入康來新、許秦蓁編：《劉吶鷗全集‧電影集》，台南縣：台南縣文化局，2001 年，頁 256-280。

_____："Ecranesque"，《現代電影》第 2 期，1933 年 4 月，頁 1。

_____：〈論取材〉，《現代電影》第 4 期，1933 年 7 月，頁 2-3。

_____：〈電影節奏簡論〉，《現代電影》第 6 期，1933 年 12 月，頁 1-2。

_____：〈開麥拉機構──位置角度機能論〉，《現代電影》第 7 期，1934 年 6 月，頁 1-5。

_____著，彭小妍、黃英哲編譯：《日記集》上、下冊，收入康來新、許秦蓁編：《劉吶鷗全集》，台南縣：台南縣文化局，2001 年。

魯迅譯：〈春夜的夢〉，《晨報副鐫》，1921 年 10 月 22 日，頁 1-2。

____：〈鴨的喜劇〉，《婦女雜誌》第 8 卷第 12 號，1922 年 12 月，頁 83-85。

____（冥昭）：〈春末閒談〉，《莽原》第 1 期，1925 年 4 月 24 日，頁 4-5。

____：〈通訊〉(1925)，收入《魯迅全集》第 3 卷，北京：人民文學出版社，1989 年，頁 21-28。

____（旅隼）：〈吃白相飯〉(1933)，收入《魯迅全集》第 5 卷，北京：人民文學出版社，1989 年，頁 208-209。

____（若谷）：〈惡癖〉(1933)，收入《魯迅全集》第 5 卷，北京：人民文學出版社，1989 年，頁 80-81。

____（欒廷石）：〈京派與海派〉，《申報》，1934 年 2 月 3 日，頁 17。

＿＿＿：《魯迅日記》，北京：人民文學出版社，1959 年。

潘光旦：〈馮小青考〉，《婦女雜誌》第 10 卷第 11 期，1924 年 11 月，頁 1706-1717。

＿＿＿＿：〈敘言〉(1927)，《小青分析》，收入於《潘光旦文集》第 1 卷，北京：北京大學出版社，1993 年，頁 3。

＿＿＿＿：〈譯序〉，收入靄理士著，潘光旦譯注：《性心理學》，北京：三聯書店，1987 年，頁 1-7。

樓適夷：〈作品與作家：施蟄存的新感覺主義——讀了〈在巴黎大戲院〉與〈魔道〉之後〉，《文藝新聞》第 33 號，1931 年 10 月，頁 4。

劉紀蕙：〈壓抑與復返：精神分析論述與台灣現代主義的關連〉，《現代中文文學學報》第 4 卷第 2 期，2001 年，頁 31-61。

蔡元培：〈題良友攝影圖〉，《良友》第 69 期，1932 年 9 月。

盧壽箋：《神經衰弱療養法》，上海：中華書局，1917 年。

橫光利一：〈新感覺論〉(1925)，收入《定本橫光利一全集》第 13 卷，東京：河出書房，1981 年，頁 75-82。

＿＿＿＿：〈七階の運動〉(1927)，收入《定本橫光利一全集》第 2 卷，東京：河出書房，1981 年，頁 447-459。

＿＿＿＿：《上海》，(1928-31)，東京：改造文庫，1932 年；東京：書物展望社，1935 年。

＿＿＿＿：〈支那海〉(1939)，收入《定本橫光利一全集》第 13 卷，東京：河出書房，頁 437-445。

＿＿＿＿：〈穆時英氏の死〉《文學界》第 7 期，1940 年 9 月，頁 174-175；收入《定本橫光利一全集》第 14 卷，東京：河出書房，1981 年，頁 250-251。

默然：〈中國男人不懂戀愛藝術〉，《婦人畫報》第 16 期，1934 年 3 月，頁 9-13。

＿＿＿：〈外人目中之中國女性美〉，《婦人畫報》第 17 期，1934 年 4 月，頁 10-12。

穆時英：〈手指〉(1931)，收入穆時英著，樂齊編：《中國新感覺派聖手：穆時英小說全集》，北京：中國文聯出版公司，1996 年，頁 30-33。

＿＿＿＿：〈被當作消遣品的男子〉(1933)，收入穆時英著，樂齊編：《中國新感覺派聖手：穆時英小說全集》，北京：中國文聯出版公司，1996 年，頁 151-176。

＿＿＿＿：〈Craven "A"〉(1933)，收入穆時英著，樂齊編：《中國新感覺派聖手：穆時英小說全集》，北京：中國文聯出版公司，1996 年，頁 205-220。

戴望舒（郎芳）譯：〈六日之夜〉，收入《法蘭西短篇傑作集》第 1 冊，上海：現代書店，1928 年，頁 1-25；〈六日競走之夜〉，收入《天女玉麗》，上海：尚志書屋，1929 年，頁 53-80；〈六日競賽之夜〉，收入《香島日報‧綜合》，1945 年 6 月 28-30 日及 7 月 2-12 日，頁 2。

澀澤孝輔：《詩の根源を求めて—ボードレール‧ランボー‧萩原朔太郎その他》東京：思潮社，1970 年。

魏夫人：〈繫裙腰〉，收入唐圭璋編：《全宋詞》第 1 卷，台北：明倫出版社，1970 年，頁 269-270。

藤井省三：《エロシェンコの都市物語：1920 年代東京、上海、北京》，東京：みすず書房，1989 年。

藤井佑介：〈統治の秘法—文化建設とは何か？〉，收入池田浩士：《大東亜共栄圏の文化建設》，京都：人文書院，2007 年，頁 11-73。

蘇雪林：〈郁達夫論〉(1934)，收入陳子善、王自立編：《郁達夫研究資料》，香港：三聯書店，1986 年，頁 66-77。

嚴家炎：《中國現代小說流派史》，北京：人民文學出版社，1989 年。

鶴見俊輔：〈転向の共同研究について〉，收入《轉向》第 1 卷，東京：平凡社，1967 年，頁 1-27。

_____：《戦時期日本の精神史 1931-1945》，東京：岩波書店，1991 年。

纐纈厚：〈台灣出兵の位置と帝國日本の成立〉，《植民地文化研究：資料と分析》第 4 卷，2005 年 7 月，頁 25-33。

鷗外‧鷗：〈中華兒女美之個別審判〉，《婦人畫報》第 17 期，1934 年 4 月，頁 12-15。

_____：〈研究觸角的三個人〉，《婦人畫報》第 21 期，1934 年 9 月，頁 5-6。

鷲尾浩譯：《性の心理：人間の性的選擇》第 1 卷，東京：冬夏社，1921 年。

靄理士著，潘光旦譯注：《性心理學》，北京：三聯書店，1987 年。

西文書目

Aptor, Emily. *The Translation Zone: A New Comparative Literature.* Princeton: Princeton University Press, 2006.

———. "Je ne crois pas beaucoup à la littérature comparée: Universal Poetics and Postcolonial Comparativism." In Haun Saussy, ed., *Comparative Literature in an Age of Globalization.* Baltimore: The Johns Hopkins University Press, 2006, pp.54-62.

Asad, Talal. "The Concept of Cultural Translation in British Social Anthropology." In James Clifford and George E. Marcus, eds., *Writing Culture: the Poetics and Politics of Ethnography.* Berkeley: University of California Press, 1986, pp.141-164.

Asquith, Pamela J. and Arne Kalland, eds. *Japanese Images of Nature: Cultural Perspectives.* Richmond, Surrey: Nordic Institute of Asian Studies, 1997.

Bain, Alexander. *Mental Science: A Compendium of Psychology, and the History of Philosophy, Designed as a Text-Book for High-Schools and Colleges.* New York: American Book Company, 1868.

Barsam, Richard M. (1973) *Nonfiction Film: A Critical History.* Bloomington and Indianapolis: Indiana University Press, 1992.

Baudelaire, Charles. (1861) *Les Fleurs du Mal.* In *Oeuvres completes,* 1990, vol. 1, pp.1-134.

———. (1863) *Le Peintre de la vie moderne* [The Painter of Modern Life]. In *Oeuvres completes,* 1990, vol. 2, pp.683-724.

———. *The Flowers of Evil.* Trans. William Aggeler. Fresno, CA: Academy Library Guild, 1954.

———. *Oeuvres complètes* [Complete Works], ed. Claude Pichois. 2 volumes. Paris: Gallimard, 1990.

Beard, George. "Neurasthenia, or Nervous Exhaustion." *Boston Medical and Surgical Journal,* 3 (1869): 217-221.

———. *Sexual Neurasthenia: Its Hygiene, Causes, Symptoms and Treatment, with a Chapter on Diet for the Nervous.* New York: Arno Press & the New York Times, 1972. Edited with a preface by A. D. Rockwell.

Benjamin, Walter. (1923) "The Task of a Translator." Trans. Harry Zohn. In Marcus Bulock and Michael W. Jennings, eds., *Walter Benjamin: Selected Writings.* Cambridge, Mass.: The Belknap Press of Harvard University Press, 1996, vol. 1 (1913-1926), pp.253-263.

————. (1938) "The Paris of the Second Empire in Baudelaire." In Michael W. Jennings, ed., *The Writer of Modern Life: Essays on Charles Baudelaire.* Cambridge, Mass.: Harvard University Press, 2006, pp.46-133.

————. "Das Paris des Second Empire bei Baudelaire." In Rolf Tiedemann and Hermann Schweppenhäuser eds., *Gesammelte Schriften* [Collected Works]. Frankfurt am Main: Suhrkamp, 1980, vol. 1, pp.511-604.

————. *Charles Baudelaire: A Lyric Poet in the Era of High Capitalism.* Trans. Harry Zohn. London: Biddles Lts., Guildford and King's Lynn, 1989.

————. *The Arcades Project.* Trans. Howard Eiland and Kevin McLaughlin. Cambridge, Mass.: Harvard University Press, 2003. 4th edition.

Bhabha, Homi. *The Location of Culture.* London and New York: Routledge, 1994.

Blavatsky, H. P. *Isis Unveiled: A Master-Key to the Mysteries of Ancient and Modern Science and Theology.* New York: J. W. Bouton, 1877. 2nd edition.

————. "Is Theosophy a Religion?" *Lucifer* (November 1888): 177-187.

Bordwell, David. *The Cinema of Eisenstein.* Cambridge, Mass.: Harvard University Press, 1993.

Bowler, Peter J. *Charles Darwin: the Man and His Influence.* Cambridge, Mass.: Basil Blackwell, Inc., 1990.

Brooks, Van Wyck. "Earnest Fenollosa and Japan." *Proceedings of the American Philosophical Society* 106.2 (30 April 1962): 106-110.

Brown, Janet. *Darwin's Origin of Species: A Biography.* New York: Atlantic Monthly Press, 2006.

Burke, Peter. *The Fabrication of Louis XIV.* New Haven and London: Yale University Press, 1992.

Burkhardt, Frederick and Sydney Smith, eds. (1985) *A Calendar of the Correspondence of Charles Darwin, 1821-1882, with Supplement.* Cambridge University Press, 1994.

Butler, Judith. "Imitation and Gender Insubordination." In Aiana Fuss, ed., *Inside/Out: Lesbian Theories, Gay Theories.* New York: Routledge, 1990, pp.13-31.

————. "Preface (1999)." In *Gender Trouble.* London and New York: Routledge, 2006, pp.vii-xxviii.

Charles-Roux, Edmonde. *Le temps Chanel.* Paris: Éditions de La Martinière, 2004.

China and Protestant Missions: A Collection of their Earliest Missionary Works in Chinese. Leiden: IDC, microfilm, 1983; Zug, Switzerland: Inter-Documentation Company, 1983-1987.

Chou, Katherine Huiling. "Representing 'New Woman': Actresses & the *Xin Nuxing* Movement in Chinese Spoken Drama & Films, 1918-1949." Ph.D. dissertation, New York: New York University, 1996.

Chung, Juliette Yueh-tsen. "Eugenics and the Coinage of Scientific Terminology in Meiji Japan and China." In Joshua A. Fogel, ed., *Late Qing China and Meiji Japan: Political & Cultural Aspects.* Norwalk, CT: EastBridge, 2004, pp.165-207.

Cohn, Dorrit. *Transparent Minds: Narrative Modes for Presenting Consciousness in Fiction.* New Jersey: Princeton University Press, 1983.

Collas, Philippe. *Maurice Dekobra: gentleman entre deux mondes.* Paris: Séguier, 2002.

Crémieux, Benjamin. *XXe Siècle.* Paris : Librairie Gallilmard, 1924. 9th edition.

Crompton, Louis. *Homosexuality & Civilization.* Cambridge, Mass.: Harvard University Press, 2003.

Darwin, Charles. (1859) *The Origin of Species by Means of Natural Selection, or the Preservation of Favored Races in the Struggle for Life.* New York: The Modern Library, 1998.

Darwin, Francis and A. C. Seward, eds. *More Letters of Charles Darwin: A Record of His Work in a Series of Hitherto Unpublished Letters.* New York: Johnson Reprint Corporation, 1972, vol. 1.

Deane, Seamus. "Introduction." In *Nationalism, Colonialism and Literature.* Minneapolis: University of Minnesota Press, 1990, pp.3-19.

DeJean, Joan. *The Essence of Style: How the French Invented High Fashion, Fine Food, Chic Cafés, Style, Sophistication, and Glamour.* New York: Free Press, 2005.

Delange, Yves. "Préface." In Jean Henri Fabre, *Souvenirs entomologiques: études sur l'instinct et les mœurs des insects* [Memories of Insects: Study on the Instinct and Manners of Insects], ed. Yves Delange. Paris : Robert Laffont, vol. I, pp.10-24.

———. *Jean Henri Fabre, l'homme qui aimait les insectes* [Jean Henri Fabre, the Man Who Loved Insects]. Paris: Actes Sud, 1999.

Dikötter, Frank. *The Age of Openness: China Before Mao.* Hong Kong: Hong Kong University Press, 2008.

Duchêne, Roger. *Être femme au temps de Louis XIV* [Being Woman at the Time of Louis XIV]. Paris: Perrin, 2004.

Eagleton, Terry. "Nationalism: Irony and Commitment." In Seamus Deane, ed., *Nationalism, Colonialism and Literature*. Minneapolis: University of Minnesota Press, 1990, pp.23-42.

Eaton, Richard. *The Best French Short Stories of ... and the Yearbook of the French Short Story*. Boston: Small, Maynard & Co., 1924-1927.

Ellis, Havelock. *Studies in the Psychology of Sex*. 7 volumes. Philadelphia: F. A. Davis Co., 1905-1928.

———. *Psychology of Sex: A Manual for Students*. London: William Heinemann Medical Books Ltd., 1933.

———. (1905) *Sexual Selection in Man*. In *Studies in the Psychology of Sex*. New York: Random House, 1936-1942, vol. 1, pp.1-212.

Epstein, Joseph. *Alexis de Tocqueville: Democracy's guide*. New York: HarperCollins/Atlas Books, 2006.

Fabre, Jean Henri. *Souvenirs entomologiques: études sur l'instinct et les mœurs des insects,* ed. Yves Delange. 2 volumes. Paris: Robert Laffont, 1989.

Fay, Margaret A. "Did Marx Offer to Dedicate *Capital* to Darwin?: A Reassessment of the Evidence." *Journal of the History of Ideas* 39.1 (January to March 1978): 133-146.

Fenollosa, Ernest. *The Epoch of Chinese and Japanese Art*. London: William Heinemann, 1913.

Foner, Philip S., ed. *When Karl Marx Died*. New York: International Publishers, 1973.

Foucault, Michel. (1983) "Leçon du 5 Janvier 1983." In Frédéric Gros, ed., *Le gouvernment de soi et des autres: Cours au Collège de France, 1982-1983* [The Government of Self and Others: Courses at Collège de France, 1982-1983]. Paris: Le Seuil, 2008, pp.3-39.

———. (1983) "Qu'est-ce que les lumières?" In *Dits et écrits, 1976-1988*. Paris: Gallimard, 2001, vol. 2, pp.1381-1397.

———. "What Is Enlightenment?" Trans. Catherine Porter. In Paul Rabinow, ed., *The Foucault Reader*. New York: Pantheon Books, 1984, pp.32-50.

———. "Qu'est-ce que les Lumières ?" [L'Art du dire vrai]. *Magazine Littéraire* 207 (May 1984): 34-39. In *Dits et écrits, 1976-1988,* vol. 2, pp.1498-1507.

———. (1984) "L'étique du souci de soi comme pratique de la liberté" [The Ethics of the Concern for the Self as a Practice of Freedom]. In *Dits et écrits, 1976-1988* (Paris: Gallimard, 2001), vol. 2, pp.1527-1548.

————. "The Ethics of the Concern for Self as a Practice of Freedom." Trans. Robert Hurley et al. In Paul Rabinow, ed., *Ethics: Subjectivity and Truth.* London: Allen Lane, 1997, pp.146-165.

Fruhauf, Heiner. "Urban Exoticism in Modern and Contemporary Chinese Literature." In Ellen Widmer and David Der-wei Wang, eds., *May Fourth to June Fourth: Fiction and Film in Twentieth-Century China.* Cambridge, Mass.: Harvard University Press, 1993, pp.133-164.

————. "Urban Exoticism and its Sino-Japanese Scenery, 1910-1923." *Asian and African Studies* 6.2 (1997): 126-169.

Gardner, William. "Colonialism and the Avant-Garde: Kitagawa Fuyuhiko's Manchurian Railroad." *Stanford Humanities Review,* Special Issue, *Movements of the Avant-garde,* 7.1 (1999): 12-21.

————. "Anzai Fuyue's Empire of Signs: Japanese Poetry in Manchuria." In Rebecca Copeland, ed., *Acts of Writing: Language and Identities in Japanese Literature.* West Lafayette, IN: AJLS, Purdue University, 2001, pp.187-200.

Garelick, Rhonda K. *Rising Star: Dandyism, Gender, and Performance in the Fin de Siècle.* Princeton, N. J.: Princeton University Press, 1998.

Gidel, Henry. *Coco Chanel.* Paris: Flammarion, 2000.

Gijswijt-Hofstra, Marijke and Roy Porter, eds. *Cultures of Neurasthenia from Beard to the First World War.* Amsterdam and New York: Editions Rodopi B. V., 2001.

Goldstein, Joshua. *Drama Kings: Players and Publics in the Re-creation of Peiking Opera, 1870-1937.* Berkeley: University of California Press, 2007.

Gunn, Edward. *Rewriting Chinese: Style and Innovation in Twentieth-Century Chinese Prose.* Stanford, CA.: Stanford University Press, 1991.

Harrell, Paula. "Guiding Hand: Hattori Unokichi in Beijing." Online Posting. http://www.chinajapan.org/articles/11.1/11.1harrell13-20.pdf (accessed on 28 December 2008).

Heinrich, Larissa N. *The Afterlife of Images: Translating the Pathological Body between China and the West.* Durham and London: Duke University Press, 2008.

Hsia, C. T. *A History of Modern Chinese Fiction.* New Haven: Yale University Press, 1971. 2nd edition. Originally published in 1961.

Icart, Louis. "Dessin de Icart" [Sketch by Icart]. *A coups de Baïonnete* [At the Thrust of the Spear] 4.40 (6 April 1916): 252.

Ion, A. Hamish. "Edward Warren Clark and Early Meiji Japan: A Case Study of Cultural Contact." *Modern Asian Studies* 11.4 (1977): 557-572.

Jing, Tsu. *Failure, Nationalism, and Literature: The Making of Modern Chinese Identity, 1895-1937.* Stanford, CA: Stanford University Press, 2005.

Jules-Rosette, Bennetta. *Josephine Baker in Art and Life: The Icon and the Image.* Urbana and Chicago: University of Illinois Press, 2007.

Kaske, Elisabeth. "Cultural Identity, Education, and Language Politics in China and Japan, 1870-1920." In David Hoyt and Karen Oslund, eds., *The Study of Language and the Politics of Community in Global Context.* Lanham: Lexington Books, 2006, pp.215-256.

Kawabata, Yasunari. "A Sunny Place." In *Palm-of-the-Hand Stories.* Trans. Lane Dunlop and J. Martin Holman. San Francisco: North Point Press, 1988, pp.3-4.

Keene, Donald. *Dawn to the West: Japanese Literature of the Modern Era.* New York: Henry Holt and Company, 1984.

Kim, Jina. "The Circulation of Urban Literary Modernity in Colonial Korea and Taiwan." Ph.D. dissertation, University of Washington, 2006.

Kleinman, Arthur. *Social Origins of Distress and Disease: Depression, Neurasthenia and Pain in Modern China.* New Haven: Yale University Press, 1986.

Koschmann, Victor. "Victimization and the Writerly Subject: Writers' War Responsibility in Early Postwar Japan." *Tamkang Review* 26.1-2: 61-75.

Kropotkin, P. *Mutual Aid: A Factor of Evolution.* London: William Heinemann, 1902.

———. *Modern Science and Anarchism.* London: Freedom Press, 1912.

Lacroix, Paul, Alphonse Duchesne, and Ferdinand Seré. *Histoire des cordonniers et de artisans dont la profession se rattache à la cordonnerie.* Paris: Librairies Historique, Archéologique et Scientifique de Seré, 1852.

Ladd, George Trumbull. *Outlines of Descriptive Psychology: A Text-Book of Mental Science for Colleges and Normal Schools.* New York: Charles Scribner's Sons, 1898.

Lee, Haiyan. *Revolution of the Heart: A Genealogy of Love in China, 1900-1950.* Stanford, Calif.: Stanford University Press, 2007.

Lee, Leo. *Shanghai Modern.* Cambridge, Mass.: Harvard University Press, 1999.

Legros, G.–V. *La Vie de J.–H. Fabre, naturaliste, par un disciple* [Life of J.-H. Fabre, Naturalist, by a Disciple]. Paris: Librairie Ch. Delabrave, 1913. Préface de J.-H. Fabre.

————. *Fabre, Poet of Science.* Trans. Bernard Miall. New York: The Century Co., 1913.

Lestage, Nicolas, ed. *Poésies nouvelles sur le sujet des bottes sans couture présentées au Roy par le sieur Nicolas Lestage, maître Cordonnier de Sa Majesté.* Bordeaux: Editeur Bordeaux, 1669.

Lippit, Seiji. *Topographies of Japanese Modernism.* New York: Columbia University Press, 2002.

————. "A Melancolic Nationalism: Yokomitsu Riichi and the Aesthetic of Cultural Mourning." In Dick Stegewerns, ed., *Nationalism and Internationalism in Imperial Japan.* London and New York: Routledge Curzon, 2003, pp.228-246.

Liu, Lydia. *Translingual Practice: Literature, National Culture, and Translated Modernity— China, 1900-1937.* Stanford, Calif.: Stanford University Press, 1995.

————. *The Clash of Empires: The Invention of China in Modern World Making.* Cambridge, Mass.: Harvard University Press, 2004.

Lowndes, Mary E., trans. *Outlines of Psychology.* London: Macmillan and Co., 1891.

Lowy, Dina. *The Japanese "New Woman": Images of Gender and Modernity.* New Brunswisk, N. J.: Rutgers University Press, 2007.

Ma, Yiu-man. "Baudelaire in China." Ph. D. dissertation, National Taiwan University, 1997.

Malraux, André. *La condition humaine.* Paris: Gallimard, 1933. 209th edition; trans. Kaakon M. Chevalier. *Man's Fate.* New York: The Modern Library, 1961.

Marshall, Byron. *The Autobiography of Osugi Sakae.* Berkeley: University of California Press, 1992.

Marx, Karl. *The Letters of Karl Marx.* Trans. Saul K. Padover. New Jersey: Prentice-Hall, Inc., 1979.

Masini, Federico. *The Formation of Modern Chinese Lexicon and Its Evolution toward a National Language: The Period from 1840 to 1898.* Berkeley, CA: Project on Linguistic Analysis, University of California, 1993.

Matual, David. *Tolstoy's Translation of the Gospels: A Critical Study.* Queenston, Ontario: The Edwin Mellen Press, 1992.

Medhurst, W. H., Sen. *English and Chinese Dictionary.* Shanghai: The Mission Press, 1847-1848, vol. 2.

Miller, Oscar W. *The Kantian Thing-in-Itself or the Creative Mind.* New York: Philosophical Library, 1956.

Morand, Paul. (1922) "La nuit des six-jours" [The Six-Day Night]. In *Paul Morand: Nouvelles complètes,* 1992, vol. 1, pp.137-149; trans. Vyvyan Berestord Holland. "The Six-Day Night." In *Open All Night.* New York: T. Seltzer, 1923, pp.118-129.

———. (1976) "Préface." In *L'allure de Chanel,* 1999, pp.7-12.

———. (1976) *L'allure de Chanel.* Paris: Hermann, 1999.

———. *Paul Morand: Nouvelles complètes* [Paul Morand: Complete Short Stories]. Paris: Éditions Gallimard, 1992.

———. *Paul Morand: au seul souci de voyager* [Paul Morand: For the Only Sake of Travel], ed. Michel Bulteau. Paris: Louis Vuitton, 2001.

Morrison, Robert. (1819-1823) *Dictionary of the Chinese Language.* Macao: The East India Company's Press, 1822, vol. 6.

Needham, Maureen. "Louis XIV and the Académie Royale de Danse, 1661: A Commentary and Translation." *Dance Chronicle* 20.2 (1997): 173-190.

Okakura, Kakuzō. *The Ideals of the East with Special Reference to the Art of Japan.* London: John Murray, 1904. 2nd edition.

Online Posting. Doan's Backache Kidney Pills (1900). In The Bulletin, 13 December. http://www.historypages.net/Pdoans.html#Top (accessed on 28 May 2008).

_____. "Marie Bell in *La garçonne* (1936)." http://en.wikipedia.org/wiki/La Garçonne (1936 film) (accessed on 15 April 2010).

Pearson, Veronica. *Mental Health Care in China: State Policies, Professional Services and Family Responsibilities.* London: Gaskell, 1995.

Peckham, Morse, ed. *The Origin of Species by Charles Darwin: A Variorum Text.* Philadelphia: University of Pennsylvania Press, 1959.

Peng, Hsiao-yen. "The New Woman: May Fourth Women's Struggle for Self-Liberation." *Bulletin of Chinese Literature and Philosophy, Academia Sinica* 6 (March 1995): 259-337.

———. *Desire in Shanghai: from Zhang Ziping to Liu Na'ou.* Taipei: Institute of Chinese Literature and Philosophy, Academia Sinica, 2001.

———. "Sex Histories: Zhang Jingsheng's Sexual Revolution." In Peng-hsiang Chen and Whitney Crothers Dilley, eds., *Critical Studies: Feminism/Femininity in Chinese Literature.* Amsterdam: Editions Rodopi B.V., 2002, pp.159-177.

———. "A Traveling Text: *Souvenirs entomologiques,* Japanese Anarchism, and Shanghai Neo-Sensationism." *NTU Studies in Language and Literature* 17 (June 2007): 1-42.

Perry, Elizabeth J. "Reclaiming the Chinese Revolution." *The Journal of Asian Studies* 67.4 (November 2008): 1147-1164.

Petric, Vlada. *Constructivism in Film: "The Man with the Movie Camera," A Cinematic Analysis*. Cambridge: Cambridge University Press, 1987.

Plato. *The Symposium*. Trans. Christopher Gill and Desmond Lee. New York: Penguin, 1999.

Pratt, Mary Louise. *Imperial Eyes: Travel writing and Transculturation*. London and New York: Routledge, 2000. First published in 1992.

Prest, Julia. *Theatre Under Louis XIV: Cross-Casting and the Performance of Gender in Drama, Ballet and Opera*. New York: Palgrave MacMillan, 2006.

Proust, Marcel. "Preface." In *Fancy Goods*. In *Paul Morand: Complete Short Stories*. Paris: Gallimard, 1992, pp.3-12.

Rabut, Isabelle and Angel Pino. *Le fox-trot in Shanghai, et autres nouvelles chinoises* [The Fox-Trot in Shanghai, and Other Chinese Stories]. Paris: Albin Michel, 1996.

Records of the General Conference of the Protestant Missionaries of China, Held at Shanghai, May 10-24, 1877. Shanghai: Presbyterian Mission Press, 1878. Reprinted, Taipei: Cheng-wen Publishing Company, 1973.

Rhine, Stanley. *Bone Voyage: A Journey in Forensic Anthropology*. Albuquerque: University of Mexico Press, 1998.

Roberts, Mary Louise. *Civilization without Sexes: Reconstructing Gender in Postwar France, 1917-1927*. Chicago & London: The University of Chicago Press, 1994.

Ruse, Michael. *The Evolution-Creation Struggle*. Cambridge, Mass.: Harvard University Press, 2005.

Said, Edward. "Traveling Theory." In Moustafa Bayoumi and Andrew Rubin, eds., *The Edward Said Reader*. New York: Vintage Books, 2002, pp.195-217.

Sas, Miryam. *Fault Lines: Cultural Memory and Japanese Surrealism*. Stanford, Calif.: Stanford University Press, 1999.

Saussey, Haun. "Death and Translation." *Representations* 94.1 (Spring 2006): 112-130.

Seidensticker, Edward. *Kafū the Scribbler: The Life and Writings of Nagai Kafū, 1879-1959*. Stanford, Calif.: Stanford University Press, 1965.

Shapiro, Hugh. "Neurasthenia and the Assimilation of Nerves into China." Presented at the "Symposium on the History of Disease," Institute of History and Philology, Academia Sinica, Taiwan, 16-18 June 2000.

Shih, Shu-mei. *The Lure of the Modern: Writing Modernism in Semicolonial China, 1917-1937.* Berkeley: University of California Press, 2001.

Silverberg, Miriam. *Erotic Grotesque Nonsense: The Mass Culture of Japanese Modern Times.* Berkeley: University of California Press, 2006.

Snyder, Steven. *Fictions of Desire: Narrative Form in the Novels of Nagai Kafū.* Hawai'i: University of Hawai'i Press, 2000.

Spitta, Silvia. *Between Two Waters: Narratives of Transculturation in Latin America.* Houston, TX: Rice University Press, 1995.

Stevens, Sarah E. "Figuring Modernity: The New Woman and the Modern Girl in Republican China." *NWSA Journal* 15.3 (Fall 2003): 82-103.

Sunquist, Scott, ed. *A Dictionary of Asian Christianity.* Grand Rapids, Mich.: William B. Eerdmans Publishing, 2001.

Taylor, Diana. *The Archive and the Repertoire: Performing Cultural Memory in the Americas.* Durham, NC and London: Duke University Press, 2003.

Tocqueville, Alexis de. *De la démocratie en Amerique.* 2 volumes. Paris: Librarie Philosophique, 1990. Annotated and revised edition.

Vilmorin, Louise de. *Mémoire de Coco, le promeneur* [Memoirs of Coco, the flâneur]. Paris: Gallimard, 1999.

Washburn, Dennis, trans. *Shanghai: A Novel.* Ann Arbor, Michigan: University of Michigan Press, 2001.

Weinbaum, Alys Eve, et al., eds. *The Modern Girl Around the World: Consumption, Modernity, and Globalization.* Durham: Duke University Press, 2008.

Wiener, Philip. "G. M. Beard and Freud on 'American Nervousness.'" *Journal of the History of Ideas* 17.2 (April 1956): 269-274.

Wylie, Alexander. *Memorials of Protestant Missionaries to the Chinese: Giving a List of Their Publications, and Obituary Notices of the Deceased.* Shanghai: American Presbyterian Mission Press, 1867; Taipei: Cheng-wen Chubanshe, reprinted 1967.

Zhang, Jingyuan. *Psychoanalysis in China: Literary Transformations, 1919-1949.* Ithaca: Cornell East Asian Program, 1992.

Zhang, Yingjin. *The City in Modern Chinese Literature and Film: Configurations of Space, Time & Gender.* Stanford, Calif.: Stanford University Press, 1996.

聯經學術

浪蕩子美學與跨文化現代性

一九三〇年代上海、東京及巴黎的浪蕩子、漫遊者與譯者

2012年2月初版　　　　　　　　　　　　　　定價：新臺幣520元
2020年8月二版
有著作權・翻印必究
Printed in Taiwan.

著　　者	彭	小	妍
叢書主編	胡	金	倫
編　　輯	杜	瑋	峻
整體設計	江	宜	蔚

出　版　者	聯經出版事業股份有限公司	副總編輯	陳	逸	華
地　　　址	新北市汐止區大同路一段369號1樓	總編輯	涂	豐	恩
叢書主編電話	(02)86925588轉5305	總經理	陳	芝	宇
台北聯經書房	台北市新生南路三段94號	社　長	羅	國	俊
電　　　話	(02)23620308	發行人	林	載	爵
台中分公司	台中市北區崇德路一段198號				
暨門市電話	(04)22312023				
台中電子信箱	e-mail：linking2@ms42.hinet.net				
郵政劃撥帳戶	第0100559-3號				
郵撥電話	(02)23620308				
印　刷　者	文聯彩色製版印刷有限公司				
總　經　銷	聯合發行股份有限公司				
發　行　所	新北市新店區寶橋路235巷6弄6號2F				
電　　　話	(02)29178022				

行政院新聞局出版事業登記證局版臺業字第0130號

國家圖書館出版品預行編目資料

浪蕩子美學與跨文化現代性：一九三〇
年代上海、東京及巴黎的浪蕩子、漫遊者與譯者
／彭小妍著．二版．新北市．聯經．2020.08
376面；14.8×21公分．（聯經學術）
譯自：Dandyism and transcultural modernity: the dandy,
the flaneur, and the translator in 1930s Shanghai,
Tokyo, and Paris
ISBN　978-957-08-5583-8（精裝）
[2020年8月二版]

1.東方文學 2.現代文學 3.文學評論 4.跨文化研究

860.2　　　　　　　　　　　　　　109011288